O comprometido

Viet Thanh Nguyen

O comprometido

TRADUÇÃO
Cássio de Arantes Leite

ALFAGUARA

Grafia atualizada segundo o Acordo Ortográfico da Língua Portuguesa de 1990, que entrou em vigor no Brasil em 2009.

Título original
The Committed

Capa
Daniel Trench

Preparação
Leny Cordeiro

Revisão
Huendel Viana
Aminah Haman

Dados Internacionais de Catalogação na Publicação (CIP)
(Câmara Brasileira do Livro, SP, Brasil)

Nguyen, Viet Thanh
O comprometido / Viet Thanh Nguyen ; tradução Cássio de Arantes Leite. — 1ª ed. — Rio de Janeiro : Alfaguara, 2024.

Título original : The Committed.
ISBN 978-85-5652-218-4

1. Ficção norte-americana I. Título.

23-186473 CDD-813

Índice para catálogo sistemático:
1. Ficção : Literatura norte-americana 813

Cibele Maria Dias – Bibliotecária – CRB-8/9427

EDITORA SCHWARCZ S.A.
Praça Floriano, 19, sala 3001 — Cinelândia
20031-050 — Rio de Janeiro — RJ
Telefone: (21) 3993-7510
www.companhiadasletras.com.br
www.blogdacompanhia.com.br
facebook.com/editora.alfaguara
instagram.com/editora_alfaguara
twitter.com/alfaguara_br

Para Simone

Nada é mais real do que o nada.

Rithy Panh com Christophe Bataille,
The Elimination: A Survivor of the Khmer Rouge Confronts His Past and the Commandant of the Killing Fields

Prólogo
Nós

Éramos os indesejados, os inúteis, os indigentes, invisíveis para todos exceto nós mesmos. Menos que nada, também nada enxergávamos ao rastejar cegamente para o ventre escuro da nossa arca, cento e cinquenta de nós suando num espaço feito não para nós, mamíferos, mas para os peixes do mar. Jogados pelas ondas de um lado para outro, falávamos em nossas línguas nativas. Para uns, isso significava orar; para outros, praguejar. Quando uma mudança no vaivém das ondas sacudiu nosso barco com mais vigor, um dos poucos marujos entre nós sussurrou, *Estamos em mar aberto*. Após horas serpenteando por rio, estuário e canal, deixáramos a pátria.

O navegador abriu a escotilha e nos chamou ao convés da nossa arca, que o mundo indiferente depreciava como um reles barco. Sob o sorriso enviesado da lua crescente, encontrávamo-nos sozinhos na superfície desse mundo aquoso. Por um momento, sentimos uma vertigem de prazer, até o oceano encrespado nos dar outro tipo de vertigem. Por todo o convés, e uns sobre os outros, pusemos tudo para fora, e ainda que nada restasse continuamos a arfar e arquejar, miseráveis em nossa ânsia. Desse modo passamos a primeira noite no oceano, tiritando de frio à brisa marinha.

A aurora raiou, e em todas as direções víamos apenas o horizonte recuando infinitamente. O dia estava quente, sem sombra nem respiro, sem nada além de bocados para comermos e sem nada além de colheradas para bebermos, a duração de nossa jornada desconhecida e nossas rações limitadas. Mas mesmo comendo tão pouco, deixamos nossos vestígios humanos por todo o convés e o porão e, ao final do dia, atolávamo-nos em nossa própria imundície. Quando avistamos um navio junto do horizonte ao crepúsculo, gritamos até perder a voz. Mas o navio permaneceu distante.

No terceiro dia, cruzamos com um cargueiro rompendo o vasto deserto do mar, um dromedário com sua ponte assomando da proa, os marujos no convés. Gritamos, acenamos, pulamos como loucos. Mas o cargueiro seguiu em frente, sua esteira espumosa nosso único ponto de contato. No quarto e no quinto dia, outros dois cargueiros surgiram, cada um mais próximo que o anterior, cada um sob uma bandeira diferente. Os marinheiros apontaram para nós, mas por mais que implorássemos, suplicássemos e erguêssemos nossos filhos, os navios não alteraram seu curso nem reduziram seu avanço.

No quinto dia, morreu a primeira criança, e antes de ofertarmos seu corpo ao mar o padre rezou uma oração. No sexto dia, um menino morreu. Alguns oraram com fervor ainda maior a Deus; outros começaram a duvidar de Sua existência; outros que não acreditavam n'Ele passaram a acreditar; e outros que não acreditavam fortaleceram ainda mais sua descrença. O pai de uma das crianças mortas gemeu, Meu Deus, por que está fazendo isso com a gente?

E então nos ocorreu a todos a resposta à eterna pergunta da humanidade, *Por quê?*

Era, e é, simplesmente: *Por que não?*

Estranhos entre nós antes de subir a bordo de nossa arca, éramos agora mais íntimos que amantes, chafurdando em nossa própria sujeira, o rosto esverdeado, a pele respingada de sal e cozida pelo sol em tonalidade igual. A maioria de nós fugira da pátria porque os comunistas no poder haviam nos rotulado de marionetes, pseudopacifistas, nacionalistas burgueses, reacionários decadentes ou intelectuais da falsa consciência, ou por termos ligação com uma dessas coisas. Havia também uma cartomante, um geomante, um monge, o padre e pelo menos uma prostituta, com um chinês a seu lado que lhe deu uma cusparada e disse, Por que essa puta tá aqui com a gente?

Até entre os indesejados havia indesejados, e presenciando isso alguns foram incapazes de segurar uma risada.

A prostituta nos fuzilou e disse, E *vocês*, o que querem?

Nós, os indesejados, queríamos tanto. Queríamos comida, água e guarda-sóis, embora guarda-chuvas servissem. Queríamos roupas limpas, duchas e banheiros, até mesmo simples latrinas, uma vez que acocorar-se no chão era mais seguro e menos constrangedor do que agarrar-se à amurada de um barco arfante com o traseiro pendurado pela beirada. Queríamos chuva, nuvens e golfinhos. Queríamos nos refrescar durante o dia quente e nos aquecer durante a noite fria. Queríamos uma estimativa da chegada. E queríamos não estar mortos ao chegar. Queríamos ser poupados de virar churrasco sob o sol implacável. Queríamos televisão, filmes, música, algo com que passar o tempo. Queríamos amor, paz e justiça, exceto para nossos inimigos, que queríamos ver queimando no inferno, de preferência pela eternidade. Queríamos independência e liberdade, exceto para os comunistas, que deviam ser mandados todos para a reeducação, de preferência pelo resto da vida. Queríamos líderes benévolos que representassem o povo, com o que nos referíamos a nós e não a eles, fossem quem fossem. Queríamos viver em uma sociedade igualitária, mas se fosse preciso nos contentarmos em possuir mais coisas do que nosso semelhante, sem problema. Queríamos uma revolução que virasse de cabeça para baixo a revolução pela qual acabáramos de passar. Em suma, queríamos não precisar querer nada!

O que definitivamente não queríamos era uma tempestade, e contudo foi o que tivemos, no sétimo dia. Os fiéis voltaram a exclamar, *Ajudai-nos, Senhor!* Os infiéis exclamaram, *Deus, seu filho da puta!* Fiéis ou infiéis, não havia como evitar a tempestade que tomava o horizonte e assomava, cada vez mais próxima. Freneticamente agitado, o vento ganhou força e, com as ondas aumentando, nossa arca ganhou velocidade e altura. Relâmpagos iluminaram as pregas escuras das nuvens tempestuosas e o trovejar abafou nosso gemido coletivo. Uma torrente de chuva explodiu sobre nós, e conforme as ondas impulsionavam o barco cada vez mais alto, os fiéis oravam e os infiéis praguejavam, conquanto ambos chorassem. Então nossa arca atingiu seu pico e, por um momento eterno, empoleirou-se na crista nevada de um precipício líquido. Contemplando as profundezas do vale cor de vinho a nossa espera, ficamos certos de duas coisas. A primeira, que sem dúvida morreríamos! E a segunda, que quase certamente viveríamos!

Sim, tínhamos certeza disso. *Certamente... iríamos... viver!*

E então despencamos uivando no abismo.

PARTE I

EU

1

Posso não ser mais um espião ou infiltrado, mas com certeza sou um funesto agente secreto. Como não seria, com dois buracos na minha cabeça dos quais escoa o negro nanquim com que escrevo estas palavras. Que condição peculiar, estar morto e mesmo assim escrevendo estas linhas em meu quartinho no Paraíso. Isso deve fazer de mim um escritor fantasma e, como tal, é uma questão simples, ainda que funesta, mergulhar minha pena na tinta que flui dos meus buracos gêmeos, um aberto por mim mesmo, o outro por Bon, meu melhor amigo e irmão de sangue. Baixa a arma, Bon. Você só pode me matar uma vez.

Ou talvez não. Também seja um homem de duas caras e duas mentes, uma das quais talvez ainda esteja intacta. Com duas mentes, posso enxergar qualquer questão pelos dois lados, e embora certa vez tenha me vangloriado de que isso era um talento, hoje vejo mais como uma maldição. O que era um homem com duas mentes senão um mutante? Provavelmente até um monstro. Sim, admito! Não sou apenas um, mas dois. Não apenas eu, mas você. Não apenas eu, mas nós.

Você me pergunta como deveríamos ser chamados, tendo permanecido anônimos por tanto tempo. Hesito em lhe dar uma resposta direta, já que nunca foi meu hábito. Sou um homem de maus hábitos, e toda vez que algum deles me foi quebrado — jamais tendo cedido de bom grado —, sempre regressei choramingando e com os olhos marejados.

Pegue estas palavras, por exemplo. Eu as estou escrevendo, e escrever é o pior hábito de todos. Enquanto a maioria das pessoas extrai da vida o máximo que pode, padecendo por seus contracheques, absorvendo vitamina D enquanto toma banho de sol, indo à procura de outro membro da espécie com quem procriar ou simplesmente se esfregar e recusando-se a pensar na morte, passo meu tempo com a pena e o papel em meu cantinho do Paraíso, cada vez mais branco e cada vez mais magro, a frustração evaporando da minha cabeça, o suor da tristeza grudando em mim.

Posso lhe dizer o nome escrito em meu passaporte, VO DANH. Assumi esse nome já prevendo minha vinda a Paris, ou, como nossos amos franceses nos ensinaram a chamá-la, a Cidade Luz. Chegamos ao aeroporto à noite em um voo de Jacarta, Bon e eu. Ao descer do avião, fomos tomados por uma sensação de alívio, pois alcançáramos asilo, o sonho febril de todo refugiado, sobretudo os que viraram refugiados não só uma, nem duas, mas três vezes: 1954, nove anos depois que nasci; 1975, quando eu era jovem e razoavelmente bonito; e 1979, há apenas dois anos. Era sempre na terceira que a mágica acontecia, como os americanos gostavam de dizer? Bon suspirou antes de afastar dos olhos a máscara de dormir fornecida pela companhia aérea. Agora só resta torcer para a França ser melhor do que os Estados Unidos.

Tal esperança era desaconselhável quando se julgava os países por seus guardas de fronteira. O que inspecionou meu passaporte exibia a máscara indiferente de qualquer guarda enquanto examinava a fotografia e olhava para mim. Seu rosto pálido parecia incomodado por alguém ter me concedido acesso a seu amado país, esse homem tão carente de lábio superior quanto de bigode com que disfarçar sua carência. O senhor é vietnamita, disse o homem branco, as primeiras palavras que me foram dirigidas na primeira visita à pátria de meu pai.

Isso! Me chamo Vo Danh! Junto com meu melhor sotaque francês, exibi para o policial de fronteira meu sorriso mais bajulador, insinuante a ponto de ser irritante. Mas meu pai é francês. Quem sabe sou francês também?

Seu cérebro burocrático processou essa declaração, e quando finalmente sorriu, pensei, *Ah! Fiz minha primeira piada em francês!* Mas o que ele disse foi: Não... de jeito nenhum... o senhor... não... é... francês. Não... com... um... nome... desses. Então carimbou o passaporte com minha data de entrada, 18/07/81, e o passou para mim sobre o balcão, já olhando para o próximo pedinte por cima do meu ombro.

Fui ao encontro de Bon do outro lado do controle de passaporte. Finalmente pisáramos em *la Gaule*, como meu pai me ensinara a chamar a França em sua escola paroquiana. Nada mais justo, então, que o aeroporto fosse batizado em homenagem a Charles de Gaulle, o maior dos grandes franceses na memória recente. O herói que libertara a França dos nazistas ao mesmo tempo que continuava a escravizar a nós, os vietnamitas. Ah, contradição! O odor corporal perpétuo da humanidade! Ninguém era poupado, nem mesmo os americanos ou vietnamitas, que tomavam banho uma vez ao dia, ou os franceses, que tomavam banho menos de uma vez ao dia. Seja qual for a nacionalidade, acostumamo-nos todos ao aroma de nossas próprias contradições.

Qual o problema?, ele disse. Está chorando de novo?

Não estou chorando, solucei. É só que finalmente chegar em casa me deixou emocionado.

Bon a essa altura se acostumara a minhas imprevisíveis explosões de choro. Ele suspirou e segurou minha mão. Na outra mão segurava uma bolsa de náilon comum, um brinde das Nações Unidas. Não chegava aos pés da minha elegante bolsa de couro, presente do meu antigo orientador, Claude, quando me formei no Occidental College, no sul da Califórnia. Meu velho me deu uma igualzinha quando saí da Phillips Exeter e fui pra Yale, Claude me contara, seus olhos anuviados. Embora fosse um agente da CIA que visse interrogatórios e assassinatos como ossos do ofício, podia ser sentimental em relação a outras coisas, como nossa amizade e acessórios masculinos de luxo. Fiquei com a bolsa de couro por esse mesmo motivo nostálgico. Mesmo não sendo muito grande, a bolsa, como a de Bon, não estava cheia. Como a maioria dos refugiados, não tínhamos praticamente nenhum bem material, ainda que ali carregássemos nossos sonhos e fantasias, traumas e sofrimento, tristeza e perda e, claro, fantasmas. Como fantasmas não pesam, podíamos carregar uma quantidade infinita deles.

Ao passar pelas esteiras de bagagens, éramos os únicos passageiros sem malas para pegar ou sem empurrar carrinhos sobrecarregados de bagagem e expectativa turística. Não éramos turistas, tampouco expatriados, cidadãos voltando de viagem, diplomatas, empresários nem nenhuma classe de viajante respeitada. Nada disso, éramos refugiados, e nossa experiência em uma máquina do tempo chamada jato internacional não foi suficiente para dissipar o ano definhando em um campo de reeducação ou os dois anos passados em um campo de refugiados numa ilha indonésia chamada Galang. O aço inoxidável, o vidro, o piso frio, as luzes brilhantes do aeroporto nos deixaram desorientados depois do bambu, do teto colmado, do barro, das velas nos acampamentos, e avançamos vagarosa e erraticamente, esbarrando em outros passageiros enquanto procurávamos a saída. Quando enfim chegamos e as portas se abriram, vimo-nos sob o vasto teto da área de chegadas internacionais, onde fomos inspecionados por uma multidão de rostos expectantes.

Uma mulher chamou meu nome. Era minha tia, ou, para ser mais preciso, a mulher que se passava por minha tia. Durante meus anos nos Estados Unidos como espião comunista incorporado às fileiras maltrapilhas do exército sul-vietnamita exilado, eu lhe escrevera cartas periódicas, em princípio referentes a minhas agonias pessoais enquanto refugiado mas na realidade codificadas com mensagens secretas em tinta invisível sobre as maquinações de alguns elementos desse exército que esperavam resgatar a pátria do domínio comunista. Havíamos usado o *Comunismo asiático e o modo oriental de destruição*, de Richard Hedd, como criptografia comum, e sua tarefa era levar minhas mensagens a Man, irmão de sangue meu e de Bon. Cumprimentei-a com alívio e receio, pois ela sabia o que Bon não sabia e jamais saberia, que Man era um espião, como eu fora. Ele era meu contato, e se no fim das contas virou meu torturador naquele campo de reeducação, não seria isso algo que convinha a mim, um homem de duas mentes? E o fato de minha tia não ser minha tia de verdade não era perfeito para um homem de duas caras?

Era na verdade tia de Man, e sua aparência correspondia exatamente ao modo como se descrevera em sua última carta: alta, magra, cabelos de azeviche. Aí terminava a semelhança com o que eu imaginara: alguém de meia-idade, as costas sempre curvadas do trabalho como costureira, humilde em sua devoção à revolução. Na verdade, um cigarro era o parente mais próximo dessa mulher, a julgar pela forma de seu corpo e pelo que segurava na mão. Ela exsudava fumaça e confiança, e com o agressivo salto alto me igualava em altura, embora parecesse mais alta dada sua magreza, o vestido de malha colado ao corpo e seu penteado no alto da cabeça, uniforme que usava diariamente. Embora eu soubesse que tinha mais de cinquenta, passaria por alguém de menos de quarenta, abençoada como era tanto pela elegância francesa como por sua meia cota de genes asiáticos que a tornavam uma eterna jovem.

Meu Deus! Ela me segurou pelos ombros e deu um beijo estalado, roçando primeiro uma bochecha depois a outra nas minhas nesse charmoso costume francês que nunca me fora dirigido pelos franceses em meu país, incluindo meu pai francês. Vocês dois estão precisando de umas roupas novas. E de um corte de cabelo!

Sim, sem sombra de dúvida, ela era francesa.

Apresentei-a a Bon em francês, mas ele respondeu em vietnamita. Fora educado em um liceu como eu, mas odiava os franceses e só estava ali por minha causa. Era verdade que os franceses haviam lhe concedido uma bolsa de estudos, mas de resto nunca se beneficiara deles em nenhum aspecto, a não ser por viajar nas estradas que haviam projetado, algo pelo qual dificilmente alguém se mostraria agradecido, posto que construídas com a mão de obra escravizada de camponeses como a família de Bon. Minha tia passou ao vietnamita enquanto nos conduzia à fila do táxi, perguntando sobre nossas viagens e dificuldades na versão mais pura, mais clássica, de nossa língua, falada pelos intelectuais de Hanói. Bon não abriu a boca. Seu dialeto era uma mistura do norte rural, local de origem de nossas famílias, e do sul rural nos arredores de Saigon. Seus pais haviam se estabelecido ali após nosso êxodo católico do norte em 1954, a primeira de nossas três experiências como refugiados. A vergonha por seu dialeto o mantinha calado, ou, mais provavelmente, a raiva em ebulição. Tudo que vinha de Hanói devia ser comunista, e tudo que *devia* ser comunista era *com certeza* comunista, ao menos para alguém tão maniacamente anticomunista como ele. Bon não era agradecido sequer pelo único dom que nossos captores comunistas lhe deram, a lição de que o que não nos mata fortalece. Isso devia significar que tanto Bon como eu éramos agora super-homens.

O que você faz?, disse ele enfim quando estávamos no táxi, minha tia entre nós no banco traseiro.

Minha tia olhou para mim com grande reprovação e disse, Pelo jeito meu sobrinho não falou nada a meu respeito. Sou editora.

Editora?, quase repeti em voz alta, mas me contive, pois deveria saber a profissão de minha tia. Na busca por um patrocinador para nossa partida do campo de refugiados, eu lhe escrevera — não em código — por ser a única pessoa não americana que conhecia. Provavelmente informaria Man sobre minha chegada, mas eu preferia essa certeza a voltar para os Estados Unidos, onde cometera crimes pelos quais nunca fora condenado mas dos quais não me orgulhava.

Ela afirmou trabalhar para uma editora de que eu nunca ouvira falar. Vivo de livros, disse. Na maior parte ficção e filosofia.

O ruído na garganta de Bon indicou que não era do tipo que lia, a não ser pelo manual de campo do exército, tabloides e os bilhetes deixados por mim na porta da geladeira. Teria se sentido mais à vontade com minha tia se fosse uma costureira de fato, e fiquei grato por não ter lhe contado nada sobre ela.

Quero saber tudo que aconteceu com vocês, disse minha tia. A reeducação e depois o campo de refugiados. Nunca conheci ninguém que tenha passado pela reeducação!

Talvez outra noite, tia querida, falei. Não contei sobre a confissão que escrevera sob enorme coação na reeducação, escondida sob o fundo falso de minha bolsa de couro, junto com um exemplar quase desfeito do livro de Hedd, as páginas amareladas. Eu não tinha certeza sequer do motivo para esconder minha confissão, pois a última pessoa que deveria lê-la, Bon, não mostrava o menor interesse em sua existência. Como eu, escrevera sua confissão sob tortura inúmeras vezes no campo de reeducação; ao contrário de mim, não sabia que Man, seu irmão de sangue, era o comissário do campo. Como poderia, quando o comissário não tinha rosto? O que Bon sabia, afirmou, era que uma confissão extraída sob tortura não passava de mentira. Como a maioria, acreditava que mentiras, por mais que a pessoa as proferisse, nunca viravam verdade. Como meu pai, o padre, eu era do tipo que acreditava no exato oposto.

O apartamento da minha tia ficava no 11º Arrondissement, colado à Bastilha, onde fora deflagrada a Revolução Francesa. Uma torre de igreja pela qual passamos na escuridão assinalava o lugar na história. Se fui outrora um comunista e revolucionário, fui também um descendente desse evento que decapitou a aristocracia com a irrevogabilidade da guilhotina. Deixando a via expressa e entrando na cidade, senti estar de fato na França, ou, melhor ainda, em Paris, com suas ruas estreitas e seus edifícios de altura e desenho uniformes, sem mencionar as charmosas placas nas fachadas do comércio, instantaneamente reconhecíveis de cartões-postais e filmes como *Irma la Douce*, a que eu assistira em um cinema americano pouco após chegar a Los Angeles como aluno estrangeiro. Tudo em Paris era um charme, como eu acabaria por descobrir, até suas prostitutas e até aos domingos, cedo pela manhã, após o almoço e em agosto, quando tudo estava fechado.

Ao longo das próximas semanas, nunca me cansaria desta palavra: "charme"! Tanto minha terra natal como os Estados Unidos jamais poderiam ser descritos como charmosos. O adjetivo era moderado demais para um país tão quente e um povo tão sangue quente como os meus. Despertávamos repulsa ou sedução, porém charme nunca. Quanto aos Estados Unidos, pense na coca-cola. Esse elixir é mesmo *fenomenal*, encarnando como encarna a doçura viciante e dentario-putrefaciente de um capitalismo que não fazia bem algum, por mais que provocasse efervescência na língua. Mas não é charmoso, não como o café preto fresco servido numa minixícara sobre um pires em miniatura com uma colherinha de boneca, trazido por um garçom tão seguro do valor de sua profissão quanto um banqueiro ou colecionador de arte.

Os americanos tinham Hollywood em toda a sua estridência e fanfarrice, seus generosos sutiãs e chapéus de caubói, mas os franceses empreendiam uma campanha pelo charme. Isso ficava evidente nos detalhes, como se Yves Saint-Laurent houvesse projetado a França inteira, desde o modo como nosso motorista de táxi usava boina ao nome da rua de minha tia, Richard Lenoir, à tinta azul descascando na porta de ferro de seu prédio, no número 37, à escuridão reverberante do hall de entrada precariamente iluminado, à estreita escada de madeira que levava, quatro andares acima, ao seu apartamento.

O fato de que nada disso, tirando a boina, fosse intrinsecamente charmoso indica como os franceses tinham uma vantagem injustíssima na ofensiva do charme, pelo menos para uma gente como eu que fora, a despeito de todas as tentativas, quase completamente colonizada. Digo quase porque, mesmo ficando encantado em subir aqueles degraus, uma pequena porção reptiliana do meu cérebro — o nativo selvagem que há em mim — resistiu ao charme tempo bastante para reconhecê-lo pelo que era: a sedução da subserviência. Foi esse sentimento que me fez quase desfalecer à visão da formosa baguete que embelezava a mesa de jantar da minha tia. Ah, baguete! Símbolo da França, e portanto símbolo da colonização francesa! Assim falou um lado meu. Mas ao mesmo tempo o outro lado disse, Ah, baguete! Símbolo de como nós, vietnamitas, adotamos a cultura francesa! Pois éramos bons padeiros de baguetes, e o banh mi que fazíamos com baguete era muito mais saboroso e imaginativo que os sanduíches elaborados com ela pelos franceses. Aquela baguete dialética, acompanhada de salada de pepino ao vinagrete de vinho de arroz, uma panela de frango ao curry com batatas e cenouras, uma garrafa de vinho tinto e, por fim, um flan de caramelo em uma poça marrom-escura de açúcar caramelizado, constituía o repasto preparado por minha tia. Como eu ansiara por esses pratos e outros assim! Fora seduzido por fantasias com comida durante os intermináveis meses passados no campo de reeducação, localizado em algum lugar no círculo interior do Inferno, e depois no campo de refugiados, nas fímbrias mais remotas do Inferno, onde o melhor que se podia afirmar sobre nossa dieta era ser insuficiente, e o pior, rançosa.

Meu pai me ensinou a fazer pratos vietnamitas, disse minha tia, despejando colheradas de frango ao curry em nossas tigelas. Meu pai foi um soldado como vocês dois, mas um soldado esquecido.

A mera menção a um pai paralisou meu coração. Eu estava na terra do meu pai, o patriarca que me rejeitara. Minha vida teria sido diferente se ele tivesse me reconhecido como filho e assumido minha mãe como sua amante, quando não esposa? Parte de mim ansiava por seu amor e a outra parte me odiava por sentir qualquer coisa por ele além de desprezo.

Os franceses recrutaram meu pai pra lutar na Grande Guerra, prosseguiu minha tia. Tanto Bon como eu estávamos sentados na ponta da cadeira, aguardando que pegasse sua colher ou cortasse a baguete, sinal para atacar a refeição tão convidativamente servida diante de nós. Dezoito anos de idade e arrastado da Indochina tropical para a metrópole, junto com dezenas de milhares de outros. Mas ele só foi ver Paris muito depois do fim da guerra. E nunca mais voltou pra casa. As cinzas dele estão no meu quarto, em cima da escrivaninha.

Não tem nada mais triste do que o exílio, disse o pobre Bon, os dedos trêmulos sobre a toalha de mesa. Pela maior parte de sua vida, jamais teria dito qualquer coisa tão remotamente filosófica, mas o exílio e a trágica perda da esposa e do filho o haviam feito ruminar cada vez mais. Leva as cinzas pra casa, continuou ele. Só assim o espírito do seu pai vai ter paz de verdade.

Seria de imaginar que aquela conversa pudesse tirar nosso apetite, mas Bon e eu estávamos loucos para comer qualquer coisa que não as rações de subsistência fornecidas pela ONG incumbida de manter os refugiados com vida e nada mais que isso. Além do mais, os franceses e vietnamitas partilhavam de um amor pela melancolia e pela filosofia que os americanos maniacamente otimistas jamais compreenderiam. O americano típico preferia a versão enlatada de filosofia encontrada em manuais de como fazer, enquanto mesmo o francês e o vietnamita médios cultivavam um amor pelo conhecimento.

Assim conversamos e comemos, mas, não menos importante, bebemos, fumamos e pensamos livremente, cedendo a três dos meus maus hábitos, todos a mim negados pela reeducação. Para satisfazer esses hábitos, minha tia não só abriu sucessivas garrafas de vinho tinto como também destampou um pote marroquino sobre sua mesa de jantar contendo dois tipos de cigarro, com e sem haxixe. Até "haxixe" soa charmoso, ou pelo menos exótico, em comparação a "maconha", droga preferida dos Estados Unidos, a despeito de ambos virem da mesma planta. Maconha era o que hippies e adolescentes fumavam, seu símbolo a banda terminalmente fora de moda Grateful Dead, que Yves Saint-Laurent teria perfilado e fotografado para popularizar camisetas tie-dye. Haxixe evocava o Levante e o souk, o estranho e o excitante, o decadente e o aristocrático. A maconha podia ser fumada na Ásia, mas no Oriente se fumava haxixe.

Até Bon experimentou um dos potentes cigarros, e foi então, a fome saciada, corpos e mentes relaxados, sentindo-nos mais do que um bocadinho franceses em nosso complacente contentamento pós-prandial, para refugiados algo quase tão prazeroso quanto uma felicidade pós-coito, que Bon notou uma das fotos emolduradas sobre a cornija.

Aquele ali é o — ele ficou em pé de repente, cambaleou, recobrou o equilíbrio e então caminhou pela beirada do tapete persa até a lareira. É — apontou um dedo para o rosto — é *ele*.

Quando disse para minha tia que aparentemente conheciam alguém em comum, ela respondeu, Não posso imaginar quem seja.

Bon virou de costas para a lareira, vermelho de raiva. Vou dizer quem. O *demônio*.

Levantei na mesma hora. Se o demônio estava ali, queria conhecê-lo! Mas olhando bem... Esse não é o demônio, falei, olhando para a foto colorizada de um homem no vigor da idade, com cabelos brancos e cavanhaque, um halo de luz suave em torno da cabeça. É Ho Chi Minh.

Um dia eu fora um comunista dedicado como ele, minha missão prosseguindo mesmo nos Estados Unidos, onde atuara para apoiar a revolução em meu país fazendo o possível para sabotar a contrarrevolução no exterior. Eu guardara esse segredo de praticamente todo mundo, sobretudo Bon. Os únicos que sabiam de minhas afinidades comunistas eram minha tia e seu sobrinho, Man. Ele, Bon e eu éramos irmãos de sangue, os Três Mosqueteiros, ou talvez, conforme a história possa nos julgar, os Três Patetas. Man e eu éramos espiões, trabalhando em segredo contra a causa anticomunista tão cara a Bon, o subterfúgio nos metendo em todo tipo de situação complicada, nosso método de fuga em geral envolvendo a morte de alguém. Até hoje Bon acreditava que Man estava morto e que eu era tão anticomunista quanto ele, pois vira as cicatrizes que os comunistas deixaram em mim na reeducação, algo que no seu entender fariam apenas com inimigos. Eu não era inimigo do comunismo, apenas alguém com uma incapacidade quase fatal de conseguir simpatizar com os inimigos genuínos do comunismo, incluindo os americanos. A reeducação havia me ensinado que comunistas dedicados eram como capitalistas dedicados, incapazes de nuance. Simpatia pelo inimigo podia perfeitamente corresponder a simpatia pelo demônio, equivalendo a traição. Bon, um católico devoto, anticomunista fervoroso, por certo acreditava nisso. Matara mais comunistas do que qualquer outro que eu conhecia, e embora se desse conta de que alguns dos que assassinara podiam apenas ter sido equivocadamente tomados por comunistas, tinha fé de que tanto a história como Deus o perdoariam.

Agora apontava o dedo para minha tia e dizia, Você é comunista, não é? Agarrei sua mão num ato reflexo, sabendo que se seu dedo estivesse em um gatilho ela podia estar morta num instante. Bon afastou minha mão com um tapa, e minha tia ergueu uma sobrancelha e acendeu um cigarro comum.

Sou viajante como vocês, mais do que comunista, disse ela. Tenho humildade suficiente para saber que não sou uma revolucionária de verdade. Só simpatizante. Exibia uma frieza sobre sua política à maneira tipicamente francesa, um povo tão frio que quase não tinha uso para o indispensável ar-condicionado dos americanos. Como meu pai, sou mais trotskista que stalinista. Acredito no poder para o povo e na revolução internacional, não num partido comandando o espetáculo para seu próprio país. Acredito nos direitos do homem e na igualdade para todos, não no coletivismo e na revolução do proletariado.

Então por que tem um retrato do demônio na sua casa?

Porque não é o demônio, mas o maior patriota de todos. Quando viveu em Paris, chegou a se intitular Nguyen, o Patriota. Ele acreditava na independência da nossa pátria, como vocês e eu, e como meu pai acreditava. As coisas que temos em comum não deveriam ser celebradas?

Falava num tom calmo e racional. Com Bon, poderia muito bem ter falado numa língua estrangeira. Você é comunista, concluiu ele. Quando virou para mim, exibia o olhar selvagem e descontrolado de um gato ferido e acuado. Não posso ficar aqui.

Percebi então que a vida da minha tia não corria perigo. No rígido código de honra de Bon, seria imoral retribuir hospitalidade com assassinato. Mas era quase meia-noite e não tínhamos outro lugar aonde ir.

A gente dorme aqui hoje, falei. Amanhã encontra o Chefe. O endereço estava na minha carteira, anotado no campo de Pulau Galang antes de os mágicos encarregados das partidas teletransportarem o Chefe para Paris um ano antes. A menção ao Chefe acalmou Bon, pois o Chefe devia sua vida a ele e prometera cuidar de nós se conseguíssemos chegar aqui.

Tudo bem, disse ele, o haxixe, o vinho e a exaustão amortecendo seus instintos assassinos. Tornou a olhar para minha tia com uma espécie de remorso, o mais próximo que conseguia chegar de sentir remorso de verdade. Não é nada pessoal.

Política é sempre pessoal, meu caro, ela respondeu. Por isso é tão mortal.

Minha tia se retirou para o quarto, deixando-nos na sala com um sofá e a roupa de cama empilhada sobre o tapete persa.

Você nunca me contou que ela era comunista, disse Bon do sofá, os olhos vermelhos.

Porque você nunca teria concordado em ficar aqui, falei, sentando a seu lado. E sangue não é mais importante que convicção? Ergui a mão para ele, com a cicatriz vermelha na palma, a marca da nossa irmandade de sangue, juramento feito em Saigon certa noite em um bosque do nosso liceu. Abrindo um corte na palma da mão, trocamos um aperto, misturando nosso sangue então e para sempre.

Hoje, um ou dois séculos após nossa adolescência — ou assim me parecia depois de tudo que sofrêramos —, na terra de nossos ancestrais gauleses, Bon ergueu a mão com a cicatriz e disse, Tá legal, quem dorme no sofá?

Deitado no chão, escutei Bon sussurrar no sofá as preces que fazia toda noite, dirigidas a Deus e a Linh e a Duc, sua esposa e seu filho mortos. Ambos haviam morrido na pista do aeroporto de Saigon quando corríamos freneticamente para embarcar no último avião que deixava a cidade em abril de 1975, nossa segunda experiência como refugiados. Uma bala indiferente perfurou os dois, disparada por um atirador anônimo em meio ao caos. Às vezes ele escutava os fantasmas chorosos da mulher e do filho o chamando, às vezes suplicando que se juntasse a eles, outras exortando-o a seguir vivendo. Mas suas mãos, tão destras em matar os outros, jamais se voltariam contra ele mesmo, pois cometer suicídio era um pecado contra Deus. Tirar a vida de outro, porém, às vezes era aceitável, pois Deus precisava que os fiéis fossem Seu instrumento de justiça, ou assim Bon me explicou. Ele estava em paz com o fato de ser um católico devoto e um assassino frio, mas o que me preocupava mais do que as contradições de Bon, e certamente minhas próprias contradições, era um dia precisarmos contradizer um ao outro. No dia em que ficasse sabendo do meu segredo, Bon levaria a justiça até mim, a despeito do sangue que compartilhávamos.

Antes de sair pela manhã, presenteamos minha tia com uma lembrança da Indonésia, um pacote de kopi luwak, um dos quatro que estavam na bolsa de Bon. Quem nos inspirou era um dos comparsas do Chefe, que se aproximara de nós no dia anterior a nossa partida com três pacotes de kopi luwak para seu cliente. O Chefe adora um café, disse o comparsa. Seu nariz trêmulo, os bigodinhos esparsos e as pupilas negras o faziam parecer com o bicho cara de fuinha dos pacotes, ou assim pensei. O Chefe encomendou um café especial, disse o comparsa. Bon e eu juntamos nossos trocados no aeroporto e compramos o quarto pacote de kopi luwak que minha tia segurava agora, escolhendo um da mesma marca. Quando expliquei que o luwak, ou civeta, ingeria os grãos crus e os excretava, seus intestinos supostamente fermentando os frutos de modo gourmet, ela explodiu numa gargalhada, algo que me magoou um pouco. O kopi luwak era caro, sobretudo para refugiados como nós, e se havia algo que os franceses deveriam adorar era o café passado na civeta. Considerando suas peculiaridades gastronômicas em consumir cérebro, intestinos, lesmas e coisas do tipo, os franceses eram asiáticos honorários na sua determinação heroica de comer qualquer espécie e qualquer parte de um animal.

Ai, pobre do fazendeiro!, ela disse, torcendo o nariz. Que jeito de ganhar a vida. Mas, percebendo a gafe, acrescentou, Deve ser uma delícia, com certeza. Amanhã de manhã eu faço uma xícara para nós — ou pelo menos uma para você e uma para mim.

Acenou com o queixo na minha direção, já que na manhã seguinte Bon deveria estar com o Chefe. Sóbrio à luz do dia, Bon não mencionou o demônio que os dividira, sinal de que a Cidade Luz já devia tê-lo iluminado um pouquinho. Minha tia também não, em lugar disso forneceu as orientações para a estação Voltaire do metrô, a uma quadra de distância, de onde seguimos para o 13º Arrondissement. Ali era o bairro asiático, ou a Pequena Ásia, sobre a qual escutáramos inúmeros rumores e histórias no campo de refugiados.

Para de chorar, disse Bon. Meu Deus, você é mais emotivo que uma mulher.

Não consegui me conter. Aqueles rostos! As pessoas ao nosso redor me lembraram o lar. Havia uma boa quantidade deles, mas nem de longe tantos quantos podiam ser encontrados nas Chinatowns de San Francisco ou Los Angeles, onde praticamente todo mundo era asiático. Como logo vim a descobrir, porém, qualquer coisa acima de meia dúzia de não brancos alvoroçava os franceses. De modo que a Pequena Ásia oferecia uma quantidade notável, ainda que não colossal, de rostos asiáticos, a maioria feiosos ou comuns, mas mesmo assim agradáveis para mim. O indivíduo médio de qualquer raça não era bem-apessoado, mas enquanto a feiura alheia apenas confirmava preconceitos a simplicidade do próprio povo era sempre reconfortante.

Limpei as lágrimas dos olhos para melhor enxergar nossos usos e costumes, que podiam estar fora de lugar aqui, mas não obstante elevaram a temperatura de nossos corações. Refiro-me ao andar arrastado que o asiático prefere às longas passadas, e de como os homens costumam caminhar à frente de suas sofridas mulheres, que carregam todas as sacolas de compras, e de como um desses mesmos paradigmas do cavalheirismo assoou o nariz tapando uma narina e soprando fortemente com a outra, seu míssil errando meus pés por menos de meio metro. Nojento, talvez, mas logo levado embora pela chuva, o que é mais do que se pode dizer de um lenço de papel amarrotado.

Nosso destino era uma loja de importações-exportações que anunciava sua finalidade em francês, chinês e vietnamita, os serviços incluindo o despacho de pacotes, cartas e telegramas para nossa pátria, ou seja, a entrega de esperança a um país famélico. O funcionário nos fitou de seu banquinho atrás do balcão e grunhiu a título de bom-dia. Expliquei que eu estava à procura do Chefe.

Ele não está, respondeu o balconista, como o comparsa nos avisou que faria.

Somos os caras de Pulau Galang, disse Bon. Ele está esperando a gente.

O sujeito grunhiu outra vez, ergueu-se do banquinho com cuidado hemorroidal e desapareceu por uma passagem. Um minuto depois, voltou e disse, Ele está esperando vocês.

Atrás do balcão, por uma passagem e depois uma porta, ficava o escritório do Chefe, cheirando a aromatizante de lavanda, piso de linóleo, calendários de pin-ups exibindo modelos núbeis de Hong Kong em poses exuberantes e um relógio de madeira de um tipo que eu já vira antes no restaurante em Los Angeles do meu antigo comandante do Special Branch, o General, o homem que traí e que me devolveu a traição. Confesso que me apaixonei pela filha dele, mas quem não se apaixonaria por Lana? Ainda sinto sua falta como nós refugiados sentíamos falta da nossa pátria, em cujo formato o relógio fora entalhado. Agora nossa pátria estava irrevogavelmente mudada, assim como o Chefe. Quase não o reconhecemos quando se ergueu atrás da mesa de metal. No campo de refugiados, parecera tão emaciado e esfarrapado quanto os demais, o cabelo desgrenhado, sua única camisa manchada de marrom sob as axilas e entre as escápulas, tendo apenas um precário par de chinelos para calçar os pés.

Agora usava sapatos de couro sem cadarço, calça vincada e camisa polo, o traje casual do ramo urbano, ocidental, do *Homo sapiens*, seu cabelo aparado repartido com tanto esmero que daria para encaixar um lápis na risca. Em nossa pátria, tinha participação considerável em arroz, refrigerante e petroquímicos, para não mencionar certos artigos do mercado clandestino. Após a revolução, os comunistas o aliviaram da riqueza excessiva, mas aqueles sôfregos cirurgiões plásticos haviam sugado gordura demais desse paciente. Ameaçado de morrer de fome, fugira para cá, precisando de apenas um ano para retomar a vida de empresário e reassumir o aspecto acolchoado da humanidade abastada.

Então ele disse. Vocês trouxeram a mercadoria.

Iniciamos nosso ritual de bajulação social masculina trocando abraços e tapinhas nas costas, após o que Bon e eu assumimos nossa condição de símios socialmente inferiores ofertando ao macho alfa nosso tributo: os três pacotes de kopi luwak. Então a diversão começou, o que envolvia fumar cigarros franceses e tomar Rémy Martin VSOP em taças que se encaixavam em nossas mãos como seios perfeitamente esculpidos. Nos últimos anos, eu não bebera nada mais refinado que uísque caseiro de arroz, capaz de cegar um homem, e o reencontro da minha língua com um de seus amores mais autênticos, o conhaque, levou lágrimas aos meus olhos. O Chefe não falou nada. Como Bon, já me vira chorar muitas vezes no campo de refugiados. Enquanto alguns sofreram de malária, eu fora sacudido por acessos inesperados de lamúrias, uma febre da qual ainda não me recuperara de todo.

Quando minha língua se recobrou do contato com o buquê acobreado e voluptuoso do conhaque, funguei e disse que nunca o imaginara como sendo do tipo que apreciaria café preparado com grãos defecados por civetas. Fazendo sua melhor imitação de um sorriso, ele pegou um abridor de cartas, cortou um dos pacotes e deixou cair um reluzente grão marrom sobre a palma da mão, que cintilou à luz da luminária na escrivaninha.

Não bebo café, disse ele. Chá, sim, mas acho café muito forte.

Ficamos olhando para o pobre grão, a ponta do abridor pressionada contra seu ventre. O Chefe rolou o grão com os dedos até terminar entre o polegar e o indicador e em seguida o descascou delicadamente com a lâmina. O marrom saiu, revelando a brancura por baixo.

É só corante vegetal, disse. Não faz mal, mesmo se cheirar.

Ele abriu o segundo pacote, extraiu outro grão e voltou a raspar parte da tintura para revelar o branco sob ela.

Precisa checar o produto, disse. Nem sempre dá pra confiar nos comparsas. Aliás, regrinha básica: Nunca confie nos comparsas.

Abrindo uma gaveta, tirou um martelo com aparente indiferença, como se fosse algo comum de encontrar em gavetas, e bateu suavemente no grão até ele se desmanchar num pó fino. Depois encostou a ponta do dedo no pó branco, tingido pelo corante marrom, e o lambeu. O breve vislumbre de sua língua rosada fez meu dedão se contrair.

Cheirar é o melhor teste. Mas tenho gente pra isso. Ou vocês podiam experimentar. Servidos?

Abanamos a cabeça. Ele ofereceu outro fac-símile de um sorriso e disse, Bons rapazes. Esse remédio é ótimo, mas vocês não vão querer precisar da cura.

Então fez um pequeno talho no terceiro pacote, tirou outro grão, pousou-o na mesa e o martelou — uma, duas, três vezes. O grão não se esfarelou. Ele contraiu o cenho e voltou a bater com um pouco mais de força. Então esmagou o grão com uma pancada que fez a luminária dar um pulo de surpresa, e quando afastou o martelo da mesa vimos não um pó branco e fino, mas um círculo de fragmentos inteiramente marrons.

Merda, murmurou Bon.

Não, é café, disse o Chefe, pousando o martelo com delicadeza. Ele recostou na cadeira, o canto dos lábios só um pouco franzido, um bem-humorado auditor descobrindo a falha fatal de uma tapeação. O tempo deve ter parado, pois pude perceber que os ponteiros do relógio não haviam se movido desde que entráramos no escritório. Olhem, rapazes, ele disse. Acho que a gente está com um problema.

E com "a gente" queria dizer claramente "vocês", ou "nós".

Ninguém sabia o nome do Chefe, ou, se sabia, não ousava pronunciá-lo em voz alta. Em seu passaporte havia um, mas ninguém sabia se era de verdade, e só as autoridades tinham visto. Presumivelmente, seus pais sabiam, mas como ele era órfão talvez nem tivessem lhe dado um nome antes de deixá-lo em um orfanato. Um órfão era algo como um bastardo, e isso me levou a sentir certa dose de afeição pelo Chefe, que fugira do orfanato aos doze anos não mais disposto a tolerar o proselitismo católico, a dieta repetitiva de mingau com lascas de porco seco, o abuso de outros órfãos porque era chinês, a rejeição incessante de nunca ser adotado. Como resultado de sua experiência entre as crianças, nunca teve o menor desejo de ter filhos. Não sentia necessidade de um legado além do que construíra para si, o único tipo que valia a pena possuir. Analisou os dois homens ali na sua frente — um dos quais era eu — e decidiu que não constituíam ameaça a seu legado, que não eram estúpidos o bastante para arriscar a lucrativa relação com ele por meio quilo daquele remédio da mais alta qualidade.

Vamos fazer o seguinte. Amanhã vocês voltam aqui com o outro kopi luwak. Sem crise, certo?

Em coro, respondemos que sim. Quem o conhecia sempre dizia sim, se fosse o que ele queria, ou não, se fosse o que ele queria. Quanto às pessoas que não o conheciam, era sua tarefa informá-las quem ele era e como deveriam responder. Esses dois o conheciam e compreendiam que se não podia confiar neles por causa de meio quilo, não podia confiar neles para nada. Pondo um sorriso no rosto, ele disse, Um engano honesto, tenho certeza. Lamento o trabalho. Você disse que sua tia gosta de haxixe? Vou mandar um pouco pra ela. Por conta da casa. De graça.

Então escreveu dois endereços para Bon em um pedaço de papel e disse, Deixa suas coisas, depois vai para o restaurante. Não vai querer chegar atrasado no seu primeiro emprego.

Ambos terminaram o conhaque, apertaram a mão do Chefe e o deixaram a sós com a garrafa de Rémy Martin, o maço de cigarros, um cinzeiro sujo, três taças vazias, os grãos de café e o martelo. O Chefe limpou o pó branco e o café marrom da cabeça do martelo e, segurando-o na mão, admirou seu peso, equilíbrio e elegância. Ele o comprara em uma loja de ferragens pouco depois de chegar a Paris, junto com uma caixa de pregos. Aonde quer que fosse, uma das primeiras coisas que gostava de comprar, se já não tivesse, era um martelo. Uma ferramenta simples, mas a única coisa de que algum dia precisara, além da sua mente, para mudar o mundo.

2

Embora eu temesse o Chefe por um bom motivo, temia Bon um pouco menos. Pensando agora foi um equívoco, já que Bon me deu um tiro na cabeça. Eu conhecia Bon havia mais de duas décadas, desde os tempos do liceu. Ele presenciara, e também causara, violência e mortes demais para ter medo até de alguém como o Chefe. Durante a maior parte da vida, de um modo nada saudável para qualquer um menos ele, Bon se ocupara do significado de morrer. Se esse era um objetivo da filosofia, então Bon era um perfeito filósofo. Ele lidara com a morte desde o momento na infância em que um vietcongue apontara o dedo acusador de um revólver para a nuca de seu pai, perfurando a frágil carapaça, revelando o que nenhum filho deveria ver e lhe despertando um ímpeto homicida que não conheceu limite até sua temporada na reeducação. Ali a Morte o acordava toda manhã, segurando um pedaço de espelho perto o bastante para que visse a névoa de seu hálito embaçar a imagem.

Nos anos anteriores à reeducação, as caçadas e a matança não o haviam incomodado minimamente. Depois da reeducação, tomou mais cuidado com a oferta de emprego feita pelo Chefe no campo de refugiados. Tendo testemunhado a habilidade de Bon em salvar sua vida, o Chefe dissera, Estou precisando de um homem como você para fazer coisas como essas.

Não machuco gente inocente, disse Bon.

Examinaram o homem encolhido a seus pés, inconsciente ou talvez morto, os elementos do rosto rearranjados por Bon num estilo cubista. O Chefe deu de ombros e concordou, uma vez que o preço de ingressar na profissão acarretava a perda da inocência. Mas hesitou acerca da outra condição de Bon, de que arrumasse um emprego também para mim.

Não emprego malucos como esse bastardo, disse afinal. Ele podia perceber que eu tinha um parafuso solto, o parafuso de confiança que por anos mantivera minhas duas mentes no lugar. Às vezes eu nem notava que tinha duas mentes, uma vez que essa era minha condição natural, mesmo sendo antinatural. Agora o parafuso perdera a rosca, após tantos anos submetido ao alto grau de estresse por eu ser um espião, infiltrado e agente secreto. Enquanto ficou apertado, minhas duas mentes funcionaram razoavelmente bem. Agora eu não estava mais enroscado — condição universal da humanidade —, mas, pelo contrário, desparafusado.

Os dois, disse Bon, ou nenhum dos dois.

Esse é o problema da lealdade. O Chefe suspirou. É uma beleza até virar um pé no saco.

Fora da loja de importações-exportações, enfrentávamos um dilema. O Chefe esperava que começássemos imediatamente. Também esperava a devolução do seu kopi luwak, que estava na mão da minha tia e poderia ser aberto a qualquer momento. O que fazer?

Ela realmente comentou que ia preparar o café amanhã, disse eu. Mas não parecia entusiasmada, então acho que não tem muita chance de querer fazer isso sozinha.

Tudo bem, disse Bon, olhando o sol para saber a hora. Seu relógio fora confiscado pelos guardas na reeducação a fim de... de... bem, não havia justificativa. Vamos resolver esse negócio o mais rápido possível.

O abrigo ficava a uma curta caminhada por uma área cuja arquitetura sem imaginação não exibia o menor charme. Ao contrário da Paris de Maurice Chevalier e Catherine Deneuve, a maior parte do 13º Arrondissement ficava a dever em charme, embora não estivesse claro se as autoridades permitiam aos asiáticos viverem naquele lugar por seu caráter desagradável ou se a presença de asiáticos contribuía para sua feiura. Fosse como fosse, Bon ficou satisfeito quando a recepcionista de ar cansado e cabelos ondulados desmilinguidos nos mostrou as acomodações e os beliches, o que fez Bon relembrar a caserna que amara com genuíno ardor. A atmosfera também era nostálgica, pungente com o suor masculino que evocava honestidade e camaradagem. No mais, o dormitório era ocupado por civis, a julgar pelos cobertores ignominiosamente amarfanhados sobre os colchões, pelos capachos vermelhos enrugados no assoalho de taco e pelo que passava por cozinha: uma mesa dobrável sobre a qual havia uma panela elétrica de arroz e um ensebado fogareiro elétrico de duas bocas.

Está todo mundo trabalhando, disse a recepcionista. Este é o seu beliche.

Quanto é?

O Chefe cuida disso. Bom negócio, hein?

Um bom negócio para Bon significava um negócio ainda melhor para o Chefe. Mas sem nenhum outro recurso a não ser o apartamento da minha tia, Bon largou a bolsa de náilon sobre o colchão e disse, Fechado.

Esse, como a reeducação lhe ensinara, era o seu maior talento. Ele aceitava qualquer coisa.

Nossa próxima parada era o Delícias da Ásia, localizado na Rue de Belleville, onde Bon trabalharia na cozinha. Cozinha?, estranhara Bon. Nem sei cozinhar. Não se preocupa com isso, dissera o Chefe. O lugar não é conhecido pela comida.

Nesse restaurante não conhecido pela comida os ladrilhos brancos do chão palpitavam com veias varicosas de gordura amarronzada, as paredes amareladas exibiam manchas que eu esperava que fossem marcas de dedos melados e os gritos e risadas dos garçons mal-encarados e chefs bocas-sujas podiam ser ouvidos sempre que as portas duplas da cozinha eram abertas. Junto à caixa registradora, um aparelho de som tocava fitas cassetes de estridentes óperas chinesas e vietnamitas. Na caixa registradora ficava o maître e curador musical, Le Cao Boi, que, da aparência aos modos, era o típico vietnamita romântico: parte poeta, parte playboy, parte gângster.

Adoro ver a tensão no corpo deles quando aperto o play, falou com uma risada, observando o freguês solitário abandonar um prato ainda enxameando de minhocas que a uma inspeção mais cuidadosa se revelava um macarrão gordurento, gelatinoso. Ele ejetou a fita cassete e inseriu outra. Led Zeppelin, "Stairway to Heaven", disse. Assim é melhor. Então! O Chefe me contou tudo sobre vocês dois, bad boys.

Le Cao Boi era o marechal de campo do Chefe. Ele apresentou os funcionários do restaurante: os dois garçons, os três chefs, o ajudante de cozinha e o faxineiro, ou, como Le Cao Boi os chamava, os Sete Anões. Ao contrário dos Sete Anões da Branca de Neve, não eram fofos nem tão anões assim: meramente pérfidos, brutos e baixos. O mais notável, e que comentei com Le Cao Boi, era que sete funcionários parecia excessivo para um restaurante vazio ao meio-dia de um fim de semana. Ele sorriu e disse, Faz a gente se perguntar por que o Chefe me mandaria mais dois, não é?

Como deve ficar óbvio até para um turista ou estrangeiro, o restaurante não sobrevivia de sua produção culinária, sendo em vez disso um posto avançado para as ambições do Chefe de se expandir do gueto da Pequena Ásia para o centro de Paris, coração da brancura, mesmo com suas sombras de escuridão. Esse posto avançado era um front para Le Cao Boi e os Sete Anões, que, além de baixos, eram irritados e ambidestros. Suas armas favoritas eram cutelos, funcionais na cozinha e nas incumbências, quando portavam dois deles sob as axilas em bainhas de couro especialmente fabricadas.

São irritados porque são baixinhos, disse Le Cao Boi. E são duros de dar porrada porque são baixinhos. O cara tenta acertar no lugar onde acha que a cabeça vai estar e acerta o ar. Você não vai querer os sete vindo pra cima de você de uma vez, mas é como trabalham. Um mutila sua masculinidade, outro decepa suas rótulas, um terceiro corta seus tendões, tudo ao mesmo tempo. Exalou uma nuvem de fumaça. Só não são muito bons com nuance. "Nuance" nem existe no vocabulário deles. Caralho, "vocabulário" não existe no vocabulário deles. É pra isso que *vocês* estão aqui.

Le Cao Boi ajustou os óculos de aviador, que nunca tirava, nem para fazer amor, ou assim era dito, sobretudo por ele mesmo. Tinha orgulho de serem Ray-Bans americanos genuínos, e não, como gostava de observar, uma imitação barata. Le Cao Boi era cioso da moda, das meias de marca ao cabelo tão esculpido com brilhantina que nenhum fio saía do lugar, estivesse ele declamando (sua) poesia, fazendo amor (com bastante vigor) ou brandindo sua arma preferida, um bastão de beisebol presenteado por um primo americano. Foi uma experiência amarga para Le Cao Boi vir como refugiado para a França em vez da América, país pelo qual suspirava durante sua juventude em Cholon. Le Cao Boi, como o Chefe, era chinês han, filho de um gângster de Cholon e neto de um comerciante de Guangdong que se estabelecera em Saigon na virada do século. O avô vendia seda e ópio, o pai vendia apenas ópio e o neto não vendia nada a não ser seus serviços violentos, um grande declínio sobre o qual ruminava com frequência em sua poesia, tão indescritivelmente ruim que nenhuma amostra será citada aqui.

Pensem em mim como Baudelaire com um bastão de beisebol, disse ele, exibindo seu estimado Louisville para nós. Um belo nome, acrescentou, rolando o bastão sobre o balcão onde ficava a caixa registradora sem uso, seu único propósito na vida — ter suas teclas apertadas — quase nunca atingido. Então, como a gente vai chamar vocês? Você a gente chama de Matador, é óbvio. Eu não ia querer ver sua cara quando abrisse a porta. Mas você! Le Cao Boi direcionou seu olhar reflexivo para mim. O Chefe disse que você já tinha um nome. Sabe qual é?

Ofereceu um sorriso, do tipo que os americanos que tanto admirava chamavam de sorriso de engolir merda, "*shit-eating grin*", expressão cujo significado era o exato oposto do que seria de se imaginar. Como vai, Bastardo Maluco, disse Le Cao Boi. Ouvi falar um bocado de você.

Em outra época eu teria ficado ofendido. Mas, depois de tudo que passei e vi, talvez fosse mesmo um bastardo maluco. Talvez esse fosse apenas mais um nome para um homem de dois rostos e duas mentes. Nesse caso, pelo menos eu sabia quem era, e isso é mais do que se poderia dizer da maioria. Minhas imagens duais flutuando em suas lentes me lembraram que eu não era um, mas dois, não apenas eu ou *moi*, como também, ocasionalmente, nós ou ambos. Podíamos ser duas pessoas em um só corpo, duas mentes numa carapaça, mas se isso era uma fraqueza, estar dividido contra si mesmo, também era uma força, ser seu próprio gêmeo. Não éramos metade de coisa alguma. Como minha mãe me dissera inúmeras vezes, Você é o dobro de tudo!

Ok, chega de papo furado, disse Le Cao Boi. Conversa mole me cansa. Ao trabalho.

Ei, patrão, falou um dos anões, emergindo do fundo do restaurante. Tinha pálpebras caídas. O Zangado aprontou outra vez.

Du ma!, exclamou Le Cao Boi. Então por que não cuida disso?

Du ma!, retrucou Soneca, apontando para mim. O novato aqui é ele.

Bem lembrado. Le Cao Boi acenou para mim. Vai com o Soneca. Ele mostra o que é pra fazer. Depois vem o trabalho de verdade.

Acompanhei Soneca aos fundos do restaurante. Ele parou diante de uma porta encardida e disse, com um sorriso satisfeito, É preciso começar de baixo e trabalhar pra chegar no topo, né?

Soneca riu com gosto da própria piada e pareceu um pouco ressentido quando não fiz o mesmo. Resmungando, abriu a porta com o pé e disse, Precisa manter as mãos limpas. Mãos limpas, comida limpa, certo? Quando Soneca percebeu minha ânsia, as lágrimas vindo aos meus olhos, ficou na ponta dos pés diante da porta aberta para olhar dentro da privada e disse, Meu Deus. Ugh. Quer dizer… boa sorte, novato.

Não vi sinal de luvas de borracha, embora a parte de dentro delas jamais teria sido higiênica. Os únicos instrumentos para a escavação do orifício obstruído eram um desentupidor com cabo curto e uma caneca de plástico de um tamanho lastimável, além de uma escova de dentes suja de tanto esfregar a privada. Se pudessem falar, o desentupidor e a escova sem dúvida gritariam eternamente, como eu fazia internamente.

Emergi do banheiro cerca de vinte minutos depois, tremendo e tentando não pensar nas gotículas d'água que haviam respingado por toda a minha roupa e possivelmente até borrifado meus braços e meu rosto. Presenciara coisa pior no campo de refugiados, mas ali deveria ser a Cidade Luz!

Terminou?, disse Le Cao Boi. Vivo falando pro Zangado não comer a comida daqui. Esteja avisado. Ok, vamos indo. A gente tem uma dívida pra cobrar.

Nosso destino era o Marais, popular entre judeus e veados, segundo Le Cao Boi, embora nosso alvo não fosse uma coisa nem outra.

Tratava-se, afirmou Le Cao Boi, de um cliente que gostava de bater nas garotas, o que podia ser aceitável, dependendo do pagamento. O que não era aceitável era ter acumulado uma dívida que estava em atraso.

Nunca fique endividado por causa de mulher, disse Le Cao Boi, detendo-se diante da porta de uma agência de viagens para permitir que um turista japonês passasse por ele, uma lente de zoom do tamanho do seu antebraço acoplada à câmera pendurada no pescoço. Lá dentro havia um jovem casal sentado diante do agente, cujo único crime parecia ser combinar uma gravata texturizada com uma camisa xadrez de manga curta. Seus olhos dardejaram de medo ao ver dois asiáticos que meio que não se pareciam com uma burguesia respeitável à procura de uma pausa nas medíocres exigências do capitalismo francês dos anos 80. Bon sentou na cadeira ao lado do jovem casal e encarou o cliente. Le Cao Boi explicou que podia esperar, não tinha pressa, o litoral espanhol era lindo nessa época do ano. Os minutos seguintes se passaram de forma constrangedora, pelo menos para o agente de viagens, com Le Cao Boi perambulando pela agência, assobiando "Stairway to Heaven" e passando o dedo pelos pôsteres de praias e palmeiras nas paredes, os folhetos sobre o balcão e o encosto das cadeiras onde estava o jovem casal.

Bon permaneceu perto deles, olhando apenas para o agente de viagens, mas mantendo o casal em seu campo de visão. Eles se entreolharam conforme o agente começava a gaguejar, os dedos tremendo sobre o fichário com os pacotes de viagem. Observei aquilo tudo recostado em silêncio contra a parede junto à porta, e quando o jovem casal sorriu nervosamente com a promessa de voltar, abri para eles. O agente de viagens gesticulou com as duas mãos para Le Cao Boi, alternadamente explicando e implorando, mas Le Cao Boi o ignorou e se dirigiu a Bon, Esse aí é um ladrão que bate em mulher. A gente podia ter arrumado trabalho melhor pra você começar?

Não, não podia. Bon se levantou. Vai ser moleza. Pelo menos pra mim.

Vendo o agente de viagens tremer e gemer, encolhido no chão impecável — Bon tomando o cuidado de não tirar sangue —, compreendi numa súbita reviravolta da vergonha que eu partilhava algo com aquele homem além do nosso choroso desejo de viver. Partilhava também sua masculinidade, sua luxúria, seu cérebro febril incapaz de passar dez minutos sem que uma fantasia sexual atravessasse seu campo de visão. Homens eram todos iguais, ou pelo menos de noventa a noventa e cinco por cento deles. Bon talvez fosse uma exceção, tão puro de coração que nem nas profundezas oceânicas de sua mente e alma ele fantasiava com o sexo oposto. Mas a maioria dos homens fantasiava. E eu — eu era como a maioria dos homens.

Chorei um pouco pelo agente de viagens, porém mais por mim e minha mãe, que tinha de me observar com horror lá de cima. Le Cao Boi fungou de desgosto, não por causa do agente de viagens, mas pelas minhas lágrimas. Controle-se, homem, disse ele ao passar pela porta da agência.

Bon, constrangido, falou, Pega esse kopi luwak, e nos separamos. Enquanto eles regressaram ao Delícias da Ásia, segui para a casa da minha tia, enxugando as lágrimas por ter visto Bon torcer a masculinidade do agente de viagens até o pobre coitado quase apagar e pedir por sua mãe, o que me levou a pensar na minha. Eu nunca vivera com outra mulher além da minha mãe e não fazia ideia do que fazer com uma mulher que não era minha mãe nem que eu estivesse perseguindo. Abri suavemente a porta do apartamento da minha tia e a encontrei sentada diante da escrivaninha, que ficava num recesso do corredor. Ela estava editando um original e fumava, ou talvez fumar fosse a atividade real e editar a distração.

Como foi seu dia? Ela acenou com o cigarro e me ofereceu um.

Nada de mais, falei, imaginando se o kopi luwak continuava intacto. Acabei de conhecer meu chefe e fiz uns trabalhos para ele.

Pode tomar um banho primeiro, depois você me conta. Apontou o banheiro, no meio do corredor. Estou esperando umas pessoas daqui a pouco e contei tudo sobre você para elas, meu sobrinho talentoso.

Como eu descobriria nos meses seguintes, o apartamento da minha tia era um autêntico salão de escritores, editores e críticos, uma turma de intelectuais tão de esquerda que eu sempre me surpreendia em ver que quase todos usavam a mão direita para comer. O trabalho da minha tia como editora, junto com o pendor por socializar e com um talento para o sutil afago do ego masculino — embora sutileza poucas vezes fosse exigida —, levara a uma extensa rede de amigos, a maioria homens, que viviam do comércio de palavras e ideias. Pelo menos duas ou três vezes por semana alguma visita aparecia, trazendo uma garrafa de vinho ou uma caixa de macarons coloridos. Minha tia consumia essas coisas sem preocupação nem impacto evidente em sua silhueta esbelta. Essa capacidade se devia ao fato de raramente comer comida de verdade, pelo menos na minha presença, alimentando-se de fumaça, das supramencionadas palavras e ideias e daqueles leves e adocicados macarons.

Quer um pouco do kopi luwak?, perguntei da cozinha, onde ela não podia me ver de seu cantinho. Para meu alívio, o presente permanecia intocado. Quando respondeu que sim, foi uma simples questão de trocar os pacotes e voltar à sala com a cafeteira de vidro preparada com a beberagem escura. Minha tia se juntou a mim e contei sobre minhas atividades do dia enquanto fumávamos Gauloises e tomávamos o café de civeta.

Não posso dizer que percebo a diferença, ela disse. Não que não seja delicioso. Na verdade, é bem encorpado.

É psicológico. Saber de onde vem influencia o sabor.

Assim como saber de onde vêm o Chefe e Le Cao Boi, disse ela. Imagino os dois escuros e encorpados, como esse café. O gângster e o romântico. O violento e o lírico. Não é isso que define a cultura da nossa pátria?

A França é nossa pátria? Meu pai, quando era meu professor, nos fazia repetir com ele: *La Gaule* é a terra dos nossos ancestrais.

Seu pai foi um colonizador e um pedófilo, duas coisas que andam juntas. Colonização é pedofilia. O país paterno estupra e molesta seus infelizes pupilos, tudo em nome da sacrossanta e hipócrita missão civilizatória!

Quando você fala comigo desse jeito, é como se eu fosse só um símbolo.

Pode ir se acostumando, meu caro. Não tem nada que nós franceses apreciemos mais do que símbolos.

Essa foi a natureza da nossa interação, a conversa estimulante após a propaganda bruta do campo de reeducação e o pseudorrealismo pé no chão do razoavelmente emperrado Sonho Americano. Os americanos odiavam símbolos, exceto símbolos patrióticos e sentimentais como armas, bandeiras, mães e torta de maçã, todos os quais o americano médio proclamava que defenderia até a morte. Era impossível não cair de amores por um povo tão prático, pragmático, impaciente com interpretações, ansioso apenas por apurar os fatos, *ma'am*. Se alguém tentasse interpretar o significado mais profundo de um filme com americanos, eles alegavam num ato reflexo que era só uma história. Para os franceses, nada era só uma história. Quanto aos fatos, os franceses os achavam um tanto quanto maçantes.

Os fatos, disse minha tia, são só o começo, não o fim.

Falando em fatos, achei que você fosse costureira.

E eu achei que você fosse um capitão patriótico que virou refugiado. Você recebeu seu disfarce e eu o meu.

Dado por Man?, perguntei. Quando ela confirmou, continuei, Você contou pra ele que estou aqui?

Claro. Ainda não tive resposta. Ela me encarou com ar astuto. Devo minha lealdade a ele em primeiro lugar, meu sobrinho de verdade, ou nem a ele na realidade, mas à revolução que você abandonou.

Não abandonei a revolução. Foi ela que me abandonou.

Decepções, abandonos, traições — infelizmente, essas coisas são típicas das revoluções, como em qualquer caso amoroso muito apaixonado. Aconteceu alguma coisa entre vocês dois?

Porque eu virei refugiado outra vez?

É. Ou isso é só mais um disfarce? Pra ficar a salvo de Bon? Ele te mata se souber que você era comunista, não é?

Minha xícara estava vazia a não ser por um fino sedimento preto de café moído. É.

Quando você me escreveu pedindo ajuda, concordei...

E sou grato pela...

... por tudo que você fez pela revolução. E por querer saber o que aconteceu com a nossa revolução. Sei reconhecer propaganda quando vejo uma, e o que tem vindo da revolução é propaganda. Mas, por mais imperfeita que nossa revolução possa ser — e que revolução é perfeita? —, isso não significa que apoio contrarrevolucionários. Então me diga, meu ex-comunista: você agora virou reacionário?

Comunista ou reacionário são minhas únicas escolhas?

Que outras opções você tem?

Você é editora, falei. Tenho um negócio pra você ler.

Peguei minha confissão no fundo falso da bolsa de couro e lhe entreguei, todas as trezentas e sessenta e sete páginas. Ela mal teve tempo de olhar a primeira quando uma batida na porta anunciou seus convidados, bem-vestidos e contudo informais, conscientizando-me da simplicidade da minha camisa branca de mangas compridas enroladas nos cotovelos, da minha tediosa calça preta e dos meus sapatos empoeirados — combinação que me deixava parecido com um garçom, coisa que agora de fato era. Também eles vestiam camisas e calças e tinham braços, pernas e olhos, como eu. Mas, embora partilhássemos os elementos que nos faziam humanos, eles eram claramente o filé mignon, malpassado e tostado com precisão por fora, enquanto eu não passava de miúdos cozidos, bucho talvez. Em outras palavras, tínhamos um parentesco distante, mas nunca enganaríamos ninguém. A qualidade superior do algodão de suas camisas, tecidas pela mão de obra infantil de uma criança esquálida em algum país lúgubre, pobre e quente, era visível de longe. Quanto a suas calças, tinham caimento tão perfeito que não precisavam de cinto, enquanto a minha era tão folgada que necessitava de uma horrorosa tira de couro de cobra, fornecida pelo campo de refugiados e doada, presumivelmente, por alguém de cintura americana típica do Texas ou da Flórida, o que equivale a dizer que era comprida o bastante para dois vietnamitas descarnados.

O primeiro cavalheiro, de cabelos pretos despenteados salpicados de grisalho, era psicanalista. O outro, cujos cabelos grisalhos penteados com esmero entremeavam-se a mechas pretas, um político. Era socialista, afiliação honrada na França, e um homem muito feliz, uma vez que as eleições presidenciais da semana anterior haviam sido vencidas pelo candidato socialista. O político era conhecido o bastante para ser apresentado apenas pelas iniciais, o que de início me deixou confuso.

BHV?, perguntei.

BFD, repetiu minha tia.

BFD e o psicanalista, que também era doutor em maoismo, me encararam com uma curiosidade que logo evoluiu para o desdém, algo que os franceses têm dificuldade em ocultar, uma vez que consideram o desdém uma virtude. Minha tia me apresentou como um refugiado da revolução comunista em minha pátria, e aqueles dois eram esquerdistas para quem os revolucionários vietnamitas representavam os nobres selvagens dos tempos atuais. Não fosse um desses nobres selvagens, eu deveria ser então um ignóbil selvagem, situação em nada ajudada pelo fato de que meu francês da escola emperrara pela falta de uso tantos anos após o liceu. Depois de algumas hesitantes rodadas de conversa onde provei rapidamente ser incapaz de nadar nas correntezas intelectuais, culturais e políticas de Paris, da França ou dos franceses — mencionei Sartre, por exemplo, e não sabia que o grande existencialista morrera havia dois anos —, o ph.D. maoista, BFD e minha tia me ignoraram. Fiquei sentado num canto do sofá no país da humilhação, lugar que visitava com bastante frequência, na maioria das vezes quando alguém me chamava de bastardo. Em geral eu reagia com raiva, uma boa máscara. Mas eu não era eu mesmo, ou melhor, era eu e eu mesmo, meu parafuso bem frouxo, extraindo consolo da primeira e depois da segunda garrafa de vinho que as visitas haviam trazido, o trem de carga da conversação passando veloz por mim e revelando apenas relances das janelas. Fumando os cigarros da minha tia, contemplando o teto, o tapete, a ponta lustrosa dos sapatos masculinos, eu sabia que não era apenas um palhaço, mas um burro.

Quando minha tia ofereceu haxixe aceitei com alívio, sem saber bem como deixar com dignidade seu ménage à trois. Mas, sob o efeito do fumo, mais tarde, foi perfeitamente normal que, quando o ph.D. maoista se despediu, até de mim, BFD continuasse à mesa. Minha tia fechou a porta atrás do ph.D. maoista e disse, Foi uma noite muito agradável. Até amanhã...

Ela acenou para BFD, que se levantou, inclinou a cabeça para mim com certo escárnio e a seguiu para o quarto. Pude escutá-los rindo atrás da porta, sem dúvida de mim. Também ri. Afinal, eu era o refugiado, não o revolucionário, era o bicho do mato, o sobrinho bobalhão vindo da colônia, o bastardo estúpido tão provinciano e puritano que mesmo chapado de haxixe ficava chocado com a ideia de sua tia fazer amor com um político, ou com qualquer homem, mesmo um socialista.

* * *

Mais tarde, deitado no sofá, a bomba-relógio de uma lição finalmente explodiu na minha cabeça. Eu tentava pegar no sono quando de repente me lembrei de um professor no liceu que se formara em Paris na década de 1930. Ele era adorado e invejado pelos alunos. De fato, a adoração e a inveja eram onipresentes em nossa quente e úmida colônia, como em qualquer colônia. Os colonizadores se imaginavam divinos, e os intermediários que os serviam, como meu professor, imaginavam-se padres e discípulos. Não surpreende que os colonizadores nos vissem como selvagens, crianças ou ovelhas, ao passo que nós os víamos como semideuses, amos ou brutos. O perigo de venerar seres humanos, por certo, é que eles acabam revelando sua humanidade imperfeita, e nesse ponto não resta outra escolha ao venerador senão assassinar os ídolos caídos ou morrer tentando.

Alguns de nós amavam os franceses, nossos benfeitores, e alguns odiavam os franceses, nossos colonizadores, mas fôramos todos seduzidos por eles. É difícil ser amado por alguém, como os franceses imaginavam sua relação conosco, ou ser maltratado por alguém, embora os franceses fingissem que não o faziam, sem ser moldado por sua mão e tocado por sua língua. Assim aprendemos o idioma e a literatura dos franceses sob a tutela desse professor que pisara de fato no solo de *la Gaule*, nossa pátria, quando foi aluno bolsista despachado para absorver o melhor da cultura francesa. Ele regressou como uma esponja encharcada para nós, rudes nativos, aplicando-se a testas que talvez estivessem febris de revolução.

Ah, os Champs-Élysées, derretia-se o Esponja. Ah, a Torre Eiffel!

E ficávamos todos enlevados, só um pouco, e sonhávamos que um dia também embarcaríamos num vapor para a metrópole sem nada além de uma mala, uma bolsa de estudos e um complexo de inferioridade.

Ah, Voltaire!, exclamou efusivamente o Esponja. Oh, Descartes! Oh, Rousseau!

Na verdade, era um deleite para nós ler esses mestres no original francês para as aulas do Esponja, e acreditávamos no que o Esponja nos contava, que os grandes da literatura e da filosofia eram universais, e que a literatura e a filosofia francesas eram as maiores de todas, e aprendendo a literatura e a filosofia francesas, e a língua também, um dia poderíamos ser franceses, embora nossas lições no cânone fossem dificultadas por nosso contexto de colônia. Com Descartes, por exemplo, aprendi que por pensar, logo existo! Mas aprendi também que em um mundo dividido entre o corpo e a mente, nós vietnamitas éramos guiados pelo corpo, e por isso os franceses podiam nos guiar com sua mente. Com Voltaire, aprendi que era melhor cuidar do meu jardim, o que talvez quisesse dizer muitas coisas, mas quando ensinado pelos franceses queria dizer cuidar da própria vida e ser feliz com nosso pedacinho de terra, enquanto os franceses tomavam conta de toda a nossa colônia e nos infligiam horrores dignos do *Cândido*. Quanto a Rousseau, talvez tenha aprendido mais com ele do que com qualquer outro, pois quando escrevia minha confissão orientado pela mão pesada de Man no campo de reeducação, o início das confissões me veio repentinamente à memória:

> Tomo uma resolução da qual jamais houve exemplo e cuja execução nunca terá imitador. Quero mostrar a meus semelhantes um homem em toda a verdade da natureza, e esse homem serei eu. [...] Se a natureza fez bem ou mal em quebrar o molde em que fui formado, é algo que ninguém pode julgar enquanto não me houver lido.

Obrigado, Jean-Jacques! Você me inspirou a ser autêntico comigo mesmo, pois ainda que eu fosse um bastardo imprestável, era um bastardo imprestável sem paralelo na história, passada ou presente. Aprendi a gostar de confessar e nunca mais parei de admitir meus crimes de violência, tortura e traição, todos os quais nossos amos franceses haviam nos ensinado por meio da violência e da tortura a nós infligidas conforme traíam seus próprios ideais.

Essas complicadas lições eram apenas reforçadas quando eu deixava a veneranda segurança do liceu com um livro francês sob o braço e caminhava pelas ruas de Saigon, onde, às vezes, era insultado na língua de Dumas, Stendhal ou Balzac. Todo francês, homem, mulher ou criança, rico ou pobre, bonito ou sem graça, podia nos chamar do que bem entendesse e, de vez em quando, faziam exatamente isso. *Amarelo filho da puta! Xing-ling de merda!* Os lábios mais perfeitos e os dentes mais alvos, portados pelos sapatos mais chiques e pelas sandálias mais graciosas, podiam nos cuspir essas sementes, que encontravam solo fértil onde se enraizar sob nossa pele poluta, como aconteceu com Ho Chi Minh, que expressou isso melhor do que ninguém quando escreveu sobre como nós, os colonizados da África e da Ásia, éramos para nossos amos "apenas negros imundos e anameses imundos, bons no máximo para puxar riquixás e levar porrada dos nossos capatazes".

Alguns ignoravam os insultos, querendo apenas ser amados por nossos amos.

Outros eram incapazes de relevar os insultos e queriam matar nossos amos.

E outros — eu e mim mesmo, mais do que todos — simultaneamente amavam e odiavam nossos amos.

Amar um senhor que dá pontapés não é problema quando a única coisa que sentimos é amor, mas amor *e* ódio é algo que precisa ser mantido como um segredinho sujo, pois amar um senhor que odiamos inevitavelmente leva a confusão e ódio contra nós mesmos. Foi por isso que nunca estudei francês com o mesmo entusiasmo com que estudei inglês e por isso que, desde o fim do liceu, mal falara uma palavra de francês. Francês era a língua de nosso amo e estuprador, ao passo que o inglês era uma novidade, anunciando uma chegada americana que significava o fim da humilhação francesa. Dominei o inglês sem ambivalência porque ele nunca nos dominou.

Agora, finalmente em Paris, a terra do meu pai, na companhia do BFD socialista e do ph.D. maoista, ocorreu-me de repente que eu não era simplesmente visto como um outro pelos brancos. Também era *ouvido* como um outro, pois, quando abri a boca e quebrei a linda porcelana de seu idioma francês, eles escutaram o que o poeta, menino prodígio, contrabandista de armas e traficante de escravos Rimbaud deve ter escutado e plagiado de algum viajante africano ou oriental anônimo: *Eu é um outro*.

Não precisávamos dos franceses para nos condenar. Contanto que falássemos em sua língua, nós mesmos nos condenávamos.

Eu, o outro, despertei do meu sono, mas foi como se eu, ou eu mesmo, continuasse sonhando, pois conseguia enxergar com meus olhos, mas também conseguia enxergar eu e eu mesmo com os olhos da minha tia e BFD. Os dois saíram do quarto amarrotados mas elegantes, embora topassem comigo tão amarrotado quanto antes. BFD vestia um roupão azul de veludo, como um boxeador ao final de um assalto vitorioso no ringue, a indumentária pós-coito que minha tia mantinha para todas as visitas. Minha tia usava um roupão cinza de cetim com um turbante do mesmo material embrulhando seu cabelo, traje que uma estrela de cinema da era do preto e branco talvez vestisse entre as cenas. Conversaram amigavelmente enquanto fumavam, bebiam café de civeta e folheavam os jornais. BFD havia primeiro cheirado o café, antes de tocá-lo com a língua e em seguida rir, e fantasiei que o estrangulava. Nunca zombe do que outro povo come ou bebe; é um pecado mortal. Ruminando diante do meu café com torrada, mal prestei atenção na conversa, exceto para notar as menções a *le haschisch* e *les boat-people*.

A menção a este último foi motivada por um artigo no *L'Humanité*, o jornal que minha tia assinava (BFD preferia o *Libération*, mas, na falta dele, o *L'Humanité* servia, disse). BFD mostrou o jornal e apontou para a manchete sobre *les boat-people* e a foto de um barco pesqueiro flutuando no oceano, tão apinhado de meus compatriotas quanto um vagão de metrô na hora do rush. Mas enquanto o passageiro atura as condições do trem apenas por alguns minutos, meus compatriotas aturavam suas condições por dias e semanas, expostos ao sol, ao vento e à chuva, com piratas aparecendo de tempos em tempos para selecionar as partes mais suculentas da carga e tubarões nadando junto para olhar a vitrine e contemplar sonhadoramente os cortes de carne fresca expostos.

Muito triste, disse BFD, muito deliberadamente e muito alto, seus lábios se movendo em exagerada câmera lenta. *Você também. Um boat person. Como eles. Muuuito triste. A gente tem tudo. A gente precisa fazer alguma coisa por eles. A gente precisa fazer alguma coisa por* você.

Apontou o dedo para mim como se suas palavras não bastassem. Forcei-me a sorrir e engoli meu ressentimento, que tinha gosto de sangue — ou seja, não tão ruim quanto seria de imaginar, considerando quanta gente pelo jeito aprecia carne malpassada e suculenta.

O ardor de sua piedade era tão forte que não me aqueceu. Em vez disso, fervi, o vapor sibilando em meus ouvidos enquanto mantinha a boca fechada após as poucas palavras conciliatórias que consegui pronunciar. Como dizer que os chamados *boat people* já haviam feito algo por si mesmos ao subir em seus barcos, para começo de conversa? Como dizer que me recusava a ser chamado de "*boat person*", termo tão opressivo que até mesmo os anglofóbicos franceses o tomaram emprestado e usavam-no regularmente, como *un jean* e *le week-end*?

Eu não era *boat person* a menos que os peregrinos ingleses que fugiram das perseguições religiosas para chegar à América a bordo do *Mayflower* também fossem *boat people*. Esses refugiados simplesmente tiveram a sorte de os em breve desditosos nativos não disporem de câmera para registrar o bando malcheiroso, famélico, barbado e piolhento que eram. Nossa miséria, por outro lado, ficou para sempre registrada no *L'Humanité*, onde éramos vistos como tudo menos humanos. Não, os *boat people* não eram humanos, não desfrutavam dos auspícios de algum pintor romântico para retratá-los em pinturas a óleo, numa pose arrojada à proa de seus barcos fazendo água, encarando os monstruosos elementos com a nobreza de heróis gregos, conservados no Louvre para serem admirados por turistas e estudados por historiadores da arte. Não, *boat people* eram vítimas, objetos de pena eternizados em fotos de jornal. Parte de mim, meu filhinho da mamãe, queria essa piedade. Mas a parte de mim que era um homem adulto não queria nem merecia piedade, tampouco queria ser chamado de vítima, e nem merecia ser visto como tal, não após todos os meus feitos e malfeitos. Se o preço da existência humana era o reconhecimento por despertar piedade, a humanidade que fosse para o inferno! Eu era um bastardo imprestável — reconheça isso!

Mas, na verdade, tudo que eu disse foi: Obrigado. Sim, por favor, faça algo por eles.

BFD se levantou para ir embora, satisfeito não só por colocar a mim e a meu povo em nosso penalizado lugar como também por me fazer ficar grato por seu quase desdém. Ocorreu-me que se meu francês era constrangedor e meu vietnamita incompreensível, meu inglês era fluente, e nada faria um francês se sentir mais inferior, e portanto mais irritado, do que ouvir inglês. Em algum canto da alma de todo francês havia um americano desleixado, tossindo discretamente aqui e ali para lembrar os franceses de sua história compartilhada, a começar por como os franceses ajudaram os penalizados arrivistas americanos em sua revolução contra os ingleses apenas para se pegarem precisando da ajuda desses mesmos americanos para salvá-los duas vezes nas Guerras Mundiais. Então, finalmente, "Indochina", fosse lá o que essa palavra significava, uma vez que não éramos indianos nem chineses. Foi essa Indochina fantástica que os franceses exauridos cederam aos doravante muito ruidosos americanos. Como deve ter doído ser lembrado do declínio de seu próprio império sendo confrontado com a ascensão de um novo! Ah, sim, o inglês nesse caso era um insulto e um desafio, sobretudo partindo de alguém como eu, que não era sequer americano, mas "indochinês".

Assim, num inglês americano perfeito, falei, Escutei alguém falar em haxixe? Acontece que tenho um pouco aqui comigo, e de excelente qualidade.

BFD hesitou, surpreendido por esse papagaio amarelo. O socialista emproado podia ter me dispensado em francês, mas a tentação de provar que também sabia falar inglês foi demais para ele. Bem, sim, na verdade, eu estava contando para sua tia que nosso... fornecedor... sumiu.

Faz seis meses, sem dizer uma palavra, minha tia acrescentou. Seu inglês fluente, como o de BFD, era pronunciado com um charmoso sotaque francês, contudo não tão bom quanto o meu, pois eu conseguia dizer a coisa mais americana que existe — *hee-haw!* —, algo que a maioria dos franceses não conseguia, a não ser com alto grau de concentração conforme tentavam pronunciar o *h* aspirado. Imagino que isso só pode significar más notícias para o sujeito, prosseguiu minha tia.

Ou que ele encontrou a religião, falei.

Duvido, disse minha tia. Saïd só se interessa por dinheiro. Falando nisso — se me permite a indelicadeza...

Não, não, não, exclamei, sabendo intuitivamente que alguém como BFD, um político, não compraria a mercadoria, pelo menos não de mim. Segurei entre os dedos o pacotinho que o Chefe me instruíra a passar para minha tia. *Isso aqui* — a luz do abajur refletiu no papel-alumínio, que cintilou como um relâmpago distante —, *isso aqui* é um presente.

3

Ai, que enxaqueca! E não só por esses buracos na minha cabeça, mas também pela insistente ressaca daquela manhã e sua impensada decisão. Ai, meu Deus — ou meu Karl Marx, ou meu Ho Chi Minh —, o que eu havia feito? Como o General um dia me dissera: o barato sai caro, ainda mais se for de graça. Como isso era verdade, considerando que eu lhe oferecera minha lealdade a troco de nada e no entanto também o espionava (para não mencionar que seduzi Lana). Eu era seu ajudante de campo, Saigon estava prestes a cair e, embora ele fosse um aliado americano, falava sobre os perigos da ajuda americana, que os americanos ofereciam a troco de nada, ainda que essa ajuda sempre saísse muito cara. No caso dos sul-vietnamitas, traváramos a guerra contra o comunismo que os americanos queriam apenas para vê-los abandonar a maioria de nós em nosso momento de maior necessidade. Então quem estava pagando por esse presente, e quanto? Seria esse o início da minha derrocada, quando mal começara a me erguer da posição subjugada que ocupava como triplamente refugiado? Minha intenção era fisgar BFD para futuras vendas, mesmo que essas vendas devessem ser conduzidas por intermédio da minha tia. Ele tem uma reputação a zelar, disse ela após fechar a porta às suas costas. É subprefeito do 13º Arrondissement.

Melhor ainda. Pude sentir o gosto salgado da vingança, que era o que eu queria, mesmo me deixando com sede e mau hálito. Mas, ao almejar minha vingança contra o socialista, estaria na verdade me tornando esse que era o mais horrendo dos criminosos? Não, não um traficante de drogas, o que era uma questão de mau gosto. Quero dizer que estava me tornando um *capitalista*, que era uma questão de maus costumes, sobretudo porque o capitalista, ao contrário do traficante, jamais reconheceria sua moralidade ruim, nem sequer a admitiria.

Um traficante não passava de um criminoso comum cujo alvo eram indivíduos, e embora pudesse ou não se envergonhar disso, normalmente reconhecia a ilegalidade de seu ofício. Mas um capitalista era um criminoso legalizado cujo alvo eram milhares, quando não milhões de pessoas, e não sentia a menor vergonha de sua pilhagem. Talvez apenas alguém como o ph.D. maoista compreenderia, e de fato compreendeu tão bem que ligou para minha tia naquela tarde e pediu um pouco da mercadoria, tendo sido informado por BFD sobre sua qualidade. Ao contrário de BFD, não parecia se preocupar com sua reputação. O fato de ser um notório fumador de haxixe, se alguma diferença fazia, provavelmente contribuía para a reputação do ph.D. maoista.

Parece que seu produto é excelente, ela disse, desligando o telefone com um toque de reprovação na voz. Eu mesma não ia achar ruim experimentar um pouquinho.

Verei o que posso fazer, falei, um plano se lançando nos braços acolhedores da minha mente, que por muito tempo não acalentava nada parecido. Quanto a minha tia, tinha seus próprios planos para mim.

Tenho um amigo que dá aula de francês para imigrantes, prosseguiu. Precisa melhorar o seu francês. Você é metade francês, e devia saber a língua do seu pai tão bem quanto fala inglês. E não pode trabalhar pra sempre no restaurante. Ou não deveria, de todo modo. Não que tenha alguma coisa errada em trabalhar em um restaurante. Mas você tem talentos maiores.

Pensei em minha carreira como espião, meus planos e minhas manipulações, meus ideais e minhas desilusões, minhas decisões e minhas burradas. Minha vida como revolucionário e espião fora concebida para responder uma única questão, herdada daquela vanguarda da revolução, Lênin, a questão que me motivava desde os tempos de liceu: O QUE FAZER? No meu caso, eu assassinara dois homens, e eles eram inocentes, ou em grande parte inocentes, e eu era culpado, ou em grande parte culpado. Assassinara ambos por ordens do General, que cometera o erro de confiar em mim o bastante para me nomear oficial do Special Branch, sendo nossa missão erradicar comunistas e dissidentes. O General nunca suspeitou que eu fosse espião, não durante nosso tempo em Saigon ou nos anos que se seguiram, quando fugi com ele e sua família como refugiados para Los Angeles. Quando Man me ordenara que acompanhasse o General aos Estados Unidos, tinha razão: o General e seus homens continuariam a travar a guerra por lá, tentando resgatar nossa pátria e derrotar a revolução. Se houvesse prêmio de melhor ator para espiões eu merecia um, pois fora melífluo o suficiente para convencer o General de que o verdadeiro espião era meu colega na polícia secreta, o major glutão. E quando o General decidiu que o major glutão merecia ganhar uma passagem só de ida para o além, me escolheu para entregá-la. Não fora eu que puxara o gatilho quando o major glutão sorriu para mim na entrada da garagem — foi Bon —, mas eu era o responsável por sua morte.

Quanto ao segundo homem que matei, Sonny, eu o conhecia desde a época em que fomos alunos estrangeiros no sul da Califórnia, na década de 1960, quando ele era um ativista de esquerda e eu um comunista fingindo ser de direita. Sonny permanecera ajuizadamente na Califórnia para se tornar jornalista, uma ocupação perigosa em nosso país. Mas nosso país seguira em seu encalço quando nós, refugiados, fomos para os Estados Unidos, inclusive o General, que suspeitava de Sonny ser um agente comunista. Mais uma vez o General me fez de garoto de recados, e se eu, seu ajudante hipercompetente, super-anticomunista, me recusasse, teria sido justificadamente suspeito em sua imaginação paranoica. Eu matara Sonny à queima-roupa, e ele e o major glutão me assombravam de tempos em tempos desde então, suas vozes emergindo nítidas aqui e ali no canal cheio de estática do meu inconsciente.

Talentos? Minha risada soou esquisita até para meus ouvidos. Que talentos?

Minha tia pareceu desconcertada, seu *sang* não mais tão *froid*. Você sabe escrever, ela disse. Estou quase no fim da sua confissão, faltam só trinta ou quarenta páginas.

Mas eu te dei ontem à noite.

Sou editora. Leio rápido e não durmo muito.

O que está achando?

Que você ama a sua mãe. Acho que você tem um problema com mulheres. Acho que foi tratado com um pouco de crueldade por Man, que pode não ter tido escolha, e no entanto acho que se deixou seduzir demais pela cultura americana. Você viveu uma vida perigosa como agente duplo e espião, e foi, como diz, um homem de dois rostos e duas mentes. Gostaria de saber para que rosto estou olhando agora. E se posso confiar em você.

Eu poderia dizer pra você confiar em mim, mas nem eu confio em mim.

Bem, aí está uma resposta honesta. Mas o que alguém que simpatiza com qualquer um pensa que eu deveria fazer com você? Você foi bem-vindo na minha casa porque era meu camarada revolucionário. Mas não é mais meu camarada, não é?

Você leu sobre o que a revolução fez comigo!

Li o que você disse que a revolução fez com você. Mas não acha que talvez a revolução tivesse razão em suspeitar? Que você fosse, ou na verdade é, americanizado demais? Até aqui na França a gente corre o perigo de ficar americanizado. O *american way of life*! Comer muito, trabalhar muito, comprar muito, ler quase nada, pensar menos ainda e morrer na pobreza e insegurança. Não, obrigada. Percebe que foi assim que os americanos dominaram o mundo? Não só com seu exército, a CIA e o Banco Mundial, mas por meio dessa doença infecciosa chamada sonho americano? Você pegou a doença e mal percebeu! Virou um viciado, curado por Man. Infelizmente, a cura do vício é sempre dolorosa.

Fiquei em choque. Depois de ler minha confissão foi a essa conclusão que chegou? Quer dizer que eu estou errado, falei, e a revolução, certa em me punir?

Do ponto de vista editorial, não posso deixar de admirar os métodos de Man. Minha tia acendeu um cigarro e sorriu. Quem dera eu pudesse fazer todos os meus autores produzirem essa quantidade de páginas rápido desse jeito. A gente precisa respeitar o rigor dele, não é?

Eu, que conseguia me compadecer de qualquer um, queria acima de tudo que alguém se compadecesse de mim. Havia acreditado que certamente minha tia seria mais bondosa do que o homem para quem eu espionara nos Estados Unidos, também comissário do campo onde fui mais tarde internado, o homem sem rosto, mais conhecido como meu melhor amigo e irmão de sangue, Man, em larga medida despojado de sua humanidade após um ataque mal calculado de napalm. Man era muito solidário a mim. Ele me conhecia bem, mais do que qualquer padre ou analista, mas usara esse conhecimento para me interrogar e torturar. Ao contrário de Man, era mais provável que minha tia não me torturasse. Mas se ela não conseguia me entender, quem conseguiria?

Acho melhor buscar mais um pouco de haxixe, falei.

O balconista hemorroidário grunhiu penosamente quando me viu às cinco da tarde. Riscou um fósforo, e o clarão da chama e o sibilo de sua respiração curta, intensa, acenderam alguma coisa dentro de mim no momento em que acendia seu cigarro — o estopim de um complô, a longa trilha de pólvora em um desenho animado levando ao clímax da explosão.

Posso ver o Chefe?

Ele quer ver você?

Avisa que tenho uma proposta pra fazer.

O Chefe me deixou esperando por uma hora, só para me mostrar exatamente qual o meu lugar, ou assento, no caso. Pelo menos aqui, na França, a pessoa esperava sentada, não acocorada sobre bem constituídas ancas, com músculos adquiridos de uma vida inteira sofrendo escassez de cadeiras. Quantas vezes vira minha mãe acocorada, as solas dos pés plantadas no chão, o tronco um pouco curvado à frente para manter o equilíbrio, sobretudo se eu estivesse embrulhado em suas costas? Podia permanecer assim por horas, forçada a manter uma postura que a maioria dos ocidentais não conseguia sustentar por mais de um minuto. Ela murmurava para mim, me embalava, cantarolava canções de ninar e depois, quando fiquei maior, narrava contos de fadas e recitava ditados e poemas populares, nós dois colados o tempo todo por uma fina película de suor. Sempre que esperava algo, eu pensava em sua paciência infinita, exercitada não em função de quem quer que a estivesse fazendo esperar, mas de mim, que tinha de esperar junto sempre que ela esperava. Quando fiquei grande demais para ser carregado nas costas, acocorava-me a seu lado e entre o resto da multidão. Depois fui para o liceu, e ali me tornei parte da classe que não mais se acocorava, e sim assumia seu direito de sentar em cadeiras.

Ao ser enfim chamado ao escritório, minhas nádegas estavam ligeiramente doloridas da dura concavidade da cadeira de plástico, ergonomicamente projetada para arredondados traseiros ocidentais em vez de achatados traseiros orientais. Encontrei o Chefe acomodado numa fofa poltrona estofada diante da mesa limpa, examinando um livro-razão. Eu ouvira rumores de que nunca frequentara a escola, mas aprendera a lição das ruas, e o que não lhe fora ensinado ali descobrira por conta própria. Meu coração se enterneceu por aquele órfão pobre e abandonado quando imaginei tudo o que, com seu talento e ambição, poderia ter se tornado com uma educação apropriada:

Gerente de fundo de investimentos!

Presidente de banco!

Capitão da indústria!

Ou, consultando meu tesauro marxista:

Abutre do capitalismo!

Um sanguessuga!

Alguém para lavar os lucros destilados do suor do povo!

Eu deixara de ser um comunista que acreditava em um partido, mas continuava sendo um descendente de Marx que acreditava em uma teoria, e essa teoria proporcionava a melhor crítica disponível do capitalismo. Esperar que os capitalistas criticassem a si mesmos era como pedir à polícia para se autopoliciar...

Qual o problema?, disse o Chefe. Que cara é essa, bastardo maluco?

Desculpe, murmurei — ou, antes, murmuramos, eu e eu mesmo.

Trouxe o kopi luwak?

Ele balançou a cabeça de satisfação quando depositei o pacote sobre a mesa, e observei-o examinar a anatomia do grão, seu abridor de cartas permitindo entrever o branco interior. Satisfeito, pousou a lâmina e disse, O que mais?

O haxixe...

Ele sorriu e reclinou na poltrona. Coisa fina, hein?

Assim disseram. Não experimentei.

Ótimo. Certas coisas não são pra experimentar, nem comprar.

Quando me dei conta estava explicando, com o entusiasmo de um discurso de vendas, a situação com BFD e o ph.D. maoista. Dei uma amostra para provarem, ouvi minha voz dizer. Meu parafuso estava bastante solto nesse momento, proporcionando-me distanciamento suficiente para me ver transformado no que jurei que jamais me transformaria: um capitalista.

Interessante, disse o Chefe, unindo a ponta dos dedos diante do rosto. Não que seja uma surpresa. De forma alguma. Até essas pessoas apreciariam as coisas que posso dar a elas.

São só humanos. Tão humanos.

Exato! Estava achando aquilo muito divertido, se o sorriso em seu rosto servia de indicação. Mesmo os franceses são só humanos. Os ricos também. Principalmente os ricos.

Não tenho certeza se são ricos. São intelectuais.

Se não trabalham com as mãos são ricos. E esse político é mesmo rico. Conheço o nome. É o administrador desse Arrondissement. Tão podre quanto o resto dos políticos. São todos uns socialistas safados e uns comunistas de caviar.

Concordo totalmente, falei, puxando seu saco da melhor forma que pude.

Mas, mesmo se você não for político ou intelectual — virou a palma das mãos para mim, de modo que eu pudesse ver o mapa de seus labores, as cicatrizes e os calos de sua geografia pessoal —, não quer dizer que não pode ficar rico trabalhando com as mãos.

É uma oportunidade nova. Um mercado novo.

Cresça ou morra. É o que penso.

É uma boa filosofia.

Ele inspecionou suas cutículas brancas e simétricas, cuidadas por uma manicure em um salão de beleza do qual era dono, depois voltou a me encarar. Se os olhos são as janelas da alma, as suas estavam com a cortina de blecaute fechada. O que você quer?

O que eu queria era vingança, mas, observando-me com essa sensação insensível de que eu era um estranho até para mim mesmo, tudo que me escutei dizer foi: Você fornece, eu vendo.

Ele deu o preço por grama. Expliquei que eu era um refugiado numa função subalterna — não que houvesse alguma coisa errada com o trabalho que me dera, todo refugiado precisa começar em algum lugar, esse algum lugar sendo o fundo do poço, onde oferecíamos nossos fundilhos para serem chutados, algo que proporcionava infindável diversão para os cidadãos dos países que nos recebiam. O problema era que eu não dispunha do capital para adquirir o produto. Em vez de investir meu capital financeiro inexistente, propus permutar meu capital social, meu acesso aos amigos da minha tia, pela mercadoria dele. Em troca, eu expandiria seu mercado e lhe traria lucros que de outro modo não obteria, divididos meio a meio entre nós após deduzidos o custo inicial.

Alguma coisa se agitou atrás das cortinas. Trinta por cento.

Quarenta.

Ele estava achando graça. Vinte e cinco.

Era difícil negociar com alguém que podia pegar um martelo na gaveta e quebrar seus dedos ou suas rótulas sem escrúpulo ou hesitação. É muita generosidade sua, falei. O Chefe indicou a porta e me mandou procurar Le Cao Boi, que me forneceria a mercadoria. Quando eu estava saindo, ele disse, Não sei se considero você mais louco, ou menos louco, por querer isso.

Não sou louco.

Todo louco fala isso.

Pensando agora, hoje está claro para mim, como deve estar para você, que talvez o equilíbrio entre minhas duas mentes, sempre precário, de repente pendera demasiado para a direita, a um ponto em que eu podia me surpreender me tornando cada vez mais voltado exclusivamente para *mim* e para *mim mesmo*, a melhor justificativa que havia para o capitalismo. Isso me tornava um maluco, como alegavam o Chefe e tantos outros? Talvez fosse maluco, ou um pouco maluco, ou talvez fosse simplesmente imperfeito. Sim, sou imperfeito, todos somos imperfeitos, até você, mas atribuo minhas imperfeições ao fato de que por toda minha vida busquei ser uma única coisa — *humano*. Esse foi o meu primeiro erro, uma vez que já era humano, fato nem sempre admitido pelos outros. Saïd também talvez aspirasse à humanidade, a despeito de ser um traficante, ou talvez fosse mais inteligente que eu e não duvidasse de que era humano, o que lhe permitia ser um traficante, na medida em que nada tinha a provar. Com seu desaparecimento ele deixara uma oportunidade, um vazio no mercado. Alguém acabaria por preencher esse vazio. Por que não eu?

Quando cheguei ao restaurante, uma resposta para minha pergunta retórica me aguardava, um pacote marrom, quadrado, do tamanho de um croque-monsieur, embrulhado com barbante. Empurrando o pacote sobre o balcão, Le Cao Boi disse, Fico feliz por tcr se juntado a nós. Seu rosto era a face impassível de uma estátua, os tênues fantasmas de mim e de mim mesmo flutuando nas lentes de seus óculos escuros. Assumi igual impassibilidade conforme aceitava o pacote e o enfiava em um bolso da jaqueta, onde repousou contra meu quadril com a paciência de uma pistola, perfeitamente confiante de que mais cedo ou mais tarde seria usado.

Bon observou a transação de uma mesa onde enchia garrafas de shoyu com a precisão de um químico, a única pessoa sentada no restaurante deserto. Espero que saiba o que está fazendo, gênio, ele disse.

Claro que não sei, respondi, insinuando a meu modo despreocupado que sabia o que estava fazendo, embora na verdade não soubesse. E isso vai me dar uma chance de melhorar meu francês, prossegui. Nada deixa as pessoas mais falantes do que a chapação mútua.

Se quer aperfeiçoar seu francês, devia estudar.

É, mas você sempre disse que nem todas as respostas podem ser encontradas nos livros.

Vou dizer o que mais você não encontra nos livros, interveio Le Cao Boi. O Chefe espera pelo menos vinte por cento de retorno. Ele não gosta de perder tempo. Nem mercadoria. Em outras palavras, é bom você fazer esse pequeno investimento valer a pena.

Ei, novato, chamou Soneca da cozinha. A privada está precisando de uma limpeza!

Deixei o pior restaurante asiático de Paris com o som da risada do Soneca nos ouvidos, o cheiro do desinfetante nas mãos e o gosto da bile na língua. Só uma dose de vingança para tirar o amargo da boca. Eu não queria ser o obsequioso objeto asiático de piedade, o pobre refugiado patético ou educado que concordaria em começar do começo, como um estudante da língua do meu senhor…

Ei, você!

... ou como garçom, ajudante de cozinha ou lavador de pratos...

Você!

... ou encanador...

VOCÊ!

Estaquei. A voz, alta e ríspida, pareceu dirigida a mim, embora eu não fosse o único na rua a virar. Todos ao meu redor fizeram meia-volta para dar com uma dupla de policiais marchando em nossa direção, o da frente apontando o dedo para mim. Eu sabia exatamente por quê. Algo transmitia um sinal pelas ondas aéreas invisíveis. Embora o pacote em meu bolso estivesse em silêncio, não significava que nada tinha a dizer. Não, ele exsudava uma ideia de segurança, talvez até certa ameaça, como fazem todas as coisas valiosas. Eu estava sob seu poder, como me dei conta tão bem. Podia jogá-lo fora, é claro, destruí-lo de inúmeras maneiras, e não havia nada que ele pudesse fazer para me impedir — exceto simplesmente existir.

VOCÊ!

O policial começou a correr de repente, e meu corpo e minha mente permaneceram absolutamente calmos conforme se preparavam para o pior. Eu sentira essa mesma imobilidade no barco ao se projetar no céu, carregado por uma onda. *Haxixe*, sussurrou o pacote em meu bolso, sabendo apenas seu próprio nome. *Haxixe*. Eu tinha consciência de que ele era mais valioso do que eu. Tinha um preço que as pessoas estavam dispostas a pagar, ao passo que minha vida não tinha praticamente valor algum. Como ninguém pagaria por mim o que pagaria pela mercadoria, eu estava agora em débito com o pacote. Fiz menção de levantar as mãos e me render para ele e para as autoridades, mas os policiais passaram direto por mim, um de cada lado, perto o bastante para suas mangas roçarem nas minhas.

VOCÊ!

Não era para *mim* que gritavam, afinal, mas para um sujeito amarfanhado de cabelo tão desgrenhado e pele tão encardida que sua raça ou etnicidade era indeterminada, o que constituía o ideal francês. Qualquer um podia ser francês, incluindo os sem-teto!

Um dos policiais arrancou uma lata de cerveja da mão do homem atordoado e o empurrou contra a parede. O outro o chutou nos fundilhos das calças e quase o derrubou no chão, enquanto o restante dos respeitáveis cidadãos — e eu, para não mencionar eu mesmo — ficou assistindo. Quando o policial com a lata atirou-a nas costas do mendigo atordoado, dando-lhe um banho de cerveja, algo que parecia ir contra o propósito de torná-lo menos abjeto aos olhos dos parisienses, virei o rosto e passei pela cena em silêncio.

À noite, minha tia e eu fumamos o haxixe excelente, tomamos um Haut-Médoc excelente e escutamos um jazz excelente, essa música negra e doída tão adorada pelos franceses em parte porque cada doce nota os lembrava do racismo americano, o que convenientemente lhes permitia esquecer seu próprio racismo. Como eu também me sentia doído, pelo menos por dentro, Nina Simone cantando "Mississippi Goddam" foi um acompanhamento perfeito para mim. E depois havia minha tia, que terminara de ler minha confissão e também parecia padecer internamente. Continuava imperturbável com o que me acontecera, feito prisioneiro junto com outros mil indivíduos fétidos por um ano, recebendo rações de fome, forçado a escrever e reescrever uma confissão, e depois, como golpe de misericórdia, jogado no confinamento solitário, nu, com sacos sobre minha cabeça, mãos e pés, de tempos em tempos sacudido por uma descarga elétrica de baixa voltagem que me mantinha acordado por uma quantidade ignorada de tempo até eu não conseguir mais distinguir meu corpo de seu entorno, o próprio tempo perdendo o significado conforme era bombardeado com um ataque sônico implacável composto pela gravação de um bebê se esgoelando, até enfim conseguir passar na prova final. Foi essa prova, à qual ela por fim chegara, que deixou minha tia incomodada, levando-a a murmurar repetidas vezes a única questão proposta:

O QUE É MAIS VALIOSO DO QUE A
INDEPENDÊNCIA E A LIBERDADE?

Como todo bom revolucionário, minha tia já sabia a resposta, o slogan mais famoso de Ho Chi Minh, um feitiço que mobilizou milhões a se insurgirem e morrerem para expulsar os franceses e depois os americanos, unificar o país e libertá-lo. Após murmurar a pergunta, ela declamou a resposta, primeiro como um encantamento, que era o modo correto de dizê-la:

NADA É MAIS VALIOSO DO QUE A
INDEPENDÊNCIA E A LIBERDADE!

E então novamente, com a voz num crescendo, como uma questão:

NADA É MAIS VALIOSO DO QUE A
INDEPENDÊNCIA E A LIBERDADE?

Exato, falei com tristeza, abanando a cabeça e lhe cedendo de graça o que me custara tanto a aprender. Sem dúvida, *nada* é mais valioso do que a independência e a liberdade.

Não, não, não! Nada pode ser mais valioso do que a independência e a liberdade — quer dizer, independência e liberdade são *mais* valiosas que nada, não o contrário!

Você leu minha confissão. Suspirei, depois dei uma tragada tão forte que meus pulmões chiaram, a exalação da fumaça me lembrando de como tudo que é sólido acaba desmanchando no ar. Não aprendeu nada?

Cala essa boca!, ela exclamou. Passa o cigarro.

O *nada* faz mais sentido depois do haxixe?

Não. Nada faz o menor sentido depois da sua confissão.

Claro que faz. É só que você se recusa a ver o sentido do nada, como a maioria. Mas, se tivesse passado pela reeducação como eu, nas mãos de um mestre da teoria revolucionária como Man, ia entender que o nada é *contraditório*, como tudo que é significativo — amor e ódio, capitalismo e comunismo, França e Estados Unidos. É simplismo entender só um lado de uma contradição. Você não é simplista, é?

Odeio você, ela resmungou, os olhos fechados. Nem sei por que te convidei pra ficar na minha casa.

É tudo muito engraçado se a gente pensa a respeito. Quase tão engraçado quanto a parte mais engraçada da minha confissão, dita por ninguém menos que Man em pessoa, algo que deveria estar gravado no pedestal da estátua de Ho Chi Minh, se ele tivesse uma. Não fosse o fato de que é impublicável, como a verdade com frequência é: "Agora que estamos no poder, não precisamos dos franceses ou dos americanos pra foder com a gente...".

"Podemos foder com nós mesmos sem ajuda", ela disse.

Ri com estridência, dei um tapa no joelho, senti as lágrimas molhando minhas bochechas. Esse haxixe era mesmo do outro mundo! Vamos lá, falei, quando minha risada sossegou. Não é engraçado?

Não. Ela apagou seu cigarro. Não tem graça nenhuma.

Um trompete soou e minha vista estava embaçada, e se pudesse ter olhado no espelho certamente teria visto o dobro de mim, ou dois de nós, não tanto negros e doídos, mas vermelhos e amarelos.

Você acreditava na revolução, ela disse. No que acredita agora?

Em nada, falei. Mas já é alguma coisa, né?

Então agora você vende drogas.

Bem, murmurei. Mesmo sob uma nuvem de haxixe, pude perceber que seu desprezo tinha razão de ser. É melhor que nada.

Minha tia se inclinou para a frente no sofá e desligou o aparelho de som. Contanto que você fosse um revolucionário, eu podia deixar você morando aqui de graça, como um serviço para a revolução e uma forma de expressar minha crença na solidariedade, disse. O haxixe a deixou eloquente ao extremo, ou talvez esse foco se devesse a sua raiva. Mas se é pra vender droga...

Isso foi um juízo moral?

Juízo moral nenhum. Olha eu aqui fumando haxixe. E às vezes os criminosos dão os melhores revolucionários, ou os revolucionários são condenados como criminosos. Mas se você não é mais revolucionário e virou traficante, dormindo no meu sofá, me pedindo para proteger você de Bon e manter seu passado comunista em segredo, então acho que pode dividir o lucro comigo.

Eu, que já estava um pouco boquiaberto sob o efeito do haxixe, fiquei de queixo caído.

Qual o problema?, ela disse, acendendo outro cigarro enrolado. Contraditório demais pra você?

Na manhã seguinte, caminhando do metrô ao apartamento do ph.D. maoista, tive meu segundo déjà-vu em menos de doze horas (era estranho que até meus tiques ou disfunções mediúnicos fossem na língua dos nossos amos). O primeiro ocorreu quando propus dividir os lucros meio a meio com minha tia, ao que ela contrapropôs sessenta-quarenta, termos com os quais tive de concordar mais uma vez. O segundo foi quando caminhava pela rua do ph.D. maoista, onde fiquei com a estranha sensação de que já estivera ali, uma vez que aquele lugar evocava um dos bulevares de Saigon, ou antes os bulevares de Saigon evocavam uma rua como aquela. Os franceses planejaram Saigon no espírito da Paris de Haussmann, com vias públicas largas e calçadas espaçosas flanqueadas por árvores encantadoras e elegantes prédios de apartamentos com não mais que seis ou sete andares, decorados com sacadas e coroados por águas-furtadas onde, durante o calor de agosto, se podiam enfiar artistas ou pobres para assar, algo que nós em Saigon fazíamos o ano todo. Oh, Saigon, Pérola do Oriente! Ou assim era chamada, presumivelmente pelos franceses, usando um apelido carinhoso adaptado por nós mesmos, pois não havia nada que o povo de um país pequeno apreciasse mais do que ser bajulado, tal a raridade com que isso acontecia. Mas às vezes não éramos apenas a Pérola do Oriente, e às vezes a Pérola do Oriente nem sequer se referia a nós. Eu escutara os chineses de Hong Kong afirmando que seu porto era a Pérola do Oriente, e quando estava nas Filipinas o povo de lá insistia que Manila era a Pérola do Oriente. As colônias eram um colar de pérolas adornando o pescoço branco do colonizador. E às vezes uma Pérola do Oriente podia ser igualmente uma Paris do Oriente. Os parisienses e os franceses e quase todo mundo diziam isso como um elogio, mas era um elogio duvidoso, o único tipo que um colonizador podia fazer ao colonizado. Afinal, como a Paris do Oriente, Saigon não passava de uma imitação barata de alta-costura.

Minhas ferventes ruminações puseram-me em tal estado de ressentimento que eu quase espumava de raiva quando Paris me forneceu de repente um grudento lembrete de como Saigon era, ao menos num aspecto, consideravelmente superior. *Ploft!* Parei e olhei com medo e depois nojo para a sola do meu sapato. Em nenhuma parte de Saigon o pedestre desavisado teria a chance de pisar num excremento canino, pois a verdade estatística era que preferíamos consumir cães a mantê-los como animais de estimação, e quando os mantínhamos nunca os deixávamos à solta pelas ruas, por medo de que alguém os comesse. *Vive la différence!* Aqui em Paris os cães vagavam por toda parte, livres para fazer suas necessidades ao bel-prazer. Nesse caso, algum degenerado dono parisiense, dos quais existiam milhares, deixara a oferenda praticamente na entrada do edifício do psicanalista maoista. A marca da minha sola ficou impressa na pasta marrom escura, à espera de ser analisada por um detetive. Por mais que raspasse o sapato no cimento da calçada, foi impossível me livrar da imundície grudada nas fendas da sola. Desisti e hesitei antes de ligar para o apartamento do ph.D. maoista, mas então me lembrei da primeira lição do capitalismo, que o povo vietnamita tinha tanta dificuldade em aprender: Nunca se atrase. Toquei o interfone.

No elevador minúsculo, com espaço para não mais do que três adultos de constituição francesa média, ou quatro vietnamitas de constituição vietnamita média, ou talvez três eurasianos e meio como eu, o cheiro do meu sapato ficou evidente. Ergui a sola do chão, e quando o ph.D. maoista me recebeu em seu apartamento fiz o melhor que pude para andar desse jeito, mancando, conforme expliquei, por causa do tornozelo dolorido. Eu não tinha culpa de os franceses não serem tão civilizados quanto os asiáticos, que acreditavam, por excelentes razões, que as pessoas deviam tirar o sapato antes de entrar em casa. Nesse aspecto, os franceses eram medievais.

Seu apartamento é muito bonito, falei, disparando as palavras em inglês quando me cumprimentou disparando palavras em francês. Ele hesitou, mas no fim respondeu em inglês. Como BFD, não conseguia deixar passar a chance de provar para alguém como eu que era capaz de conversar na língua franca imperial da atualidade. Como BFD, o inglês do ph.D. maoista era bom, mas com sotaque. Devia saber muito bem como o meu era impecável, a julgar pelos pôsteres emoldurados de *À beira do abismo*, *Um corpo que cai*, *King Kong* e *Frankenstein* pendurados nas paredes. Seus espelhos de moldura dourada eram da altura de uma porta, a mobília exibia o verniz da idade, o tapete turco era intrincado e as tábuas do assoalho gemiam sob os pés. Uma decoração apropriada para um apartamento do século XVIII com vigas expostas e pé-direito elevado o suficiente para fazer circular o ar quente de um cérebro em permanente atividade.

Quase o perdoei por ser um intelectual francês quando me serviu dois dedos de um uísque escocês de quinze anos cujo nome era tão gaélico que não pude ler nem pronunciar. Fechei os olhos para apreciar melhor, estremecendo e degustando a poção mágica em minha boca e minha língua carente, que bebera mais vinho que destilado aqui em Paris. Ofereci a mercadoria animadamente, e a alma generosa na mesma hora enrolou um cigarro com a erva e se ofereceu para partilhá-lo comigo em comunista fraternidade.

Embora eu presuma que você odeie os comunistas, acrescentou o ph.D. maoista, acendendo o cigarro. Dei graças pelo aroma, disfarçando o fato de haver alguma coisa cheirando mal ali, a saber, eu. Sua tia me contou sobre suas experiências no campo de reeducação.

Eu estava de volta ao papel costumeiro do qual não conseguia escapar, escalado como o patriota anticomunista do Vietnã do Sul, meu disfarce como espião. Quem dera não precisasse mais fazer o papel do reacionário! Eu não podia alegar ser comunista, mas isso significava que não podia ser um revolucionário? Só porque uma revolução fracassara a revolução em si estava morta? Eu não quis dar explicações para minha tia. Para ela e para a maioria dos autoproclamados revolucionários como eu, "revolução" era uma palavra mágica, como Deus, que impedia certas possibilidades de pensamento. Acreditávamos em revolução, mas o que era isso? Seria de fato nada, no fim das contas? Queria que ela *compreendesse* o nada, ou *me* ajudasse a compreender o nada, porque eu ainda não compreendia inteiramente o que significava, a não ser que era em certo sentido revolucionário a seu próprio modo. Por ora um revolucionário sem revolução, tive de criar uma nova narrativa. Assim, sob a influência de um uísque de primeira e de um haxixe igualmente de primeira, combinação que recomendo a todos, falei, Você vai ficar surpreso de me ouvir afirmar que não odeio os comunistas. Se acho que estão errados? Acho. Mas o impulso pela revolução — olha, isso eu apoio.

Nem sei dizer como fiquei decepcionado com o desfecho da revolução no seu país, disse o ph.D. maoista. Foi a mesma coisa que aconteceu sob Stálin. Uma corrupção dos ideais comunistas! O Partido promoveu mais ele mesmo e o Estado do que o povo. Nós, da esquerda, que fomos contra a guerra no seu país, esperávamos que a revolução destruísse o império americano. Mas o império americano segue firme e não existe uma sociedade comunista genuína.

Talvez alguma coisa esteja errada com a teoria se não dá pra pôr em prática, falei.

Mas nunca puseram em prática de verdade. Infelizmente, as condições para o comunismo genuíno ainda não foram criadas. O capitalismo precisa vencer e se tornar a pior versão de si mesmo para que o comunismo consiga subvertê-lo. Os trabalhadores do mundo precisam perceber que o capitalismo só está interessado no lucro, não neles, e que vai reduzi-los ao trabalho escravo para maximizar o lucro. Veja Marx, *Capital*, volume 1.

Quando esse triunfo do capitalismo vai acontecer?

O ph.D. maoista soprou uma nuvem de fumaça. Regiões inteiras ainda precisam despencar completamente para o capitalismo antes de vermos uma genuína revolta global dos oprimidos. Pegue a África, por exemplo. O capitalismo saqueou a África, primeiro foram os escravos e depois os recursos naturais. O capitalismo vai continuar a explorar a África com crueldade renovada. Alguém precisa fornecer a mão de obra barata para os produtos baratos, e depois esses mesmos trabalhadores têm que comprar os produtos caros que são importados para seu país e fabricados com os recursos extraídos de seu próprio país. Ah, a máquina de moto-perpétuo da fantasia capitalista! Mas assim que isso acontece um proletariado é criado, e depois uma classe média, e mesmo com alguns dos mais pobres sendo tirados da pobreza absoluta o abismo da desigualdade só aumenta conforme os ricos ficam cada vez mais ricos a uma taxa muito maior do que os muito pobres ficam um pouco menos pobres. Esse processo inevitável está embutido no capitalismo, o que significa que as condições para a revolução são inerentes ao próprio capitalismo.

Você já esteve numa revolução?, perguntei.

Maio de 68, anunciou orgulhoso o ph.D. maoista. Nunca vou esquecer como nós, estudantes de todo o planeta, quase mudamos o mundo, até encontrar o que Althusser — meu professor, Louis Althusser — chamou de "aparelho repressivo de Estado". Eu era seu aluno de doutorado, mas mesmo assim participei das barricadas. Admito que atirei algumas pedras. Nosso amigo, o futuro BFD — ninguém o chamava pelas iniciais na época —, fez a mesma coisa. A polícia — ou seja, uma parte do aparelho repressivo de Estado — jogou gás lacrimogêneo e desceu porrada na gente. Nunca vou esquecer a dor daquele cassetete! Aprendi tanto com aquele cassetete quanto tudo que aprendi com a teoria e a filosofia. Aquele cassetete tornou real o argumento de Benjamin — Walter Benjamin — na "Crítica da violência": o que dá legitimidade ao Estado não é a lei, mas a *violência*. O Estado quer monopolizar a violência, o monopólio da violência é chamado de lei e a lei legitima a si mesma. A polícia não existe para proteger as pessoas, os cidadãos, e sim para proteger o Estado e a soberania da lei. Por isso a resposta apropriada para o cassetete no lombo é a revolução nas ruas! E as revoluções estudantis nas ruas do mundo todo, de Tóquio à Cidade do México, apenas reproduziram as revoluções na Argélia e no Vietnã, onde os argelinos e os vietnamitas enfrentaram não cassetetes, mas balas. Os vietnamitas se revoltavam contra o monopólio da violência que era a colonização! E com isso revelaram como a colonização era na verdade ilegítima. Eles lutaram não só contra o aparelho repressivo de Estado, mas também contra o que Althusser descreveu como aparelho ideológico de Estado, que faz com que acreditemos em leis escritas na contramão dos nossos próprios interesses! Por que outro motivo os trabalhadores acreditariam que o capitalismo existe para eles? Por que outro motivo os colonizados acreditariam na superioridade do homem branco? A porrada daquele cassetete me mostrou que Che Guevara tinha razão quando disse que precisávamos de mais cem Vietnãs florescendo pelo mundo afora.

Mas no mínimo três milhões morreram na nossa guerra, falei devagar, meu cérebro enevoado tentando realizar operações matemáticas básicas. Multiplique isso por cem... seria o equivalente a...

Nesse ponto, minhas capacidades cognitivas cessaram, já que minha matemática era incapaz de fazer frente a esse nível de sofrimento. Eu não sabia dizer se queria rir, chorar, gritar ou me internar num asilo. Acreditava igualmente em tudo que ele disse, mas, ao contrário do ph.D. maoista, vivera uma revolução e suas consequências. E não era só o capitalismo que criava fantasias por meio desses aparelhos ideológicos de Estado e as impingia com os aparelhos repressivos de Estado — o comunismo fazia igual. O que era o campo de reeducação senão um aparelho repressivo de Estado concebido para aplicar o trabalho do aparelho ideológico de Estado? A tarefa do campo de reeducação era transformar os prisioneiros em indivíduos que jurariam ser livres mesmo sendo escravizados, que proclamariam ter sido refeitos mesmo quando foram apenas quebrados. Che Guevara e o ph.D. maoista viram a revolução vietnamita só de longe, em toda a sua glamourosa concepção, ao passo que eu a vira de perto, nua e crua. Três milhões de mortos por uma revolução, alguém poderia argumentar, era algo que valia a pena, embora sempre fosse mais fácil dizer isso para os vivos! Mas três milhões de mortos por *essa* revolução? Simplesmente trocáramos um aparelho repressivo de Estado por outro, e a única diferença foi que esse era todinho nosso. Suponho que a questão para um maoista como o ph.D. fosse que você precisava avistar o fundo do poço antes que pudesse ser inspirado a subir. Talvez meu problema fosse achar que os vietnamitas haviam chegado ao fundo do poço com a presença francesa e depois percebido que havia outro fundo sob esse com a presença americana, quando na realidade havia mais um fundo para descobrir — *o nosso*.

Por isso eu precisava de um uísque ou algum primo seu para deixar a vida suportável, mas quando olhei para meu copo estava quase vazio. O ph.D. maoista, a essa altura um pouco chapado e relaxado, descuidara das amenidades sociais, e em vez de voltar a encher meu árido receptáculo, disse, Falando em criminosos, nunca tinha visto um traficante vietnamita.

Prefiro pensar em mim como um formador de opinião.

Deve ser sua herança eurasiana.

Só pode ser minha herança eurasiana.

Os vietnamitas se deram incrivelmente bem aqui.

Nem me fale.

Médicos, advogados, artistas. Não precisaram se meter com os negócios ilícitos, ou talvez a inclinação por obedecer à lei seja parte da sua tendência cultural de procurar profissões honradas. E os vietnamitas são muito bons em melhorar os serviços em que se envolvem.

Está no nosso sangue.

A ironia é que talvez por serem desenraizados os vietnamitas daqui não usam nem lidam com drogas. Porque se a gente olhar para a história, sempre houve essa necessidade de se chapar: a China com ópio, os árabes com haxixe.

Não sendo chinês nem árabe, eu não tinha certeza de como esse *koan* se aplicava a mim, e pesei a afirmação na cabeça por um segundo antes de encontrar a resposta certa: E o Ocidente, tem o quê?

O Ocidente? O ph.D. maoista sorriu. O Ocidente tem a mulher, ou pelo menos assim disse Malraux.

Retribuí o sorriso, e ficamos ali sorrindo um para o outro por um momento.

Bom, falei. Imagino que eu esteja regressando a minhas raízes europeias.

Sempre digo a meus alunos que devem lutar para serem os primeiros da sua gente.

Então acho que sou original de verdade, falei, limpando a sola do meu sapato no tapete turco. E pretendo ser muito bom em ser mau.

4

Depois que minha tia foi dormir, fiquei sentado no sofá com meus dois novos companheiros, o haxixe e o dinheiro. A única maneira de fazer o haxixe parar de rir e sussurrar às minhas custas era fumar um pouco, o que levou o haxixe, e eu, a relaxar. À luz fraca do único abajur que deixei aceso, uma antiguidade mais velha do que eu, inspecionei o punhado de notas que ganhara nesse dia, com os sessenta por cento da minha tia já deduzidos, mas com os setenta e cinco por cento do Chefe ainda por deduzir. Meu lucro era quase nada, mas será que merecia realmente quase nada? O que fiz foi trocar o haxixe pelo dinheiro, e antes disso trocara algo pelo haxixe com o Chefe. Eu lhe oferecera uma parte de mim mesmo.

Quanto mais olhava para os francos, mais irreais pareciam. O que tornava cada uma daquelas folhas de papel quase tão poderosas quanto um ser humano, e o que as tornava, juntas, mais valiosas que um ser humano? Afinal, eu não prejudicaria uma dessas notas mais do que prejudicaria um ser humano.

Na realidade... disse o espectro de Sonny.

Pra falar a verdade... disse o igualmente fantasmático major glutão.

E de fato. Eu assassinara ambos, mas com o dinheiro o pior que fizera fora dobrá-lo. Nunca havia sequer rasgado o canto de uma nota, como meninos fazem com as asas das moscas capturadas. Nunca sequer queimara a cédula mais baixa só para ver como pegava fogo, do modo como vira certa vez uma criança americana usar uma lente de aumento de plástico para incinerar uma formiga na calçada. Em termos coletivos, o dinheiro era invulnerável. E, individualmente, uma nota como as que eu tinha agora em minha posse estava protegida por essa aura de invulnerabilidade, da forma como um policial individual corporificava o aparelho repressivo de Estado inteiro. Era assim que as cédulas quase sem peso que segurava em minha mão me afetavam com sua magia.

Provavelmente voltei a sentir o estranho poder do dinheiro devido a minha nova ocupação. Antes, meu único trabalho pago fora como soldado, algo que na teoria, se não na prática, era uma ocupação honrada. Como espião, nunca fora remunerado, acreditando que nem minha vida era mais valiosa que a independência e a liberdade. Mas agora eu vendia haxixe, e isso não tinha nada de nobre ou honrado, como uma parte de mim compreendia, enquanto outra parte de mim não dava a mínima. Por que eu deveria? Durante a maior parte da minha vida, acreditei constante e desesperadamente em *algo* apenas para descobrir que no coração desse algo não havia *nada*. Assim, por que não dar uma chance ao nada?

E no entanto — o que minha mãe pensaria da minha nova carreira? Tentei não pensar em como eu a teria decepcionado. Como poderia lhe dar um desgosto tão grande quando ela me dera tudo? Mas pensar no que meu pai poderia pensar me enchia apenas de felicidade. Lá estava eu, na terra do meu pai, contaminando-a com drogas orientais, uma pequena desforra pelo modo como seu país contaminara o meu com a civilização ocidental.

Meu novo trabalho foi facilitado porque meu predecessor no fornecimento de haxixe, o misterioso Saïd, construíra ao longo da década anterior uma impressionante rede de clientes, o ph.D. maoista sendo o mais recente. Saïd jamais obteria um emprego com um nome como Saïd, dissera-me o ph.D. maoista quando nos despedimos. Um emprego importante, quer dizer. E nunca faria algo tão simples quanto mudar de nome.

O ph.D. maoista pensava a seu próprio respeito não como um cliente de Saïd, simplesmente, mas como seu benfeitor, ajudando o rapaz a conquistar a autonomia financeira ao apresentá-lo a seus inúmeros e fissurados amigos, colegas, alunos e ex-alunos. Agora, por intermédio do ph.D. maoista e minha tia, as notícias sobre a qualidade da minha mercadoria e a celeridade da minha entrega circulavam por essa rede. Eu era uma novidade — um farmacologista eurasiano do mercado negro, um traficante metade vietnamita de produtos em parte benéficos, em parte perigosos que podiam não ser tão bons, mas também não eram tão maus. Ao longo das semanas seguintes, executei minhas entregas com a fleuma de um cidadão respeitador da lei, tranquilizado pelo fato de que a polícia tendia a nem olhar duas vezes para asiáticos, ou assim Le Cao Boi me garantira. No restaurante, ele comentou como os árabes e os negros faziam o favor involuntário de serem os chamarizes raciais, atraindo a atenção de uma polícia que os considerava tão marrons, pegajosos e aromáticos quanto o próprio haxixe.

Contemplei os transeuntes passando pela janela e disse, Como dá pra saber quem é árabe?

Como dá pra saber? Olhando! É óbvio!

Eu não tentava bancar o obtuso. Tinha algum conhecimento da situação dos árabes na França: a guerra que os franceses haviam travado contra os argelinos logo após travar uma guerra conosco; os pieds-noirs fugidos da Argélia para a França, refugiados como nós; os rancores que sempre permaneciam após esse tipo de separação à força. Mas nunca conhecera um árabe, e nunca estivera ali tempo suficiente para as diferenças na sociedade francesa me parecerem naturais. Como estrangeiro, as diferenças de outra sociedade sempre pareciam excêntricas, e era por isso que os franceses tinham uma compreensão muito clara dos despropósitos do racismo americano e do espectro do NEGRO, que para os americanos era simplesmente o modo como o mundo era. Mas, para mim, ali na França, o ÁRABE não passava de uma abstração. Só para provocar Le Cao Boi, apontei um sujeito caminhando e perguntei, Aquele ali é árabe?

Não, Camus, é francês. (Eu não tinha certeza se Le Cao Boi algum dia lera Camus, mas nessa e em outras conversas, sempre que ficava frustrado comigo ele me chamava de Camus, talvez o único filósofo de que já ouvira falar.) Olha, aí vem um árabe.

O homem usava uma camiseta branca, calça cinza e tênis brancos. É, dava para perceber! Ele podia ser árabe! Ou talvez fosse apenas um francês muito bronzeado de cabelos escuros e levemente cacheados. Não consigo dizer a diferença, falei, ainda me divertindo às custas de Le Cao Boi. Quais são os sinais?

Sinais? Le Cao Boi franziu a testa, uma indicação segura de que o mecanismo atrás dela estava em operação. São... quer dizer... dá pra perceber, ok? O cabelo, a pele, como se comportam, o jeito de falar. É que você não está aqui tempo suficiente para identificar. Vai por mim. A polícia nunca vai nem olhar pra você a não ser como um estrangeiro inofensivo, contanto que seja um só. Dois ainda é aceitável. Três de vocês, ou de nós, deixam os franceses um pouco incomodados. Quatro — esquece. Daí é invasão.

Como eu já era eu e eu mesmo, me sentia correndo o risco de ser visível demais. Assim, para acentuar meu disfarce de asiático inocente, inofensivo, pendurei no pescoço uma câmera japonesa que peguei emprestada da minha tia. Também passei a usar uma pequena mochila ao contrário, as correias nas costas, a mochila no peito. Com um fedora, óculos de aro de chifre para dar a ilusão de obliquidade a meus olhos, que não eram puxados, ao menos não para mim, e um pedaço de algodão enfiado sob o lábio superior, sugerindo haver algo errado com meus dentes, o disfarce estava completo. Eu não era apenas um asiático local praticamente inofensivo; era um turista japonês disciplinado e inofensivo. Nesse disfarce de visitante inocente concentrado em bater fotos, não um invasor capaz de roubar empregos dos franceses, eu podia ir a quase qualquer lugar.

Confesso que me achei bem esperto. Não previra que Bon podia ser ainda mais esperto. Mas ele também tinha mudado como resultado da reeducação, algo que comecei a compreender certo dia quando acenou para mim de uma mesa no restaurante em uma tarde tipicamente vazia e disse, Tenho uma ideia.

Você, uma ideia?, falei. Bon não tinha ideias; eu tinha ideias.

Bon me encarou. Tem comunistas aqui.

Tem comunistas em qualquer lugar.

Na nossa comunidade.

Você está falando da minha tia.

Ela não é parte da comunidade. Já virou francesa.

Assim como um monte dos nossos conterrâneos por aqui.

Eles não são muito de se reunir, não é? Mas se tem um lugar onde a gente pode encontrar e começar a investigar é a União Vietnamita.

Eu ouvira falar da União. Havia alguns folhetos mimeografados no restaurante anunciando suas diversas atividades: promover o aprendizado da língua vietnamita, celebrar a cultura vietnamita, defender os interesses da comunidade vietnamita na França. Nem no Vietnã víramos a palavra "vietnamita" ser empregada com tanta frequência como na União, cujo nome oficial era União para a Promoção da Cultura Vietnamita. Você acha que a União é comunista?, perguntei.

Não oficialmente. Mas todo mundo sabe que é. Eles são reconhecidos pelo governo vietnamita. O embaixador vietnamita comparece aos eventos. E se parecem comunistas e têm cheiro de comunistas, são comunistas. Mas ao mesmo tempo que isso é um problema, também é uma oportunidade. Todo problema é uma oportunidade.

Que oportunidade?

Você é a oportunidade. A gente pode faturar uma grana e corromper uns comunistas enquanto você vende pro Chefe. Não é uma beleza?

Era um plano. Mas planejamento não era seu forte, Bon era um homem de ação. Quem te deu essa ideia, o Chefe?

Não, mas o Chefe acha que é uma ótima ideia.

Você perguntou pra ele?, falei. Que vantagem tem nisso pra você?

Posso ir junto. Quem sabe tenho oportunidade de matar alguns comunistas.

Isso quer dizer que a gente precisa brincar de comunista?

Se eu consigo você consegue, ele disse. Havia uma luz em seus olhos que eu vira apenas quando estava com sua esposa e seu filho e, após a morte deles, quando falava em matar comunistas. Agora é sua chance de pegar uns comunistas, completou ele. Devia me agradecer por isso.

Obrigado, falei.

Um dia nossa guerra chegaria ao fim? Ao menos para Bon, parecia que nunca, não até ele estar morto ou ser incapaz de prosseguir em sua missão de assassinar todos os comunistas do mundo. Como tanta gente, encarava a vida de maneira dualista, um ou outro, comunista ou anticomunista, mal ou bem. Considerando que sua visão do mundo era uma imagem espelhada de como os comunistas enxergavam as coisas, a meu ver ser forçado a escolher entre o comunismo e seu oposto era uma falsa escolha, imposta pelos aparelhos ideológicos de Estado de parte a parte. A coisa mais difícil, quando duas escolhas falsas são oferecidas, era imaginar uma terceira, intencionalmente negada ou não. Essa era a lição mais básica da dialética, o vaivém entre tese e antítese que permitia chegar a uma síntese. Fosse a tese ou a antítese o comunismo ou o anticomunismo, a questão era que constituíam os polos opostos do que o Ocidente chamava sem ironia de Guerra Fria, tal como travada entre os Estados Unidos e a União Soviética. Mas a síntese era o reconhecimento de que essa guerra fora extremamente quente para nós, asiáticos, e para os africanos e latino-americanos. Testemunhando as falhas tanto do comunismo como do anticomunismo, eu preferia o nada, uma síntese que nem capitalistas nem comunistas podiam compreender. Talvez você pense que estou sendo niilista, mas não poderia estar mais enganado. Enquanto os niilistas achavam que a vida não tinha sentido e rejeitavam todos os princípios religiosos e morais, eu ainda acreditava no *princípio* da revolução. Acreditava também que o nada era pleno de significado — em suma, que o nada era na verdade algo. Isso em si não era um tipo de revolução?

Nesse estado de espírito, duas semanas mais tarde me aventurei a ir com Bon ao encontro seguinte da União, cujos quadros pareciam consistir inteiramente de vietnamitas respeitáveis. Na França, ao contrário dos Estados Unidos, pessoas respeitáveis incluíam comunistas ou simpatizantes do regime, e era estranho pensar que alguns deles compareceriam à ocasião. O propósito desse encontro em particular era planejar o espetáculo do festival anual do Tết, explicou o presidente do comitê para Bon e para mim, os únicos novos membros.

Teremos danças e cantos tradicionais, informou o animado presidente. Era um oftalmologista por profissão, um sujeito magro, de cabelos brancos, com dedos longos adequados a um pianista ou ginecologista. Tanto seu vietnamita como seu francês eram impecáveis, e compensei minha inveja apiedando-me de como usava um blazer de tweed no mínimo um tamanho maior, os punhos chegando à base de seus polegares. O presidente não achava indispensável, como eu, que todo homem tivesse um alfaiate, algo tão importante quanto um padre, pois não fazia sentido o sujeito ser bom se não parecia bom.

Também teremos roupas e comidas tradicionais, continuou. É uma maneira de apresentar nossa cultura vietnamita autêntica.

Concordei com simpatia, vigorosamente até, e disse, Promover nossa cultura autêntica é muito importante, ao que o animado presidente concordou com vigor ainda maior.

Embora não o dissesse em voz alta, perguntei-me se a cultura vietnamita autêntica não deveria também incluir jogos de azar, que ensinávamos a nossas crianças durante as comemorações do Tết, para depois de adultos nos perguntarmos de onde vinha nosso pendor para apostas; ou fumar e frequentar cafés, algo em que nós, homens vietnamitas, se houvesse uma modalidade olímpica para tal esporte, seríamos candidatos à medalha de ouro, pois considerávamos os cafés, herdados dos franceses, um segundo lar, longe das esposas desagradáveis e dos filhos irritantes; ou beber cerveja, conhaque francês e vinho (de preferência do tipo nativo, à base de arroz) até beirar as raias do esquecimento, quando alguns de nós agredíamos as supramencionadas esposas e filhos, ou uns aos outros; ou fazer um bom negócio, mesmo em detrimento de nossos clientes, comerciantes ou princípios, e depois ficarmos ultrajados quando fôssemos nós os tapeados; ou fofocar sobre nossos amigos e parentes, que gostávamos de esfaquear pelas costas ainda mais do que gostávamos de esfaquear nossos inimigos, cujas costas eram mais difíceis de alcançar; ou nos orgulhar das realizações de nossos vizinhos e conterrâneos até terem realizado demais, quando então nos ressentíamos deles e ficávamos à espera da doce oportunidade de testemunhar em júbilo sua ruína; ou obrigar as mulheres a ficar na cozinha e servir os homens, ou esperar que as referidas mulheres procriassem pelo menos seis ou sete vezes, ou com sorte ainda mais, até seus úteros ficarem tão áridos quanto o Saara — tudo isso aspectos de nossa cultura exibidos com muito mais frequência do que executar uma dança do leque, cantar um trecho de ópera ou canção popular, usar um vestido de seda ou encenar um ritual de corte amorosa nos arrozais, algo que só ocorria uma vez na vida, se é que ocorria, e se ocorresse provavelmente envolvia limpar o excremento de búfalo encrostado entre nossos dedos dos pés e tentar rechaçar os ataques camicases dos esquadrões de mosquitos.

Mas parecia falta de educação tocar nessas questões quando tudo que o presidente e seu comitê queriam era reverenciar a beleza da nossa cultura e compartilhá-la com os outros, ainda que encenar um espetáculo cultural fosse na verdade uma admissão da nossa própria inferioridade cultural. Os verdadeiramente poderosos não precisavam demonstrá-lo por meio de espetáculos, uma vez que sua cultura estava sempre por toda parte. Os americanos sabiam que sua cultura era ubíqua, de hambúrgueres a bombas. Quanto aos franceses, exportavam o Sonho Parisiense, uma apresentação de rua para turistas tarados por vinho, queijo e música de acordeão. Sem mencionar nada disso, voluntariei-me ao final da reunião para os ensaios de canto e dança, apostando que os eventuais boêmios fumadores de haxixe seriam encontrados ali. Também propus que Bon dançasse e cantasse, embora ele não levasse o menor jeito para dançar, e certamente não pudesse cantar, muito menos após eu falar em seu nome e explicar que era mudo. Isso também foi ideia de Bon.

Ah bon?, disse o presidente, expressão que eu amava quase tanto quanto *oh là là*.

Ferimento de guerra, falei, a voz embargada. Eu não planejara nenhuma emoção para essa história falsa — de onde viera isso?

A atmosfera ficou silenciosa, todos os membros do comitê Tết agora concentrados em nós.

Ninguém sabe a causa, falei, as lágrimas mais uma vez brotando em meus olhos. Pude perceber Bon me encarando conforme contava a história inventada por mim. Uma bomba caiu quase em cima da gente. Ele perdeu a voz depois disso. Pode ser que a explosão tenha danificado alguma coisa na garganta dele. Ou talvez seja tudo psicológico.

Solucei. Minha história levou a melhor sobre mim, e eu levei a melhor sobre eles. Percebi isso em seus olhos, em seus lábios entreabertos, na pausa em sua respiração coletiva.

Acontece que o ataque do B-52 pegou a gente em campo aberto. Não era pra acertar a gente. Era para acertar os guerrilheiros. Mas os americanos nos bombardearam, seus próprios amigos, continuei. Bon estremeceu mas ficou quieto. Os americanos reduziram a pó um batalhão quase inteiro de soldados do sul. Chamam isso de "fogo amigo". Eu chamo só de fogo. A única coisa que dava para escutar eram as bombas e, depois, os gritos de quem sobrou. Mas não tinha sobrado muita coisa. Todas aquelas vozes, silenciadas pra sempre... acho que pensar em todos os nossos jovens camaradas tão tragicamente perdidos fez meu amigo perder a voz.

Ai, meu Deus, disse uma matrona, levando a mão à boca.

E em seguida, dando um polimento final à história:

Eu pensei que... pensei que... se ele pudesse ver a beleza da nossa cultura esqueceria o horror da guerra. Eu esperava que... esperava que... se ele pudesse ver nosso povo cantar e dançar, mesmo que não consiga cantar e dançar — baixei os olhos, uma maré salgada de emoção genuína rebentando contra meus pés —, sua voz talvez voltasse... e que nós, antigos soldados do sul, podíamos ser seus amigos, já que muitos de vocês, como eu soube, simpatizam com nossos antigos inimigos. Mas não somos mais inimigos. Agora é hora de sermos amigos. Concordam?

Se eu era um maluco filho da mãe, Bon era um sortudo filho da mãe, porque depois dessa história e do fim da reunião todas as jovens e mulheres o cercaram, cada uma esperando ser a princesa que devolveria a voz do herói com um beijo (ou mais, se necessário). Bon ficou grato pela desculpa de ter perdido a voz, pois nada o apavorava mais do que falar com mulheres, nem mesmo assassinar pessoas, que ele encarava na maior parte como um desafio técnico e só ocasionalmente como um desafio moral. Ele era uma pessoa virtuosa ao entrar para o coro da igreja em Saigon em parte pela fé e em parte na esperança de conhecer sua futura esposa, como aconteceu. Bon e a futura esposa haviam sentado em lados imediatamente opostos do corredor num passeio de ônibus ao santuário católico de La Vang antes de ser varrido pelo fogo cruzado da guerra. Ela quase tropeçara ao descer do ônibus, por acidente ou de forma deliberada, e ele havia segurado seu cotovelo. Era o pretexto que Linh precisava para se conhecerem, iniciando uma conversa que só chegaria ao fim no dia em que morreu na pista do aeroporto de Saigon sem chance de se despedir. Até hoje ele via o rosto da esposa morta e do filho morto, Duc, apenas um garotinho. Desde a morte dos dois, recusara-se a pensar em outra mulher, muito menos falar com as poucas por quem se sentira atraído. A solidão e a tristeza resultantes eram seu merecido destino por viver, assim achava.

Pobre Bon! Não me importava que fosse um assassino. Era meu irmão de sangue, meu melhor amigo, e afligia-me que desde a morte da esposa e do filho — meu afilhado! — não tivesse ninguém para amar além de mim, o que era um destino horrível. Ver-se assim inesperadamente cercado por meia dúzia de mulheres, fitando-o como se fosse um bebê no berço, fez com que perdesse a voz que na realidade tinha. Tudo que pôde fazer foi sorrir, balançar a cabeça e encolher os ombros, uma pantomima emudecida que lhe caiu como uma luva. A mudez foi uma espécie de libertação do mundo para ele, quando não para quem queria falar com ele. Mas como havia um limite para o que podiam dizer a um homem que não podia ou não queria responder, acabaram se voltando para mim, aquele que se beneficiaria de seu mutismo ainda mais que o próprio Bon.

Mas nem todas as mulheres olhavam para mim. Uma delas, que continuava virada para Bon, escrevia em um bloco de anotações com uma caneta-tinteiro empunhada pela mão mais delicada e graciosa. Ao erguer o rosto, e ver que ele a observava, ela sorriu e silenciosamente lhe ofereceu o bloco e a caneta.

Meu nome é Loan, escrevera, como se além de mudo ele fosse surdo. *Quer assistir ao nosso ensaio?*

Bon surpreendeu a si mesmo escrevendo *Sim*.

Ao deixarmos o encontro, fiquei sem saber quem estava mais perplexo, Bon ou eu. Ele trazia uma folha de papel com o nome e o número de telefone de Loan, e a hora, data e local do ensaio seguinte de canto e dança. Eu já ia perguntar se estava preparado para matar qualquer uma daquelas agradáveis pessoas que conhecêramos, incluindo o presidente, que me deu a impressão de talvez ser um comunista, quando Bon, embora devesse ser mudo, disse, Olha!

Felizmente, não havia mais ninguém no saguão da União. Ele apontou um quadro de avisos com um grande pôster em cores brilhantes e o título em negrito, a palavra mais importante dele sendo *FANTASIA*. O texto mais importante a seguir era EPISÓDIO 7. Vários cantores e dançarinos, homens e mulheres, sozinhos ou em duplas, trios ou quartetos, figuravam no cartaz. Vestiam terno e gravata, lycra e glitter ou um modesto *ao dai* e chapéu cônico, meia arrastão e sutiã. Compreendi na mesma hora que o espetáculo *Fantasia* se baseava no clube noturno em Los Angeles de mesmo nome, lugar onde eu passara uma noite encharcado de conhaque e testosterona com a língua de fora à visão da única mulher de quem deveria ter mantido olhos, mãos e mente a distância: Lana.

Oh, Lana! Quando o General ficara sabendo do meu caso amoroso com ela em Los Angeles fui despachado numa missão suicida para retomar nosso país, missão que levara a minha captura e ao campo de reeducação. Era evidente que a reeducação não me ensinara nada, pois a visão de Lana inflamou a última reserva de paixão que chacoalhava em meu tanque de gasolina. Ela posava em destaque no pôster entre as demais, a atração principal, usando um insinuante e provocante vestido preto colado que lhe chegava ao tornozelo, porém mais do que compensava esse recato com uma fenda subindo até o osso pélvico e revelando sua perna admirável em toda sua glória desnuda, perna que terminava em um pé encilhado num sapato de salto alto que com seu salto agulha de quinze centímetros era tanto um odioso dispositivo de tortura podiátrica como um instrumento potencialmente homicida.

Nem pense nisso, disse Bon, mas eu já tinha pensado.

Se o próximo episódio de *Fantasia* era o sétimo, significava que fora precedido por seis outros, todos disponíveis em uma coisa chamada videocassete, tecnologia que viera ao mundo quando eu me encontrava na idade das trevas da reeducação. Os aparelhos usados para rodar uma fita eram caros, mas mesmo não lucrando quase nada minhas vendas me proporcionaram um rendimento maior do que eu jamais conhecera. Se tivesse bom senso, teria guardado o dinheiro no banco e me tornado ainda mais capitalista, usando o dinheiro para chamar mais dinheiro. Mas quando tive bom senso?

Minha tia tinha um pequeno televisor japonês e conectar o videocassete não foi problema. Então liguei para Bon e o chamei para assistir.

Mas ela é comunista, ele disse.

Esquece isso pelo menos hoje, falei. Você já passou uma noite aqui. Ela não te matou. Você não a matou. Ela é civil. E você faz o possível pra não matar civis, lembra?

A pausa na linha queria dizer que estava pensando. Não vou matar ninguém. Só não quero ir ao apartamento dela.

Por que era tão importante para mim fazer Bon visitar minha tia? Porque eu sentia que estava mudando, e queria mudá-lo mais ainda. Alguma coisa dentro dele inadvertidamente se transformara. Ele continuava feroz e comprometido, mas se dispunha a um encontro com Loan. Estava admitindo que era solitário. Talvez fosse esse o ponto de apoio que eu deveria usar em minha tentativa de deslocá-lo, só um pouquinho, da rocha do seu anticomunismo fanático, o que o levaria a me matar se descobrisse meu passado comunista. Fora meus próprios interesses, porém, só queria que fosse menos solitário. Que encontrasse uma família novamente.

Você precisa ver *Fantasia* com seus próprios olhos. E precisa ver junto com outros vietnamitas. Porque o espetáculo é sobre nós, feito por nós e para nós. Somos as estrelas e os mestres de cerimônias, os cantores e os dançarinos, os atores e os comediantes, os artistas e os espectadores! Estamos fazendo o que fazemos melhor — cantar, dançar e nos divertir!

Escutei-o respirando na linha.

Tudo bem, falei, você não canta nem dança. Mas sei que adora ver os outros cantando e dançando. Fazíamos isso o tempo todo nos clubes de Saigon. Na época, achávamos perfeitamente natural sermos entretidos em nossa própria língua, por pessoas parecidas conosco. Agora é nossa chance outra vez. Vamos lá, Bon!

Quando concordou, após um instante, percebi que sua solidão era maior do que seu ódio. Ele chegou com uma garrafa de vinho, ainda que fosse um vinho vagabundo. A cortesia era um parâmetro de como mudara desde o campo de reeducação. Nem minha tia nem ele mencionaram o último encontro constrangido e os dois permaneceram sentados no sofá numa trégua tácita com a ajuda de *Fantasia*. O espetáculo fora filmado ao vivo em Los Angeles, numa Hollywood paralela onde nosso povo ascendera para ser as estrelas. O caráter espantoso desse feito ficava evidente sempre que a câmera cortava para o público e mostrava os rostos extasiados, sorridentes, os espectadores absolutamente deliciados assistindo ao que nosso povo do sul faz melhor: se mostrar. Que fosse deixado ao povo do norte, onde eu nascera, ruminar sobre ideologia, política, academicismo e poesia. Eles viam os do sul, onde eu fora criado, como decadentes e indecentes. Talvez fosse verdade, mas enquanto os nortistas ofereciam uma utopia que não podia ser encontrada em parte alguma, os sulistas haviam criado uma *Fantasia* que podia ser exibida onde quer que houvesse uma TV, uma terra de faz de conta onde os homens destemidamente usavam lantejoulas e as mulheres destemidamente usavam... quase nada. Esses homens e mulheres dançaram o chá-chá-chá, o tango e a rumba. Cantaram clássicos e também covers de canções pop ocidentais. Realizaram números originais, alguns tão novos que eu nunca vira antes. Atuaram em esquetes de comédia vulgar. O público adorou sobretudo a parte em que os homens se vestiram de mulher, puxando constantemente a barra das saias, queixando-se dos rasgos nas meias-calças causados por suas pernas peludas, ajeitando os absurdos seios de tamanho americano dentro do corpete e ostentando traseiros tão estofados que teriam servido de proteção para um jogador de futebol americano. Ah, como vibramos com tais cenas! E com isso me refiro ao público na gravação e a Bon, minha tia e eu. Ah, *Fantasia*!

Essa era a nossa Hollywood, mas como tão frequentemente era o caso nos filmes hollywoodianos a pior parte foi o final. Para o número de encerramento, a trupe inteira de cantores e dançarinos voltou ao palco, os homens trajando um respeitável terno ocidental e as mulheres vestindo o *ao dai* oriental, serenando os espectadores com uma canção original cujo título dizia tudo: "Obrigado, América!". Outros versos memoráveis, ainda que pouco imaginativos, incluíam:

Obrigado, Alemanha!
Obrigado, Austrália!
Obrigado, Canadá!
Obrigado, França!

A aula de geografia continuou e me perguntei quem seria o punhado de almas atônitas que se viu arrebatado pelo vendaval da guerra e depositado em, digamos, Israel, um país adorável, tenho certeza, mas decerto deprimente para gente como nós. Ainda assim, a despeito de nosso exílio, tudo indica que sentimos ao menos algum grau de gratidão por sermos recebidos, levando aquela balada reconhecida e sincera a todos os países que nos acolheram.

Infelizmente — embora fosse uma estranha peculiaridade para um vietnamita —, não havia nada que eu odiasse mais que baladas reconhecidas e sinceras. Minha tia, sendo uma intelectual, e intelectual francesa em particular, igualmente a detestou. Bon, sendo um assassino, deveria ter odiado ou no mínimo permanecido indiferente, mas me deixou chocado ao chorar, ou chorar tanto quanto conseguia, o que se resumiu a umas poucas lágrimas acompanhadas de algumas fungadas, o equivalente a um colapso nervoso em uma pessoa normal.

Só que você acha que os Estados Unidos traíram a gente, falei, quando passavam os créditos.

Isso não quer dizer que todo mundo traiu a gente.

Para você nosso país foi violentado pela França.

Por que você precisa estragar tudo?, gemeu ele. Escuta a merda da música e pronto!

E então me ocorreu que o motivo do seu choro não era a gratidão eterna e sentimentaloide que os países anfitriões cobravam dos refugiados vindos de lugares violentados e bombardeados pelos países anfitriões. Ele estava chorando pela história da canção, entoada por um atraente dueto encenando marido e esposa separados pela guerra, a mulher fugindo para os Estados Unidos com os filhos, o homem deixado para trás como prisioneiro. No fim, ele escapa em um barco de refugiados — não, barco não, uma "embarcação", termo mais digno, pois sua jornada e a dos milhares de refugiados equiparava-se à maior viagem de todas, a *Odisseia* de Homero. Sobrevivendo a essa odisseia, ele conseguiu chegar aos Estados Unidos. Ali reencontrou a esposa, metida numa minissaia que lhe caía muito bem, e seu filho e sua filha, que eram bonitinhos e talentosos demais, tocando piano e violino, respectivamente, conforme seus pais se abraçavam. Por isso Bon ficou tão comovido: aquilo o lembrou da morte da esposa e do filho, meu afilhado, com os quais jamais voltaria a se encontrar, exceto talvez no Céu.

Quanto a mim e minha tia, o fato de sermos entendidos em crítica não nos impediu de ficar profundamente gratificados em ver nosso povo na tela, ainda que dançando de collant ou rebolando numa minissaia. Pela primeira vez desde a vida em nossa terra natal, estrelamos nosso próprio show. A despeito de toda a sua frivolidade, *Fantasia* era política, como eu descobrira quando fui libertado da reeducação e cheguei à Cidade de Ho Chi Minh, uma Saigon rebatizada para uma nova era. Ali descobri que os sobrinhos revolucionários do Tio Ho consideravam esse tipo de cantoria, dança e atividade amorosa reacionárias e perigosas. Bons comunistas escutavam música vermelha de agitar o sangue que saudava a revolução banhada em sangue, enquanto nós que amávamos música amarela éramos covardes doentes que rejeitavam a luta de classes e o trabalho árduo. Mas, de algum modo, a despeito da minha reeducação, ou por causa dela, eu ainda apreciava uma boa canção de amor, enquanto uma ode vermelha às massas marchando rumo a uma gloriosa aurora escarlate apenas fazia o sangue se acumular nas minhas pernas. *Fantasia* talvez tivesse sido mero entretenimento, mas e daí? Como disse a anarquista Emma Goldman, "Se não posso dançar, não quero participar da sua revolução". Como nossos seriíssimos líderes revolucionários não compreendiam que deter os meios de entretenimento também era revolucionário! Qual o problema com esse tipo de autodeterminação, tendo em vista que o entretenimento era provavelmente a quarta prioridade humana após alimento, abrigo e sexo? Mal podia esperar para assistir ao segundo episódio de *Fantasia*, e estava prestes a dizer isso quando Bon terminou de limpar as lágrimas e disse, Tenho outra ideia.

Outra ideia?, disse minha tia. Qual foi a primeira?

Presumi que Bon ficaria calado, mas em vez disso ele sorriu e disse, Vender haxixe para a União e matar comunistas.

Minha tia ergueu uma sobrancelha. Que interessante, disse. Sabe, na França os comunistas são quem mais apoia os vietnamitas.

O tipo errado de vietnamita.

Você ficaria surpreso em quem pode ser um comunista, disse minha tia, olhando para mim, o que fez Bon também olhar para mim. Meu sangue gelou.

Nada mais me surpreende, disse Bon. Os comunistas estão por toda parte.

Estão mesmo, disse minha tia. Hipoteticamente falando, e se você descobrisse que um amigo era um comunista disfarçado? Até seu melhor amigo aqui? Seu irmão de sangue?

Bon riu com a impossibilidade desse cenário, mas, como um bom filósofo, entrou na brincadeira. Acabava com ele, claro, disse, sorrindo para mim. É uma questão de princípio.

Eu também ri com o absurdo da piada de mau gosto e levantei para desligar a TV. *Fantasia* sem dúvida chegara ao fim.

5

"Deus está morto, Marx está morto e eu mesmo não me sinto lá muito bem", um sabidinho de pálpebras caídas disse certa vez num dos salões da minha tia. Só mais tarde descobri ser o dramaturgo Eugène Ionesco, o que não significa que eu tivesse visto alguma de suas peças. Preciso corrigir isso, mas também sinto como se já vivesse em uma de suas peças, pelo que sei. Afinal, o parafuso que prendia minhas duas mentes se soltara de tal forma que escapara por completo. Quantas pessoas não ficavam numa completa enrascada por perderem o parafuso de vez? Mas imagine o oposto. Não seria melhor talvez *não* estar enroscado, ou pelo menos não tão apertado? Uma vez completamente rosqueada, como a pessoa poderia se mexer? E o parafuso que a impedia de se desmantelar não acabava se afrouxando com as torções do tempo, como acontece com qualquer parafuso?

Como eu não era capitalista o suficiente — melhor dizendo, *traficante* o suficiente — para me dar ao luxo de obter a chave de fenda necessária para apertar meu parafuso, remediei esse vão crescente na minha cabeça com o terapeuta que pude pagar: um Sony Walkman, outro aparelho maravilhoso inventado pelo capitalismo durante meu período na reeducação. Como homem de duas mentes, sou capaz de admitir os sucessos do capitalismo, assim como sou capaz de admitir o charme da cultura francesa. Fundi ambos com o Walkman, cujas fitas cassete cabiam na palma da mão, quarenta e cinco minutos de música de cada lado. Com os fones no ouvido, eu flutuava por Paris no meu tapete mágico de haxixe, os óculos escuros ocultando meus olhos. Ao contrário dos óculos de aviador autênticos e caros de Le Cao Boi, os meus eram uma imitação, sem o logo da Ray-Ban gravado num canto das lentes. Mesmo tendendo a escorregar pelo nariz, eu os usava dia e noite, na rua e no metrô, a câmera no pescoço e a mochila no peito, um turista japonês curioso pronto para oferecer o sorriso acanhado de asiático exótico em um país ocidental. Invisível contanto que também inaudível, eu explorava Paris no tempo livre ou durante as entregas, a cidade o cenário de um musical executado por meus fones de ouvido. Tendo já visitado os locais que podiam servir de decoração em um bolo de casamento, da Notre-Dame à Torre Eiffel, do Louvre à Sacré-Coeur, eu os evitei. Preferia as áreas mais encardidas dos pequenos parques, onde podia sentar em um banco junto a mendigos e bêbados, meus primos não tão distantes, e observar os pombos inocentes. Eu me perguntava quem seria mais doido, eu, o suposto bastardo maluco, ou Bon, o mártir determinado a se lançar mais uma vez na pira de uma ideia grandiosa, uma causa perdida, um último suspiro. Bon e eu fomos doidos o bastante para participar duas vezes por semana dos ensaios para o espetáculo cultural, em que nossos talentos limitados fizeram de nós dançarinos de segundo plano, se é que "dançar" era a palavra correta. Um dos nossos esquetes era sobre a vida rural, e nossa atuação consistia em arar, cavar, carpir e carregar, num gestual muito estilizado e possivelmente poético que representava a agricultura como um estilo de vida bucólico e a espinha dorsal da nossa cultura, embora eu tenha certeza quase absoluta de que a agricultura era um modo laborioso e escaldante de sobrevivência infernal e extenuante que deixava pouco espaço para a cultura. Não importa! A missão do espetáculo cultural era competir com os encantos da vida francesa apresentando os encantos da vida vietnamita, que ficara muito mais encantadora para os vietnamitas na França após tantos anos longe do Vietnã. Todos eles precisavam de seu próprio tipo de nostalgia, como os produtores de *Fantasia* bem compreendiam. E os ensaios me proporcionaram a oportunidade que imaginei de fumar com os demais envolvidos, tomar umas e outras depois, insinuar qualquer coisa sobre a mercadoria, distribuir algumas amostras e discretamente construir uma nova base de clientes composta de estudantes e profissionais, jovens e descolados, além de trabalhadores que também precisavam de algum descanso e relaxamento e ficavam bastante surpresos, bem como satisfeitos, em descobrir que podiam obter a mercadoria de alguém como eles. A única dificuldade em conquistar os jovens e descolados era que a maioria deles, nascidos na França, falava francês mais rápido do que eu, e usando as gírias mais bacanas e recentes, desconhecidas para mim.

E aquele seu amigo que dá aula de francês?, perguntei para minha tia.

Você vai adorar, respondeu ela, dando-me o endereço. Ele é comunista. Assim, passei a ter aulas matinais avançadas perto da Gare du Nord, com alunos adultos dos quatro cantos das antigas colônias francesas, enquanto continuava a entregar a mercadoria por toda Paris. Usei o dinheiro que ganhei para comprar um excelente par de sapatos oxford marrons da Bruno Magli, uma recomendação de BFD. Eram bonitos e dava para andar ou ficar de pé o dia inteiro com eles, afirmou. Ele observara meus tênis sem cadarço de couro falso, empoeirados e rachados, que eu comprara em um camelô a caminho do aeroporto de Jacarta. Sempre dá para julgar um homem pelos sapatos. O julgamento de BFD me irritou, mas ao mesmo tempo não consegui esquecer suas palavras. Eu calçava os Bruno Magli com orgulho e os engraxava toda semana, sucumbindo à sedução capitalista contra a qual Marx nos alertara: amar um bem, uma coisa, como se fosse um autêntico ser vivo, um relacionamento que na melhor das hipóteses só podia ter vida curta.

Alguns meses após iniciado esse novo episódio em minha vida, eu deixava um pequeno parque na Passage Dumas quando um jovem no portão acenou para mim, ergueu as sobrancelhas e levou os dedos aos lábios na linguagem universal da fraternidade de fumantes, unificada em nosso desejo de morte. Jean-Claude Brialy estava cantando uma adorada canção com Anna Karina, "Ne Dis Rien", e eu cantarolava junto. De bom humor, sorri, peguei o maço no bolso e lhe ofereci um cigarro, verificando se não era um dos que tinham haxixe. Quando falou comigo, tirei os fones de ouvido, continuando a sorrir mudamente, um turista japonês, e assim me surpreendi quando ele retribuiu o sorriso e disse, A gente ouviu falar que você tem um haxixe de primeira.

Domo arigatô, falei, fingindo não compreender. Não era boa ideia vender para estranhos, então fiz uma mesura e recuei dois passos antes de topar com um corpo firme, musculoso. O jovem às minhas costas, como o outro diante de mim, trajava calça Levi's, jaqueta com o zíper aberto e camiseta por baixo, só que um usava camiseta dos Beatles e o outro dos Rolling Stones. Estávamos sozinhos no pequeno parque, uma escolha intencional dos dois rapazes, que pareciam ser os árabes sobre quem Le Cao Boi me alertara. Tinham a esbelteza desleixada da juventude, a salvo de saber como estariam em vinte anos, conhecimento que nós, homens de meia-idade, para nosso pesar, possuíamos. A inércia da idade e os prazeres facilmente acessíveis das delícias de padaria na França haviam me ajudado a recuperar toda a gordura perdida durante a reeducação, fora a gordura extra, proporcionando-me uma leve protuberância sobre a cintura e outro discreto bojo sob o queixo. Eu era uma *andouillette* macia e arredondada, as tripas fortemente embaladas aqui dentro, e eles eram as facas serrilhadas prontas para me cortar.

Pode parar de fingir que você é japonês, disse Beatles. A gente sabe que é vietnamita.

Vietnamita?, falou Rolling Stones. Achei que fosse um xing-ling.

A palavra que usou na verdade foi *Chinois*, que significava simplesmente "chinês", mas, com a ênfase e a inflexão devidas — e determinada quantidade de saliva —, era um epíteto que eu escutara não poucas vezes vindo de nossos colonizadores franceses. Foi triste escutar essa palavra sendo dita por alguém que deveria ter consciência disso, mas responder ao insulto só serviria para agravar a situação. Numa tentativa de apaziguar um pouco as coisas expressando genuína curiosidade sobre suas origens ou ancestralidade, falei, E vocês, são o quê?

Argelino, seu bosta, respondeu Beatles.

Rolling Stones franziu o cenho e disse, A gente é manteiga.

Manteiga?, repeti. Se havia alguma manteiga ali só podia ser eu, amarelo, mole e fácil de derreter. Por que manteiga?

Manteiga!, berrou Rolling Stones. Manteiga!

Beatles suspirou e disse, A gente é francês, porra. Agora dá o haxixe.

Vamos conversar sobre isso, falei. Irmãos argelinos, nunca leram os argumentos de Ho Chi Minh contra a colonização francesa? Não devemos brigar entre nós, não devemos roubar uns dos outros, devemos trabalhar juntos contra nosso pai abusivo! Esqueçam *A Marselhesa*, cuja letra é um pouquinho homicida demais pro meu gosto. Em vez disso, cantemos a *Internacional*! Vamos lá, condenados da Terra, com vontade! *Nous ne sommes rien, soyons tout!*

Meu breve discurso pareceu confundi-los, pois pararam e franziram o rosto, e se ao menos um deles tivesse dito, Talvez ele tenha razão, poderíamos ter mudado a história — ao menos, minha história —, mas eram adolescentes impulsivos e Rolling Stones abanou a cabeça, rejeitando o fio condutor dialético de solidariedade que eu lhe estendera e dizendo, Passa o haxixe, seu bastardo estúpido!

Eu tinha tentado, não tinha?

Certamente tentou, disse Sonny.

Se é o que diz, acrescentou o major glutão.

Certo, o haxixe, murmurei, fazendo menção de abrir a mochila. Os dois deram um passo na minha direção, mas havia distância suficiente entre nós para eu girar a cintura e acertar a mochila com a maior força que pude no maxilar do Beatles, onde os dois tijolos no fundo colidiram tão estrepitosamente quanto o grito de guerra dado por minhas entranhas, *BASTARDO*, jamais havendo um momento em que minha barriga não estivesse forrada com essa palavra, e embora eu achasse que me acostumara a ela estava acostumado apenas a ser chamado de bastardo maluco, o que tinha uma ponta de verdade, ao passo que a verdade absolutamente verdadeira ali era que aqueles dois deveriam ter me chamado de irmão, primo ou quem sabe tio, pois éramos aparentados — não éramos? —, nossos ancestrais mútuos sendo os gauleses, que tinham a cara de pau de nos chamar de seus descendentes, com os argelinos sendo os filhos mais velhos, como meu pai dissera para nossa classe, enquanto os indochineses eram os talentosos filhos do meio, destinados a serem funcionários de escritório, assistentes, ajudantes e pequenos burocratas, ao contrário dos cambojanos e laosianos e outros mais abaixo na cadeia de seres do império, cada um de nós agarrado a um elo e fitando o traseiro vermelho do símio ligeiramente menos oprimido mais acima, sonhando com uma mão branca benevolente que nos ajudasse a passar por cima das criaturas indignas pelo caminho e subir a bordo dessa bela nave de guerra chamada *La Mission Civilisatrice*, que bombardeara Haifom e matara seis mil civis, mas quem está contando? Éramos apenas nativos, que não contavam.

Bastardo filho da puta!, gritou Rolling Stones, dando-me um soco antes que eu pudesse voltar a golpear com a mochila. China de merda!

Rolling Stones me deu outro soco e uma campainha disparou na minha cabeça, e quase senti nostalgia ao escutar ser chamado de *un bridé*, coisa que não ouvia desde os tempos do colonialismo francês em Saigon, e embora o resto do meu francês pudesse ter vacilado, minha lembrança de ser chamado de olho-puxado, china ou xing-ling, dependendo da interpretação da pessoa, foi tão inesquecível quanto saber como dizer *merci* e *au revoir*, e se meus olhos de fato eram puxados na verdade isso não passava de um detalhe técnico. Fiquei muito mais preocupado com o modo como quando caí escutei quebrar alguma coisa na cara câmera japonesa pendurada no meu pescoço, o que foi menos alarmante do que Rolling Stones pulando em cima de mim para me esganar, fazendo meus olhos saltarem e expandindo minha visão periférica, de forma que pude ver Beatles vertendo sangue e lágrimas no chão de terra batida do parque e levando a mão ao nariz, talvez quebrado pelos tijolos de haxixe, um truque que eu mesmo bolara, embora décadas de socialização com Bon tivessem sem dúvida me levado a absorver parte de sua predisposição à prevenção violenta, como dispor sempre de um meio de autodefesa e em geral mais de um, estratégia que conta também para preparar uma ofensiva, pois ao me atacar Rolling Stones não só me estrangulava, levando minha laringe fortemente contraída a engasgar em protesto, como também puxava minha cabeça para golpeá-la repetidas vezes contra o chão, ambas as estratégias prejudicando minha percepção, agora toda pintalgada de clarões luminosos como os que vemos ao nos apaixonar, ou assim me diziam, ou quando estamos prestes a desfalecer e talvez morrer, como eu sabia por experiência, e na medida em que era absolutamente necessário prevenir estes últimos desfechos deixei Rolling Stones progredir em sua tentativa de me assassinar a fim de distraí-lo para não perceber como eu encolhera as pernas até minhas coxas encostarem em suas costas quando montava em mim, as barras da calça erguendo-se e expondo minhas meias, numa das quais eu enfiara um canivete automático, lição que Bon me ensinara, e quando consegui puxar a arma senti alguma coisa rígida pressionada contra minha cintura, pois Rolling Stones estava de pé, fato que significava que me mataria nesse momento, seus dentes expostos não só de fúria e furor como também de ódio, dirigido a mim e a ele mesmo, e quando apertei o botão que abria o canivete a lâmina cortou a palma da minha mão, fato que mal percebi dada a película vermelha descendo sobre minha visão e o rugido do meu sangue afluindo à cabeça, alto mas não alto o bastante para me impedir de escutar Rolling Stones gritar, *Seu chinês bastardo amarelo filho da puta*, insultos que me fizeram corar de nostalgia por uma época mais inocente em que o colonialismo era fotografado em preto e branco, sem registros de áudio que possibilitassem escutar o modo como "anamês" devia ter soado em uma língua francesa e em um tímpano vietnamita, uma cusparada densa de desprezo e superioridade, com o elemento visível da nossa opressão um tanto remoto, talvez charmoso, de modo que até rebeldes com a cabeça atrelada a cangas ou camponeses carregando homens brancos nas costas pareciam pitorescos e exóticos, enquanto minha própria morte iminente me parecia distante, meus sentidos esmorecendo e minhas extremidades dormentes, fora o peso do corpo sobre minha barriga e a sensação fria do cabo em minha mão escorregadia, que eu conseguira virar de modo que a lâmina de quinze centímetros pudesse finalmente sair, e com os derradeiros vestígios da minha consciência cravei a faca na parte mais próxima do corpo sobre mim, o que suscitou um grito e fez uma das mãos soltar minha garganta, encorajando mais uma estocada, o resultado sendo outro grito e a outra mão de Rolling Stones me soltando conforme se desvencilhava, e quando cravei a lâmina nele mais uma vez e depois outra, para sua sorte acertei apenas suas nádegas e o osso da pelve, a dor forçando-o a cair de lado, debatendo-se e desferindo chutes em mim, que, agora livre de seu aperto, devolvia os chutes, rolava para o lado e me erguia cambaleante até quase tropeçar em Beatles, que estava de quatro e sacudindo a cabeça e voltando os olhos para mim com uma expressão tão inflamada que dei uma joelhada em seu rosto, e se o seu nariz não havia quebrado antes quebrara agora, mas conforme um dos meus inimigos caía o outro se levantava, Rolling Stones uivando e segurando a bunda empapada em sangue contudo perfeitamente capaz de me machucar, mas psicologicamente distraído pela dor, sinal de que era um amador, pois se fosse um profissional, como Bon me explicara inúmeras vezes, saberia que a mente era tão importante para a sobrevivência quanto o corpo, fato que eu conhecia bem porque suportara anos de calejamento como espião, seguido das aulas de boas maneiras da reeducação, que, não tendo me matado, me tornara tão imatável quanto um clichê e por certo mais forte do que esse rapaz, que tinha suficiente desejo de me matar mas não a astúcia, a experiência e o requerido medo da morte que eu aprendera ao longo de uma existência inteira de amargores e ressentimentos que vivenciamos na condição de bastardos, eu e eu mesmo, ficando reservado a mim sentir dor e engasgar conforme eu mesmo permanecia lúcido e controlado, engalfinhando-me com ele rapidamente e esfaqueando-o diversas vezes mais na região do coração e de órgãos vitais, sensação similar a inserir a faca em um frango cru, inteiro, não fosse o fato de sua caixa torácica e seu esterno desviarem a lâmina duas vezes, torcendo meu pulso, quando tudo o que eu queria era que ele parasse e ficasse deitado e me deixasse em paz com a promessa de não me matar, mas meu francês era suficiente apenas para dizer, *Chega, chega, chega*, significando que ele deveria parar e que eu deveria parar, mas nenhum de nós podia parar enquanto um de nós não estivesse caído, ele, de joelhos, de lado, de bruços, sem me enxergar quando fugi do parque às carreiras, apanhando minha mochila com uma das mãos conforme fechava o canivete com a outra, sem me virar para ver se Rolling Stones estava morto ou se Beatles se levantava, grato porque o parque que representara uma vantagem para eles agora era sua desvantagem e também pelo fato de estar usando roupa escura, como Bon disse que deveria fazer sempre, não apenas para andar na moda, já que esse era o modus operandi de Paris, mas porque o sangue era menos visível na roupa escura e pude manter a mão sangrando no bolso da calça conforme puxava o capuz do moletom, que Bon também me dissera para usar nessas ocasiões em que talvez necessitasse ocultar minha aparência hedionda, como fiz ao caminhar depressa até a estação Nation do metrô, começando a escutar gritos e clamores às minhas costas quando me vi a certa distância, ficando tão desnorteado que só depois me dei conta de que deveria ter ido à estação da Rue des Boulets, na esquina do parque, mas consegui ainda assim andar com passadas regulares, mesmo quando escutei o lamento de uma sirene,

Você já era, você já era, ao me aproximar do metrô, o som sumindo conforme eu descia a escada em disparada, a mochila de novo no peito, e a câmera, a lente rachada e sem tampa, balançando no pescoço ao passar pelos portões, descer mais uma escada e percorrer um túnel até chegar à plataforma mais próxima, sem me importar com a direção do trem ou para onde ia, apenas feliz de enfim parar, recostar contra uma parede e disfarçadamente pegar um lenço na mochila, algo que um cavalheiro sempre deve ter consigo, não só para limpar as secreções corporais, alheias ou suas, mas também para usar como torniquete ou bandagem, nesse caso em minha mão direita, que tornei a enfiar no bolso, meu coração tensionado de adrenalina e medo, seu rufar sufocado apenas pelo ronco do trem cuja aproximação me lembrou de focar a vista o suficiente para entrar sem tropeçar e sentar ao lado de um sujeito grisalho, não muito asseado e um pouco malcheiroso, o que era melhor ainda para mim, pois juntos parecíamos ligeiramente degenerados, algo melhor do que parecer degenerado sozinho, sobretudo se a pessoa fosse um turista japonês todo arrebentado numa terrível bad trip, beneficiando-se da indiferença geral da massa urbana, em especial a que sobrevivia aos metrôs e estações subterrâneas, seus olhares vez ou outra virando na minha direção para logo se desviar, a não ser por uma garotinha de rabo de cavalo que apontou para mim e disse, um pouco alto,

OLHA,

MÃE,

OLHA!

o que de fato fez todos que a escutaram olhar para mim, e mantive meu monstruoso eu completamente imóvel, à maneira de uma lagartixa na parede que percebe ter sido notada, fundindo-me ao fundo enquanto a mãe nada fazia para impedir sua cria parte engraçadinha, parte enxerida de me encarar com seus adoráveis olhos de inseto, e por fim me despojei de seu olhar quando desci na baldeação em Belleville e caminhei entre a multidão em um ritmo normal até a conexão, um trajeto já de meia hora em que ninguém dirigiu a palavra a mim, que desencorajava eventuais palavras com os fones enfiados no ouvido e escutando Jacques Brel cantar "Ne Me Quitte Pas" sem parar até finalmente entender que ele queria ser a sombra de um cão, momento em que cheguei ao restaurante, onde Le Cao Boi disse, Caralho, o que aconteceu?, algo que eu também teria dito a mim, sabendo que isso era uma das coisas mais afetuosas que podiam ser ditas entre dois homens, uma expressão de carinho e preocupação que guardava a promessa de ação, e quando tentei sentar à mesa ele me puxou para a cozinha, onde os Sete Anões lavaram minha mão em uma tigela de plástico azul usada também para limpar peixe, a água translúcida ficando turva e vermelha como meu sangue antes de me aplicarem um unguento de iodo e óleo de eucalipto que fez arder a palma da minha mão e os esfolados na minha cabeça e garganta, ardência que emprestou um halo a Bon quando assomou em meu campo de visão, dizendo, Vou matar esses filhos da puta, cujas entrelinhas significavam obviamente que me amava, mas o que me deixou de fato sentimental e me levou a uivar incontrolavelmente foi quando disse, Vou estripar esses caras e fazer comerem a merda que tiverem nas tripas, uma imagem culinária deliciosa que levou os Sete Anões a cair na gargalhada, alguns pegando seus cutelos e fingindo brigar, com Le Cao Boi improvisando uma terrível ode a mim, o guerreiro choroso de volta de sua jornada, ode que não é necessário citar, e que na verdade era tão pavorosa que esqueci as palavras, mas Le Cao Boi não se ofendeu com minha falta de entusiasmo, atribuindo-a, tenho certeza, a minha condição física, uma dor viril que os Sete Anões podiam compreender e lágrimas horríveis e constrangedoras que não podiam, e para disfarçar minha fraqueza Le Cao Boi trouxe uma garrafa de destilado chinês que parecia água, ou vodca, o líquido transparente removendo uma camada de róseas células epidérmicas ao descer pela garganta, ajudando-me por um breve momento a estancar minhas lágrimas e esquecer o corte na palma da mão, enfaixada em um donut de bandagens, e quando falei, Dá mais um pouco, ele disse, Tenho coisa melhor, desaparecendo de vista e depois reaparecendo com um quadrado de papel-alumínio na mão, sobre o qual depositara um único cubo branco de açúcar, numa geometria gourmet, o tipo de apresentação que se poderia esperar de um restaurante estrelado do Michelin, só que não era açúcar branco, mas, como proclamou Le Cao Boi, *o remédio*, que levaria tempo demais para fazer efeito se eu o engolisse, fosse inteiro, fosse diluído, de modo que ele o pulverizou com um pilão e o devolveu ao quadrado de alumínio, segurando-o sob meu rosto com uma das mãos enquanto usava a outra para acender um isqueiro sob o alumínio, o pó branco se dissolvendo numa poça crepitante e fumegante de liquidez cristalina conforme um dos Sete Anões me passava um tubo de plástico transparente, o corpo de uma caneta com o cartucho de tinta removido, Le Cao Boi instruindo-me a cheirar com o tubo, o que fiz, porque se médicos e cientistas são tão ousados e éticos a ponto de sempre experimentar em si mesmos, então também deveríamos fazê-lo NÓS, essa criação monstruosa cujo aspecto bifacial era grotesco para todos que nos contemplavam, eu e eu mesmo, e talvez *moi*, os dois rostos — ou agora seriam três — que só uma mãe podia amar, nossa mãe, que morreu hoje, ou quem sabe ontem, e que muito provavelmente morrerá amanhã, nossa mãe morrendo todos os dias e vivendo todos os dias em nossa memória, nunca havendo um dia em que não pensássemos nela e em que não estivéssemos a seu lado quando faleceu, crime tão imperdoável quanto o crime de nosso nascimento, rompendo com nossa mãe e dando início ao processo de separação que dura a vida inteira, a lembrança disso fazendo-nos chorar mais uma vez, algo que todos acreditaram se dever aos ferimentos ou ao remédio, com Le Cao Boi dizendo, Louco, hein?, ao que só nos restou fechar os olhos e gemer, nossos rostos se fundindo num só de modo que ficamos completamente focados em NÓS mesmos, na superfície e sob ela, todos os milhares de camadas diferentes de NÓS que se estendiam do presente ao passado amalgamando-se ao crocante, doce, viciante e engordativo mil-folhas de nossas histórias e identidades, todos NÓS existindo no mesmo momento, colados uns aos outros pelas eternas questões pegajosas, como por exemplo o que isso significava? quem éramos NÓS? o que éramos? de onde viéramos? para onde iríamos? o que fizemos? o que faremos? — perguntas sem resposta que mal nos permitiam respirar, tão intensamente sentíamos nosso corpo, nosso presente, nosso passado e nosso futuro, até não conseguirmos mais sentir nosso corpo, a fronteira entre ele e o mundo se dissolvendo por completo, de modo que cada onda de luz, som e vibração do ar reverberava através de NÓS e nos arrastava no redemoinho de uma sensação eufórica, até mesmo orgástica, que durou uma quantidade ignorada de tempo, até o redemoinho não mais nos levar cada vez mais fundo nas profundezas, mas reverter o curso e espiralar acima de NÓS, transformando-se numa escadaria de luz, onde, no topo, Bon disse, Acho melhor contar logo o que acabei de saber, suas palavras fluindo de imediato por nossa pele, o homem sem rosto está na embaixada, o que era a única coisa capaz de arruinar o prazer do remédio, pois só podia haver um homem sem rosto, uma figura aterrorizante e apavorante de algum modo invocada de volta à existência pela mera presença da ideia, que era agora um claro sinal do destino assumindo forma, e de algum modo sempre soubéramos que não ficaríamos separados dele por muito tempo, NÓS que éramos não só monstruosos ou grotescos como também *demais*, tão incríveis que a certa altura descemos a escada de luz até a padaria ao lado, recusando-nos a comer no pior restaurante asiático de Paris, choramingando um pouco diante das inúmeras variedades intrigantes de pães e doces que coletivamente personificavam séculos de bom gosto, sofisticação culinária e complexidade técnica, como as cabeças de negros que o Chefe tanto adorava, mas para os quais não estávamos com apetite, não, NÓS precisávamos de algo que satisfizesse mais do que merengue e chocolate depois do que havíamos passado, jornada que nos deixou vibrando ainda a uma baixa intensidade conforme descíamos de volta à realidade mundana, nossa pele uma topografia de zonas erógenas e nosso dedo tremendo quando apontamos para a massuda forma oval de um pão rústico que nunca pedíramos antes, mas sobre o qual ficáramos curiosos desde que descobríramos seu nome, que agora NÓS pronunciávamos no francês mais perfeito, dizendo, Me vê um bastardo, por favor.

PARTE II
EU MESMO

6

Eu tenho um sonho!, disse Martin Luther King Jr.

Eu descia após ter quase tocado o Céu, ou ascendia após ter quase descido ao Inferno. Meus pés tinham as solas chamuscadas pelo calor do Inferno, e meu nariz escorria do enregelamento tiritante entre as nuvens do Céu, diante de cujos portões estivera. A aceleração de um motor de dois tempos interrompeu a atmosfera de reverência, uma motocicleta passou roncando pela fila de candidatos e parou bem na frente de Martin Luther King Jr. Esse foi o primeiro indício de que o motoqueiro era vietnamita. Quem seria ele? Não, não podia ser — mas era! — Le Duan, secretário geral do Partido Comunista! Sucessor de Ho Chi Minh! Um dos pais fundadores do nosso país reunificado! Um homem verdadeiramente comprometido! Um revolucionário louco o bastante para ter ido por vontade própria do sul para o norte quando qualquer pessoa sensata, incluindo minha mãe, foi na direção exatamente oposta! Que diabos estava fazendo aqui?

Quem é você?, disse Martin Luther King Jr.

Sou o homem com um plano! Le Duan desceu da moto sorrindo e nem um pouco ofendido por precisar explicar quem era. Esse era o destino de qualquer um vindo de um país pequeno, por mais realizado que fosse. Mesmo se tínhamos nomes, dificilmente alguém além de nossos conterrâneos sabia quais eram ou era capaz de pronunciá-los. Talvez fosse melhor não ter nome, pois só assim ninguém erraria. O que não significa que alguém em nosso país errasse o nome de Le Duan.

Esse homem muito comprometido continuou: Sou o mágico que pegou a metade superior do nosso país e tornou a costurá-la à metade inferior! Em seguida dei a ele a espinha dorsal de ferro da nossa revolução, de modo que pudesse se firmar por si mesmo! Então escavei um cemitério e encontrei um cérebro para nossa nova criação! E daí se o cérebro veio de Karl Marx, um estrangeiro? Não vamos ser racistas aqui. Os alemães produzem cérebros muito bons, tão bons quanto seus carros. Está vendo nosso país aí embaixo? Um pouco capenga, é verdade, mas o que esperava, tão perto de uma cirurgia radical tanto na espinha como no cérebro? Queria ver você tentar caminhar, que dizer então correr, após ter sido maltratado por tanto tempo e após uma cirurgia tão intensa para livrar o corpo de todos os seus corpos estranhos. Os chineses, os franceses, os japoneses, os coreanos, os americanos, todos tiveram sua vez. Agora — e aqui Le Duan cutucou Martin Luther King Jr. — você não é o único a ter um sonho, meu chapa! Sorrindo de orelha a orelha, Le Duan apontou para sua moto e se vangloriou, *Eu também tenho um sonho!*

Olhamos todos para o logo em sua moto Honda, e de fato dizia,

SONHO

Uma Honda Dream? Eu estava sonhando? Os japoneses, depois de provar que podiam construir rádios portáteis e gravadores cassete, agora fabricavam sonhos também? Nunca ouvira falar de tal sonho até esse sonho, mas agora que ouvira queria aquele Sonho Japonês também! Que sonho dos meus sonhos! Devia ser tão melhor que um Sonho Americano! O Sonho Americano era tão simples e tão otimista que não requeria nenhuma psicanálise, nenhum mergulho nas profundezas do mar. Era raso, maçante e sentimental como um programa ruim de televisão que por algum motivo se tornara um sucesso. O Sonho Japonês, porém, devia ser realmente ousado. Ansiei por esse sonho com tal avidez que esqueci que sonhos podiam matar, o que foi o momento apropriado para acordar do sonho para me pegar com um pedaço de pão crocante na boca, sentado sobre a tampa da privada do banheiro no pior restaurante asiático de Paris, onde, a julgar pelo odor nauseante, fizera um péssimo trabalho de limpeza. Só posso culpar algum outro, ou seja, eu mesmo, uma pessoa sã que não queria nenhum envolvimento com aquele banheiro nojento. O ar era fétido, o cheiro alguma coisa entre axila, umbigo e pregas suadas nas partes baixas. O orifício da privada era o espelho do ânus, cada uma delas um portal para profundezas misteriosas e túneis serpenteantes, e foi por isso que tive de baixar a tampa do assento para não ficar perscrutando, engasgado, aquele precipício.

Componha-se!, disse a mim mesmo. Isso também era difícil, uma vez que eu soluçava, em parte pela dor, em parte pelo remorso, e em parte pelos efeitos secundários do remédio, um dos quais era similar ao modo como às vezes me sentia após transar com alguém que mal conhecia: nojo. Mãe! gemi. Mãe! O que eu fiz?

Não se preocupe, disse o major glutão. Não estão mortos.

Se estivessem, acrescentou Sonny, já estariam aqui conosco.

Fora do banheiro, falei. O remédio perdera o efeito, como um amor, deixando-me com a dor na mão e o desejo desesperado de me apaixonar outra vez, nem que fosse por uma noite, mesmo sabendo do vergonhoso resultado. Quero privacidade!

Mas faz tanto tempo que a gente não conversa, disse o major glutão, olhando o espelho por cima do meu ombro direito. Sonny acenou atrás do meu ombro esquerdo, seu rosto tão pálido e exangue quanto o do major, embora o buraco na testa do major, seu terceiro olho, ainda sangrasse, assim como o buraco na mão de Sonny, um dos vários lugares onde eu o acertara. Fantasmas algum dia paravam de sangrar, paravam de chorar, paravam de voltar? O fato de minha mãe nunca ter aparecido para mim significava que devia estar contente em sua vida após a morte. Não tinha motivo para me assombrar, pois era seu filho bom, o que sempre pensava nela, andava com uma foto sua na carteira e falava com a foto toda noite. Na foto em preto e branco, tirada pouco antes da minha partida para o liceu, de modo que eu tivesse uma lembrança sua, ela veste um *ao dai* emprestado de uma de minhas tias. Precisou pegar emprestado apenas o vestido, não a calça, pois seria fotografada só do busto para cima. O penteado fora feito no salão, com um modelador, de modo que o cabelo flutua em ondas em torno do seu rosto. Este, em geral tão comum, ao menos uma vez na vida enfeitado com blush, rímel e batom. Sempre achei minha mãe linda, mas ao mesmo tempo sabia que era difícil a pessoa ser bonita quando estava exausta, sua condição normal. Nessa fotografia, seus fardos — a saber, seu filho e sua vida — haviam sido magicamente apagados, restando apenas sua beleza. Guardei a fotografia da minha mãe para me lembrar dela, mas também para me fazer lembrar que tantos outros entre os condenados da Terra podiam parecer anjos, e vice-versa, se a história fosse diferente. Queria perguntar a meus fantasmas se tinham visto minha mãe, mas não queria que vissem a criança que ainda vivia em mim, o menino que berrava pela mãe toda manhã.

Quer dizer que não viram eles do seu lado?, perguntei.

Ah, você acha que a gente conhece todo mundo por aqui? Sonny fingiu incredulidade. Sarcasmo era ainda mais irritante quando vindo de um fantasma. Tem só uns cem bilhões de nós.

Podem ser alguns bilhões a mais ou a menos, disse o major glutão. Não dá para ter certeza exata, já que no além não tem um departamento de censo. Ao contrário da crença popular, isso aqui não é um enclave com alguém no portão verificando quem chega.

Também é um pouco escuro e turvo, acrescentou Sonny. Difícil enxergar com clareza.

O que é ótimo. As pessoas não têm um aspecto muito bom no além. No geral. Há exceções.

É, mas a turma do morra-jovem-e-seja-um-belo-cadáver é insuportável.

A turma do morra-velho-e-sozinho-e-seja-um-cadáver-pútrido tende a ser mais humilde.

Mas ficam na deles.

Mesmo assim fedem. Isso é algo que ninguém conta sobre o além.

Um fedor de carne podre, água estagnada e mofo preto.

Não se pode ter tudo, falei. A questão é que se determinadas pessoas estivessem mortas vocês poderiam não vê-las por aí, mas eu muito provavelmente veria.

Se foi você quem matou, disse Sonny. Como fez com a gente.

Em geral é como funcionam as assombrações, acrescentou o major glutão. Faz tempo que você não me assombra.

O que podemos dizer? Estávamos passeando. Paris é uma cidade fantástica. Tanta história! Tantas catacumbas para explorar! Tantos fantasmas para conhecer! Só a nata lá no Père Lachaise!

Deixei os dois no banheiro do restaurante, o som de suas risadas atravessando a porta fechada. Seriam reais ou um efeito colateral do remédio? Deviam ser reais, já que eu os vira antes. Seu reaparecimento como um duo de comédia familiar me dizia que o que eu temia não acontecera. Beatles e Rolling Stones estavam vivos, não condenados a ser anfíbios pré-históricos rastejando com as unhas para fora do seu submundo amniótico. E a agente comunista também não devia ter morrido, pois nunca a vira ao meu lado, me provocando, como acontecia com o major glutão e Sonny.

Aqueles caras não estão mortos, concordou Bon. Na cozinha do restaurante, deserta a não ser por nós, ele me serviu um uísque, uma dose generosa, minha forma preferida de beber. Matar alguém com arma de fogo já é bastante difícil. A consciência atrapalha. E matar com faca exige algo especial. Você não nasceu pra liquidar alguém de perto desse jeito. Mas não fala isso pro Chefe. Fala pra ele que esses caras morreram.

São meninos, disse eu. O uísque desceu pela minha garganta e revestiu meu arruinado interior com uma nova camada de tinta. A mão latejava onde o Zangado dera os pontos no corte, assobiando enquanto o fazia. Mais, falei. Era uma das minhas palavras favoritas, contanto que fosse eu a dizê-la.

São homens. Bon voltou a encher meu copo. Jovens, mas com idade suficiente para ir pra guerra, pra morrer na guerra. Já vi caras mais novos que isso lutando, matando, morrendo. Acha que planejavam apenas deixar você ir embora? Não. Era pra ter morrido ou ficado gravemente ferido, dois contra um. Tem todo direito de salvar sua pele nessa situação. Agora, se fosse eu, estariam mortos. Porque é a única garantia de não virem atrás de você. Como o homem sem rosto.

A simples menção a seu nome fez descer uma atmosfera de medo sobre a cozinha, onde sentávamos meio acocorados em banquinhos de plástico baixos que nos lembravam o lar, os joelhos quase na altura do peito. O homem sem rosto era nosso irmão de sangue, o terceiro Mosqueteiro, embora Bon não soubesse disso, tendo-o visto apenas de longe no campo de reeducação. Para Bon, o homem sem rosto era simplesmente o comissário do campo, ao passo que para mim o comissário era nosso irmão de sangue, Man. Que fatalidade, ser interrogado e depois torturado por meu melhor amigo, que me conhecia melhor do que eu mesmo, que enfiou sua arma na minha mão e tentou me fazer dar um tiro nele, mesmo eu estando amarrado para tortura. Ele sofria tanto quanto eu. Mas fui tão incapaz de dar cabo de sua vida como ele foi da minha.

Como descobriu sobre ele?

Acha que um segredo permanece por muito tempo quando alguém sem rosto aparece? Ele está na embaixada. Pelo menos está usando máscara, ou foi o que disseram. Um herói de guerra, dizem.

Se está usando máscara como sabe que é o homem sem rosto?

Quanta gente precisa usar máscara? Só se não tiver o rosto!

Tomei um gole de uísque e falei, Qual o nome dele?

Ele disse um nome que não era Man. Dung.

O que me ocorreu foi que devia ser um nome fictício, um apelido, pois queria dizer "heroico" em nossa língua, "merda" em inglês e coisa nenhuma em francês. O que falei foi: Como sabe que era o comissário? Mesmo os guardas do campo só o chamavam pela patente. E quantos desses caras sem rosto estão circulando por aí depois da guerra? Não tem como você saber que é ele com certeza.

Quer prova? Beleza. Preciso chegar perto o suficiente para ver. Daí a gente mata ele. Ou pelo menos eu mato.

Esvaziei meu copo. Às vezes preferia bebericar o uísque, prolongar a experiência, porque era tão boa, e às vezes precisava entornar pela goela o mais rápido possível, pondo meu fígado para trabalhar a pleno vapor, porque a vida era tão ruim.

Como não sente culpa por todos os caras que matou?

Só sinto culpa se for crime. Tornou a encher nossos copos. Bebe aí.

Cem por cento!, falei, meu sagrado copo de destilado tilintando contra o seu. Destilados nos levavam a outro mundo, ainda que fosse um mundo povoado por anjos, demônios, fantasmas e quimeras. Eu não contara a Bon sobre meus fantasmas, já que isso apenas serviria para confirmar minha irresolução a seus olhos. Mas os fantasmas eram tão reais e invisíveis quanto cupins, mastigando incessantemente as fundações da pessoa. Como alguém dedetizava os mortos? O remédio era uma resposta fácil, mas aliviava apenas os vivos, ou quem passasse por vivo, como eu.

Só que eu tinha medo do remédio. Ele me lembrava a religião, de tão bom.

* * *

O Chefe me ligou mais tarde nessa mesma noite e me chamou para uma visita a seu apartamento no dia seguinte, sinal de que eu crescera em sua consideração. Bon foi para casa e passei a noite em um catre no restaurante, atrás do balcão, porque não queria que minha tia me visse com o rosto esfolado e a mão machucada. O latejar na mão me manteve acordado e me transportou de volta à minha cela no campo de reeducação, nu e preso por uma correia ao chão, o teto forrado de lâmpadas, um ambiente tão brilhante que nem fechar os olhos ajudava a escapar. Man conseguira sondar com sucesso essa parte mais inacessível de mim, minha mente… quem sabe até minha alma, se tal coisa existisse. Quem sabe, se voltasse a encontrá-lo, ele revelaria mais coisas sobre mim que eu ainda não sabia. Talvez fosse por isso que meu instinto me levara a buscar refúgio com minha tia, sabendo perfeitamente que contaria a Man. Agora ele estava no território neutro de Paris, cidade onde fora assinado o pacto do fim da guerra. Viera atrás de mim. E de Bon.

Senti um calafrio, escutei o farfalhar de baratas, camundongos correndo. Pela primeira vez notei, em uma prateleira sob a caixa registradora, uma pilha de revistas pornográficas, as capas e páginas grudentas com o que rezei para ser gordura. Apesar da dor de cabeça e na mão, alguma coisa dentro de mim deu um tranco, os fios indo dos meus olhos, passando por minhas duas mentes e chegando ao outro par de orbes que faziam de mim um homem. Os corpos claros, lustrosos, daquelas moças muito autênticas pareciam esculpidos em marzipã, os seios assomando bem maiores que a média. A maquiagem era aplicada com o capricho de um casamento, mas enquanto meus olhos e minhas mentes reagiam o resto de mim se recusava, distraído pela dor na mão. Guardando de volta as revistas, ruminei sobre o motivo das minhas ações, por que aqueles homens — meninos, na verdade — tinham me atacado, por que eu retribuíra na mesma moeda? E, acima de tudo, tirando minha preocupação de ser incapaz de alcançar a rigidez estrutural necessária para ejacular até com aquelas revistas de sacanagem, ruminei sobre a razão da minha existência por certo duvidosa e possivelmente desnecessária.

Talvez o Chefe um dia fornecesse a resposta. Não era meu criador, mas meu recriador, dando-me uma oportunidade não por meio de um presente, mas de um empréstimo. Se Deus residia no Céu, o domínio do Chefe era um cassino, céu para uns e inferno para outros. Ele tocava seus esquemas de casa, localizada a algumas quadras de sua loja de importações-exportações, numa torre brutalista de trinta e tantos andares que vim a conhecer na manhã seguinte, embotado de dor e privação de sono. A torre era tão distintamente não parisiense que o ponto de referência mais próximo era a Place d'Italie, como se a arquitetura desastrosa pudesse ser culpa de Mussolini. Auge de uma visão presumivelmente socialista, a arquitetura se resumia a uma pilha de caixas de sapatos, com os humanos sendo os sapatos. Esse projeto eficiente destinava-se a abrigar quantidades enormes de gente em porções limitadas de terreno, tendo em vista o problema de espaço limitado e gente demais no centro de Paris, ou assim me contou o Chefe quando sentávamos na incandescência radiativa de seu sofá vermelho de couro.

Repara só a vista, disse ele.

O Chefe morava a uma distância não muito grande da torre e o sofá ficava virado para a janela da sala, com outro sofá perpendicular para combinar. Esse segundo sofá ficava de frente para um televisor monstruoso, do peso aproximado de um gorila adulto e ladeado por caixas de som do tamanho de adolescentes. Como todo refugiado homem, o Chefe tinha fascínio por equipamentos audiovisuais gigantescos, a melhor pedida para assistir aos vídeos e escutar a música que o transportavam para o lar. Os franceses, pelo que pude perceber nos apartamentos da minha tia e do ph.D. maoista, preferiam aparelhos menores, preservando o precioso espaço de suas moradias apertadas para livros, espelhos e suvenires colecionados em visitas ao mercado de pulgas e em suas quatro semanas anuais de férias remuneradas. Nós, enquanto isso, não tínhamos férias, ou pelo menos não férias em lugares exóticos, a menos que contassem os países de onde viéramos, que para nós não eram exóticos. Provenientes das antigas culturas da Ásia, muito mais antigas do que a cultura apenas velha da França, cobiçávamos o moderno, o cintilantemente novo, com algumas exceções, como o relógio de madeira acima da televisão, que era idêntico ao relógio no escritório do Chefe, esculpido na forma de nosso país.

A vista é espetacular, falei.

Aqui, experimenta um desses, disse o Chefe, apontando para uma lata de biscoitos amanteigados dinamarqueses sobre sua mesinha de centro imitando mármore, que também podia servir de superfície para pulverizar coisas, como um pilão. Eu era avesso a laticínios, mas por educação peguei relutantemente um biscoito amanteigado em seu berço de papel.

Quando os caras me atacaram disseram que eram manteiga.

Manteiga?, disse o Chefe.

Manteiga?, disse Le Cao Boi.

A secretária riu. Estava sentada no outro sofá, ao lado de Le Cao Boi, ambos assistindo a um episódio de *Fantasia* na TV monstruosa, o volume no mudo ensejando o som de fundo da fofoca. A secretária voluptuosa era jovem, saudável e esbelta, bem como alta, altiva e minimamente vestida. Esses elementos se multiplicavam, como três vezes três, para produzir um resultado maior que a soma. A pele lisa refulgia com a luz vinda da fornalha de seus ovários, os cabelos longos e negros eram tão fartos e lascivos quanto o restante dela e os seios pareciam perfeitamente deleitáveis, de formato e tamanho tão apropriados que eu reencarnaria feliz como seu sutiã. Sim, olhei, porque não era possível um homem *não* olhar — é?

Não disseram que eram manteiga, ela explicou com ligeiro ar de deboche. Disseram que eram manteiga.

Como?, não entendi.

B-e-u-r-r-e é "manteiga", ela respondeu, muito devagar, olhando para mim enquanto o Chefe e Le Cao Boi riam. *B-e-u-r* é uma gíria para quem nasce aqui de pais árabes.

Mordisquei o biscoito e tentei disfarçar meu reflexo de ânsia com o sabor. Quando o Chefe me serviu uma xícara de chá verde e me encarou com expectativa, percebi que era recebido com uma hospitalidade extraespecial. Antes que pegasse a xícara quente, o Chefe disse, Prefere um café? Estalou os dedos antes que eu pudesse responder e a secretária virou para ele. Traz um café para todo mundo, disse o Chefe.

Ela fez um beicinho e descruzou as pernas, manobra que me fez engolir a saliva acumulada em minha garganta. Ficamos todos olhando enquanto ela se afastava, admirando mudamente seu traseiro perfeito.

Quando desapareceu na cozinha, o Chefe se reclinou no sofá e disse, A Torre Eiffel. Logo ali. Bom, logo ali não. Meio longe. Mas, mesmo assim, a Torre Eiffel, hein? Tenho um binóculo se quiser ver mais de perto. As pessoas gastam um dinheirão absurdo pra morar perto da Torre Eiffel, e não estou gastando quase nada e vejo ela perfeitamente! Quem é mais esperto? Quando desço não tem ninguém na rua pra me incomodar pedindo informação. Nenhum policial preocupado com turistas ou franceses ricos. São esses que eles querem proteger, os turistas e os banqueiros. Essa parte da cidade? Se esse lugar fosse cheio de gente branca a polícia ia enxamear por aqui que nem mosca de fruta. Mas os brancos não querem morar aqui. Falta parque, falta charme, falta *je ne sais quoi*. Só que o mais importante: falta branco. Uma profecia autorrealizável. Quando já tem branco de sobra, mais brancos virão. Quando falta branco, os brancos ficam com medo de ir morar. Estava pra nós!

Nós?

Asiáticos! Chineses, vietnamitas. Seus irmãos e irmãs amarelos, ou meios-irmãos e meias-irmãs amarelos. Tomamos conta. A gente sempre vive onde precisa, ainda mais porque não tem escolha. Bom, eu na verdade podia ter ido para os Estados Unidos. Mas preferi a França. Sabe por quê? Menos competição. Já tem muito asiático empreendedor nos Estados Unidos. Na França tem menos, e os daqui são ovelhas. Mas essa comunidade asiática aqui vai crescer, e vão precisar dos meus serviços.

Com "empreendedor" o Chefe claramente queria dizer "gângster", mas eu disse apenas, Estive nos Estados Unidos. Sem dúvida, tem um bocado de empreendedor por lá.

É. Por aqui existem mais oportunidades. E quando vejo uma oportunidade, aproveito. Não aproveitar uma oportunidade é como não aproveitar comida quando a chance aparece. E se o assunto é comida, a gente come o que tiver e quando tiver. Certo? Olha. Ele apontou as cerejas iridescentes na mesinha de centro, aninhadas em uma tigela de plástico branca pintada com um padrão azul evocando vasos Ming. O que está vendo?

As cabecinhas pretas dos refugiados numa banheira velha, tão espremidos que ninguém conseguia se mover. Não pude me furtar a um gemido com a lembrança, mas me contive e disse, Cerejas?

Cerejas imperfeitas, disse o Chefe, fingindo não notar minha nada viril fragilidade.

Algumas cerejas eram esféricas e quase perfeitas, de um vermelho tão profundo e escuro a ponto de serem quase negras, outras tinham formatos e tamanhos estranhos. Várias cerejas possuíam uma irmã siamesa, e nos casos em que ambas eram simétricas, pareciam uma dualidade de nádegas. Na maioria dos casos, uma era maior do que a outra, ficando com um aspecto de corcunda.

Consigo no mercado chinês, porque nos franceses — os mercados de *branco* — você nunca encontra. O Chefe pegou uma siamesa deformada e enfiou na boca. Mas são mais baratas e o gosto é exatamente igual. Assim como um seio feioso tem o mesmo gosto de um seio bonito, é só você fechar os olhos.

Quer dizer que prefere um feio a um bonito?, perguntou Le Cao Boi.

O Chefe sorriu e disse, Ah, está achando que sou idiota? Claro que é bom ter coisas belas, mas não é o fim do mundo se não tiver. Eu podia comprar um lugar para morar perto da Torre Eiffel, mas para quê? As pessoas — *pessoas brancas* — vão pensar, *Quem é esse asiático*? A polícia vai pensar, *O que esse asiático está fazendo aqui?* Os vizinhos vão pensar, *Não dá para acreditar que esse amarelo veio morar aqui.* Os brancos são engraçados. Falam que asiático vive grudado, mas quando vão pro nosso país são eles que não se desgrudam.

Le Cao Boi riu, assim como a secretária. Ela voltara com uma bandeja de prata contendo três copos com um dedo de leite condensado no fundo. Sobre cada um havia um filtro de alumínio do qual o café preto pingava lentamente no leite condensado, e houve um silêncio geral quando se curvou para depositar a bandeja na mesinha de centro. Então ela sentou, voltei a engolir e o Chefe me fitou com expectativa. Onde estávamos? Ah, sim, beijando o traseiro do Chefe. Ri também, embora só por um segundo, porque o ruído fez meu crânio retinir. Ele balançou a cabeça e disse, Enquanto aqui os brancos falam que a gente não devia viver grudado e quando não vivemos grudados dizem que estamos perdendo a nossa cultura.

Não tem como sair ganhando, disse Le Cao Boi.

Ter tem, disse o Chefe. Contanto que não veja o mundo pela mesma óptica dos brancos. Se fizer isso, já era. Por exemplo, eles acham que somos ovelhas. E em boa parte não estão errados. Nosso povo acha que sendo ovelhas, obedecendo à lei, seremos aceitos e respeitados. É patético. Pretendo mudar isso porque pra mim os brancos não vão respeitar a gente enquanto não tiverem medo de nós e não vão ter medo de nós enquanto a gente não for capaz de infringir as leis deles.

De fato não temos gângsteres por aqui, falei.

Gângsteres! É só um jeito de falar. Na nossa terra iam chamar de pirata ou bandido. A gente ia ter que se esconder nos guetos e nos charcos. Mas prefiro fora da lei. E prefiro aqui, não escondido em algum lugar. Aqui tenho minha vista e ninguém de olho em mim. Vejo tudo e ninguém me vê.

Você tem um plano, falei.

Todo mundo deveria ter um plano.

Uma vez que seria estúpido admitir que não tinha um plano, fiz que sim com a cabeça, mas só uma vez, porque doeu.

Você não parece muito bem.

Não mesmo, concordou Le Cao Boi.

Nada que o tempo ou uma boa cirurgia plástica não resolva. Sei de um cara.

Uma semana ou duas pro rosto. Os pontos na mão saem sozinhos depois.

████████████████, o Chefe disse em chinês.

██████, concordou Le Cao Boi, rindo.

Não se preocupe, não estamos falando de você.

Estamos sim.

Tudo bem, estamos sim. Se não quer que a gente fale de você devia aprender chinês. Moleza, certo? Como eu fiz contratando alguém pra me ensinar francês. Nisso o Chefe acenou para sua professora de francês, que também era sua secretária e amante. Você se saiu bem, aliás. Não estava achando que desse para a coisa.

Pode só ter dado sorte, disse Le Cao Boi.

Sorte todo mundo tem. Se o sujeito for honesto admite. O Chefe fez uma pausa com a ironia. Bon disse que está precisando de um lugar para ficar.

Minha tia não vai gostar nada se eu aparecer desse jeito, murmurei.

Ela é civil, disse Le Cao Boi.

Não está envolvida, confirmei. E nem quero.

É a conexão com a sua rede, falou o Chefe. A gente não vai querer pôr isso a perder. Tudo bem, tenho um lugar. Você vai adorar.

É como aqui?

Pode acreditar, a vista é até melhor, disse o Chefe com um sorriso. Virou para as janelas, que ocupavam toda a largura da sala. O que está vendo?

A Torre Eiffel?

Certo, a Torre Eiffel. Mas o que ela lembra?

Hesitei. Até para pensar doía. Um relógio de sol?

Relógio de sol? O Chefe franziu a testa. Acho que talvez... mas olha de novo.

Um dedo?

Um dedo sozinho? Cadê os outros?

Olhei para a torre mais uma vez. Um cachimbo?

Porra, você é cego?, exclamou. É um pau gigante!

Le Cao Boi e a secretária voluptuosa riram da minha falta de imaginação.

Claro que estou vendo isso, falei com voz fraca. É só que é meio... óbvio.

Se era tão óbvio por que não falou?, disse a secretária voluptuosa.

Sabichão, disse Le Cao Boi. Parece que alguns dias de descanso vão fazer bem.

Sete dias para ser exato, disse o Chefe. Depois disso vai parecer humano outra vez.

E depois...

Depois a gente conversa sobre planos.

Eu não tinha a menor condição de conversar sobre planos nem de pensar a respeito, e no entanto uma hora mais tarde fazia exatamente isso, sentado num vagão de trem RER trovejando rumo ao subúrbio norte. Observando abstraído os austeros prédios de apartamentos semelhantes a blocos de presídio e tentando não me dividir em dois, refletia se podia ser verdade que a Torre Eiffel era apenas uma ereção gaulesa projetando-se do corpo francês em decúbito dorsal, ejaculando jatos de nuvens, vista e invisível ao mesmo tempo.

Seria tão óbvio que não era óbvio?

Estaria o império francês simplesmente se exibindo para quem quisesse ver?

Qual a diferença entre a Torre Eiffel e o Monumento a Washington, o míssil branco decolando da capital americana, prefigurando todos os mísseis nucleares enterrados em silos pela paisagem do país afora?

Teria uma vagina gigante alguma vez servido como emblema do sacrifício de uma nação?, eu me perguntava. (A não ser talvez pelo Arco do Triunfo, as coxas maternais por onde o exército francês passava todo ano no Catorze de Julho, ou assim eu vira em fotos na *Paris Match*, jamais tendo presenciado tal parto em pessoa.) Mas além dessa exceção...

Teria um útero alguma vez sido usado como monumento?

Teria um ventre feminino alguma vez servido de modelo para um memorial?

Teria um par de seios alguma vez flutuado sobre um capitólio?

Por que eu nunca tinha pensado nessas coisas antes?

A pessoa do meu lado levantou e mudou de lugar.

7

Atordoado com minha profundidade, ou muito provavelmente atordoado com minha dor de cabeça, caminhei até meu endereço de destino por um trajeto onde as casas e os apartamentos eram pilhas de caixas insossas com dois ou três andares de altura, os cafés e brasseries sendo poucos e muito espaçados. Os deprimidos legumes e as desiludidas frutas expostos diante das duas mercearias por onde passei eram as presenças mais tristes na rua além de mim mesmo, ansiando como eu em serem manuseados por mãos indulgentes. Em vez de se parecer à França da minha imaginação colonizada, o quarteirão insípido carecia de algum lugar por onde valesse a pena caminhar e de qualquer coisa diante da qual valesse a pena passar, como se concebido por um americano ou vietnamita. Por fim cheguei a uma castigada porta verde numa rua melancólica, onde apertei o interfone e aguardei.

Allô?

Suspirei e disse o que Le Cao Boi me mandara dizer, algo inventado por ele mesmo: Quero ir para o Céu.

Está falando sério?, eu lhe dissera, mas ele simplesmente dera de ombros. Os clientes não ligam, por que você deveria? E qual o problema em ser um pouquinho ambicioso?

O agente de viagens certamente pensara a mesma coisa.

A porta verde do Céu se abriu e uma senhora sorridente com os dentes horrorosos de uma infância no Terceiro Mundo sinalizou que eu entrasse. Tinha idade de se aposentar, com entonações filipinas no sotaque. Olá, senhor, disse ela em inglês.

Posso pegar seu casaco? Posso desamarrar seus sapatos? Posso mostrar onde é a sala? Posso trazer um café? Chá? Vinho? Uísque?

Uísque, respondi com um nó na garganta, sempre tocado por uma oferta como essa.

A governanta obsequiosa fez uma mesura e deixou a sala de espera. Persianas de metal fechavam as janelas, a única iluminação ambiente sendo dos abajures de pé vagabundos e do televisor quase tão grande quanto o do Chefe. Os sofás exibiam o brilho da impermeabilização e, se não eram resistentes a manchas, deveriam ter sido.

Senta aí, meu amigo, disse o único ocupante. Aboletado diante da TV vi o segurança do Céu, grande e negro, tornozelos cruzados, estalando os nós dos dedos com ar entediado. A tevê estava sintonizada em um talk show e a julgar pela capa de *O ser e o nada* de Sartre na tela o tema era existencialismo, tal como debatido por um comediante e um jogador de futebol que eu reconhecia de aparições prévias, além de dois bem alimentados sujeitos de óculos. Levou um momento para eu reconhecer um desses intelectuais por profissão como sendo o ph.D. maoista, que, com seu aspecto sóbrio, acadêmico, parecia nem sequer pensar em seu corpo abaixo da garganta ou dos pulmões, e só porque precisava dessas partes para falar e fumar. A sensação que exsudava era *Penso, logo existo*, ou talvez fosse *Falo, logo existo*.

Primeira vez, hein?

É, respondi, notando o band-aid branco em sua bochecha. Então, não querendo parecer inexperiente, falei, A primeira vez *aqui*.

O segurança assistia TV concentrado. A um exame mais detido, vi que o band-aid não era exatamente branco, mas na verdade bege. Apenas parecia branco contra o tom da sua bochecha, que não era negra de fato, mas parecia mais escura pelo contraste com o band-aid.

Sartre é interessante, disse o segurança. Mas prefiro Fanon e Césaire.

Eu também, falei.

O segurança continuou a assistir ao debate sobre Sartre, mas sua menção a Fanon e Césaire remeteu-me à última vez que topara com eles, no Occidental College, onde estudara por seis anos para obter meu mestrado em estudos americanos. O professor Hammer, meu orientador, dera Fanon e Césaire em seu curso sobre literatura do Terceiro Mundo. Estávamos em 1964, a independência argelina tinha dois anos e o anticolonialismo varria o Terceiro Mundo. Compreender *Os condenados da terra* era crucial, disse o professor Hammer, citando o título do livro de Fanon sobre as experiências na guerra argelina. Eles estavam se insurgindo, como proclamava *A Internacional.* Aproveitei o intervalo comercial para dizer, Eu gosto de Fanon e de Césaire. Do *Discurso sobre o colonialismo.* E quando o Fanon fala sobre a violência. Ele está falando da Argélia. Mas fala sobre o Vietnã também.

Prefiro *Pele negra, máscaras brancas.*

Admiti constrangido que não tinha lido, mas o segurança apenas encolheu os ombros.

Se quiser te empresto. Já leu *Uma tempestade* do Césaire? Não? Ainda tem muita coisa pra você conhecer. Ele ensina sobre a vida e a morte. A maioria quer falar só sobre a vida.

Bom, eu também gosto de conversar sobre a morte, falei.

Então a gente vai se entender, disse ele. Era um autoproclamado escatológico, interessado sobretudo em analisar o significado do juízo eterno e da vida após a morte, o verdadeiro destino da humanidade. Era papo cabeça, e fiquei feliz em ver a governanta voltar com um copo de uísque. Na falta do remédio, a única coisa a me manter na aconchegante terra dos vivos era esse quebra-gelo, assegurando que o sangue não congelasse em minhas veias. Ah, uísque! Como eu precisava de você, e da lembrança da minha mãe, que tanto sofreu e no entanto nunca recorreu ao uísque ou a qualquer outro vício. Talvez eu tivesse herdado minhas fraquezas do meu pai, um bastardo no sentido moral, se não no racial.

De onde você vem?, disse o capanga escatológico.

Se um branco tivesse me feito essa pergunta eu teria dito, Venho da minha mãe. Mas como partilhávamos de uma doença subequatorial amplamente disseminada chamada "colonização", que só acometia não brancos, falei, Vietnã. Mas meu pai era francês.

Um cavalheiro distinto, sem dúvida, disse o capanga escatológico com uma risada. Provavelmente frequentava um lugar que nem esse.

Ele era padre, falei. Não sei se esteve em um lugar desse tipo alguma vez.

Não posso dizer que já tenha visto um por aqui. Mas não ficaria surpreso.

E você? Tentei sacudir a tristeza das minhas origens que se assentara sobre mim com a inevitabilidade e a persistência do pó, mas até essa sacudida mínima fez minha cabeça protestar. De onde é?

Daqui mesmo, mas meus pais são do Senegal. Abriu um sorriso. Meu pai foi ao seu país como soldado. Falava que o lugar era lindo. Que as mulheres eram lindas. As crianças.

Ele combateu pelos franceses?

Isso. Não sei muita coisa. Meu pai não gostava de falar. Mas uma coisa eu sei. Sorriu outra vez e se curvou para abrir a gaveta de uma mesa sobre a qual havia um abajur de borlas meio torto. Pega aí, por conta da casa.

O pacote prateado descreveu um arco em minha direção, me fazendo lembrar as barras de chocolate que os soldados americanos atiravam dos veículos blindados para as crianças maltrapilhas. Três quadradinhos aterrissaram na palma da minha mão, mas não eram chocolate e sim camisinhas.

O trabalho dele era proteger as fazendas de borracha. Engraçado, né? Pensar que quando você puser isso aí a borracha pode ter vindo do seu país. Elas vão te lembrar do lar!

Muito engraçado, falei, percebendo na mesma hora que nunca mais esqueceria esse pensamento inseminado no solo fofo da minha mente vulnerável, de que possivelmente o modo como a maioria do planeta tinha contato com nosso pequeno e valoroso país — além de saber da guerra, nossa marca registrada — era por meio de um método utilizado para limitar a população mundial e o prazer masculino.

A cortina de contas matraqueou outra vez, abrindo-se para revelar a madame da casa, uma mulher cuja maquiagem austera, expressionista, acentuava tanto sua atratividade como sua ganância. Um macacão de cetim preto se agarrava a suas curvas e em seus pulsos chocalhavam pilhas de braceletes de jade. Caminhava com a confiança de uma acrobata sobre saltos altos que acrescentavam quinze centímetros a sua estatura, de modo que seu queixo batia em meu nariz quando me levantei.

Ela relanceou os preservativos e disse, Três? Um pouco otimista, não?

Um cavalheiro deve estar sempre pronto, falei. E sou realista, não otimista.

A madame sorriu friamente e disse, Vou mostrar onde fica nosso quarto de hóspedes.

Até mais, disse o capanga escatológico, acenando com uma flexão de seu bíceps.

Descemos ao quarto de hóspedes, um pequeno recinto no porão dominado por uma cama grande o bastante para dois. A um canto havia uma mesa e uma cadeira, como se algum visitante desse estabelecimento erótico pudesse passar seu tempo escrevendo. Mas o quarto de hóspedes também era, pelo visto, um esconderijo, assim talvez alguns visitantes precisassem de fato de um lugar para refletir.

Daqui a pouco a Madeleine vem, anunciou a madame. Vai gostar dela. Todos gostam da Madeleine. Ela conhece os oito modos de agradar um homem na cama. O primeiro programa é por conta da casa, cortesia do Chefe. Nos próximos tem vinte por cento de desconto.

Em geral a perspectiva de uma bela mulher ou um desconto me empolgava, mas quando a porta se fechou não senti... *nada*. Qual o problema comigo? Três ou quatro maneiras eram mais do que suficientes para mim, imagina oito! Atribuí minha anedonia àquele parafuso solto, e à dor em meu corpo, e ao fato de me sentir, pela primeira vez na vida, velho. Não consegui encontrar forças sequer para barganhar, habilidade que era praticamente genética, inculcada em mim pelos séculos de sobrevivência do nosso povo em face da guerra, da fome, da pobreza e da precariedade de uma vida sem Estado de bem-estar social.

Tentava me distrair das minhas memórias, consciência e culpa, algo em que — assim como a maioria da espécie humana — me saía muito bem quando alguém bateu na porta. Madeleine.

Ai, coitadinho, ela disse. Seu francês era lento e ofegante, perfeitamente ritmado para mim e meu estado de espírito. O que aconteceu com você?

Ah, o show estava para começar! Finalmente alguma coisa dentro de mim se agitou com excitação. Estava prestes a ser tanto espectador como artista no espetáculo cultural não extraoficial com o qual grande quantidade dos nossos homens e algumas das nossas mulheres estavam familiarizados.

Calma, ela murmurou. A Madeleine vai curar seu dodói.

Madeleine não era, pelas definições convencionais, a maior das beldades. Criaturas deslumbrantes desse tipo deviam ser vistas apenas de longe, pois podem ser muito caras, além de extraordinariamente suscetíveis. Madeleine, por outro lado, era um convite à proximidade. Ao contrário da maioria em sua profissão, não se encharcava de tal forma com perfume barato que o sujeito precisava usar uma máscara antigases para conseguir encostar a mão nela. Tinha o rosto bonito e um corpo encantador, com uma barriga ligeiramente arredondada e seios, quadris e olhos ainda mais arredondados. Era bem fornida como as deusas esculpidas no templo de Angkor Wat, e de fato vinha do Camboja, como acabei descobrindo. Mas em lugar da rigidez escultural das estátuas irradiava suavidade, calor, ternura e, acima de tudo, *desejo* — por mim! Vi-me reduzido a um bebê que queria apenas ser querido, coisa que Madeleine, como profissional, compreendia.

Primeiro vamos limpar você, disse. E *todinho*.

Fiz que sim, em silêncio.

Quer dizer que precisa tirar essa roupa, meu bem.

Ah, claro, pensei.

Oi, como vai, meninão. Coitadinho. Ninguém liga para você. Pode deixar. Eu cuido de você.

Ah, por favor, isso!

Vem pro chuveiro, amor. Deixa a mamãe esfregar bem suas dobrinhas. Quer mais quente?

Ahã, consegui dizer finalmente.

Agora cuidado... não vai querer se queimar, né? De jeito nenhum. Está gostoso? Está, não está? Dá para perceber pela sua cara, meu lindo. Não faz amor com ninguém tem tempo, né? Você também merece um carinho, né? Não acredito que fizeram isso com o seu rosto. E a sua mão. Está doendo? Ai, vem cá, tadinho. Vai parar de doer logo, logo. A Mamãe Madeleine vai cuidar bem de você. Agora passa bem o sabonete aí... aí mesmo... Ah, assim, já vou esfregar aí, pode deixar, meu franguinho. Como você cheira gostoso, dá vontade de comer, de verdade. Vem cá, segura minha mão. A cama é pequena mas tem espaço pro que a Mamãe vai fazer com você. Senta. Aqui, meu *doudou*. Agora me desembrulha, meninão.

Madeleine segurou minhas mãos trêmulas e as levou à faixa que mantinha seu quimono minúsculo fechado. A última mulher nua que eu vira foi Lana, três anos antes. Uma eternidade, considerando que o homem médio tem uma fantasia sexual a cada três minutos, ou assim presumo com base em mais de duas décadas de experiência pessoal. Puxei o laço, a faixa se soltou e o que vi quase fez com que *eu* desmaiasse.

Pronto, baby?

Madeleine não esperou meu consentimento, porque certamente em sua experiência não havia algo como um homem que não dissesse, *Sim, sim, mil vezes sim!* Fechei os olhos para tentar me furtar a ver o que acabara de ver, conforme ela prosseguia para exibir o conhecimento enciclopédico do corpo masculino de uma bióloga perversa, num afã que mapeou completamente todas as minhas zonas erógenas, uma operação de sonda hidráulica que teria encontrado água no deserto, um labor heroico de integridade erótica que estabelecia Madeleine como uma digna descendente de Maria Madalena, a mestra de toda técnica e truque conhecido desde que Eva convenceu uma serpente a falar e depois ofereceu a Adão o fruto proibido, tudo isso me deixando ofegante. E no entanto...

Hum, disse Madeleine.

O que foi?, sussurrei com os olhos fechados.

Humm, repetiu, mais alto.

O que foi? Abri os olhos.

Não acontece nada.

Ambos fitamos acusadoramente o criminoso que cometia esse crime indizível, seu dedo tentando estimular o membro culpado. Isso nunca aconteceu comigo! Mas... mas... mas... solucei, e Madeleine levou o dedo aos meus lábios e disse, Psiu, meninão. Fecha os olhos e *relaxa*. Acontece com todo mundo. Tornei a recostar e conforme Madeleine prosseguia com bravura pensei com desespero em tudo, de Madonna a Marilyn Monroe, de fotos de mulher pelada à lula lasciva que tirara minha virgindade, mas nada continuou acontecendo. Essa que era a mais potente das curas não estava resolvendo minha enfermidade, nem mesmo após ela ter tentado todas as oito maneiras de agradar um homem na cama.

Finalmente Madeleine parou, ainda sorrindo, agora de compaixão, conforme fechava as cortinas de seu quimono. Qualquer coisa que eu dissesse soaria como mentira ou desculpa, assim procurei minha cueca em silêncio e Madeleine de repente se tornou uma pessoa diferente, talvez ela mesma. Enrolei o lençol em torno da cintura improvisando uma tanga enquanto ela afivelava os sapatos de salto e passava batom. Dentro de toda prostituta existe uma contadora e esta no caso disse, Pena que *essa* foi a sua de graça.

Dentro de todo cliente existe um sonhador, um otimista na melhor das hipóteses e um tolo na pior. Este só conseguia gaguejar, Mas... mas...

Relaxa. Acontece com todo mundo.

Como a morte, pensei em dizer. Aquilo não era nenhuma ejaculação precoce. Era uma emasculação precoce! Essa condição murcha e humilhada deveria estar programada apenas para dali a trinta ou quarenta anos, altura em que eu já estaria prematuramente morto, indiferente ao sexo ou comatoso após décadas de um caso de amor com o uísque e os cigarros. Mas eu tinha dignidade demais para implorar por uma segunda chance e admiti a derrota com um misto de humildade e desafio: É ferimento de guerra. Da próxima vou estar melhor.

Claro, vai sim, disse ela com a convicção de uma professora de jardim da infância.

Ferimento de guerra não era mentira. Eu tinha do pior tipo, um ferimento mental, exacerbado por ter duas mentes. O passado contido em uma delas agora vazava para o presente da outra, de forma que o que quase me fizera desfalecer quando Madeleine tirou a roupa não foi sua nudez espetacular, mas a visão do rosto da agente comunista. Ela executava sua vingança espectral contra mim e nem sequer estava morta. Imagine quando estivesse! Pude mesmo assim ver seu rosto com clareza, os lábios ressecados, o hematoma na face, o cabelo desgrenhado e sujo de medusa, a visão nitidamente concentrada de seu rosto flutuando no corpo de Madeleine, interrompendo meu fluxo sanguíneo.

Esse rosto se infiltrava na minha consciência desde as sessões de interrogatório com Man no campo de reeducação, onde ele começara a desenroscar meu parafuso. Eu fizera o melhor possível até ali para esquecê-la, pois seu destino fora meu maior fracasso e minha maior vergonha, a menos que você conte minha existência, que para mim consistia em responder a questão mais importante do século XX: O QUE FAZER?

O que fazer sobre a escravidão?

O que fazer sobre o colonialismo?

O que fazer sobre a ocupação?

O que fazer sobre a desigualdade racial?

O que fazer sobre a exploração de classe?

O que fazer sobre o declínio da civilização ocidental?

O que fazer sobre a questão feminina e o ego masculino?

O QUE FAZER SOBRE O QUE PRECISA SER FEITO?

Tanta coisa para fazer! Mas eu sabia o que fazer com grande convicção desde que me tornei um revolucionário, e sabia o que devia ser feito quando os três policiais do regime do sul começaram seu interrogatório da agente comunista. Ela era minha aliada, mas o fato é que eu estava disfarçado como espião, trabalhando com Claude, da CIA, que treinara muitos em nossa polícia secreta e não tão secreta assim, como esses três. Antes de deixar o interrogatório ele apenas dissera, Não ensinei eles a fazer isso. Me deixou como a única testemunha, além do meu camarada do Special Branch, o major glutão...

Não me mete nisso, gemeu o fantasma do major glutão.

... que sentou do meu lado e igualmente não fez nada enquanto observávamos os três policiais fazendo o que os homens sem dúvida fazem com as mulheres desde que Adão jogou a culpa em Eva por dar ouvidos à serpente. Não me ocorrera senão nesse momento, cego que era e com certeza ainda sou, que a serpente era o próprio pênis incontrolável de Adão, que o autor do Livro do Gênesis arrancara de seu corpo e jogara na grama. Dali ele podia erguer a cabeça e convencer Eva a comer o fruto proibido, como se Adão não tivesse nada a ver com aquilo. E como alguém come um fruto proibido? Pedindo permissão? Ou simplesmente pegando, algo que até onde se sabe Adão pode ter feito para depois culpar Eva? Se a prostituição era a profissão mais antiga do mundo, o estupro era o crime original.

Em vez de não fazer nada, o que eu deveria ter feito era impedir os policiais, mesmo às custas do meu disfarce e da minha vida. Deveria ter feito o sacrifício que fizera a agente comunista, recusando-me a falar ou confessar. Mas em vez de fazer um sacrifício, fiz a única coisa que só seres humanos podem fazer: inventei uma desculpa. Quem quer que tenha dito que a estrada do Inferno era pavimentada com boas intenções não entendera nada. Olhando mais de perto, dava para ver que a estrada para o Inferno era pavimentada com desculpas.

* * *

No último dos meus sete dias no Céu, quando a dor na mão e na cabeça não precisava mais do remédio, apenas de aspirina, e o inchaço no meu rosto esfolado cedera a ponto de eu conseguir me olhar no espelho, e meus acessos periódicos de choro diminuíram, o Ronin apareceu. Eu o invejava. Ele nunca se incomodava com a culpa, embora sua política — para não mencionar sua moralidade — fosse questionável. Seu hálito era tão puro quanto sua consciência e quando nos encontramos na sala de espera trazia uma bala de menta na boca, um brilho no olhar e uma cintilação nos dentes. Então você é ele, disse em vietnamita. O homem em pessoa, o primeiro e único Bastardo Maluco. O Chefe me disse que estaria aqui. Sou o Ronin.

Era assim que chamava a si mesmo, como todo mundo mais. A surpresa seguinte foi que falava um vietnamita do sul gramaticalmente correto, misturado a um pesado e charmoso sotaque francês. A terceira surpresa foi que era o homem mais bem-apessoado que eu via em um longo tempo, e ele percebia isso. Terno justo, corpo em forma, unhas bem cuidadas, um lenço brotando do bolso, gravata de seda azul da largura do meu antebraço e dentes americanos, ou dentes de estrela de cinema, que expunha com a frequência e o prazer lascivo de um exibicionista. Mal começara a me contar sobre o que combinara com o Chefe quando Crème Brûlée — o apelido se devendo à cor da pele — abriu a cortina de contas e exclamou, Ai! Meu corso predileto!

O Ronin piscou para mim e disse, Esse podia muito bem ser o meu apelido, de tanto que escuto. Vem cá, meu amorzinho laosiano, há quanto tempo.

Entregaram-se a uma prolongada demonstração do beijo à francesa, que envolvia um bocado de língua, o que me levou a imaginar se os franceses também o chamavam de beijo à francesa. Quando enfim terminaram, o Ronin piscou para mim e mostrou como podia ser um vietnamita raiz acenando à maneira dos vietnamitas, a mão aberta, a palma para baixo. Tinha mãos extraordinariamente delicadas, como um menino pequeno. Vamos, disse.

Como?

Estalou os dedos e apontou o relógio de ouro. Não tenho muito tempo. A gente pode falar de negócios enquanto resolvo meu negócio. Tenho uns compromissos.

Quer que eu…

Senta e assiste. A menos que queira participar também.

Relanceei o capanga escatológico, que encolheu os ombros como se compreendesse a essência da nossa conversa, mesmo em vietnamita. Ele vira de tudo, e no entanto não vira nada, em sua permanência no Céu. O convite, ou ordem, do Ronin não era novidade. Como todos ali, incluindo a favorita do Ronin, Crème Brûlée, trataram a questão com indiferença gaulesa, também encolhi os ombros e os acompanhei pela cortina de contas até o quarto de Crème Brûlée, no andar de cima. Atirando-se na cama, Crème Brûlée disse, Desculpa, Ronin, mas com dois é extra. Mesmo ele não conseguindo.

Como não?, disse o Ronin, perplexo, presumindo automática e corretamente a que se referia a elisão indizível.

Ferimento de guerra, gemi, desabando numa cadeira. É um ferimento de guerra!

O súbito choro convulso sobressaltou Crème Brûlée, que ficou paralisada em sua posição provocante na cama, mas o Ronin pareceu não se abalar.

Tudo bem, disse ele com uns tapinhas no meu ombro, o que foi um pouco constrangedor, uma vez que abrira a fivela de ouro do cinto e sua masculinidade nua pendia constrangedoramente próxima do meu rosto. Fica tranquilo, esse tipo de ferimento de guerra já aconteceu com alguns caras que eu conheço, nenhum é menos homem por causa disso. Precisa ser homem para sofrer esse tipo de ferimento, afinal. Não dá para acontecer com uma mulher, dá? Agora fica sentado aí e aproveita o show. Vai te ajudar a esquecer que… que… bom, você sabe.

Com isso voltou a dirigir sua atenção a Crème Brûlée. Sentei na poltrona no canto e desejei um uísque para dissolver meu desconforto e humilhação. Não me agradava ser observado na intimidade com uma mulher e tampouco me agradava observar os outros, mesmo sendo um par tão bem-apessoado quanto Crème Brûlée e o Ronin. Resolvi fumar, o que pelo menos me permitia fazer algo com as mãos. Cruzei e descruzei as pernas, relanceei o teto, o chão, as gravuras de Degas e Van Gogh na parede, apoiei o queixo na mão, descansei a mão no braço da poltrona, tossi com discrição e tentei não ver o rosto da agente comunista. Durante tudo isso o Ronin tagarelou constantemente conforme progredia por meio Kama Sutra, numa exibição de resistência de fato impressionante, ao mesmo tempo me oferecendo comentários ocasionais, como se eu assistisse a uma partida de tênis disputadíssima em Roland-Garros. Entre uma e outra descrição de penetrações, o Ronin explicou seu interesse em me conhecer, do qual forneço uma versão editada aqui, eliminando os repetitivos gemidos, grunhidos e descrições obscenas de seus exercícios carnais:

A gente se conhece de longa data, o Chefe e eu, desde os anos 50 em Saigon, quando os homens eram homens, as mulheres eram mulheres e uma trepada era uma trepada, não como hoje, com essas feministas. Madame Nhu, a Mulher Dragão, essa sim era uma feminista de verdade. Ficava ótima num *ao dai* e também sabia atirar. Quantas dessas assim chamadas feministas são capazes disso? Tiroteio na rua, carro-bomba, uma granada jogada no seu quintal — são coisas assim que fazem você se sentir vivo. Antigamente os reis morriam no campo de batalha; hoje isso é raro, mas com certeza aconteceu em Saigon. Olha só nosso presidente, Ngo Dinh Diem — morto a tiros, *pá-pá!*, bem ali com o marido da Madame Nhu na traseira de um blindado de transporte de pessoal americano. Ouvi dizer que o assassino castrou o filho da puta e comeu um pedaço do fígado dele. Coisa de gângster mesmo, e Diem não gostava da gente, gângsteres, mesmo ele sendo cruel com os comunistas. Sou gângster com muito orgulho. Por que teria vergonha? Esse é um dos motivos por que gosto do Chefe. Ele não sente vergonha. Sei disso desde que a gente era novo. Nasci no delta do Mekong, foi lá que a gente se conheceu. Não acha que isso faz de mim um vietnamita? Meu pai era capataz de fazenda. Precisava entrar num acordo com os piratas do rio para manter o negócio funcionando numa boa, sem mencionar o governador, o general, os burocratas franceses e todos os vietnamitas que entraram no lugar deles. A corrupção é um modo de vida. A corrupção é o sal na carne que a gente come. Mas não pode salgar demais. A verdade é que tem corrupção em qualquer lugar. Tem negócio por baixo dos panos em qualquer lugar. A gente tem esposa mas também tem belezinhas como essa aqui. Existe acordo limpo e acordo sujo. Precisa dos dois. É o que faz o mundo girar, existir o dia e a noite. Por aqui o pessoal chama corrupção de "conexões". Prefiro a corrupção na Indochina e na Córsega, porque lá pelo menos é honesta. Só que não estou nessa por ser corso, nem o Chefe por ser chinês. A gente tá nessa porque é sincero. Não tem ninguém no mundo mais honesto do que um gângster, porque a gente sabe como o mundo funciona. A gente é honesto na desonestidade, e não é mais desonesto que um banqueiro suíço, que para ser justo é bem desonesto. Os nazistas gostavam tanto dos suíços que não invadiram o país deles, e se os nazistas gostam de você, você deve ser um patife de merda, não que não existissem ótimos nazistas, como os que conheci na Legião Estrangeira. Mas você, pelo que o Chefe me contou, encontrou um belo mercado entre esses intelectuais. A gente quer que amplie esse mercado. Daí, se tudo der certo, a gente pode apresentar alguns desses intelectuais pros anjos do Céu. Olha a mocinha aqui. Nascida e criada no Laos. Nossa, que saudade! O país mais lindo do mundo. O povo mais espiritual do mundo, e o ópio que cultivam não é nada mau. Até hoje não consigo acreditar que os franceses conseguiram perder o Laos e a Indochina inteira. Sou corso e francês, mas também sou indochinês, ou vietnamita, o que você preferir. Só fui pôr o pé na França nos anos 60, quando vim pra cá a negócios. Como acha que o Chefe conseguiu se estabelecer aqui tão rápido? Já investia por meu intermédio. A pessoa precisa diversificar nesse mundo perigoso e imprevisível, só para o caso de o país dela não dar em nada um dia. Que saudade da nossa velha fazenda! Como tinha as frutas mais deliciosas, banana, coco, manga! A gente era feliz, o pessoal da plantação era feliz. E agora o que eles têm? Comunismo. O dinheiro não vale nada. Falta arroz para todo mundo. Precisa racionar. E não estão nem em guerra! É pior que a guerra. Sinto uma dor no coração quando me lembro da minha antiga ama-seca. As cartas dela são de partir o coração, meu amigo... de... partir... o... coração...

Ai caralho
aqueles comunistas
filhos da puta
ai porra!

O Ronin gozou como morrem os vilões de filme, com grunhidos teatrais e contorções exageradas, enquanto Crème Brûlée por coincidência chegava ao clímax em perfeita sincronia. Mas o Ronin pareceu completamente satisfeito quando suspirou e desabou de costas, enquanto Crème Brûlée ronronou, Ai, foi incrível. E quando o Ronin sorriu e disse, Pode apostar, benzinho, percebi que até o vigarista mais esperto do mundo caía no truque mais antigo do mundo. Oh, ilusões perdidas! Até o charme de transar com concubinas se fora. Mais um brumoso sonho da minha juventude evaporado para sempre, substituído pela visão nada apetecível de um orgasmo invisível agarrando um macho da minha espécie pelo cangote e sacudindo ele todo. Senti vergonha pelo gênero masculino. Eu também era daquele jeito?

Nada mau para cinquenta e dois, hein?, disse o Ronin, sem abrir os olhos. Negócio fechado?

Cinquenta e dois? Que negócio?

Estou com cinquenta e dois anos. Ficou surpreso, eu sei. Sou conservado que nem um asiático. E o negócio é ampliar o mercado. Com os intelectuais! Depois apresentar o Céu pessoalmente para eles.

O que Deus vai dizer?, achei que tinha feito a pergunta a mim mesmo, mas deve ter saído em voz alta, porque o Ronin respondeu, O que Deus vai dizer? Vai dizer, Por que não?

Antigamente eu também pensava assim, falei. Mas tive bastante tempo para pensar no que Deus vai dizer e sei qual é a resposta de verdade.

Ah, é? O Ronin acendeu um cigarro. E qual é?

Por que não, caralho!

Seu maluco filho da mãe, disse o Ronin, sorrindo. Fui com a sua cara.

8

Por que não, caralho? Foi essa mesma questão que você se perguntou, Bon, antes de puxar o gatilho diante do meu rosto? Bem, certo, então por que não, caralho, esse é meu lema, especialmente quando se trata de uísque, conhaque, vodca, gim, saquê, vinho ou cerveja, mas não quando se trata de pastis, porque o gosto é uma merda. No Céu havia uma garrafa de Ricard, mas durante minha última noite ali, após a partida do Ronin, afoguei as mágoas num mais universal Johnnie Walker e adormeci numa cama em formato de coração. Estaria minha mãe assistindo lá de cima? Poderia ver minha desgraça? Iria me oferecer seu amor e ternura, sua total compreensão, a empatia que superava de longe a simpatia? Do verdadeiro Céu, se existia, contemplando aquele Céu mundano, ela diria, Você é meu filho, e não é a metade de algo, é o dobro de tudo! Vai dar um jeito de anular a maldição que ecoa em seus ouvidos — as desafiadoras palavras da agente comunista para o policial prestes a estuprá-la:

Meu sobrenome é Viet e meu nome é Nam!

Ah, mãe... quem dera acreditasse em mim tanto quanto você acredita. Eu me vejo o tempo todo, e como não gosto do que vejo recorro ao uísque, que é tão bom para melhorar a vista quanto óculos. Tomar uísque, em quantidade suficiente, a despeito da qualidade suficiente, corresponde a dar um polimento no espelho embaçado do eu e ajustar, à maneira de um optometrista, o foco da sua lente. Mas, por azar, o efeito do uísque passa, sendo a ressaca nada mais que um ajuste à realidade de ser você mesmo e algum outro, em que um está constantemente olhando para o outro. Era nessas condições que me encontrava quando Bon me ligou na manhã seguinte.

E aí, como foi?, disse Bon.

Fantástico, menti.

Ótimo. Só pra informar: o Soneca já era.

Para alguém comunicando a morte violenta de um dos Sete Anões, Bon pareceu um tanto animado. Embora também adorasse uísque, seu foco de verdade vinha do seu amor pela família e seu ódio pelos inimigos. Toda a enorme força emocional do amor que não podia mais dirigir à esposa e ao filho fora convertida, no estranho dínamo de sua alma, em violência potencial a dirigir contra os inimigos. Agora tinha uma desculpa: Soneca morrera e seu irmão mais novo, o Baixinho (assim considerado até por outros baixinhos), estava por um fio. Os irmãos foram atacados perto de Tang Frères quando cobravam a mensalidade da Sociedade Secreta, como o Chefe romanticamente chamava sua companhia de seguros. A taxa era um seguro contra — quem mais? — o Chefe. Isso não podia ser dito em voz alta, claro. Constituía um esquema de extorsão perfeito ser tanto a causa do medo como a proteção contra ele, o que não significa que o Chefe fosse original nisso. A religião organizada era o primeiro e maior esquema de extorsão do mundo, uma economia de lucro perpétuo construída sobre o medo voluntário e a culpa coagida. Doar dinheiro para igrejas, templos, mesquitas, sinagogas, cultos etc. de modo a tentar assegurar à própria alma um lugar no elevador expresso para aquela cobertura no céu conhecida como vida após a morte era um golpe de marketing genial! Será que o Soneca estava em dia com seu seguro espiritual? Se estivesse, será que isso ajudou em alguma coisa?

Segundo o Baixinho, cuja memória fora macerada na consistência de mingau de aveia por um pedaço de cano, ou assim disse Bon, um quarteto de jovens árabes armara para eles. A emboscada ocorrera em uma viela suja entre as casas, os jovens socando, chutando e cortando Soneca e Baixinho com punhos, pés e facas antes de introduzir canos e correntes para diversificar. Em seguida aliviaram Soneca e Baixinho de alguns milhares de francos e um punhado de notas promissórias. Uma brava testemunha gritando de uma janela no alto salvou a vida do Baixinho. Os agressores fugiram rindo, restando ao Baixinho rastejar até a parada de coleta seguinte, numa rua próxima, onde mandou o dono escondê-lo em sua despensa e ligar para Le Cao Boi. O

Baixinho se escondia tanto da polícia como dos ladrões, que estavam sem dúvida mandando um aviso. Moral da história, concluiu Bon, o problema não era morte de mais. Na verdade era morte de menos (embora o Soneca talvez discordasse).

Falei para você que aqueles caras não morreram, disse Bon. Quando afirmou que deveria tê-los matado quando tive a chance, escutei a bufada desdenhosa de Sonny e do major glutão nos meus ouvidos. Mesmo que não tenham sido eles, prosseguiu Bon, contaram pros amigos e pros chefes, e esse é o resultado. Quando você enfia a faca em alguém, é bom ir até o fim. Quem fez isso com o Baixinho e não terminou o serviço vai se arrepender.

Jesus Cristo, falei com tristeza. Isso é guerra.

Ah é, confirmou ele alegremente. É guerra!

Como em qualquer guerra, as causas eram discutíveis. Seria culpa deles, fossem quem fossem, por matarem o Soneca? Minha culpa por quase matar Beatles e Rolling Stones, que presumivelmente pertenciam à mesma gangue dos assassinos do Soneca? Culpa deles por terem tentado me roubar? Minha culpa por não permanecer no meu lugar marcado entre os indochineses invisíveis que jamais precisavam de uma visita do aparelho repressivo de Estado, uma vez que aprendêramos a nos reprimir sozinhos? Culpa deles por não terem buscado uma aliança ou mesmo uma simples conversa com seus camaradas colonizados? Quem eram, afinal, essas pessoas com quem estávamos em guerra?

Agora que meu celestial ano sabático chegara ao fim, eu teria tempo de responder essas perguntas. Os ferimentos em meu rosto estavam praticamente curados, embora ele continuasse um pouco inchado e sensível, e a dor de cabeça e o latejamento na mão deram lugar a uma comichão persistente e desconfortável. Mesmo que tivesse desejado permanecer por mais tempo e prolongar minha humilhação, não tinha um tostão na carteira. Fui até a sala de espera e descobri que o capanga escatológico, sabendo ser meu último dia, preparara um empréstimo para mim: seus exemplares densamente sublinhados de *Pele negra, máscaras brancas* e *Os condenados da Terra* de Fanon e *Uma tempestade* de Césaire.

Como devolvo para você depois?, perguntei.

Você vai voltar, ele disse. Todo mundo volta pro Céu.

Fui à cozinha fazer minhas despedidas e topei com a madame expressionista, Crème Brûlée e Madeleine de camisola em um desjejum de cigarros e café. Quando vi Madeleine limpar lágrimas dos olhos, a primeira coisa que me veio à cabeça foi que um cliente a maltratara de algum modo. Uma onda de ultraje viril se formou em meu peito, mas quando perguntei qual era o problema ela não mencionou homem nenhum. Em vez disso apontou para o jornal na mesa. A manchete dizia VALAS COMUNS NO CAMBOJA.

Minha família, disse. Quase todo mundo continua lá.

A foto sob a manchete mostrava pilhas de ossos escuros e crânios acusatórios recém-escavados e dispostos sobre lonas. A visão indelével desses restos mortais me lembrou de como eu era pobremente equipado para lidar com a morte, o sofrimento, a tristeza e a depressão, fosse vivenciados por outros, fosse por mim mesmo. Testemunhar o sofrimento alheio me deixava em pânico, inseguro quanto ao gesto adequado ou as palavras a oferecer. Tudo que pude fazer foi pôr a mão hesitante em seu ombro e dizer, Sinto muito.

Você vietnamita. Ela fechou os olhos, afastando-me com a mão. *Vocês* invadiram o Camboja.

A madame expressionista olhou para mim e encolheu os ombros, como se afirmasse que, assim como o Chefe, era uma chinesa han de Cholon, e portanto não era responsável. Crème Brûlée me encarou como se dissesse que era laosiana, e portanto também não era responsável por ser vietnamita. Fiquei com vontade de dizer, Sou só metade vietnamita. E somos todos indochineses, não somos? Cortesia do nosso Franco-Frankenstein, que nos matou, retalhou e costurou, batizando-nos com esse nome bastardo hoje compartilhado por todos, "Indochina". Além do mais, queria que Madeleine soubesse que tinham sido os comunistas que invadiram o Camboja. Eu estava no campo de reeducação quando aconteceu, e nem era mais um comunista.

Mas nada disso importava. Se acreditávamos na culpa coletiva de franceses, americanos, japoneses e chineses, que haviam todos de um modo ou de outro flagelado nosso país — se acreditássemos tão ardentemente que *vocês* cometeram violência contra *nós* —, nesse caso *nós* tínhamos de acreditar da mesma forma em nossa própria culpa coletiva. A culpa, na verdade, era um pé no saco.

Bom, até mais, falei constrangido. A madame e Crème Brûlée se despediram de mim com igual desânimo, lembrando-me que não era aconselhável ir embora de um lugar como o Céu pela manhã, apenas sob a proteção da noite. Madeleine ficou em silêncio, acendendo um cigarro de haxixe com os olhos fechados, atrás dos quais sem dúvida via um filme que só ela podia ver, a bruxuleante projeção de memórias em que todo mundo que conhecia continuava vivo.

Li o jornal voltando no RER a Paris, com Sonny e o major glutão espiando por cima do meu ombro. O artigo confirmava a notícia que eu já escutara no campo de refugiados em Pulau Galang, transmitida pelo pessoal da ajuda humanitária e por meu professor de francês. Era um rapaz suado e sério de Bordeaux que fora ao acampamento para nos ajudar, os refugiados destinados a nossa pátria francesa. Aprendíamos sobre o que o Khmer Vermelho fizera em um de seus ditados, aos quais eu comparecia para fugir do tédio.

Repitam comigo, dizia ele. Khmer Vermelho.

Khmer Vermelho, dizíamos nós.

Ano Zero, dizia ele.

Ano Zero, dizíamos nós.

Pol Pot é mau, dizia ele.

Pol Pot é mau, dizíamos nós.

Muito devagar, em um francês básico, ele explicou como o Khmer Vermelho e seu líder, Pol Pot, queriam devolver o Camboja ao Ano Zero para purificar o país da contaminação estrangeira e recomeçar tudo do zero. Do zero, repetiu ele, e a canção que nosso professor tocara para nós anteriormente me voltou: *Non, je ne regrette rien*. A voz de Édith Piaf ecoava em minha mente quando ele pronunciou o último ditado do dia: O Khmer Vermelho é comunista. Mais uma vez, repetimos suas palavras, mas depois disso levantei a mão e disse, Os líderes do Khmer Vermelho estudaram em Paris.

Pff!, exclamou o professor suado. Ou talvez fosse Pfffffffff! Ele era bem francês, afinal. Não entenderam o que leram, falou. Eles corromperam o que aprenderam. Levaram as coisas longe demais.

Longe demais?, pensei com meus botões, não querendo entrar numa discussão com o professor suado, cuja aprovação podia me ajudar a ir embora do campo de refugiados. "Longe demais" implicava que tudo que os franceses haviam feito em suas colônias não era ir longe demais, embora Toussaint Louverture e os haitianos talvez discordassem. Se os franceses não tivessem ido longe demais na exploração dos cambojanos, o Khmer Vermelho teria existido? E o aluno não deveria sempre ir mais longe que o professor? O aluno não deveria fazer o que o professor fazia, em vez de apenas seguir o que dizia?

Em nosso caso indochinês, o professor exaltou a *liberté, égalité, fraternité* enquanto o povo do professor escravizou o povo do aluno. As contradições aumentaram quando o aluno leu sobre como os revolucionários franceses foram longe demais ao usar a guilhotina para decapitar a aristocracia francesa, depois viram o professor usar a guilhotina para decapitar os revolucionários nativos. Era tudo tão complicado! Não admira que os nativos fossem tão rebeldes. Com as mensagens um tanto confusas do amo, o nativo ficou inevitavelmente atônito.

Como você, Sonny e o major glutão sussurraram por cima do meu ombro. Misteriosamente sempre conseguiam falar em uníssono. Havia mais harmonia entre eles do que entre mim e mim mesmo. E tinham razão. Fiquei confuso e atônito, e talvez tivesse ido longe demais. Mas, isso posto, o Khmer Vermelho definitiva e indiscutivelmente fora longe demais. Odiavam-nos porque os colonizáramos séculos antes e tomáramos sua terra, de modo que haviam nos atacado em uma série de incursões sangrentas pela fronteira, e meus conterrâneos ultrajados haviam respondido com mais comportamento fratricida comunista invadindo o que era outrora o Camboja. A invasão revelara a evidência do que costumavam ser na maior parte rumores: as valas comuns. Estavam pelo país todo, contendo os restos dos milhares de mortos durante os três anos do Khmer Vermelho no poder. Talvez dezenas de milhares, dizia o jornal. Possivelmente, centenas de milhares. A foto que acompanhava o artigo mostrava uma cova aberta com centenas de esqueletos desfeitos, as cabeças separadas da caixa torácica, fêmures junto a escápulas, os restos humanos esmagados numa mixórdia, junto com o sonho utópico do Khmer Vermelho. Senti um vazio na boca do estômago tão desesperador quanto esse sonho. Seria minha revolução a mesma que a deles? Jean-Paul Sartre, em sua introdução aos *Condenados da terra* de Fanon, escrevera algo que eu certa vez havia grifado e memorizado, e descobri que o capanga escatológico fizera o mesmo: "Se ele [o campesinato] triunfar, a revolução nacional será socialista; se frearem seu ímpeto, se a burguesia colonizada tomar o poder, o novo Estado, a despeito de uma soberania formal, ficará nas mãos dos imperialistas". *Sim!*, eu escrevera nas margens. *Sim!*, rabiscara igualmente em suas margens o capanga escatológico. Teria o Khmer Vermelho também lido essa introdução? Ou lido e não entendido? Ou simplesmente respirado a atmosfera de todas as revoluções, incluindo a francesa? Comentando a revolução argelina, Fanon escreveu que "a descolonização é sempre um fenômeno violento", e até ali minha experiência pessoal condizia com sua análise. Quanto a Pol Pot e seus revolucionários, a despeito de onde viessem suas ideias eles simplesmente as seguiram até seu final lógico e erradicaram a burguesia nativa, incluindo muita gente que não era burguesia nativa. O Khmer Vermelho tinha muito a provar para nós, seus colonizadores, e para os franceses, os colonizadores de seus colonizadores. Queriam mostrar que ninguém estava mais comprometido com a revolução do que eles, os mais vermelhos entre os vermelhos. Mas, no fim, Pol Pot talvez tenha apenas comprovado outro dos argumentos de Fanon: "O colonizado é um perseguido que sonha permanentemente em se tornar perseguidor".

O Chefe mandou o Baixinho para o Céu para se restabelecer, onde o semissortudo filho da puta ficaria por várias semanas, dada a gravidade de seus ferimentos e a generosidade da licença por invalidez do Chefe. Bon e eu nos mudamos para o apartamento ensombrecido e sem charme no segundo andar que o Soneca e o Baixinho haviam dividido no Quinto Arrondissement, perto do Jardin des Plantes. Ali assumimos suas identidades e Bon fixou residência permanente, agora que o Soneca estava permanentemente adormecido. Quando mencionei para Le Cao Boi que Bon e eu não parecíamos em nada com o Soneca e o Baixinho, ele disse, Como alguém que vive aqui há muitos anos, garanto: os franceses não vão perceber a diferença.

Mas eles são baixinhos, disse Bon. *Bem* baixinhos.

E feios, falei. *Bem* feios.

Não se iluda, Camus, disse Le Cao Boi. Vocês dois também não ganhariam nenhum concurso de beleza. Em todo caso, o Soneca e o Baixinho herdaram esse apartamento de dois outros caras faz alguns anos e estavam vivendo com o nome deles. Mas esses caras herdaram o apartamento de dois outros e estavam vivendo com o nome *deles*. Vai saber desde quando é assim? Por isso pagamos tão barato. O aluguel é o mesmo há décadas. E é por isso que os dois primeiros, sejam quem forem e de onde tenham vindo, nunca vão morrer. Vão viver nesse apartamento pra sempre.

Não admira sermos temidos pelos franceses. Não éramos apenas Indochineses Invisíveis. Éramos Orientais Imortais! Podíamos morrer de um em um ou aos milhões, mas renascíamos sempre. Por mais feiosos que fôssemos nunca envelhecíamos e parecíamos todos iguais, chineses, vietnamitas, chineses han do Vietnã ou até eurasianos como eu. E de fato, a não ser por ocasionais olhares hesitantes lançados em nossa direção nas semanas seguintes, ninguém no prédio nos fitou nem sequer nos dirigiu a palavra. Talvez fôssemos estranhos ali — mas por outro lado talvez não. Os inquilinos nunca haviam observado esses chineses, vietnamitas ou asiáticos com muita atenção, de modo que agora não podiam ter certeza se éramos quem dizíamos ser. Inseguros quanto a sua capacidade de identificar o que alguns americanos com sua natureza bem-humorada característica chamariam de Orientais Parecidos pra Cacete, e o que os franceses talvez chamassem de Asiáticos Ambíguos, nossos vizinhos decidiram pecar pelo excesso de preconceito, ou de polidez, e fingir que não existíamos, ou que sempre existíramos.

Mas antes de me mudar para o apartamento, eu voltara à minha tia para pegar minhas coisas. Juntei meus insignificantes pertences, longe de suficientes para um capitalista mas até que nada maus para um ex-comunista agora diluído o suficiente para passar por socialista. Os pertences bastaram para deixar a bolsa de couro cheia, com o peso considerável da minha confissão devolvida a seu fundo falso. Fazia meses que não a lia, mas sua presença mnemônica emprestou à bolsa um fulgor demoníaco. Contei a minha tia sobre meu apartamento com Bon e ela não insistiu que ficasse, embora fosse educada o bastante para dizer que eu podia voltar a qualquer hora. Nosso período de convivência chegava a um fim meio constrangido e enquanto arrumava a bolsa falei, Ficou sabendo?

Do quê?

Man está em Paris.

Pareceu genuinamente surpresa. Não, não sabia.

Mas você contou para ele que eu estava aqui.

Claro. Você sabia que eu contaria, não é?

Fiz que sim com a cabeça. Você continua acreditando na revolução.

Diferente de você, não consigo não acreditar em nada, ela disse. Ou na verdade, como a parte de você que foi maltratada pela revolução, tenho que acreditar em alguma coisa, mesmo também acreditando no que aconteceu com você.

Só quem nunca passou por uma revolução acredita nas revoluções.

A gente aprende com os erros. Você por sua vez está cometendo o erro de julgar a revolução cedo demais.

Cedo demais? Fiquei pasmo. Você leu o que eles fizeram comigo...

Não falei que foi justificado. O que estou dizendo é que toda revolução tem excessos. É da natureza delas. As pessoas são exuberantes demais, apaixonadas demais. Se deixam levar. As emoções tomam conta. E às vezes as pessoas erradas se machucam. Mas precisa esquecer um pouco o que aconteceu com você. Enxergar de uma perspectiva mais ampla. Pensa na América. Hoje ninguém mais se lembra do que aconteceu com os americanos que ficaram do lado da Coroa britânica. Não devia ter acontecido a Revolução Americana ou a gente devia condenar a revolução por causa de todos esses exilados? Ou pensa na Revolução Francesa. O Terror foi uma desgraça, mas olha como estamos hoje. Uma revolução precisa ser julgada cinquenta, cem anos depois, quando as paixões esfriaram e as conquistas revolucionárias tiveram tempo de criar raízes e florescer.

Já terei morrido. Muito conveniente.

Não seja sarcástico. Não cai bem em você.

Pelo contrário, acho que me cai muito bem.

Ela suspirou. Você sabe que um revolucionário precisa se sacrificar. Pensa em todos os comunistas que os franceses executaram na nossa terra natal. É deprimente ver aqueles jovens mártires mortos na adolescência, com vinte, trinta e poucos anos. Mas fizeram isso porque acreditavam que a revolução continuaria. Fizeram o sacrifício supremo. Você ainda não. Desculpe estar sendo cruel, mas precisa parar de sentir pena de você mesmo...

Se eu não sentir pena de mim, quem vai?

... e separar seus sentimentos subjetivos a respeito do que fizeram com você da sua compreensão objetiva de como as revoluções funcionam. Está confundindo sua experiência pessoal com conhecimento político. Lamento dizer que, apesar de sempre proclamar que ainda acredita na revolução, você parece um contrarrevolucionário. Tive medo de dizer isso antes, mas agora percebo com certeza: você é um reacionário.

Fiquei sem palavras. Contrarrevolucionário e reacionário eram as piores coisas de que qualquer um podia me chamar, e ainda que parte de mim discordasse raivosamente, outra receava que pudesse ser verdade. A melhor resposta que consegui encontrar foi, Se sou reacionário, você é uma revolucionária de poltrona.

Não quer dizer que não possa estar com a razão. Acredita em Marx, não acredita?

Hesitei, pressentindo uma armadilha. Mais nele que nos seguidores dele.

Exato. Ele era um filósofo. Muitos seguidores dele não. São homens de ação, e olha o que fizeram com você. Mas todo mundo filosofa de uma poltrona, não é? Marx, até onde sei, nunca empunhou uma arma. Ela achou graça de me ver emudecido outra vez. Tem uma garrafa de Chablis gelando. Serve uma taça pra gente. Podia ficar para uma última soirée. Uns amigos vêm aqui.

Minha tia mencionou BFD e o ph.D. maoista, as visitas mais habituais. Eu não tinha a menor vontade de vê-los, mas era difícil recusar Chablis de graça. Voltando da cozinha com as taças, dei uma olhada no espelho gigante de moldura dourada pendurado acima da lareira.

Sempre que via um espelho eu olhava, pois na condição de espião precisava saber como estava ou como deveria estar minha aparência. Como um ator, praticava expressões e reações, especialmente para as perguntas que mais temia: Você é comunista? É um espião? Choque, descrença, raiva — era o que meu rosto devia transmitir. Agora meu rosto tinha de ser agradável, e o rosto que devolvia o olhar para o meu não era desagradável. Após minha convalescença no Céu, o rosto no espelho ao menos parecia vagamente humano, por certo uma distorção do vidro antigo. Mais calmo apesar de tudo, entreguei uma taça para minha tia e tomei um gole de Chablis, uma sensação refrescante que aplacou minha alma, toda dolorida e machucada, ainda que meu rosto não estivesse.

Já se decidiu por algum deles?

Decidiu? Minha tia riu como se fosse a piada mais engraçada do mundo.

Não pretende casar? Eu só estava jogando conversa fora, mas até a conversa fiada brota de um poço profundo. Ter filhos?

Para alguém que já foi um revolucionário, você é de um convencionalismo deprimente.

Antes que BFD e o ph.D. maoista chegassem, fui ao banheiro, tranquei a porta, despejei um frasco do remédio sobre um espelho de mão, enrolei uma nota de vinte francos, curvei-me perto o bastante para ver meu rosto e inalei a dose toda do pó branco, uma narina depois a outra. Então aguardei, trêmulo. Só o haxixe não bastava. Precisava do poder do remédio para me resgatar da náusea de ser — de acabar de ser chamado de — um *reacionário*. Quando BFD e o ph.D. maoista chegaram, o remédio me acalmara. Servi o vinho, encontrando enfim um modo de ser socialmente útil.

Meu bem, disse BFD para minha tia, está linda como uma gueixa essa noite.

Não deixo por menos, disse o ph.D. maoista. Querida, só um Gauguin seria digno de pintá-la.

Minha tia aceitou com elegância os cumprimentos e enrolou um pouco do meu haxixe misturado com tabaco em cigarros esguios e apertados. Expliquei que sumira por uma semana para ajudar no segundo pior restaurante asiático de Paris, dessa feita perto do canal Saint-Martin, mas nem precisava ter me preocupado em dar explicações. Ninguém estava curioso, e por mim tudo bem, pois o que eu mais queria era apenas apreciar o haxixe suave e sedutor. Ignorei a conversa muito acelerada sobre uma variedade de tópicos, embora pequenos trechos penetrassem minha placidez: sua aprovação da quinta semana de férias remuneradas que fora acrescentada às quatro anteriores sob o novo regime socialista, embora concordassem que uma sexta semana era necessária; seu menosprezo por um político de extrema direita que ganhara as manchetes com seus ataques a imigrantes e estrangeiros; sua afirmação de que a França devia continuar a ser um país acolhedor para imigrantes e um asilo para refugiados, como os vindos da Indochina...

Concorda?, disse BFD.

Estava tão desacostumado a que me dirigissem a palavra que levou um momento para eu perceber que ele falava comigo, coisa que fazia, porque falou em inglês, mas não por educação, e sim como se prestasse um favor. Como?, falei, piscando os olhos.

Não concorda que é certo um país como a França servir de asilo?

Asilo? Por quê? Somos loucos?

Achei minha tirada bem inteligente, mas BFD fez uma careta e disse, Não, você sabe do que estou falando, um país de refugiados.

Ah, exclamei. Então, encorajado pelo haxixe, respondi, Mesmo que estejam fugindo dos socialistas, dos comunistas e da utopia?

O ph.D. maoista disse, Não me conformo em como esses refugiados são intermediários coloniais que participaram da colonização de seu próprio país. Mas isso não significa que não sejam humanos. São perfeitamente humanos e merecem nossa ajuda, entre outras coisas porque somos os colonizadores que arruinaram seu país, para começo de conversa.

Nisso estamos de acordo, falei.

Ele não mudou, disse BFD. É modesto demais para te contar, mas chefiou o comitê maoista contra a guerra imperial americana no seu país nos anos 60.

Era a coisa certa a fazer, disse o ph.D. maoista.

Era o mais maoista de todos os maoistas, um Mao-Mao, por assim dizer, disse BFD. Na verdade, tão maoista que nosso apelido para ele era…

Presidente Mao, falei.

Não, melhor ainda — Le Chinois!

Todo mundo explodiu numa risada enquanto eu sorria fracamente, confuso. Le Chinois? Isso era um elogio, um insulto ou ambos? Mas como ele era o especialista de plantão em maoismo ali, eu perguntei, Continua sendo maoista depois da Revolução Cultural? Ou do Grande Salto Adiante? Não acha que as mortes de todos aqueles chineses do lado errado do aparelho ideológico de Estado e do aparelho repressivo de Estado deveriam fazer você repensar o maoismo? Ou que tal isso — peguei o jornal com a foto da vala comum e dos ossos — no Camboja? Os chineses apoiam o Khmer Vermelho. Não te deixa no mínimo um pouco enojado com a revolução comunista?

O ph.D. maoista abanou a cabeça com pesar ao olhar para a foto. Vi isso hoje de manhã, disse ele. É claro que as revoluções cometem erros, e às vezes numa escala de milhões de mortos. Trágico? Sim. Errado? Sim. Mas se a gente para por aí, o fato é que caiu na armadilha dos capitalistas. Ha!, vão dizer. Peguei você! Agora sua única escolha é o capitalismo e a pseudodemocracia, a tapeação das falsas escolhas. Porque se o comunismo é ruim, então o capitalismo deve ser bom, certo? Não! Os capitalistas adoram lembrar como dez milhões morreram sob Stálin e Mao, ao mesmo tempo convenientemente esquecendo como *centenas* de milhões morreram sob o capitalismo. O que foram o colonialismo e a escravidão senão formas de capitalismo? O que foi o genocídio dos nativos das Américas senão capitalismo? Mas esqueçamos essas desagradáveis contradições do capitalismo e nos concentremos no que os comunistas têm feito!

O que eu falei para você?, disse BFD, tornando a encher sua taça. Le Chinois!

Sei disso tudo, falei. Mas é só na teoria…

Não, é na prática. Você me perguntou sobre Mao e a Revolução Cultural. Não estou convencido de que tenha sido um equívoco, porque Mao não estava do lado do Estado. Ele queria expurgar o Estado de seus elementos reacionários e devolver o poder a quem de direito — ao povo, às massas. No futuro vamos olhar para a Revolução Cultural como olhamos hoje para a Comuna de Paris — uma derrota na época, mas no fim um triunfo para o povo! Quanto a Mao, estava sendo infinitamente dialético, percebendo, ao contrário de Stálin, que é quem os comunistas vietnamitas seguem, que não podemos permitir que a revolução se calcifique em Estado. Se isso acontece, a revolução é corrompida por seu próprio poder, e é por esse motivo que você foi parar num campo de reeducação. A revolução, como a dialética, deve ser perpétua!

Minha tia me ofereceu outro cigarro de haxixe. Aceitei em silêncio, incapaz de responder ao bombardeio teórico mesmo em inglês. O ph.D. maoista deu um gole em seu vinho e se apiedou de mim, dizendo, Você passou por um mau bocado. Eu sei. Devia entender que pode ser perdoado por estar do lado errado da história, mas em algum momento fez uma autocrítica de verdade para perceber isso?

Autocrítica?, gemi. Só o que faço é me criticar! *Minha vida é uma eterna sessão de autocrítica entre mim, eu mesmo e eu!*

Não precisa levantar a voz, disse BFD.

Se é tão autocrítico, disse o ph.D. maoista, percebe onde se desviou das massas?

Por que deveria me preocupar em ter me desviado das massas quando também sou eu e eu mesmo? Não sou uma massa? Já não sou um coletivo? Não abrigo uma multidão? Não sou o universo em mim mesmo? E não sou sempre infinitamente dialético quando sintetizo a tese de mim e a antítese de mim mesmo?

Isso é o haxixe falando, disse BFD.

Acho que não devia pegar tão pesado com ele, disse minha tia, e o encorajamento inesperado elevou meu estado de espírito, que voltou a despencar quando ela disse, Pra falar a verdade ele não é esse reacionário todo que parece. Na verdade foi espião comunista trabalhando disfarçado entre os reacionários e só acabou na reeducação por fingir ser um aliado americano amante do capitalismo entusiasmado demais.

BFD e o ph.D. maoista olharam para mim com interesse renovado, ou possivelmente porque meu queixo acompanhara meu espírito e descera até o chão de espanto. Vocês não estão... isso não é... por que...

Tudo bem, está entre aliados, disse minha tia, com um gesto para que eu me tranquilizasse. Seu problema é que você vive completamente na sua cabeça. Sou a única pessoa que tem para conversar. Esqueceu a importância da solidariedade?

Nunca imaginei que pudesse ser um espião, disse BFD.

É o que faz dele um bom espião, disse o ph.D. maoista.

Pelo menos sou bom em alguma coisa!, gritei. E você não é a única que tenho para conversar — converso comigo mesmo o tempo todo!

Percebe-se, disse minha tia.

Todo mundo me olhava como se eu tivesse dito algo profundamente problemático, como "Amo a América", coisa que jamais deveria ser pronunciada entre intelectuais franceses. Tal confissão só poderia ser feita em privado, como uma queda pela pornografia. Levantei-me tão de repente que fiquei com tontura, vertigem que piorou ainda mais quando me vi no espelho de moldura dourada pendurado acima da lareira, um homem de dois rostos. Que rosto eu exibia para mim e para eles? Eu era revolucionário ou reacionário? E se era um revolucionário, no que acreditava? Com o que estava comprometido? E eu era eu mesmo ou algum outro? Murmurando um pretexto qualquer fui ao banheiro, onde tranquei a porta, sorvi um pouco mais do remédio e aguardei, trêmulo, que a náusea cedesse.

9

Nós — eu, mim e eu mesmo — não éramos reais nem irreais, mas surreais, condição em nada ajudada pelos buracos em minha cabeça, e que se tornou ainda mais pronunciada quando nos polvilhamos com o pó branco do remédio, coisa que sabíamos que não deveríamos fazer mas que era fácil demais de fazer, considerando como era bom ficar empoado, ou quando pusemos o disfarce de turista japonês para andar pelas ruas de Paris mais uma vez. Com os óculos no rosto, tínhamos quatro olhos, não dois. A despeito das lentes falsas, tudo parecia mais nítido e focado, mesmo que estivéssemos chapados de haxixe, ou talvez justamente por estarmos chapados de haxixe, e mais ainda quando estávamos chapados do remédio, ou quando multiplicávamos o haxixe pelo remédio. Descobrimos que precisávamos tomar uma dose com cada vez mais frequência, já que o propósito de caminhar pelas ruas de Paris agora era servir de chamariz, e ser chamariz era assustador. Quem quer que tivesse matado o Soneca e tentado matar o Baixinho e a nós tentaria outra vez, ou assim nos disse Le Cao Boi. Estar de posse desse conhecimento era oneroso e o remédio nos ajudava a ficar mais calmos, ou iludidos, na tentativa de atrair nossos rivais de gangsterismo.

Dizer que andávamos pelas ruas de Paris, contudo, não seria correto. Flutuávamos, planávamos, mas não andávamos, conforme participávamos dos ensaios para o espetáculo cultural e cumpríamos o cronograma de entregas, fornecendo nosso produto para os artistas vietnamitas, o ph.D. maoista e todos os amigos e conhecidos deles, que preferiam ver a mercadoria ser entregue por um asiático amarelo ou um conterrâneo vietnamita do que por um oriental amarronzado — ou seja, um árabe. Como reconheceu Ho Chi Minh há muito tempo em seus escritos contra o colonialismo, asiáticos e árabes (bem como africanos) eram todos aparentados na condição de enteados coloniais que tinham uma mesma tutora abusiva, a França. No que dizia respeito a asiáticos e árabes, éramos primos distantes que compartilhavam as vastas regiões que ficavam a leste do Ocidente, ou pelo menos a leste da mente ocidental. O oriental marrom era como o asiático amarelo no sentido de que nossas civilizações outrora gloriosas jaziam em ruínas decrépitas, úteis agora apenas devido a nosso chá, nossas religiões, nossos tapetes, nossas bugigangas, nossas tapeçarias, nossos artigos têxteis, nossa servidão, nossa solidão, nosso sexo e, talvez, nossa raiva. Ou nossas iras e afrontas não eram tão boas quanto nossa mercadoria?

Essa lógica circular constituía o modo de pensar do oriental versus a lógica linear do ocidental. Tal lógica linear visava sempre ao horizonte do Iluminismo, cuja aurora perpétua de conhecimento era iluminada pelas bombas atômicas que explodiam em uma pobre ilha tropical da Polinésia francesa, pouco além do skyline. Quanto mais perto chegávamos da fonte dessa luminescência, mais a luz doía em nossos quatro olhos. Com nosso quarteto óptico, preferíamos o crepúsculo. O crepúsculo era a hora do haxixe, do nativo moreno, do subalterno trigueiro e do amarelo manso. Era a melhor hora para contemplar a verdade, encontrada mais nas sombras que na luz cegante. O crepúsculo também era a melhor hora para saborear uísque, fazer amor, incitar a revolução e andar em círculos. Descrevíamos círculos e mais círculos pelos bairros de Paris, sabendo que em algum lugar da vizinhança um Citroën cx era dirigido por um dos Sete Anões (pois ainda pensávamos neles assim, mesmo não sendo mais sete). Le Cao Boi ia na frente e Bon atrás com um ou dois anões munidos de seus cutelos, bem como de facas, canos, correntes e porretes e um par de pistolas caso o negócio ficasse realmente feio.

Só isso?, perguntáramos.

Le Cao Boi dera de ombros. Não tem necessidade de subir a temperatura agora, Camus, disse. Se alguém apertar você, enrola. A gente está a caminho.

Americanos no bom e velho Estados Unidos teriam carregado escopetas e metralhadoras com o carinho que mães reservavam a bebês. Vietnamitas no Vietnã estariam munidos de granadas de mão e lançadores de foguete portáteis, comprados no mercado clandestino de excedentes militares e armamentos roubados americanos. Mas os franceses — e ao que parece os nativos que viviam na França — eram civilizados demais para isso. Ainda acreditavam em começar com revólveres.

O Citroën nos seguia de certa distância, discretamente, presumíamos, uma vez que só o víamos de vez em quando pelo canto do olho quando virávamos para entrar em algum prédio ou saíamos de um. Essa rotina continuou por uma semana, com poucos resultados, mas nossos pés doíam e nossas reservas de dinheiro eram reabastecidas. Intelectuais apreciavam muito o haxixe, assim como alguns boêmios da União, nativos ou filhos de nativos, que não eram tão bonzinhos e respeitadores da lei a ponto de não gostarem de ficar chapados. E alguns até compravam o remédio, que lhes parecia, em toda a sua bela alvura, um tanto chique.

Não fica ofendido de vender a mercadoria?, perguntamos a Bon certa noite em nosso apartamento.

Estávamos bebendo conhaque como às vezes fazíamos, usando um bule como decantador e servindo a bebida em tacinhas minúsculas. O pobre Bon adorava conhaque e não via contradição alguma entre sorver o glorioso líquido e dizer, Os franceses enriqueceram roubando a gente. Certo?

Certo.

E depois tentaram nos transformar em franceses. Eram piores do que os americanos. Os americanos traíram a gente, mas pelo menos não tentaram nos transformar em americanos. Nunca roubaram nada nosso. Só queriam vender coisas. Então aqui eu sinto prazer em vender algumas coisas para os franceses. Estão devendo pra gente.

Duvidávamos de que os franceses vissem nossa história dessa maneira, exceto pela parte sobre nos transformar em franceses. Afinal, mesmo quando os criticávamos não estávamos bebendo seu conhaque? Oh, *quelle contradiction*!

Continuávamos a nos refamiliarizar com as perspectivas francesas em nossas aulas matinais do idioma. Cumpríamos o ditado do professor com prazer e sentíamos mais uma vez a emoção de ouvir nosso nome sendo chamado na classe, a chance de um pequeno sucesso ou fracasso. Quando tínhamos tempo livre, com a ajuda de um dicionário, líamos *Uma tempestade* de Césaire, uma adaptação de *A tempestade* de Shakespeare sob a perspectiva de Caliban. Césaire devolveu a Caliban, "um escravo negro", a voz que sempre teve, forte o bastante para dizer o que todo colonizado queria dizer a seu colonizador, nesse caso, Próspero:

EU TE ODEIO!

A reação de Próspero foi oportunista: "Tentei salvá-lo, sobretudo de você mesmo". Eis aí a missão civilizatória! E depois: "Doravante deixarei minha natureza clemente de lado e devolverei a violência na mesma moeda!". Eis aí os cânones da civilização! E culpando o colonizado por uma situação criada pelo colonizador. A visão de Césaire era parecida com a de Fanon em *Os condenados da Terra*, onde a violência do colonizador originava a violência do colonizado. Talvez fosse esse o único modo de se livrar do colonizador, mas como ficava o colonizado, infectado com o presente de despedida do colonizador, a doença venérea do ódio? Os vencedores entre os antigos colonizados transformariam esse ódio pelo colonizador em um maldisfarçado ódio contra si mesmos por se permitirem ser colonizados por tanto tempo. Mas não descarregariam esse ódio em si próprios; e sim no restante dos antigos colonizados não tão violentos quanto os vitoriosos. A única solução para essa revolução portanto era outra revolução, com a qual estávamos comprometidos mas cuja forma éramos incapazes de expressar, nada mais apropriado já que nosso lugar nessa alegoria era o de Ariel, o "escravo mulato" de lealdade ambígua, nem preto nem branco, uma posição de fraqueza que ainda assim poderia ter alguma força se Ariel afinal dissesse algo substancial, não tendo recebido muito que dizer fosse de Shakespeare, fosse de Césaire.

Pegávamos palavras desconhecidas em Césaire, Fanon e outros e preparávamos flashcards de vocabulário francês, transformando o aprendizado num jogo de beber à noite, em que Bon fazia as perguntas enquanto éramos obrigados a tomar uma dose de conhaque para cada palavra que errávamos. "Obrigados", claro, é um eufemismo que significa exatamente o contrário, como "pacificação", que em geral envolvia uma boa dose de força homicida contra os nativos turbulentos. A história era cheia desses exemplos, da pacificação chinesa do Vietnã, tão apreciada por nós que permitimos que durasse mil anos; à pacificação vietnamita dos cham, tão bem-sucedida que praticamente não restou mais cham nenhum; à pacificação francesa da Indochina mediante a importação dessa religião pacífica, o catolicismo, em que os franceses contemporâneos nem sequer pareciam acreditar; à pacificação americana do delta do Mekong, em que milhares de "guerrilheiros" foram mortos pelos americanos, embora apenas algumas dúzias de armas fossem recuperadas. Onde foram parar todas as armas deles? O desaparecimento era um milagre tropical! Mas toda pacificação era.

Ao final de uma dessas sessões de vocabulário, suscitada pela expressão "*coup de foudre*", Bon mencionou ter se encontrado com Loan em algumas ocasiões. A confissão — pois era disso que se tratava — atordoou-nos com a força de um relâmpago, ensejando uma sobriedade momentânea. Algumas ocasiões?, quisemos saber. Poucas semanas haviam se passado desde que ele a conhecera na União. Mas sobre o que vocês dois falam?

Eu falo. Tenho coisas a dizer.

Era para ser mudo, lembra?

Psicologicamente. Não fisicamente mudo.

Soerguemos pouco a pouco nosso queixo caído. Está dizendo...

Estou dizendo que contei a verdade pra Loan. Eu era mudo não porque minhas cordas vocais tinham se rompido por algum motivo, mas porque me faltava ânimo para voltar a falar.

Isso não é verdade.

Espiritualmente é verdade. Não virei uma pessoa calada nos últimos anos?

Abanamos nossa cabeça e escutamos o ruído de seu conteúdo líquido com a agitação.

Alguma vez olhei para alguma mulher a não ser a foto de Linh?

Abanamos a cabeça outra vez, devagar, nossa mente flutuando num colchão d'água cheio de conhaque.

Faz seis anos que a Linh e o Duc morreram. Tenho sofrido com eles e por eles todos os dias. Ainda sofro. Mas quando conheci a Loan, escutei a voz da Linh. Ele parou.

O que ela disse?, perguntamos.

Está na hora. Só isso. Não na hora de esquecer e seguir em frente. Nunca vou esquecer. Mas chegou a hora...

Entornamos mais duas doses de conhaque, prefaciando cada rodada com um brinde ritual que evocava nossos jogos de beber regulares com Man anos antes: *Cem por cento!* Era um prazer ter consciência de que tomar cem por cento de cada dose teria feito os franceses engasgarem com o próprio conhaque. Mas virar doses inteiras de um nobre destilado francês em um gesto heroico era uma tradição masculina vietnamita de origem desconhecida, mas que deve ter surgido como uma maneira de demonstrar duas coisas: a primeira que também podíamos pagar pelo conhaque e a segunda que éramos homens suficientes para beber muito depressa, ao contrário dos franceses, que apenas bebericavam.

Com a língua solta após várias doses, Bon nos contou mais: havia elaborado um plano para o homem sem rosto, Dung, se é que esse era seu nome.

Que tipo de plano?, dissemos, embora soubéssemos que Bon sempre elaborava o mesmo tipo de plano.

A União convida a equipe toda da embaixada comunista para ver o espetáculo do Tết, disse Bon. Isso inclui o homem sem rosto. Quando aparecer, é nossa chance.

Nossa chance?

Ou minha, se não quiser tomar parte nisso.

Ele foi até o armário e voltou com uma lata azul redonda de biscoitos amanteigados dinamarqueses. A mesma lata oferecida pelo Chefe? Quando abriu, revelou o biscoito mais doce que existe, a prótese masculina suprema, uma pistola perpetuamente dura capaz de ejacular fogo. Não um civilizado revólver gaulês que só podia ser disparado em câmera lenta. Não senhor, aquilo era uma implacável Walther P38 nove milímetros, de fabricação alemã, semiautomática, e que cuspia chumbo.

Você vai ser pego, dissemos.

Bon apenas sorriu. Estou pouco me lixando.

* * *

O que não mata fortalece.

Por que não, caralho?

Estou pouco me lixando.

Tantas filosofias eloquentes para escolher! Mas qual era a nossa? Outrora apenas esta: *Algo precisa ser feito!* Fazer algo havia sido a grande causa da nossa vida, e continuávamos sentindo sua pressão. Em nome de fazer algo, havíamos virado revolucionários, o que nos levou a um campo de reeducação. Em nome de fazer algo, acompanháramos Bon em sua missão suicida de invadir nossa terra natal e resgatá-la do comunismo apenas para poder salvar a vida dele. Conseguíramos, por um triz. E agora tínhamos outra coisa a fazer: impedir Bon de matar Man. Isso era algo em que eu sabia que ele continuava envolvido, nosso juramento como irmãos de sangue. Claro que parte de mim culpava Man por me torturar, mas outra parte percebia que fizera o que julgava ser o melhor para mim de modo a me fazer enxergar a verdade da nossa revolução. Ele estava preso no mundo em ruínas esboçado por Fanon e Césaire, onde o problema era a violência e a solução era a violência. Éramos ligados não apenas como irmãos de sangue, mas também como revolucionários que tinham de perseguir nossas agora divergentes revoluções para nossos fins individuais.

Percorrer as ruas de Paris em nossas rotas de entrega nos proporcionava um bocado de tempo para matutar sobre como salvar a vida de um irmão de sangue das mãos de outro irmão de sangue, bem como para ponderar sobre nossa filosofia, ou falta dela, até que o relógio cósmico do carma soou. Quando chegou a hora H, Le Cao Boi e Bon se mostraram discretos demais, ou talvez estivessem cansados e desatentos demais após vários dias em nossa cola. Talvez nossos padrões circulares fossem circulares demais, pois quando Beatles finalmente apareceu não houve nem sinal dos dois.

Em vez do Citroën, uma van branca comum encostou no meio-fio e o vidro do passageiro desceu. O motorista era um sujeito de aspecto bruto que nunca víramos antes, mas reconhecemos o passageiro na mesma hora, ainda que vestisse moletom cinza em vez de uma camiseta dos Fab Four. Antes que conseguíssemos correr, a porta lateral deslizou para revelar mais dois rapazes, um de aspecto classe média e outro de aspecto intelectualizado. O intelectualizado apontou um revólver para nós e por algum motivo sorria, talvez apenas para contrabalançar os raios fulminantes de ódio que pulsavam dos olhos do Beatles. Desembestou a falar coisas em francês, das quais compreendemos menos da metade, mas dessa vez nossa falta de compreensão não fez diferença. O da arma falou num inglês gramaticalmente perfeito quando traduziu.

Ele falou para entrar aí ou a gente vai meter uma bala na sua cabeça, disse, ainda sorrindo, e foi esquisito como soou charmoso com suas inflexões francesas.

Seu inglês é muito bom.

O seu também, respondeu. Tinha uma estranha semelhança com a *Mona Lisa*, a não ser pelo cabelo, que era curto e cacheado. Mas seu sorriso era tão sereno quanto o sorriso famoso, o nariz igualmente alongado e os olhos igualmente enigmáticos. Seu inglês é melhor que o do Bruce Lee.

Considero um grande elogio, dissemos. Ele manda ver na *Fúria do Dragão*.

Melhor que na *Operação Dragão*.

Do que vocês dois estão falando, caralho?, gritou Beatles.

Ele é meio impaciente, disse o Mona Lisa, as taturanas negras de suas sobrancelhas arqueando o dorso. A testa ampla lhes proporcionava espaço de sobra. Melhor entrar no carro.

Olhamos para a pequena arma em sua mão. Uma arma pequena implicava confiança, precisão e elegância, ao contrário de uma grande, que na maior parte dos casos era desnecessária. Levantamos as mãos, mas não havia ninguém na rua para notar o gesto. Então subimos na van e nos esprememos no banco do meio entre o Mona Lisa e o assecla classe média, que cheirava a fumaça e suor. Sua coxa grossa, pressionada contra a minha, subia e descia ao som da estranha música vinda do rádio do carro, com sua batida pesada e uma voz negra em staccato cantando energicamente em inglês. A van começou a andar, Beatles virou nos fuzilando do banco da frente e seu rosto foi a última coisa que vimos.

Nós, mim, eu mesmo ou eu acordei com o som de conversa e risadas ecoando no sino rachado da minha cabeça. Meu pescoço doía do esforço de sustentar o pesado sino. Estava amarrado a uma cadeira de madeira, as mãos às costas, os tornozelos presos nas pernas da cadeira, em um porão gelado com paredes de pedra cinza cobertas por prateleiras de madeira de robustez industrial, largas como pequenas camas e contendo engradados também de madeira. Um filme em volume baixo ocupava a face de uma TV, diante da qual um par de sofás surrados assediava uma mesinha de centro. Beatles, o Mona Lisa e os dois asseclas, Feio e Horrível, jogavam cartas e fumavam. Minhas extremidades estavam adormecidas, mas o medo comprimindo minha espinha mais do que compensava a falta de sensação nos braços e nas pernas. Aquilo não tinha nada de surreal. Era sem dúvida real. Na melhor das hipóteses, embora pudesse sair com vida daquele porão, seria apenas sob a condição de ter deixado para trás várias partes de mim, dos dedos das mãos e dos pés a membros inteiros, olhos ou orelhas. Na pior, deixaria o porão sem vida, embora houvesse várias gradações desse cenário, considerando que poderia sair de corpo inteiro, em alguns pedaços ou em muitos.

Feio foi o primeiro a me notar e cutucou Beatles. Beatles me fuzilou e disparou uma algaravia de palavras que incluíam "bastardo", "babaca" e "china". Cada palavra que eu compreendia e não compreendia eram uma martelada no meu sino rachado. Ecoando ali havia todos os palavrões que eu aprendera em francês, incluindo os epítetos asiáticos racistas dirigidos contra Le Cao Boi e os Sete Anões em seus anos em Paris, que eles mesmos me ensinaram. Beatles queria mostrar que também conhecia esses insultos, mas tendo aturado uma vida inteira de abusos raciais fingi não me abalar e dei uma risada forçada. Eu era o Bastardo Maluco. Nenhum gângster ia me intimidar, mesmo que na verdade me intimidasse. Mas não era bom demonstrar medo para aquela turma. Como qualquer gângster, advogado e padre, eles apreciavam o medo alheio.

Babaca?, repeti com toda bravata de que fui capaz. China? Que tal *Asiate. Chinetoque. Jaune. Tchong. Bridé!*

Beatles riu. Esqueceu *niakoué*.

Niakoué? Esse eu nunca ouvi.

E que tal *FILS DE PUTE*!

Bom, esse eu já ouvi.

Doravante não registrarei mais todos os momentos em que *fils de pute* ou *sale fils de pute* foram pronunciados, uma vez que a partir daí passaram a funcionar como vírgulas ou pontos finais, invisíveis e inaudíveis. Nesse sentido, os gângsteres naquele porão encardido diferiam pouco dos gângsteres no pior restaurante asiático de Paris, que mais do que compensavam seu status emasculado nos degraus mais baixos da indústria de serviços cuspindo "filho da puta" como se fosse cuspe, algo que ninguém deveria fazer em um restaurante. Claro que para mim e mim mesmo abraçarmos não só *fils de pute* como também os termos extremamente racistas usados contra nós era uma decisão duvidosa, mas essa sempre foi a tática empregada por nós primeiro em nosso ambíguo ofício como espião e agora em nosso aprendizado ainda mais ambíguo como gângster. Mas se pensei que estava sendo ameaçador em privar aqueles gângsteres das palavras que podiam usar contra mim, não pareceram nada impressionados. Pelo menos esse foi o caso de Horrível, que soltou uma bufada de desprezo e disse, Quem tem medo do Fu Manchu?

Estava prestes a morrer, não é? Mas se era para morrer, que o fizesse no melhor das minhas capacidades, pelo menos até ser doloroso demais para conseguir continuar. Nada mau, exclamei. Melhor que Bastardo Maluco, seus racistas de merda!

A gente não é racista, disse Beatles. Só não vai com a sua cara.

Então por que ainda não me mataram?, falei. Por um lado podia não ser boa ideia lembrar meus captores de uma das opções mais desagradáveis a sua disposição. Por outro, por que não mencionar de uma vez o assunto que não queria calar?

Qual a graça de abater você igual a uma ovelha?, disse Beatles. Nem para fazer um sacrifício você serve direito.

Ho ho!, riu com gosto o major glutão.

Ha ha!, riu Sonny, fazendo coro.

Cala a boca!, falei.

Não, cala a boca *você*!, gritou Beatles, pulando do sofá entre uma nuvem de fumaça de cigarro. *Quem cê tá pensando que é, caralho?*

Ah!, dissemos eu e eu mesmo ao mesmo tempo. Eis a questão, não? A questão universal. A questão que estamos por responder desde o princípio dos tempos!

Assim vai deixar ele confuso, falou o Mona Lisa. Não quero que ele — *você* — cale a boca. Quero que desembuche.

Imitei Deus e fiquei calado.

Não está escutando direito, seu bastardo maluco filho da puta? Conta para a gente sobre o Chinois.

Quem?

Le Chinois!, berrou Beatles.

O ph.D. maoista?

Beatles saltou por cima da mesinha de centro e me esbofeteou duas vezes, primeiro com a palma da mão e depois com o dorso, como se fosse Jean Gabin esbofeteando uma atriz, gesto charmosamente francês, já que um vietnamita ou americano teria apenas esmurrado meu nariz. Le Chinois! Le Chinois! *Le Chinois!*

Seu chefe, disse o Mona Lisa. Para de bater. Acho que escutou.

Ele jogou um papelote de plástico transparente sobre a mesa. Como o remédio parecia inócuo! Nada além de um pó branco que podia ser farinha ou açúcar.

Estou procurando seu chefe, o cara que está vendendo isso e roubando meu negócio.

Quase falei, O que quer saber? Quase. Se fosse são, teria feito isso. Que lealdade devia ao Chefe? Era um gângster, um traficante, um cafetão e um assassino, o que não significa que tais características impedissem alguém de despertar simpatia. Como um simpatizante por excelência, eu era capaz não apenas de enxergar qualquer questão por dois lados como também qualquer um por dois lados. Era assim que sabia que muitos de nossos principais líderes mundiais eram igualmente gângsteres, traficantes, cafetões e assassinos, embora preferissem se referir a si mesmos como presidentes, reis, diplomatas e estadistas. A única coisa a se interpor entre o Chefe e um estágio mais legítimo da existência, o de pilar da sociedade, era o tempo. Eu tinha essa dívida com ele e pretendia pagar, mas não por sua causa e sim por Bon. Se entregasse o Chefe, é quase certo que Bon dançaria também, e isso era algo que eu jamais faria.

Quem é Saïd?, falei em vez disso.

Saïd?, repetiu Beatles, espantado.

Cuidado aí, disse o major glutão.

O misterioso Saïd, falei.

Não é uma boa ideia, acrescentou Sonny.

Beatles abanou a cabeça e olhou para o Mona Lisa, que parecia cada vez mais o líder. Saïd, disse o Mona Lisa, arrastando as sílabas. Saïd é meu irmão.

Claro, murmurei.

Infelizmente tirou férias. Mas só porque está de férias não significa que você pode roubar o negócio dele, que é o meu negócio. Agora aconselho a contar tudo que sabe sobre isso — apontou o remédio — e o Chinois ou as coisas vão ficar feias pro seu lado, como ficaram pro seu amigo.

Meu amigo?

Aquele pequeno.

Soneca.

Esse é o nome dele? Está dormindo pra sempre agora.

Eu cuidei disso, falou Beatles. Como você quase fez com o Ahmed.

Ahmed?

Meu amigo! O cara que você quase matou.

Então Rolling Stones continuava vivo por aí. Eu teria ficado feliz por ele, e por mim, se não me sentisse tão mal no momento. Vão me torturar?, perguntei.

Para de dar ideia pra eles, falou Sonny.

Ri. Não tem como me torturarem. Passei por um campo de reeducação e sobrevivi.

Agora você conseguiu, disse o major glutão.

Está se achando tudo isso só porque ficou num campo de reeducação?, disse Beatles. Sua guerra não foi tão ruim assim! A nossa foi pior. Cada história que escutei! Está se achando tudo isso, Bastardo Maluco? Vamos experimentar em você algumas coisas que os franceses fizeram com a gente.

Vocês não são franceses?, falei.

Cala essa boca.

Então tomaram providências para que me calasse. Parte de mim sentia uma dor terrível e executava os inevitáveis gemidos, gritos e súplicas e temia por minha vida. Mas parte de mim era o profissional que, em retrospecto, podia analisar e avaliar seu desempenho. Aqueles caras eram amadores, mas isso não significava que o que se seguiu não doeu. Amadores podem causar um bocado de estrago, ainda que careçam de finesse para isso. Mas finesse é a chave. Se o sujeito se conduz com um pouquinho de elã, uma pitada de finesse e litros de hipocrisia e amnésia seletiva pode se safar com o assassinato em massa e a pilhagem indiscriminada de países e continentes inteiros. É só perguntar aos franceses (ou ingleses, holandeses, portugueses, belgas, espanhóis, alemães, americanos, chineses, japoneses ou até nós, vietnamitas, mas não aos italianos, que nunca foram muito bons em colonização, tendo esquecido o que seus ancestrais romanos haviam feito tão bem). E assim como os franceses faziam tudo com elã e finesse, termos de sua própria cunhagem, nós que somos profissionais da "inteligência" devemos proceder às nossas tarefas com maestria. A extração de inteligência, como a extração de um dente, exige delicadeza. A verdadeira questão é: O torturador entende esse problema fundamental? O interrogador tem muito mais chance de sucesso com a ajuda de cigarros, simpatia, compaixão e um entendimento intuitivo da psicologia humana e da sensibilidade cultural. Se o torturador não compreende isso é um tolo. Se compreende mas simplesmente gosta de torturar é um sádico. Para não mencionar que pode ser tolo e sádico ao mesmo tempo. Um sujeito pode ser quase qualquer coisa e um tolo ao mesmo tempo.

Quanto a mim, talvez seja um masoquista, o que não quer dizer que também não seja um tolo. Como explicar de outro modo por que, em meio a todos aqueles brados e grunhidos (de parte de meus torturadores) e gritos e lágrimas (de minha parte), comecei a rir? Uma risada torturada, sem dúvida. Uma risada estrangulada, por certo. Sobretudo porque depois dos eletrodos nos mamilos, das cordas e dos fios elétricos usados para me pendurar pelos braços no teto e da água entornada pela minha garganta, era muito difícil rir de maneira jovial, amena. Mas era uma risada mesmo assim e os gorgolejos e bufadas pareceram confundir meus torturadores, que decerto esperavam reações mais costumeiras.

Ele tá rindo?, disse Feio, fazendo uma careta de dor para os nós arroxeados de seus dedos.

Acho que está, respondeu Horrível, recostando na parede para fumar, um tanto extenuado da gravata que me aplicara intermitentemente durante a última hora.

Qual é o seu problema, caralho?, disse Beatles. Havia tirado a camisa porque estava quente demais para o trabalho de surrar alguém com um pedaço de mangueira.

Eu jazia de bruços no piso de cimento, nu e tremendo, a bochecha encostada numa poça de líquido que podia ter vindo de mim ou de um deles. Imaginei se minha mãe estaria me vendo nesse momento. Como ambos adorávamos quando eu ficava deitado desse jeito, aos quatro ou cinco anos de idade, nu em uma esteira de bambu com a cabeça em seu colo e ronronando de prazer conforme ela coçava devagar minhas costas, começando pela região lombar e subindo até as escápulas, antes de dar início outra vez àquele excruciante prazer.

E então ocorreu-me com uma súbita pontada no flanco já ferido que eu era agora alguns anos mais velho que minha mãe quando morreu, aos trinta e quatro anos de idade, sozinha, naquele mesmo barraco decrépito em que me criou, sem ninguém para cuidar dela, ou assim presumi quando afinal regressei a minha aldeia após seis anos nos Estados Unidos como estudante estrangeiro. Com o uniforme eu me sentia um tenente do exército recém-promovido. Nenhum morador da aldeia ousou me encarar ou me chamar de "bastardo" como faziam quando era pequeno, ainda mais agora que eu portava uma pistola de fabricação americana na cintura. A cabana era tão miserável que ninguém se dera ao trabalho de aproveitar ou roubar qualquer coisa ali, uma construção de pau a pique composta de barro, palha e retalhos de lona, além de pedaços de caixas de papelão de equipamentos e rações americanos. Sem ninguém que cuidasse dela, a cabana pouco a pouco desmoronara para deixar apenas uma casca oca. Espiei ali dentro a pequena cama de madeira em que dormíamos, sua esteira de bambu em frangalhos, e vi a pequena prateleira onde minha mãe deixava a imagem de Jesus Cristo e um crucifixo. Era órfã e não tinha mãe nem pai que pudesse honrar, assim só lhe restara Jesus Cristo, o retrato sendo seu bem mais precioso além de mim.

Da porta, graças ao tapete de sol admitido nos recessos escuros da cabana, pude ver o coração vermelho no peito de um Jesus suspeitosamente anglo com seus cabelos castanhos, cavanhaque castanho, olhos castanhos e pele clara. Teria minha mãe sido salva, ela que me salvara com todo o amor que me dera sem se queixar? De onde viera seu amor, ela que não fora amada? Com quem aprendera a afeição, as carícias, as palavras gentis com que me agraciou diária e prodigamente até eu absorver a pequena dose de humanidade que agora possuía?

Parte de mim, o comunista recalcitrante, acreditava que não fora salva porque nem Deus nem a vida após a morte existiam. Era uma parte amarga. Mas outra parte de mim, o católico recalcitrante, acreditava, com iguais doses de medo e fé, e abalado mas não comovido, que fora alçada ao Céu junto com todos os demais refugiados daquele dia, o que significa dizer todo mundo que morrera. O que éramos nós, depois de mortos, senão refugiados que trocavam o mundo miserável pelo refúgio da vida eterna? O que era o mundo inteiro senão um Terceiro Mundo comparado ao Segundo Mundo do purgatório e ao Primeiro Mundo do Céu? Essa parte temerosa e fiel de mim ficou constrangida com o pensamento de que de seu balcão no Paraíso, o condomínio fechado mais exclusivo que existe, ela talvez me visse.

Deitado de bruços naquele porão, pude ver a mim mesmo na viagem de volta a minha aldeia e ao cemitério onde minha mãe fora enterrada. Havia ajoelhado e tocado seu nome. Pelo menos tinha um nome. Minha lápide, se chegasse a ter uma, mais provavelmente diria VO DANH. Vendo seu nome e as datas de seu nascimento e morte gravados em uma tinta cinabre que se apagava como a própria memória, peguei-me numa balsa transportada pela torrente do meu amor reprimido, condenado. Acabei parando de chorar. Recostado contra a sólida viga de aço de uma fúria homicida, enxuguei os olhos e examinei a profanação da memória de minha mãe. Seu túmulo ficava em um canto pantanoso do cemitério, onde fora exilada na morte assim como em vida. Carregara a cruz de ser mãe solteira, alvo da zombaria de parentes e aldeães que não sabiam que meu pai era o padre deles. Minha mãe o protegeu devido a uma crença católica equivocada na bondade e na caridade, nela instilada por esse mesmo padre. Devido a sua fé nele e em Deus, foi consignada na morte a uma cova distante de todos os demais jazigos, longe dos mortos honoráveis e seus sobreviventes honoráveis, que não podiam ficar perto dela, ela que era a mais honesta deles todos, uma vez que carecia totalmente da hipocrisia imprescindível a qualquer um com um mínimo de respeitabilidade.

Regressei ao lugar em que vivera com minha mãe, o único lar onde conhecera algum amor, e ateei fogo à cabana encostando um isqueiro Zippo no sapê seco. Os vizinhos saíram de suas casas e observaram comigo a cabana se tornar uma pira das minhas memórias, que esperava que também virassem cinzas. Meus vizinhos não fizeram nenhum comentário, o que foi a reação correta. Se alguém abrisse a boca eu podia ter usado minha pistola de fabricação americana para o fim a que se destinava quando foi projetada no início do século XX, a matança dos nativos, ou assim me ensinara meu mentor, Claude. Após ter dado prova de seu valor na pacificação das Filipinas, ela agora mostrava sua utilidade em nosso país. Claude também me dera o Zippo, gravado pessoalmente para mim. Está vendo isso?, dissera ele, sublinhando as palavras com o indicador. Cá entre nós, é o lema não oficial da CIA:

PÕE NO CU DELES ANTES
QUE PONHAM NO SEU

Repito isso toda noite antes de dormir, disse Claude, piscando para mim e enfiando o isqueiro na minha mão.

Sábias palavras, falei. Sábias palavras.

Depois que a cabana ficou reduzida a uma mera fogueira, caminhei pela estrada até a pequena igreja rural onde meu pai, milagrosamente, ainda era o padre. O fato de ter sobrevivido não era um milagre por sua idade avançada — já na casa dos setenta —, mas por ser branco, francês e católico num tempo em que todos esses fatores faziam dele um alvo de assassinato muito atraente para os revolucionários locais. Ele me recebeu em seu escritório, que eu nunca visitara, já que o vira em apenas três lugares: a sala de aula da escola católica, onde era meu professor; a igreja, onde o observava apenas de longe; e o confessionário, onde distinguia apenas sua silhueta atrás da treliça. Aquela sombra curvada era também o que sua assassina veria um momento antes de transformá-lo em sombra.

Você é um homem-feito agora, disse meu pai. Falava no francês vagaroso, estudado, paciente que usava com alunos e camponeses. Eram as primeiras palavras que me dirigia desde que eu deixara a sala de aula, seu melhor aluno e pior medo. Havíamos entrado em contato apenas uma vez desde então, quando me escrevera nos Estados Unidos para informar que minha mãe falecera. Não usara meu nome na carta, exceto no envelope, acima do endereço, assim como não o pronunciava agora. A única vez que proferira meu nome fora na hora da chamada. De resto não me chamava de nenhuma outra coisa a não ser "você".

Estive no cemitério, respondi no vietnamita vagaroso, estudado, paciente que usava com franceses e americanos que achavam saber vietnamita, que meu pai dominava após décadas vivendo aqui. Visitei o túmulo da mamãe.

Ele permaneceu calado atrás da mesa coberta por pilhas de provas.

Agradeço por providenciar a lápide. Era o mínimo que podia fazer.

Silêncio. Não diria mais nenhuma palavra até o fim da nossa conversa, que foi na realidade um monólogo. Tampouco baixaria o rosto, conservando o olhar fixo no meu em um gesto de desafio, desdém, orgulho, remorso ou amor inarticulado. Como saber?

Esse é o dinheiro da lápide, falei, jogando um envelope sobre a mesa. Quando era aluno não tinha dinheiro. Agora tenho um pouco. Quem deve pagar pela lápide dela sou eu, não você.

Ainda nada. Desempenhava para mim o silêncio do seu chefe, o mandachuva dos mandachuvas, o Homem em Pessoa, Deus. Era o silêncio com que meu pai se deparava todos os dias em suas orações, o silêncio que centenas de milhões escutavam diariamente ao suplicar a Deus por alguma coisa, qualquer coisa. Sua resposta sempre foi nenhuma, o que estava longe de abalar a fé das Suas legiões de fãs. Para alguém que nunca disse nada, Deus certamente falou com muita gente.

Por que tinha que ser minha mãe e não você?, falei ao me levantar para sair. E só o fato de ela ter morrido e você continuar vivo é uma prova de que Deus não existe.

A provocação funcionou. Agora finalmente falava, seus olhos cintilando com a inspiração do próximo sermão. Sua estimada mãe acreditava em Deus com toda a alma e agora está viva no Céu porque foi salva por Deus, disse ele. Nada é sagrado para você?

Nada é sagrado?, explodi numa gargalhada. Então parei e disse, Pena que não foi você que morreu.

Minhas palavras repetiam o que eu escrevera da Califórnia para Man quando soube do falecimento e do enterro da minha mãe pela carta do meu pai: *Pena que não foi ele que morreu.* Minhas palavras prenunciavam o que aconteceria um mês após aquele encontro, quando o assassino, passando-se por um penitente ajoelhado no confessionário, disparou uma bala em sua têmpora, possivelmente interpretada por seu cérebro moribundo como o clarão do relâmpago e a reverberação do trovão que eram, por fim, a verdadeira Palavra de Deus, pronunciada por Deus em Pessoa. Anos mais tarde, em nosso tête-à-tête no campo de reeducação, quando Man abriu meu crânio com um abridor de lata e acariciou meu cérebro, contou-me que tomara meu desejo fatal por uma ordem. Afinal, era meu melhor amigo e irmão de sangue. Levando a sério minhas palavras, despachara a agente comunista para cumpri-las e ela encontrara a assassina, uma jovem de dezesseis anos cujo avô fora morto pelos franceses, o pai pelos americanos e o irmão pelos republicanos. Eu sabia do poder delas agora, embora soubesse também que a única coisa mais poderosa do que as palavras era o silêncio.

10

As badaladas na minha cabeça lembraram-me as badaladas do sino na igreja do meu pai. O som daquele sino, importado da França, atravessava todos esses anos para voltar naquele porão francês úmido e escuro. Parecia também que escutava meu pai falar comigo, a palavra que endereçava a mim aglutinando-se a partir da reverberação em meu sino rachado: *Você!* Alguém repicava meu sino, o que significa dizer que alguém me estapeava no rosto. Cada bofetada iluminava minhas pálpebras fechadas por dentro, banhando-as em centelhas amarelas e vermelhas.

EI!

VOCÊ!

O você que era eu abriu meus olhos. Não estava na cabana da minha mãe. Não estava na minha aldeia. Não estava na igreja do meu pai. Continuava no chão úmido do porão e a mão estapeando meu rosto não pertencia a Deus, mas a um dos dois asseclas. Feio. Ou talvez fosse Horrível.

Agora ele está prestando atenção, disse o Mona Lisa, agachando ao meu lado. Acordou. Ganhou uma corzinha nas bochechas.

Por que não reage?, disse o assecla que me esbofeteava. Minha visão entrou em foco. Era sem dúvida o Feio. Qual a graça se a gente não pode torturar você?

Isso está uma chatice, disse Horrível.

Por que a gente não mata ele de uma vez?, perguntou Feio.

Cala a boca os dois!, disse Beatles. Andava de um lado para outro às costas do Mona Lisa. Seus preguiçosos de merda. Não conseguem nem bater em alguém sem reclamar.

Ok, disse Feio. Tudo bem. Mas estou com os dedos do pé doendo.

Acho que usar tênis para chutar alguém não foi boa ideia, disse Beatles. Arruma uma bota.

Feioso suspirou e se levantou, presumivelmente para um novo pontapé, mas quando armava o chute o Mona Lisa ergueu a mão.

Tenho uma ideia, disse. O Mona Lisa agachou em um joelho diante de mim e pela primeira vez notei que estava usando meus sapatos Bruno Magli. Ele notou que eu notei e disse, Esses sapatos excelentes são um desperdício em você. Então, está pronto para um jogo?

Acho que não, respondi, mas ou não disse isso ou disse tão suavemente que apenas eu escutei, ou disse e ninguém se importou, pois todos me ignoraram. O Mona Lisa sacou um revólver da cintura, apontou para mim e aproximou o cano devagar até pressioná-lo em minha testa. Depois recolheu o braço, abriu o tambor da arma e a sacudiu para segurar seis balas na palma da mão.

Olha isso, disse.

Era impossível olhar para outra coisa.

Ele deixou uma bala cair no piso de cimento e ela repicou com um *ping* metálico diante do meu nariz.

Um negócio tão pequeno, sussurrou o major glutão no meu ouvido. Mas grande o suficiente abrir seu crânio. Devo saber, não?

Desculpa, falei para o major glutão. Lamento de verdade.

E devia mesmo, disse o Mona Lisa. Soltou uma segunda bala no chão, onde repicou numa direção diferente e veio parar perto do meu olho. Mas vai lamentar mais ainda.

Cadê meu pedido de desculpas?, sussurrou Sonny em meu outro ouvido quando a terceira bala caiu no chão. No meu caso você puxou o gatilho de verdade. Eu teria ficado agradecido se você soubesse atirar melhor e tivesse me matado com uma bala em vez das seis que usou.

Desculpa, respondi para Sonny. Lamento mesmo.

Ouvi da primeira vez, disse o Mona Lisa, largando a quarta bala. Pode repetir quantas quiser, se desculpar não vai salvar sua pele agora.

Ele largou a quinta bala. Ela caiu em câmera lenta e pude examiná-la em todo o seu esplendor conforme descia. Essa belezinha em particular era revestida em um cobre que refletiu a luz de tal maneira que a bala pareceu piscar para mim ao cair, graciosa como um mergulhador olímpico. A ponta era cor de laranja, opaca. Eu tinha certeza de que se tratava de uma bala de ponta macia, termo irônico, uma vez que o propósito da bala não era ser macia, mas infligir grande dano quando se expandisse ao contato, a saber, comigo e comigo mesmo. Quando a quinta bala finalmente caiu no chão e repicou, perguntei-me por que nunca me desculpara com esses dois homens que eu matara.

A gente se fazia essa mesma pergunta, disseram eles.

Não achei que estivessem esperando minhas desculpas, falei.

Claro que a gente estava esperando, disse o Mona Lisa, segurando a sexta bala entre o polegar e o indicador. Não que vá servir para alguma coisa, mas é de bom-tom o sujeito se desculpar quando fez merda. Em especial uma merda federal como essa. Já se mancou de que você está fodido, certo?

Pôs a bala sobre uma câmara do tambor e a deixou equilibrada ali. Então vagarosamente inseriu a forma cilíndrica na câmara que aguardava para acomodá-la. Tive bastante tempo para estudar a bala com meu nome escrito. Era uma expressão que aprendera com Claude. Não dá pra se desviar de uma bala com seu nome escrito, ele dizia. Nesse caso, não havia a rigor nome algum na bala em branco, o que para mim, VO DANH, era perfeito. Batizar a mim mesmo como ANÔNIMO foi minha modesta piada com a burocracia francesa, porque se a pessoa não pudesse se divertir às custas da burocracia cairia dura, morta de tédio, algo que seria infinitamente preferível ao modo como estava prestes a morrer.

Eu permanecera sem piscar durante todo esse tempo atemporal que o Mona Lisa passara derrubando balas no chão, e agora meus olhos ressecados me forçavam a piscar, e num piscar de olhos o Mona Lisa fechou o tambor, selando meu destino. Ele girou o tambor uma, duas, três vezes.

Vocês vietnamitas adoram uma roleta-russa, não é?, ele disse. Vi num filme uma vez. Está pronto para mostrar como você é bom nesse jogo?

Desculpa, desculpa, desculpa, falei, soluçando.

Tarde demais, disse o Mona Lisa. Agora senta.

Senta aí, disse eu a mim mesmo, mas nem sinal de mim mesmo. Eu estava imobilizado, mesmo depois de ser esbofeteado mais algumas vezes por Beatles. Feio e Horrível tiveram de ser chamados para me pegar pelos braços e me pôr no sofá.

Estou sendo bem paciente com você, disse o Mona Lisa. Enfiou a arma na minha mão. Agora joga ou a gente providencia pra ser ainda mais dolorido se não quiser jogar.

Duas opções igualmente ruins eram uma oferta adequada para um homem com dois rostos e duas mentes. Onde quer que a moeda aterrissasse, em qualquer lado que caísse, o resultado seria desastroso. Em tese, isso tornava a escolha mais fácil do que uma situação em que houvesse algo a ganhar, uma vez que o desfecho não podia ser mudado. Mesmo assim, ninguém em seu perfeito juízo jogaria roleta-russa.

Ei!, Beatles estapeou-me no rosto com tanta força que vi em dobro. *Ei, você!* Vai jogar ou não vai?

Eu não era louco o bastante para isso! Mas VOCÊ sim, seu bastardo maluco. Vi quando segurou o revólver com minha mão num movimento em câmara lenta. Com languidez excruciante, você ergueu a arma e viu Feio e Horrível apontando as deles para você, o que me incluía, só para o caso de se sentir inspirado a algum heroísmo teatral. Mas você nunca foi herói. Apenas um sobrevivente e um prosélito querendo sinceramente fazer o que precisava ser feito. E o que precisava ser feito agora era acabar com isso o mais rápido possível. Quando não se tem nada a ganhar, de que adianta adiar o inevitável?

Clique!

Não acredito! VOCÊ fez mesmo! Puxou o gatilho! O mundo inteiro ficou em silêncio após o clique da percussão. O Mona Lisa estava falando, mas, embora sua boca se movesse, não conseguíamos escutar coisa alguma, exceto a aceleração esganada no motor da nossa cabeça, engatando inutilmente as marchas já que faltava um parafuso. As chances estavam do seu lado, uma em seis, ou, vendo de outro modo, cinco contra um. Matemática nunca foi seu forte, desde que VOCÊ nasceu como metade de um cuja outra metade era EU. História foi a disciplina que despertou seu interesse, e aqui a história fica no caminho da humanidade. Você e esses gângsteres, filhos de mães provavelmente como a sua e a minha, foram trazidos aqui até esse momento pela história. E por algumas péssimas escolhas.

Embora partilhe de uma predileção por escolhas ruins com Feio, Horrível e Beatles, você acha difícil simpatizar com eles, pois parecem estar rindo descontroladamente, a julgar pelos movimentos de suas bocas e suas expressões faciais, do mesmo jeito que os piratas riam descontroladamente ao se aproximar do seu barco. Eu havia me esquecido disso, ou pelo menos tentara não pensar a respeito. Meu talento é a simpatia, não a memória. Simpatizo até com esses gângsteres que estão apostando qual bala dará cabo de nós. Mas a memória deve ser seu talento. Você não esqueceu. Sua vida está sempre esperando por VOCÊ e EU, as memórias sempre engatilhadas e prontas para serem disparadas contra o meu cérebro. Na maior parte do tempo, o tambor está vazio nesse jogo mnemônico demoníaco. Na maior parte do tempo.

Clique!

VOCÊ fez outra vez! VOCÊ puxou o gatilho! Agora estou ficando um pouco nervoso. Quase tão nervoso quanto no momento em que todos nós percebemos que até que enfim, até que enfim, outro barco havia parado para nós em alto-mar, mas, infelizmente, infelizmente, eram piratas. Ainda estávamos desnorteados por sobreviver à tempestade do dia anterior quando subiram a bordo, tresandando a suor cediço, álcool ruim e intenções piores, portando facas, canos, correntes, machados e algumas AK-47 para completar. Você tem certeza de que existem muitos tailandeses bons e decentes, mas essa é a lamentável amostra que encontramos. As mulheres no barco gritaram quando os piratas as despojaram e despojaram todo mundo de tudo que valesse alguma coisa. As mulheres em seguida se prepararam para ser desnudadas pelos piratas, que eram primos distantes, de certa forma, desses gângsteres ao seu redor, cutucando e chutando, perguntando algo que você não consegue escutar, e quando você não responde, estapeando, uma, duas, três vezes. Oh, estou tão feliz por não ser VOCÊ!

Claro que as coisas a bordo não terminaram tão mal. Para nós, de todo modo. Ou para as mulheres. Quem imaginava que aqueles piratas eram de um tipo muito peculiar? Todo mundo ouvira histórias sobre o rapto e estupro de meninas e mulheres nesses barcos de refugiados. Mas ninguém ouvira falar *disso*, uma tripulação de piratas imundos ignorando as mulheres jovens e núbeis, trêmulas em suas blusas leves, encolhidas ao máximo e tentando ocultar sua atratividade. Ninguém encosta a mão na minha irmã!, exclamou o nobre rapaz a seu lado. Tem que me matar primeiro! Ah, como aqueles piratas riram! Ah, como se dobraram de rir aqueles piratas, dando tapas nas costas uns dos outros! Ah, como berravam coisas para todos nós em sua própria língua, que nenhum de nós conseguia entender! Mas o significado subitamente ficou claro quando o pirata mais magrelo de todos se aproximou do nosso rapaz e, ignorando por completo a irmã adolescente, passou o dedo grotesco por seus lábios ressecados, agarrou-o pelos cabelos e o arrastou, *ele*, não a irmã, para o outro barco.

Confusão! Pandemônio! Caos! Ninguém parecia acreditar no que presenciava, conforme os lascivos piratas arrebanhavam mais alguns rapazes e meninos esbeltos e imberbes. O que esses monstros estavam fazendo? Estavam sequestrando os rapazes e meninos para serem aprendizes de pirata? Para vender como mão de obra escrava? Seria possível que… pudessem estar… não…

CLIQUE!

Ei — *para com isso!* Agora mesmo. Para de chorar e pelo amor de Deus para de puxar esse gatilho! Você está histérico! Também não estou me sentindo muito bem, devo admitir. Que importa se o Beatles está gritando e dando bofetadas em você? Precisa parar de ser o histérico da história! E quanto a sua mãe e seu pai, quanto a seu nascimento, quanto a ser um bastardo, quanto a sua vida clandestina como espião, quanto à guerra, quanto ao campo de reeducação, quanto ao homem sem rosto, quanto ao barco de refugiados, quanto a ser tão medonho que o capitão dos piratas deu uma olhada em você e disse, no inglês estropiado que devia ter aprendido com os soldados americanos que vieram de férias da própria guerra para o país dele em busca de uma trepada boa e barata, *You look like shit!*

Bem, tinha razão, não tinha? Claro que VOCÊ estava com um aspecto de merda após ser digerido nos tortuosos intestinos do Inferno. Como acha que era meu aspecto? Certa vez você disse que seu fígado era a parte mais maltratada do seu corpo. Correção: eu sou a parte mais maltratada! Mesmo que, tecnicamente falando, como sua consciência e seu consciente, não seja parte do seu corpo. Mas quem pode saber onde seu corpo termina e sua mente ou a minha começa? Só o que sei é: Esquece isso! Passa pra outra! Sai dessa! O passado é o passado, o futuro dura para sempre, o presente está sempre aqui e no entanto já foi. Então preciso que sinta simpatia por mim, ou seja, VOCÊ...

CLIQUE!

NÃO! Ficou maluco? Espera, retiro o que disse. Claro, você *é* maluco! Talvez por um bom motivo, mas isso não é desculpa. Foram quatro tentativas e tem mais duas câmaras. Estamos abusando da sorte. Permita-me ser a voz da razão aqui. Eu o encorajo a lhes dar o que querem. Querem simplesmente saber onde está o Chefe. Só porque está entregando o Chefe não quer dizer que está entregando Bon...

CLIQUE!

Jesus Cristo! Puta merda! Quem mandou fazer isso, seu bastardo maluco? Escutou o que eu falei? Também tenho muita coisa a perder aqui, seu filho da puta!

Ok, tudo bem, perdoe o descontrole, mas agora que pusemos tudo em pratos limpos a escolha é bem óbvia, cem por cento óbvia, na verdade, vamos nos acalmar, parar de tremer, abaixar essa arma, não importa o que Sonny e o major glutão estejam lhe dizendo nesse instante sobre como essa arma na sua mão se parece muito com a arma que Bon usou para matar o major glutão, são por definição indivíduos altamente tendenciosos, no sentido de que adorariam vê-lo morto, então não dê ouvidos a eles, precisa se dar conta de que mesmo passando pelo inferno, e sendo maluco, e com um aspecto de merda, não quer dizer que não possa ter uma vida boa, ainda é jovem, mal entrou na meia-idade, se presumirmos que viveremos até idade avançada, e por que não, o futuro parece promissor, só precisa superar esse mau bocado aqui, Bon pode cuidar de si mesmo. Para de rir! Por que está rindo? Isso não é piada! Não...

CLIQUE!

HẾT

FIN

THE END

PARTE III

I

11

Era o meu fim.

Ou não?

Eu estava acabado.

Estaria mesmo?

Fim da linha.

Mas também talvez não...

Quem riu?

Não fui eu.

Foi VOCÊ!

Não foi?

VOCÊ E EU não podíamos estar rindo *juntos*, já que eu não estava rindo. Isso deve significar que VOCÊ estava rindo de MIM, e por que não? Que visão eu era. Olhei para mim segurando a arma na mão e fiquei imaginando como fora parar ali, uma vez que quem a segurava era VOCÊ. Tudo tremia tanto que não sabia dizer se era minha mão que tremia ou se meus globos oculares chacoalhavam dentro do crânio. *Vamos viver!* Esse era o arremate da piada, não era? O alvo éramos sempre nós, porque Deus era um filho da puta. Deve ter sido uma piada muito engraçada porque os gângsteres antes confusos agora riam, o Mona Lisa tendo magicamente aparecido com a sexta bala, que levava meu nome gravado, VO DANH. Mas eu desviara dessa bala não porque ele a removera do revólver antes do jogo, ou porque nem sequer a inserira na câmara para começo de conversa. Eu desviara dessa bala porque ele não sabia que VO DANH significava simplesmente "anônimo". Um homem sem nome não podia ser morto por uma bala com seu nome gravado nela! A piada com ele, não comigo!

Do que ele está rindo?, disse Feio.

É um bastardo maluco, disse Beatles.

Desde quando você faz esse truque?, perguntou Horrível.

Aprendi com aquele filme da Guerra do Vietnã, disse o Mona Lisa, limpando lágrimas dos olhos enquanto levantava. Preciso mijar. Por cima do ombro, antes de subir a escada, ele me disse, Gostei dessa sua cara de dor. Porque sei que é de verdade.

De novo, disse Feio.

E *você*, quer ir de novo?, disse Beatles.

Tanto faz, disse eu — ou dissemos nós —, rindo. Vamos viver.

O quê?, exclamou Beatles.

Vamos viver, dissemos nós — ou disse eu.

Seu bastardo maluco! Quem é o Chinois?

Ri outra vez, pois agora compreendia que o apelido não era um insulto, afinal. Não, não, não! Era uma *piada*. Eu!, falei. *Eu* sou o Chinois.

Você?

É, eu! Nós somos o Chinois!

Feio, Horrível e Beatles se entreolharam confusos.

Cada um de nós! O homem da delicatessen pan-asiática preparando pratos asiáticos para vocês que nenhum asiático vai comer; a garota para quem vocês dizem *ni hao!* e que depois xingam de antipática por não responder *ni hao!* mesmo que na verdade não seja chinesa; as pessoas com nomes que vocês não conseguem lembrar, pronunciar nem escrever corretamente por mais que vejam ou escutem; as pessoas cuja origem não conseguem identificar e assim chamam de…

Que pentelho mais chato do…

… Le Chinois! Sou o criminoso infame que chamam por esse nome e sou o policial famoso que também chamam por esse nome; sou aquele que não querem ter como vizinho, mas se é para ter um vizinho não branco — não que vocês percebam essas coisas, já que são daltônicos —, nesse caso sou eu que querem; sou eu que consultam quando querem aprender alguma coisa sobre minha cultura; sou o que não está disposto a abrir mão da minha cultura; é para mim que vivem perguntando de onde venho, não, de onde sou, ainda que essa pergunta deva ser feita a todo mundo, e a única resposta que deveria importar é que eu, como vocês, vim da minha mãe, mas se precisam insistir em perguntar de onde sou de verdade, mesmo que supostamente asiático seja tudo igual, mesmo que supostamente sejamos todos franceses, mesmo que alguns dos meus ancestrais tenham morrido combatendo em suas guerras por seus exércitos, mesmo que meus pais tenham nascido aqui, mesmo que meus avós tenham nascido aqui, mesmo que a resposta seja que sou daqui, ou, no meu caso em particular, que vim do Inferno...

Do que esse filho da puta maluco tá falando...

... nesse caso venho do primeiro e único Le Chinois original...

Qualquer coisa que fosse dizer em seguida, e em que língua, esqueci, pois acabara de perceber que fizera meu discurso numa mistura de francês, vietnamita e inglês quando a porta no topo da escada se abriu de repente e então Le Cao Boi veio deslizando de bunda pelo corrimão, os óculos escuros ocultando seus olhos, um palito na boca, uma pistola automática em cada mão — *bangue! bangue! bangue!* —, e atrás dele o Ronin, vestindo um terno trespassado verde reluzente com a gola da camisa de seda aberta exibindo o esterno e fazendo *clac-clac* com uma escopeta — *bangue! bangue! bangue!* —, e a seguir Bon, agachado no alto da escada e com uma submetralhadora apoiada no joelho para lhes dar cobertura — *bangue! bangue! bangue!* — e foi um estrondo ensurdecedor no porão, com os gritos, gemidos e palavrões não ajudando em nada, e aproveitei para pegar no cinzeiro o cigarro quase apagado que Beatles havia fumado — *bangue! bangue! bangue!* —, e a sensação foi tão boa após ter sido privado do meu vício, o prazer não arruinado nem quando Beatles voou de costas sobre a mesinha de centro com o impacto de inúmeras balas, a polpa gelatinosa de seus miolos se parecendo com quaisquer outros miolos que eu já vira porque somos todos humanos, e por que não podíamos simplesmente nos entender — *bangue! bangue! bangue!* — e observei seus olhos sem vida, a taça cheia pela metade de sua cabeça estilhaçada apoiada na quina da mesa perto do meu joelho, e chorei por ele porque se eu tivesse sido ele, nascido em seu lugar, vivendo sua vida, talvez houvesse feito as mesmas coisas hediondas que fizera, mesmo comigo — *bangue! bangue! bangue!* — e Feio e Horrível jorravam sangue também e o sangue deles não era branco, amarelo, preto nem marrom, mas vermelho, escarlate, até roxo, e fosse qual fosse nosso aspecto por fora, virado pelo avesso todo mundo era igual, e em algum lugar em breve suas mães ficariam preocupadas quando não voltassem para casa e suas preocupações jamais cessariam, permaneceriam com elas, já que sentiriam para sempre a presença lacônica de seus filhos espectrais, os quais um dia encontrariam do outro lado após o momento agridoce de suas próprias mortes, que temiam e pelas quais ansiavam, já que a morte seria seu único ingresso para uma reunião com os entes queridos — *bangue! bangue! bangue!* —, e se Feio e Horrível ainda não estavam mortos agora estavam, depois que o Ronin sacou um revólver do paletó e deu a cada um a bênção final do golpe de misericórdia. *Bangue! Bangue! Bangue!*

Foi divertido, disse o Ronin, com grande satisfação em francês, e dessa vez não achei o idioma nem um pouco charmoso.

Caralho, Camus, você está uma merda, disse Le Cao Boi.

Já ouvi isso antes, murmurei.

Parece que a gente chegou bem na hora, disse o Ronin.

Desculpa, disse Bon. Quase morreu por nossa causa.

Ele pendurou a submetralhadora no pescoço e me levantou do sofá. Eu continuava nu, e o Ronin me olhou com ar admirado e disse, Até que é bem dotado para um asiático, mas aposto que deve ser porque seu pai é francês, e Le Cao Boi disse, Já vi maior, como o meu por exemplo, e Bon disse, Cala a boca os dois, caralho, ele quase morreu por sua causa, e eu falei, Cadê o quarto cara? e todos se entreolharam e disseram, Merda!

Não encontraram o Mona Lisa, assim como ele tampouco seria encontrado pelo trio de anões que descia a escada para cuidar da limpeza, com fones de Walkman Sony no ouvido, trazendo sacos de lixo, galões de alvejante e o que pensei que fossem serrotes, mas soube mais tarde — para ser tecnicamente correto — serem serras de cortar osso. O banheiro ficava no térreo, e o Mona Lisa devia ter se escondido ali quando escutou os tiros, depois fugido quando os anões passaram apressados. Ele desaparecera entre os armazéns, onde não havia ninguém àquela hora da noite. Bon me ajudou a pôr a roupa e sentar no banco de trás do automóvel ariano do Ronin, onde o couro espesso, texturizado, opulento de um animal outrora senciente me acolheu.

Bon sentava ao meu lado, Le Cao Boi mexia no rádio e o Ronin dirigia. Dá um pouco pra ele, disse o Ronin. Da substância divina.

A substância divina estava no porta-luvas, uma garrafa de conhaque tão fino que me senti culpado por beber no gargalo, mas como a culpa nunca me detivera antes, bebi. O contato da garrafa com meus lábios machucados, sofregamente abertos para receber essa graça, me trouxe à memória os muitos momentos ao longo das últimas horas, dias, anos ou fosse lá quanto tempo houvesse permanecido na mão daqueles quatro, em que haviam inserido um funil em minha boca relutante e despejado água, ensinando-me que a diferença entre a substância da vida e a substância da morte era simplesmente uma questão de grau. Ser torturado, nesse sentido, era como ir à igreja. Depois de algum tempo, nenhuma das duas coisas ensinava nada de novo. O ritual e a repetição apenas reforçavam a informação já conhecida mas que corria o risco de ser esquecida, e era por isso que os torturadores exerciam seu ofício não apenas com sadismo mas também com a convicção de padres como meu pai, que me torturou a seu modo sutil. O fulgor cálido da aurora iluminou meu interior escuro, o mesmo fulgor cálido da aurora que Jesus Cristo deve ter visto a cada amanhecer que sobreviveu pendurado na cruz.

Como me encontraram?, perguntei.

Consultei uma cartomante, disse o Ronin. Fiz seu mapa astral. Abri uma hiena e decifrei as tripas. Olhou para mim pelo retrovisor e piscou. Brincadeira. Liguei para um conhecido meu, um antigo agente indochinês que eu conhecia do tempo em que ele era da inteligência militar. Continua lá. É difícil largar o jogo. Se você puxar a sola do seu sapato vai encontrar um aparelhinho mágico que ele me deu, um rastreador que funciona por rádio do tamanho da sua unha. Os japoneses fizeram. Os filhos da puta são geniais.

Podiam ter chegado um pouquinho antes.

Operação de resgate no último minuto é mais divertido. Pelo menos para mim.

Podia ter me contado sobre o rastreador.

Não queria que alimentasse falsas esperanças. E se não funcionasse?

Teria mesmo sido tão ruim alimentar alguma esperança, por mais falsa que fosse? Ofereci a garrafa a Bon mas ele abanou a cabeça, agarrando e pressionando meu joelho. Dava para perceber que sentia muito ter me deixado na mão mas não conseguia encontrar um modo de articular isso a não ser dizendo que lamentava, algo em que era melhor do que eu. Levei anos para me desculpar com Sonny e o major glutão. Seriam minhas desculpas esfarrapadas? Furadas? Pelo menos era um começo. Quanto a Bon, não consegui encontrar um modo de admitir seu pesar e remorso a não ser dizendo, Toma um gole, vai se sentir melhor, e ele afinal pegou a garrafa e nos embriagamos em fraternal estupor no banco traseiro, comunicando-nos mudamente à maneira dos homens, animais ou árvores.

Nosso destino era o Céu, que tinha sua própria garagem, onde a massa repulsiva que era eu pôde ser discretamente extraída e levada para dentro. O dia era noite e a noite era dia no Céu e todos estavam acordados e se divertindo, a julgar pelas risadas e pelo estardalhaço vindos do andar de cima, na sala de espera. Le Cao Boi foi para lá, enquanto o Ronin e Bon me conduziram por um corredor para o quarto de hóspedes onde eu passara minha semana de convalescença. Sentados ali estavam o Chefe e um médico muito chique e bronzeado de certa distinção, a julgar pelo traje casual de calça e uma camisa finíssima feita sob medida que parecia mais cara do que o melhor terno que eu já tivera. Tratava o Ronin e o Chefe com familiaridade e deferência e olhou para mim e minhas condições sem surpresa. O Ronin e o Chefe podiam ter trazido um médico mais modesto, do tipo que trabalhava nos lugares sórdidos em geral reservados às pessoas no ramo de Le Cao Boi, onde confidencialidade era mais importante que competência. Mas esse médico era a versão humana do automóvel ariano, o melhor que o dinheiro podia comprar.

Você falou?, perguntou o Chefe, enquanto o médico muito chique e bronzeado examinava meu corpo outra vez nu. O Ronin e Bon estavam de pé e eu deitado na cama onde não sentira nenhum prazer, o Chefe sentado na única cadeira que havia. O Baixinho continuava por ali, o filho da mãe semissortudo, e deixara cuecas sujas e embalagens de restaurante por toda parte. A situação não melhorou em nada quando ergui o rosto e vi tanto Sonny como o major glutão deitados no teto, sorrindo para mim, mas além deles Beatles, Feio e Horrível, emburrados, fuzilando-me com os olhos, gesticulando, desacostumados como estavam de estar mortos e subitamente aptos a desafiar as leis da gravidade e da percepção.

Pareço ter falado?, respondi. Contei sobre a roleta-russa. Indiquei a arma descarregada que pegara da mão morta de Beatles, o único suvenir do meu tempo na companhia daqueles quatro que eu de fato queria.

Bon segurava a arma e disse, Por mim teria feito a dor deles durar mais. Faltou dizer que salvara minha vida, não que precisasse. Ele não falou, disse Bon. Teria preferido se matar a entregar a gente.

O Ronin assobiou de admiração. Então basicamente se matou. A intenção estava lá. A execução do ato estava lá. Só a bala não estava.

O Chefe pegou a arma da mão de Bon, abriu o tambor e o girou, escutando os cliques como um arrombador escuta os ferrolhos na porta de um cofre. Você é especial, disse ele, referindo-se a mim, não à arma. Muita gente não aceita quando chega a hora da morte. Muita gente já morreu. Muita gente só sobreviveu por sorte. Mas poucos aceitam a morte de peito aberto. E desses, menos ainda sobreviveram. Daqui em diante vou chamar você de meu irmão. Meu caçula. O Chefe virou para o médico. Como ele está?

Sem dúvida o aspecto é uma merda, disse o médico muito chique e bronzeado, algo que na verdade pareceu charmoso em francês. Mas vai sobreviver.

Obrigado, doutor. A gente se vê no seu carro.

Depois que o médico saiu, o Chefe disse, Quer dizer que vai sobreviver. Parecia genuinamente satisfeito quando se levantou e olhou para mim, segurando a arma que me dera. Então virou irritado para Bon e o Ronin e disse, Assim como aquele filho da puta que vocês dois deixaram escapar.

Bon ficou impassível. O Ronin disse, Ele teve sorte.

Sorte? Amador tem sorte. Ou falta de. Achei que fossem profissionais. Não cobriram as saídas?

Os anões estavam esperando do lado de fora, disse o Ronin.

Então por que não pegaram ele?

Tinha uma janelinha no banheiro. Deve ter escutado os tiros.

Ele foi esperto o suficiente pra fugir pela janela mas vocês não foram espertos o suficiente pra pôr alguém vigiando a janela.

A gente cometeu um erro, disse Bon. Vamos cuidar disso.

É bom mesmo, disse o Chefe. De qualquer maneira é tarde demais. Ele vai encontrar os amigos. Agora temos uma testemunha. Odeio testemunhas.

Tecnicamente ele não viu nada, disse o Ronin. Estava no banheiro...

Cala essa boca!, berrou o Chefe.

Erros acontecem, disse o Ronin. Nunca cometeu um erro? Nunca teve má sorte? Não responda. Sei o que vai responder.

Não consegui segurar um gemido, fornecendo um pretexto para o Chefe ignorar o Ronin e olhar para mim. Você é como eu, decretou ele. E Bon. E Le Cao Boi. E o Ronin. Todos nós escolhemos a morte e todos sobrevivemos. Agora você é um de nós.

Passado o choque, comecei a me sentir tão mal quanto meu aspecto dava a entender. Dessa vez não fiquei no Céu e sim fui levado pelo médico muito chique e bronzeado para um hospital particular, reservado apenas aos que ainda tinham considerável riqueza mesmo após os impostos e encargos sociais franceses, a cerca de uma hora de Paris. Acomodaram-me em um quarto mobiliado com conforto, não num leito de enfermaria. Meu roupão era uma nuvem fofa de algodão branco, o sinal da TV era perfeitamente claro, as enfermeiras brancas eram educadas e profissionais, minha dieta era monitorada, a comida era excelente, as paredes de pedra eram grossas e minha janela dava para campos de feno e a paisagem rural de fim de outono. Eu podia relaxar na banheira quente, fazer sauna e caminhar pelo jardim. Era o único não branco no sanatório, outrora um pequeno castelo. Ficava na minha.

Quase toda semana o médico muito chique e bronzeado passava para checar minha recuperação. Trazia livros e revistas, garrafas de vinho e de conhaque, papelotes de haxixe e frascos do remédio, que desaprovava, mas sobre os quais nada podia fazer: eram presentes do Ronin, do tipo que você não podia recusar. Fora as visitas diárias das enfermeiras e dos auxiliares, e as visitas ocasionais do médico, ninguém me incomodava. Eu fazia as refeições no meu quarto e me locomovia sozinho, primeiro com ajuda de um andador, depois de uma bengala, em seguida finalmente de meus dois pés. Tudo era tão silencioso que a única coisa que costumava escutar era a cantoria dos pássaros. Se já estivera no Céu, ali era o Paraíso. Em minha imensa quantidade de tempo livre, dediquei-me exclusivamente a aperfeiçoar meu francês assistindo TV francesa, escutando música francesa, lendo os livros e revistas que o médico trouxera a meu pedido e avançando na leitura de *Pele negra, máscaras brancas* de Fanon. Quando perguntei ao médico sobre a conta, ele disse, Seu chefe cuida disso. Percebi nesse momento que obtivera minha graduação, que tocara no fundo do poço e começava a voltar, emergindo do esgoto com um aspecto de merda, mas lutando para respirar. Eu estava vivo.

Passei a compreender que em se tratando da morte nada tínhamos a temer. Não era essa a lição das grandes religiões? Ou não deveria ser essa a lição? Como Jesus Cristo, eu morrera e ressuscitara, e aprendera que temer a morte era desnecessário, contanto que a pessoa tivesse levado uma vida plena, significativa. Minha vida fora assim, ainda que alguns pudessem considerá-la estúpida e sem sentido. Mas se a vida de alguém vale a pena é uma questão que só pode ser respondida pela própria pessoa e por Deus. E como Deus não existia, só restava na verdade a própria pessoa. Eu não apelava a um deus que não existia antes de dormir, em lugar disso repetia as últimas palavras de *Pele negra, máscaras brancas*: "Minha prece derradeira: Ó meu corpo, faz sempre de mim um homem que questiona!".

O conhaque, o haxixe e o remédio contribuíram todos para minha recuperação. Eu os ministrava num regime que podia ser descrito assim: usar o que quiser quando sentir vontade. E eu sentia muita vontade. No geral, esse regime de medicações não medicinais isolava minha mente do meu corpo e da dor que ele sentia, tanto física como psicológica. Embora o remédio prejudicasse a capacidade de ler em francês, tanto minha fluência verbal como minha sociabilidade aumentavam. Sob a influência do remédio, eu ficava ansioso em conversar com o médico, as enfermeiras e, nas raras ocasiões em que cruzava com algum, os demais pacientes, que me toleravam como seu Le Chinois de estimação. Eu era agora essa figura, o(a) asiático(a) solitário(a) em meio a uma quantidade de pessoas (brancas), uma pequena mancha amarela e ansiosa em uma tela alva que provava como todos eram liberais e tolerantes, como eram tão sofisticados por comer arroz de pauzinho. *Não tinha sempre um Le Chinois*, escrevi para minha tia, *a não ser quando era uma La Chinoise?*

As semanas transcorreram e o inverno chegou. Lia os jornais diariamente, aliviado por não ver nenhuma menção a um massacre em um armazém. Os anões haviam se livrado das evidências e feito uma faxina na cena do crime. Até na criminalidade nós asiáticos éramos discretos e educados. Tirávamos os sapatos ao entrar em casa e descartávamos corpos retalhados de forma limpa e silenciosa. Quem dera fosse possível livrar a própria consciência e a memória da imagem de corpos retalhados! As nações, sem exceção, descartavam corpos retalhados o tempo todo. Como poderíamos manter a cabeça erguida de outro modo, não fossem as valas comuns do nosso esquecimento?

No fim o médico muito chique e bronzeado anunciou que eu estava curado, mas minha condição traía seu diagnóstico. Era verdade que eu não sentia nada, por dentro e por fora, mas isso não seria um problema? E por que sentia necessidade constante do remédio quando não estava entorpecido? A resposta devia ser que mesmo que VOCÊ não tivesse disparado uma bala real no meu cérebro, VOCÊ havia disparado uma bala invisível na minha mente. Para a maioria o resultado seria provavelmente desastroso. Mas eu sobrevivera muito mais que a maioria, e nada, até então, dera cabo de mim. Eu não era mais um homem, pela definição convencional, mas um super-homem. Era o Bastardo Maluco. A bala invisível atravessando minha cabeça não explodira minha cabeça, mas meio que pusera os pedaços de volta no lugar. Você e mim, eu e eu mesmo, enfim reunidos. Ou, para dizer de outra forma, eu e eu mesmo juntos éramos a resposta à pergunta mais importante que havia, a pergunta que todos nós, em algum momento, nos fazíamos, ou fazíamos a outros, ao menos em pensamento:

QUEM

VOCÊ ESTÁ PENSANDO

QUE É, CARALHO?

A calma que descera sobre mim no Paraíso me lembrou da calma que descera sobre o barco após atravessarmos a caótica tempestade. A única coisa que se ouvia era o marulhar das ondas contra o casco e as lamúrias dos sobreviventes. Graças a Deus!, disse o padre. Graças a Deus! Passamos pela tempestade e continuamos vivos! O pior já passou! Claro que o padre estava errado. O dia seguinte traria os alegres piratas.

Pensando naquele padre e em seus delírios sobre o divino, revoltei-me contra mim mesmo. Qual o problema comigo, porra? Eu tinha um punhado de pacotinhos de plástico transparente do tamanho de saquinhos de chá contendo o pó branco. Cada um era uma pequena passagem para a lua, só que infelizmente de ida e volta. No auge da viagem a pessoa podia se iludir de que estava tocando a face de Deus quando na realidade não estava tocando em nada. O remédio era uma religião como qualquer outra, uma religião artificial, e eu era ateu. Não queria ser um viciado como os bilhões de fanáticos para quem a religião era o ópio das massas — ou o ópio era a religião das massas? —, assim rasguei um papelote e despejei o pó na privada. Então dei descarga.

Fizera isso com o terceiro papelote e estava para abrir o quarto quando de repente escutei a voz do haxixe. *Perdeu o juízo?* Hesitei. Bom, sim, talvez tivesse perdido o juízo, ao menos em uma das mentes. *Isso que está jogando na privada é coisa de primeira!* É verdade, mas não fez bem para mim. *Tem ideia de quanto vale?* Eu tinha, perfeitamente. *Mais que o peso em ouro!* Certo, mas... *Pensa um pouco. Não toma uma decisão apressada. Nunca se sabe quando vai precisar.* Os dois papelotes de pó branco em minha mão não disseram nada. Ao contrário do haxixe, o remédio não precisava falar. O haxixe podia ser o profeta, mas o pó branco era Deus.

Foi ideia do Chefe, ou talvez do Ronin. Vieram me visitar após o Ano-Novo, perto do fim da minha estada no Paraíso, e tocaram no assunto de BFD. Apesar do frio, sentamos em um banco verde no jardim, eu no meio com o Chefe de um lado e o Ronin do outro.

Odeio aquele bastardo escroto, disse o Ronin. Sem ofensa. Tem bastardos e bastardos, e no seu caso você não teve escolha. Esse cara é um filho da puta por opção, ou criação, mas seja como for...

O que ele tem a ver com o seu negócio?, falei.

Extorsão é sempre bom negócio, considerando como rola. Mas, fora o lado financeiro, vamos dizer apenas que estou fazendo isso porque sou bonzinho. Detesto o cara também por causa da política dele. E do presidente socialista dele. Não é o meu presidente. Os soviéticos dominaram o Afeganistão e tem milhares de tanques soviéticos do outro lado do desfiladeiro de Fulda. Os comunistas estão prestes a invadir a Europa Ocidental e os franceses cometem a burrice de eleger um socialista? Alguém devia ter acabado com ele na juventude, quando não teria feito diferença. Talvez eu não consiga encostar a mão no presidente agora, mas posso cuidar desse filho da puta antes que faça realmente alguma diferença. Sobretudo com você tão próximo dele.

Eu não diria próximo.

Próximo o suficiente. Só precisa levar ele para o Céu.

O que vou ganhar com isso?

Dá pra comprar um belo carro esporte com a grana. Viajar pelo mundo. Morar no Céu por um ou dois anos.

Estou adiantando sua primeira parcela, acrescentou o Chefe. Vou promover você do restaurante para meu bar novo.

Tem um bar novo?

Chama-se Opium, disse ele com uma ponta de orgulho. Fui eu que dei o nome. Que tal?

Incrível quanta coisa conseguiu num espaço de tempo relativamente curto, falei, puxando seu saco, lambendo suas botas e afagando seu ego da maneira que eu conhecia tão bem, ou seja, tudo ao mesmo tempo. Tem tino de verdade para os negócios, Chefe.

O Ronin começou o investimento pra mim faz muitos anos. Já estava tudo pronto por aqui antes da queda de Saigon. A pessoa precisa estar preparada para as contingências.

É o que Claude diria, pensei.

Você vai adorar. Fica numa parte chique da cidade, o Quartier Latin, aonde qualquer turista gosta de ir. Os bancos são de couro. Todo tipo de bebida de todo preço. Garçonetes gostosas trazendo cachimbos de água para fumar do bom e narguilés para algum sabor exótico. Os quartos imitam um antro de ópio chinês. Só insinuam, sem ópio de verdade.

Genial, falei. Muito… sugestivo. Mas e BFD — por que acha que pode se interessar? Em ir para o Céu?

Ele gosta de mulher. Certo, quem não gosta? Mas no caso dele é demais. Bem mais que a média. E o homem está disposto a abrir a carteira pra isso. Leva ele que a gente cuida do resto.

Que resto?

Você vai ver, disse o Chefe. Tem coisa melhor até que o Céu.

12

No dia em que minha tia viria me buscar no sanatório, saí de manhã para um último passeio pelo campo. Quanto tempo fazia que estava ali? Quase dois meses? Não conhecera um período de descanso como esse em anos. Não me debulhara em lágrimas sequer uma vez, tampouco sentira o pêndulo do meu humor balançar drasticamente demais. Fora quase… feliz. Nada me tirava do sério, nem mesmo o presente trazido por minha tia em uma de suas visitas. Um novo livro do nosso velho amigo, ela disse. A gente vai traduzir. Quase me encolhi à visão do nome na capa — Richard Hedd, autor do *Comunismo asiático e o modo oriental de destruição*, que usáramos como criptograma para trocar mensagens cifradas. O título de seu novo livro, em inglês, era *As origens orientais do Império do Mal.* O outro nome na capa era do homem que endossava a obra, Henry Kissinger, creditado como "Ganhador do Prêmio Nobel da Paz", uma piada tão engraçada que tive que rir. Se esfaqueasse alguém na rua, eu seria um assassino. Mas se como Kissinger, conselheiro de segurança nacional do presidente Nixon, fosse favorárel a frotas de bombardeiros despejando toneladas de bombas em milhares de inocentes, era um estadista. E se negociasse um acordo para suspender temporariamente minha guerra de pacificação podia ser louvado por trazer a paz. Se Hitler tivesse vencido, também poderia ter ganhado o Nobel, uma vez que nada resultava numa paz mais efetiva do que exterminar o máximo de inimigos possível.

Mas estou fugindo do assunto. Eis o que Kissinger tinha a dizer sobre a obra: "Uma exploração esclarecedora e incisiva da mente soviética, cuja pior inimiga, como mostra Hedd com efeito devastador, é ela própria". A tese do livro estava resumida em letras maiúsculas na quarta capa:

ESTA ANÁLISE PENETRANTE DE UM AUTOR SEMINAL REVELA COMO A UNIÃO SOVIÉTICA NÃO É DE FATO EUROPEIA, MAS ANTES *ORIENTAL*. EMPRESTANDO NOVO SIGNIFICADO AO TERMO "DESPOTISMO ORIENTAL", RICHARD HEDD MOSTRA COMO O LESTE É LESTE E O OESTE É OESTE QUANDO O QUE ESTÁ EM JOGO É COMUNISMO VERSUS DEMOCRACIA.

Quer dizer que os comunistas agora eram orientais? Fiquei tão desconcertado, carregando como carregava a mácula tanto do comunismo como do orientalismo, que admito que ainda não lera o livro nesse último dia no Paraíso. Preferia mil vezes passar meu tempo ocioso escutando repetidamente as canções de Johnny Hallyday, numa tentativa inútil de compreender seu apelo musical, enquanto lia fofocas de celebridades na *Paris Match* (onde vim a saber que o prefeito de Paris e sua esposa haviam adotado uma bebê vietnamita, destino que invejei). Mas para essa última caminhada levei o livro de Hedd, prevendo que precisaria mostrar para minha tia como apreciara o presente.

Sentei em um banco sob um gazebo e abri o livro, folheando-o rapidamente até o final — 512 páginas! — e lendo as primeiras linhas da última página:

> Devemos renovar nosso comprometimento com a democracia e a vitória, porque a democracia e a vitória não são inevitáveis. Possuímos a vantagem de um sistema de pensamento e crença democráticos superior — na verdade, excepcional —, herdado dos gregos e refinado ao longo de milênios. Eles, porém, possuem o poder bruto. Não hesitam em trucidar milhões, mesmo que esses milhões sejam sua própria gente. Como a história mostra, a brutalidade às vezes prevalece. Os soviéticos tentam demonstrar essa triste e feia verdade mais uma vez no Afeganistão. Devemos nos comprometer a fazer com que o Afeganistão seja o Vietnã deles.

"Vietnã deles"? O que isso queria dizer? Era como dizer, Sempre teremos Paris? Mas a questão é que, quando as pessoas diziam "Paris", queriam dizer croissants folheados, a Torre Eiffel, um passeio de barco pelo Sena como o de Cary Grant e Audrey Hepburn em *Charada*, uma bela taça de Sancerre, contemplar a Notre-Dame ao som do acordeão tocado por um mímico de boina e camiseta listrada e assim por diante para todo o sempre amém. E, Deus me ajude — uso "Deus" aqui no sentido figurado —, eu também acreditava nessa Paris! Uma Paris que existia tanto quanto Deus. Mas quando um homem como Richard Hedd dizia "Vietnã", o que ele e a maioria de seus leitores pensava era napalm, menina queimando, bala na cabeça, multidões sem rosto sob chapéus cônicos trajando um preto básico que, dadas as circunstâncias certas, teria sido o auge da alta-costura em Paris. "Vietnã", em suma, era guerra, tragédia e morte, e assim por diante para todo o sempre, e como, eu precisava saber, deixaria algum dia de ser desse jeito?

Quando minha tia apareceu para me buscar eu continuava roendo o osso desse questionamento. Havia tantos outros ossos no passado, à espera de serem escavados, que nunca me faltaria algo com que ocupar os dentes. Eu queria parar, de verdade, mas alguém culpado como eu não tinha o menor direito de fazer isso. Talvez tivesse o direito de esquecer o passado apenas se tivesse sido punido por meu crime. O problema era que, embora tivesse sido punido bastante impiedosamente no campo de reeducação, foi por um único crime, presenciar policiais do sul treinados pela CIA estuprando a agente comunista sem tentar impedi-los. Enquanto isso, todos os meus outros crimes passavam impunes: trair Bon, ajudá-lo a matar o major glutão, matar Sonny e, mais recentemente, estar implicado na morte de Beatles, Feio e Horrível. Pelo menos afinal pedira desculpas a Sonny e ao major glutão. Um pedido de desculpas era um começo. Mas se isso era o começo, onde terminava?

Minha tia parou na entrada do Paraíso em um charmoso conversível italiano emprestado por BFD. Nada como ter amigos e benfeitores ricos, ela disse. Contei-lhe que meus cuidados médicos tinham sido pagos por meu generosíssimo chefe, que ficou preocupado com meu colapso nervoso, o que era uma mentira beirando a verdade. Eu estava nervoso, e cometia meus lapsos. Como está se sentindo agora?, disse ela, manobrando diante do Paraíso.

Virei para observar a casa de fazenda convertida décadas antes no escritório do Paraíso e suspirei nostalgicamente. Nunca tinha morado em um lugar tão bom quanto aquele em toda a minha vida e só o que precisei fazer para viver ali foi morrer. Excelente, falei, mas quando percebi que não acreditou em mim senti necessidade de mais explicações: Passei sete semanas sem fazer nada. Essas sete semanas mais pareceram sete meses...

Acho que devia voltar a morar comigo. Não sei se esse seu trabalho no restaurante está fazendo bem pra você. Ou morar com Bon. Não pode estar fazendo bem, se teve um colapso nervoso. Pode dormir no meu sofá e não precisa pagar aluguel.

E a sua comissão no haxixe?

Isso continua enquanto estiver vendendo para os meus amigos. Mas de resto volta a estudar e se concentra no seu francês. Ela relanceou o exemplar de *Pele negra, máscaras brancas* no meu colo. Leu mesmo isso em francês?

Li, respondi. Meu francês está muito bom agora, praticamente de volta ao que era quando saí do liceu.

Aquilo era francês escolar colonial. Não pode esperar ser francês a menos que seu francês seja perfeito, disse ela. Mesmo nos Estados Unidos, se você fala um inglês perfeito mas tem essa aparência que a gente tem, não é americano de verdade, certo?

Seu argumento não dava muita margem a discussão, mas eu disse, Você se acha totalmente francesa? E que os brancos acham que é francesa?

Claro que sou francesa! A gente aqui não é como americano, racista de verdade. Olha como tratam os negros. A escravidão! Linchamentos! Segregação! Estupros! Uma perpétua cidadania de segunda classe. Meu Deus, como deve ser horrível ser negro nos Estados Unidos. Lá, você nunca deixa de ser negro. Qual é o modismo que usam agora? "Afro-americano"? Imagina ter que viver o tempo todo com um hífen dividindo você! Aqui qualquer um pode ser francês. Mas precisa querer ser francês. Precisa se olhar no espelho e ver uma pessoa francesa, não um asiático ou alguém de alguma outra cor. Quer ou não quer ser francês?

Hesitei. Parte de mim de fato queria, a parte que não conseguia deixar de ficar com água na boca diante de uma tenra barra de foie gras. Poderia ter sido francês se meu pai tivesse me reconhecido como seu filho, mas em vez disso me rejeitou, rejeição que pouco diferia do alheamento que constituía o principal ingrediente para apreciar o foie gras, pois se pudéssemos ver como era feito, com o fazendeiro alimentando o pobre ganso à força por um funil com quantidades enormes de cereais até seu fígado estar prestes a estourar, talvez não mostrássemos tamanho gosto pela iguaria, que, como tantas, tinha o tempero do sofrimento. Mesmo assim, fiquei com vontade de dizer sim, mil vezes sim sim sim…

Quer ou não quer ser francês? Lá estavam elas, as mãos da cultura e da civilização francesas sendo-me estendidas por minha tia, a encarnação viva do que eu podia ser, ou do que a França prometia. Tudo que eu tinha a fazer era dizer…

Não, falei. Não quero.

Então é aí que está o problema.

Eu era o problema, claro. Eu era sempre o problema. Quando me olhava no espelho, via uma pessoa que não era francesa nem americana nem vietnamita. Não, eu não era uma nação. Eu era ninguém, na melhor das hipóteses negação, na pior bastardo. Extraía coragem de Fanon, que escreveu do ponto de vista do negro, que também era uma espécie de bastardo, ao menos aos olhos dos negrofóbicos. Seu dilema também era o meu dilema: "Ao me dar conta de que o negro é o símbolo do pecado, eu me vejo odiando o negro. Mas percebo que sou um negro. Para evitar esse conflito, existem duas soluções. Ou peço aos outros que não deem atenção à minha pele; ou, pelo contrário, quero que se deem conta dela". O negro não tinha como negar que era negro, assim como eu não tinha como negar que era um bastardo. Enquanto o povo em geral se alienava sob o capitalismo, como Marx argumentou, de modo que até a classe média era infeliz a despeito de sua riqueza, as pessoas de cor — entre as quais eu me incluía — eram duplamente alienadas porque o racismo combinava suas experiências sob o capitalismo ao parceiro de dança dele, o colonialismo. Havia uma única solução para essa alienação criada não pelo negro ou pelo bastardo, mas pelos verdadeiros filhos da mãe, os racistas e colonizadores que punham na vítima a culpa pelas condições criadas por seu algoz. E essa solução era "pairar por cima desse drama absurdo que os outros montaram ao meu redor, descartar esses dois termos que são igualmente inaceitáveis e, por meio de um particular que seja humano, avançar rumo ao universal".

Sim! Eu também era universal, e minha identidade universal era ser eu e inteiramente eu, ainda que fosse completamente pirado, e não é isso que os franceses queriam? Os franceses viam nosso passado comum como uma ocorrência trágica da história, uma romântica história de amor que não deu certo, o que estava em parte correto, ao passo que eu via nosso passado como um crime cometido por eles, o que estava totalmente correto. E em quem você vai acreditar? No estuprador ou no produto do estupro? No civilizado ou no bastardo?

Espero que decida ficar aqui, prosseguiu minha tia. Mas vou avisando que tem uma pessoa hospedada comigo por algumas noites.

Deixa eu adivinhar. As chances são meio a meio. Nosso amigo, o ph.D. maoista?

Não.

BFD?

Não falei que seu convencionalismo era deprimente? A gente só dormiu junto, nunca ia deixar nenhum dos dois ficar mais de uma noite. Eu te apresento a ela depois do espetáculo.

Minha tia era tão cheia de surpresas que de certo modo isso nem me surpreendeu.

Rodamos por um bairro cujas ruas eram mais estreitas do que a mente francesa média, encontrando finalmente um lugar para estacionar perto da esquina da Mutualité, onde o espetáculo cultural do Tết da União aconteceria. Dobrando a esquina da Rue Saint-Victor a pé, vimos uma multidão ruidosa diante do salão, duas ou três dúzias de vietnamitas, pelo jeitão da coisa, afirmando seu galicismo ou sua aspiração ao galicismo com a participação no passatempo nacional francês mais popular de todos, protestar. Os cartazes diziam O COMUNISMO É MALIGNO, ABAIXO O COMUNISMO, HO CHI MINH É UM ASSASSINO e assim por diante, ad nauseam. Gritavam essas e outras palavras de ordem em vietnamita, enquanto as pessoas que entravam no salão falavam em francês inaudível. Os manifestantes exsudavam esse *je ne sais quoi* de refugiados recentes. Seriam as calças de barra justa dos homens, chamando a atenção para os sapatos sujos de terra? Ou o démodé cabelo escorrido das mulheres?

Oh là là, murmurou minha tia, o que interpretei como significando que se sentia pouco à vontade na presença de tantos vietnamitas não apenas se encontrando para uma encantadora afirmação de suas origens, como uma refeição ou um espetáculo cultural, mas *fazendo barulho*. Barulho não era algo que os vietnamitas fizessem na França. Barulho era algo que os vietnamitas no Vietnã ou nos Estados Unidos faziam. Os descendentes de vietnamitas na França eram calados, discretos, charmosos e, acima de tudo, inofensivos. Eram de uma classe melhor, ou haviam sido até então, imaginando-se franceses (os mais assimilados) e exilados (os mais individualistas). Mas não havia nada assimilacionista nem individualista naquela multidão de refugiados cafonas.

Comunistas!, berrou uma mulher, apontando para nós. Fiquei com vontade de responder, Ex-comunista, por favor, mas me segurei. Minha tia, por outro lado, devolveu o dedo apontado e disse, O comunismo unificou e libertou o país. Foi gente como você que manteve o país dividido e agora quer dividir a gente com seu anticomunismo.

Sua piranha estúpida…

Piranha estúpida é *você*, sua vaca…

A pessoa não podia ser tanto uma piranha como uma vaca, mas um bastardo talvez não tivesse direito de dizer aquilo. Empurrei minha tia pela porta, sem conseguir me decidir se ela estava sendo vietnamita demais ou apenas parisiense demais, uma vez que a grosseria era uma segunda natureza para ambas as culturas.

Que constrangedor, murmurou ela assim que passamos pela porta. Que gente!

De fato, murmurei em resposta enquanto o presidente da União emergia da multidão presente à recepção que antecedia o espetáculo. Estava em um estado de considerável aflição. Meu amor, falou para minha tia, pois já se conheciam, que gente é essa?

Essa gente é a nossa gente, fiquei com vontade de dizer, mas isso não era inteiramente verdade. Os manifestantes ali fora se viam como vietnamitas que calhavam de estar na França, ao passo que as pessoas ali dentro se viam como franceses que calhavam de ter uma ligação com o Vietnã. Considerando essas duas opções, ser um bastardo talvez não fosse tão ruim, afinal de contas. Avistei Bon, que sempre aceitara minha bastardia, no foyer. Estava parado em um canto, camuflado como humano: rosto barbeado, cabelo escovado e terno trespassado cinza aceitável com um enchimento exagerado nos ombros, uma composição, como presumi, que podia ser creditada a Loan. Eu não o via assim tão apresentável ou tão pouco à vontade desde antes da queda de Saigon, quando Linh o fazia se vestir como um adulto.

Não está mais com aquele aspecto de merda, disse Bon, a título de cumprimento.

E você está parecendo um ser humano normal, respondi.

Ah, é? Porque por dentro me sinto uma merda. Devia estar lá fora, com a Associação.

Associação?

Associação pelo Povo Vietnamita Livre. Decidiram que não vão deixar os comunistas da União falarem em nome de todo o povo. Eu devia estar com eles protestando contra essas pessoas, não aqui dentro fingindo ser amigo delas.

Notei Loan vindo e disse, Está fazendo isso pela Loan, não por si mesmo.

Ele fez um esgar e parou de falar quando Loan se aproximou, vestida em um *ao dai* vermelho de seda com calça amarela de seda, que tanto podiam ser as cores da bandeira anticomunista (se olhada de um jeito) como da bandeira comunista (se olhada de outro). Fosse como fosse, a jovem que trajava essas cores era parecida com as graciosas donzelas que simbolizavam nosso país nas pinturas de laca e gravuras de madrepérola encontradas em praticamente qualquer lar e por certo em qualquer lojinha de antiguidades. Bon se animou e sorriu carinhosamente, o que foi meio constrangedor, uma vez que o Bon que eu conhecia e amava era um assassino melancólico. Querido, ela disse, e Querida, ele respondeu, deixando-me completamente perplexo, pois o mundo era um lugar muito confuso se Bon conseguia encontrar amor enquanto eu, alguém habituado a me apaixonar de tantos em tantos meses, não. Loan me convidou para jantar em seu apartamento, insistindo com extrema simpatia. Fiquei comovido com sua hospitalidade, lembrando-me da humanidade — não apenas sua, mas também minha.

É uma honra, falei.

Você está muito elegante, falou a título de despedida quando se afastou para cumprimentar alguns amigos que haviam conseguido passar pelo protesto. Embora uma parte de mim soubesse que era mentira, minha outra parte queria acreditar nela. Talvez eu estivesse de fato em vias de voltar à humanidade, tateando cegamente, com o auxílio de pequenos gestos bondosos. Bon arruinou meu estado de espírito quando sussurrou, Tenho uma coisa para te mostrar, e tirou uma foto do bolso interno do blazer. É uma foto do filho da mãe.

De início achei que se referisse a mim, mas a imagem era de outra pessoa, um homem de fedora marrom, sobretudo azul-escuro e... máscara branca. Diferente das máscaras da tragédia e da comédia, o choro e o riso, essa máscara era lisa, sem detalhes característicos e sem expressão, cobrindo a maior parte do rosto, exceto pelas fendas para os olhos e a boca. Atrás dele, uma pedestre havia se virado para olhar por cima do ombro, preocupada e perplexa diante de um homem usando máscara. Pelo menos não estava horrorizada e chocada diante de um homem sem rosto.

Acha que é ele?, falei, limpando as beiradas da foto.

Sei que é. Estava saindo da embaixada. Fiquei num café do outro lado da rua por vários dias e várias noites esperando uma chance. Pretendia ir atrás, mas ele entrou num táxi e não consegui encontrar um. Acho que está morando na embaixada e dificilmente sai. Vamos até o banheiro.

Vai você, não quero.

Vamos até o banheiro.

Fui atrás dele, parando brevemente para cumprimentar os boêmios da União que haviam se tornado devotos do haxixe e do remédio. Estudantes, advogados, dentistas, médicos e assim por diante, pessoas respeitáveis que também gostavam de expandir a mente discretamente.

Não pode fazer isso pra sempre, disse Bon no banheiro. Isso não tem futuro.

Olha quem fala.

Vou cuidar do homem sem rosto e depois estou fora, disse Bon. Peço demissão.

Não pode se demitir de uma gangue, falei, na vã esperança de que pensasse em outra coisa. E o Chefe quer que cuide do Mona Lisa.

Certo, ele merece morrer depois do que fez com você. Então *depois* que cuidar dele me aposento.

Acha que o Chefe vai deixar?

Ele sabe que se não deixar é um homem morto.

Falou isso pra ele?

Caras como ele, eu e o Ronin não precisamos conversar. A gente só precisa ver a expressão nos olhos um do outro. São caras como você que precisam conversar. Você morre se tiver que ficar sem falar. Não sabe o que fazer com você mesmo. Pelo menos pode fazer alguma coisa significativa me ajudando a matar o homem sem rosto. Pena que não está aqui esta noite.

Fiquei secretamente aliviado, mas disse, Não sabia que estava à espera dele.

O embaixador veio.

Considerando que o homem sem rosto não tem rosto, presumo que não seja muito social. Mas você sempre pode matar o embaixador.

Se fizer isso nunca vou ter chance de matar o homem sem rosto.

Se matar o homem sem rosto nunca vai ter chance de matar o embaixador.

Você me pegou. Bon deu de ombros. Então também quero vingança. Qual o problema com isso?

Tecnicamente falando, nenhum. Além do mais, tecnicamente falando, como planeja pegar o homem sem rosto se ele mal sai da embaixada?

Tenho um plano.

Outro plano? Meu coração acelerou um pouco. Quando pretendia me contar?

Estou contando agora. Puxou um envelope do bolso do blazer. Dentro havia duas entradas para *Fantasia VIII: Ao vivo em Paris* no mês seguinte, com after party no Opium. Quando desdobrei o folheto que havia no envelope, *ela* foi a primeira coisa que vi, a mulher por quem nunca deveria ter me apaixonado, sua cabeça jogada para trás, os cabelos esvoaçantes, os lábios vermelhos ligeiramente separados para revelar apenas uma insinuação de seus dentes alvos e talvez, apenas *talvez*, a ponta de sua língua. Meu corpo ainda se lembrava do contato com essa língua. Lana. Duas sílabas, dois toques da língua em meu palato. *L-l-laa-naa!* Teria sido assim que gemi seu nome quando fizemos amor, transamos, metemos, trepamos, ou talvez todas essas coisas ao mesmo tempo, todos aqueles anos antes? Laaaannnnnaaaaaaaa!

Oh, falei.

Oh, de fato. Vai ter uma chance de encontrar seu antigo amor no Opium. Ou até antes, se ela estiver disposta a fazer algo mais privativo.

Qual é o plano?

Nosso homem sem rosto viu celebrações do Tết a vida inteira. Não está em Paris para mais uma. O que veio fazer aqui não sei. Mas vai assistir *Fantasia*.

Porque ele aprecia a vida cultural?

Porque é vietnamita. Todo vietnamita de Paris vai estar nesse espetáculo, até os que acham que são franceses.

Até os comunistas?

Ficaram privados de bom entretenimento por muito tempo. Ele sorriu. Especialmente esse comunista. O comissário. No campo de reeducação rolavam uns rumores de que esse comissário era meio corrupto. De que gostava de música ocidental. Pop e rock. Baladas. Do troço nocivo, a música amarela.

Fiz que sim com a cabeça. Era verdade. O troço nocivo, a música amarela, era a minha coleção de vinil, que eu dera para Man antes de ir embora de Saigon, com destaque para Elvis Presley, Platters, Chuck Berry e, claro, Beatles e Rolling Stones. Man levara os discos para o campo de reeducação, embora eu nunca tivesse chegado a escutá-los por lá. Mas não mencionei meus preciosos álbuns. Em vez disso falei, O que vai acontecer com você e com Loan se forem pegos? Loan pode ou não ser comunista, mas com certeza é no mínimo de esquerda. Uma simpatizante. Caso contrário não ficaria na mesma sala com o embaixador. Isso não deixa você…

Não esquenta com a Loan, interrompeu.

Eu tocara em um nervo exposto, não porque tive intenção, mas porque havia muitos nervos expostos à espera de serem tocados. Ou será que uma parte de mim — eu mesmo, digamos — quisera cutucar esse nervo?

Como disse, estou me aposentando. Vou cuidar do homem sem rosto e depois me casar com a Loan.

Fiquei tão atordoado que não tinha nada a dizer para mais um plano que ele mantivera em segredo. Bon sorriu com o efeito causado pelo anúncio e, para aumentar seu prazer, enfiou a mão às costas sob o blazer e puxou uma arma escondida na cintura. Não era a arma que apontaria para mim mais tarde, mas a arma do Mona Lisa, o revólver com que eu me matara. Um presentinho para você, disse, entregando-a para mim. O contato com a coronha pareceu familiar, assim como o peso. O revólver pesava mais ou menos tanto quanto uma alma, ou cinco almas, ou talvez até três ou quatro ou seis milhões de almas. Por que não? Almas mortas, afinal, não pesavam quase nada.

13

Fomos aos bastidores e vestimos o figurino para o primeiro quadro, onde encenávamos agricultores. Na vida real essas roupas estariam na melhor das hipóteses empapadas de lama e suor e, na pior, totalmente remendadas. Mas aquele era um espetáculo cultural oficial, em comparação a um extraoficial, de modo que nossas camisas marrons e calças pretas estavam tão apresentáveis, limpas e secas quanto nossos pés descalços. Vestido desse modo eu me dirigira a meu lugar nas coxias com os demais dançarinos quando o presidente subiu ao palco. Suas palavras levaram o dobro do tempo necessário, porque bilíngues, e comecei a cochilar quando enfim terminou após falar da história da União, da importância da cultura vietnamita e da gratidão dos vietnamitas à França, embora nada mencionasse sobre a Associação, que protestava do lado de fora. Em seguida ele apresentou o embaixador vietnamita e quase dei um grito. O embaixador procedeu a similar tortura do público com um suflê bilíngue de clichês coberto pelo creme batido dos elogios hiperbólicos prodigalizados sobre a cultura francesa. Era necessário talento de verdade para usar tantas palavras em duas línguas sem dizer nada.

A essa altura minhas coxas choravam em silêncio, assim como o restante de mim, pois todos nós camponeses estávamos acocorados sobre os tornozelos, postura que remonta a milênios, mas que eu, ocidentalizado, não praticava havia séculos. Sendo um bastardo, talvez não estivesse geneticamente apto a me agachar desse jeito, algo que minha mãe podia fazer o dia inteiro, atiçando o fogo, cozinhando ou cuidando de bebês e crianças pequenas em troca de algum dinheiro. Dava para perceber o constrangimento também entre os demais camponeses, saídos de uma burguesia francesa urbana e que muito provavelmente nunca sequer pisaram na terra coberta de esterco de qualquer um de seus lares ancestrais. Os agricultores de araque mudavam o peso do corpo de um tornozelo para outro e se esforçavam para não fazer careta, e quando o embaixador por fim terminou, todos se prepararam para ficar de pé imediatamente. Então o presidente voltou ao pódio e disse, Agora, nosso próximo orador…

Gemi baixinho, assim como os demais, exceto Bon, que apenas grunhiu, inabalável nas ancas flexionadas. O presidente apresentou o convidado de honra da noite, um "amigo do Vietnã e do povo vietnamita" e um "revolucionário de Maio de 1968". Era — quem mais? — BFD. Minha tia mencionara que ele estaria ali, fazendo um discurso sem dúvida enlatado que ameaçava me intoxicar com o botulismo das ideias vencidas. Era subprefeito de outro arrondissement, o décimo terceiro, mas que presenciava cada vez mais recém-chegados vietnamitas, todos refugiados que odiavam os comunistas, possivelmente incluindo alguns dos manifestantes. Para qualquer um daqueles refugiados, um socialista era apenas um comunista mais bem-vestido, usando rosa em vez de vermelho, um defensor da redistribuição obrigatória da riqueza mediante impostos, benefícios e Estado de bem-estar social, não por meio da reforma agrária, dos coletivos econômicos e do estado policial. BFD não conseguiria nada com aqueles manifestantes, mas queria provar seu apoio entre vietnamitas de uma variedade ideológica diferente e de uma classe melhor, ou assim disse minha tia.

Uma classe melhor de povo?, exclamara eu. Não é meio irônico um socialista dizer isso?

Se tem uma coisa que os franceses são é irônicos.

Bem, que povo não era irônico? Por acaso havia algum exemplo de nação que não dizia coisas grandiosas e agia por baixo dos panos? BFD subiu ao palco como a encarnação ambulante da ironia, um homem do povo usando um terno tão caro que daria para alimentar uma aldeia. Era ao mesmo tempo um funcionário eleito cortejando um eleitorado que não era seu. Talvez pensasse que seu discurso convenceria parte do público a morar em seu arrondissement e a votar nele. Ou talvez seguisse o exemplo de Sartre, que, a despeito de ser um radical comprometido, também se juntara ao coro da ajuda aos refugiados vietnamitas que fugiam do comunismo. Ou talvez BFD, como todo político, não conseguisse resistir a esse que era o exercício político mais fundamental de todos, suar sob um holofote.

Meus caros amigos, começou. É um grande prazer estar aqui celebrando a cultura vietnamita com vocês esta noite. Somos dois povos, franceses e vietnamitas, com uma longa história que também merece celebração. (*aplausos*) Vocês são parte da França há muito tempo e são um lembrete da grandeza da cultura francesa e da cultura vietnamita, nem sempre apreciada pelos franceses. Quando chegamos ao Vietnã, nem sempre nos comportamos da maneira apropriada. A colonização foi um erro, meus amigos. Os franceses nunca deveriam ter tirado a independência de outro país. (*aplausos*) Quando se insurgiram contra nós, os vietnamitas nos ensinaram uma lição dolorosamente necessária. Mas em 1968, muitos de nós — incluindo eu — permanecemos do lado certo da história ao apoiar Ho Chi Minh. E a França como um todo ficou do lado da paz. Não preciso lembrar que os acordos de paz que puseram fim ao imperialismo americano no Vietnã foram assinados aqui, em nossa gloriosa cidade! Vamos torcer para que os imperialistas americanos também tenham aprendido sua lição no Vietnã. Se aprenderam, um dia também vão agradecer a coragem do povo vietnamita! (*aplausos*) Por mais lamentável que a colonização francesa tenha sido, nunca cometemos os mesmos horrores dos americanos. E deixamos uma *cultura* quando saímos. Por causa disso, espero que o povo vietnamita tenha perdoado os franceses. Fomos à Indochina com intenções nobres. Levamos a liberdade, a igualdade e a fraternidade. (*aplausos*) Construímos estradas. Construímos canais, drenamos pântanos. Construímos Saigon. Construímos liceus e universidades para que todos tivessem acesso a uma educação e ao governo de seu país, não apenas os mandarins. Treinamos os artistas que produziriam as gloriosas pinturas de Ho Chi Minh e seus combatentes da liberdade. E não teria havido nenhum Ho Chi Minh, nem seus aliados, sem a França. Trouxemos estudantes vietnamitas e lhes demos as ferramentas para fazer sua revolução — contra nós! Em suma, tudo tem seu lado bom e ruim. E conheci muitos vietnamitas felizes aqui na França, onde se sentem em casa. Claro que sim! Porque a França é seu lar! Vocês vieram para casa! (*aplausos*) Sua presença na França nos mostra que podemos deixar o passado para trás. Sua presença nos diz que somos todos franceses. Sua presença na França prova a grandeza da nossa cultura francesa. Longa vida à República! Longa vida à França! (*aplausos*)

Como eu continuava conseguindo enxergar qualquer questão pelos dois lados, a despeito das terríveis câimbras nas coxas pude perceber que BFD não estava totalmente errado. Talvez até estivesse certo. E a julgar pela ovação entusiasmada do público, é evidente que muitos concordavam com ele. E por que não concordariam? Claro que se sentiam em casa aqui! Provavelmente acontecia de eles, seus pais ou até seus avós sentirem-se em casa em relação à França *quando ainda viviam no Vietnã*! Os vietnamitas que vieram à França e não se sentiram em casa voltaram ao Vietnã para combater pela revolução ou foram deportados pelos franceses, que suspeitavam de não serem franceses o bastante. Esses eram os vietnamitas que acreditavam tão sinceramente na liberdade, igualdade e fraternidade que não viam os parênteses usados pelos franceses no lugar de um hífen: "liberdade, igualdade e fraternidade (mas ainda não, pelo menos pra vocês)". Desconcertados, esses revolucionários se tornaram os vietnamitas impalatáveis, aqueles que não podiam engolir a França e não podiam ser engolidos. Quanto aos vietnamitas que permaneceram aqui, a cultura francesa ruminava a seu respeito desde que estavam no Vietnã. Na altura em que chegaram à França, já estavam, como certos tipos de queijo, muito macios e fáceis de digerir, qualidades herdadas por seus filhos ideologicamente pasteurizados.

O espetáculo cultural que realizávamos — no momento em que pudemos afinal ficar de pé, trêmulos e com as pernas dormentes — era feito para o consumo fácil. Um espetáculo cultural hostil e crítico teria sido bem interessante para alguém hostil e crítico como eu, mas meu gosto era um tanto quanto anticonvencional. Para a maioria das pessoas, espetáculos culturais são dioramas representando uma hospitalidade mútua, não a violência amorosa ou o amor violento que caracterizava a exibição de poder encenada pelos franceses em suas colônias. Nesse caso, o presidente preparara um roteiro para nosso musical que talvez fosse vagamente autobiográfico, ou pelo menos não fantástico por inteiro. Era uma história de amor, narrada nebulosamente em retrospecto por um médico próspero de meia-idade, sobre o jovem de uma família rural pobre que, graças ao trabalho duro e à benevolente cultura francesa, obtém uma bolsa de estudos na França, onde, graças ao trabalho duro e à benevolente cultura francesa, se torna um médico que, graças ao trabalho duro e a uma benevolente família francesa, conquista o amor de uma jovem (branca) francesa e encantadora que, graças ao trabalho duro e aos benevolentes hábitos franceses de degustação, conserva uma silhueta esbelta após dar à luz dois adoráveis francesinhos, que não se deparam com absolutamente problema algum por serem franceses, a despeito da herança mista. Fim.

Ah, como eu queria essa vida! Quem não? Uma vida muito melhor do que a que minha mãe conhecera. Embora tivesse quase a mesma idade do futuro médico, ela testemunhara uma versão muito diferente da existência rural nortista. Quando criança, quase morrera durante a grande fome que dizimara o norte, levando um milhão de vidas quando a população do país inteiro era talvez de vinte milhões. Um milhão! Tanta gente, e contudo um evento tão paradoxalmente esquecível. Morreram sem o benefício de ter seu retrato registrado de forma que o mundo, ou mesmo apenas os vietnamitas, pudessem se lembrar do que nossos ocupantes japoneses fizeram em nome da Esfera de Coprosperidade da Grande Ásia Oriental e do que os franceses que trabalhavam para os japoneses fizeram pela liberdade, igualdade e fraternidade ou talvez apenas pela colaboração. Colaborar foi o grande pecado dos franceses no século XX, que conseguiam apenas murmurar a palavra, os seixos das sílabas rolando em suas bocas. Os argelinos talvez discordassem sobre a colaboração ser o maior pecado de todos, comparado ao completo massacre de seu povo por nosso colonizador francês comum. Mas quem se importa com o que os argelinos têm a dizer? Aliás, quem se importa com o que *nós* temos a dizer, sobretudo se não dizemos nada, como os mortos costumam fazer?

Vivo entre os mortos, após uma bala invisível explodir minha mente. Mesmo assim, não consigo ver os mortos. Consigo ver apenas o que minha mãe me deu, as fotos perdidas que morreram com ela, dos mortos nas ruas e nos campos, esqueletos com pele, encolhidos em roupas grandes demais para seu corpo no momento em que morreram, vizinhos, suas amigas, bebês. E quem a salvara? Meu pai francês! Ele lhe ofereceu arroz, o mesmo arroz que nossos soberanos japoneses haviam ordenado a seus lacaios franceses sonegar como uma reserva para o esforço de guerra japonês. Enquanto meu pai, o colonizador colaboracionista, talvez se queixasse de receber arroz em vez de pão, para minha mãe esse primeiro bocado de comida após semanas de inanição foi simplesmente a refeição mais maravilhosa de sua vida. Meu pai a alimentou com colheradas de arroz por alguns dias, acostumando seu estômago encolhido a receber alimento, e depois tigelas de mingau de aveia. Minha pobre mãezinha era um milagre, uma órfã de doze anos de idade que sobrevivera a uma época de fome sem ter ninguém que cuidasse dela. Ele me salvou, ela dizia. Era impossível não me apaixonar, mesmo ele sendo um... Não conseguiu dizer "padre" e substituiu por "homem de batina", enquanto ela se tornou sua "criada". A fusão dos dois eufemismos me gerou dois anos depois, três quilos e duzentos gramas de um armamento antipessoal altamente explosivo com detonador de ação retardada lançado do compartimento de bombas de seu ventre e só esperando a hora de fazer *BUM!* Podia ver seu rosto nesse momento, eternamente bondoso e jovem, mais jovem do que eu quando morreu. Podia lembrar do choque e da raiva que senti quando me contou essa história sobre meu pai lhe dando arroz, ela chorando enquanto me estreitava em seus braços de um modo que nenhuma mulher fizera antes ou depois, dizendo, Precisa perdoar ele, meu querido. Eu perdoei. Sem ele não teria existido você, que amo mais do que minha própria vida. Mesmo que seja a última coisa que faça, você precisa perdoar seu pai.

Por que está chorando?, perguntou Bon quando deixamos o palco.

Nada, falei, limpando as lágrimas dos olhos. Não é nada.

Após o espetáculo e após limpar do rosto o muco da minha sensibilidade emocional, peguei o revólver no fundo falso um tanto abarrotado em minha bolsa, onde fora se aninhar entre minha confissão e o exemplar surrado e amarelado do *Comunismo asiático e o modo oriental de destruição* de Richard Hedd. Então enfiei o revólver na cintura, às costas, pois sempre temia que pudesse disparar e dar cabo da minha futura progênie, ainda que nunca houvesse planejado produzir uma. O haxixe no bolso do paletó riu e sussurrou a seu modo usual com a minha lógica, mas o revólver era do tipo masculino, calado. Não recorria a nenhum ruído para me distrair, mas pressionava minha coluna e meu cóccix com sua dureza bela e sinistra. Toda arma quer ser usada. Essa não era exceção.

Circulei pela festa com parte de mim tentando imaginar como impedir Bon e proteger Man, enquanto outra parte batia papo com minha clientela. Saí para fumar alguns cigarros particularmente potentes com dois deles, um médico e um importador-exportador. Por intermédio deles e do resto dos meus clientes, vendi todo o estoque e peguei vários pedidos, embora não estivesse contente com isso. Quando voltei à festa, minha tia acenou para me apresentar a sua nova amiga, que de longe tomei inicialmente por um homem. Ela é advogada, disse minha tia em vietnamita. Acaba de chegar do Camboja.

A advogada, vestida em um terno slim cinza com gravata slim preta, não sorriu. Eu aprenderia em pouco tempo a não levar isso para o lado pessoal, já que ela era tão sem humor que nem um sorriso artificial conseguia dar. Mas era muito bonita, o rosto e o cabelo curto compostos quase completamente de linhas retas, de modo que na ausência de um sorriso as únicas curvas em sua face vinham dos olhos e das sobrancelhas. Como eu e minha tia, vinha de algum ponto do espectro Oriente-Ocidente e provavelmente era de ascendência vietnamita, tendo em vista seu domínio decente de nossa língua materna.

Camboja? Não é o lugar mais fácil de visitar, imagino.

A advogada sisuda e formosa disse, Não fui por turismo.

Não, imagino que não. Então para quê?

Minha tia e a advogada se entreolharam e minha tia acenou com a cabeça.

Fui visitar Pol Pot, disse a advogada.

Mantive a frieza. Não deve ser um homem fácil de visitar.

É um homem bem difícil de visitar. O exército vietnamita não tem o menor interesse em deixar ninguém atravessar o Camboja para se encontrar com ele, então tive de ir pela Tailândia. Está acampado nas montanhas perto da fronteira.

Com certeza os vietnamitas querem capturá-lo e levá-lo a julgamento.

Ele já foi julgado. In absentia. Adivinha o resultado.

Culpado?

Quer saber por que foi considerado culpado?

Porque era culpado?

Porque o julgamento in absentia sempre resulta no veredicto de culpado. A advogada sisuda e formosa, incapaz de sorrir diante da minha ingenuidade, soltou uma bufada desdenhosa. Por acaso alguém já foi considerado *inocente* in absentia? Esses julgamentos não têm a ver com justiça. São espetáculos públicos de moralidade.

Não parece injusto condenar uma pessoa responsável pela morte de centenas de milhares de seu próprio povo.

Como sabe que ele foi responsável por essas mortes?

Admito que fiquei perplexo. Eu me acostumara a ser sempre o mais sarcástico em qualquer situação, ainda que escondesse razoavelmente bem meu sarcasmo por trás das máscaras da bonomia, da submissão requintada ou da superioridade intelectual, dependendo das condições do interlocutor. Também fiquei incomodado com esse assunto tão grave em um evento tão agradável, sobretudo porque estava sob a hipnose do haxixe.

Como você sabe?, repetiu a advogada, como se eu estivesse no banco das testemunhas.

Pensei em Madeleine chorando na cozinha do Paraíso e disse, Pelos jornais. E amigos cambojanos.

Claro que não questiono que centenas de milhares morreram. Estou interessada em justiça de verdade, não na justiça fácil ou fajuta que a maioria quer. Ele é um bode expiatório. Um demônio para podermos apontar e dizer, Foi *ele*.

Mas *foi* ele que...

Segundo ele, não. Não presenciou a morte de nenhuma daquelas pessoas. Afirma que a Organização passava uma versão diferente para ele.

E você acredita? E mesmo que acredite, isso o torna inocente?

Ele merece um julgamento de verdade. O tribunal da opinião pública não é um tribunal de verdade. Como por exemplo esses manifestantes lá fora. Estão desafiando a opinião pública. Nesse caso, é o contrário de Pol Pot. Todo mundo acha que Ho Chi Minh é um santo, tirando os parentes das pessoas que ele matou, conheci algumas delas. Sou anarquista e estou dizendo que Ho Chi Minh virou santo assassinando todos os seus inimigos à esquerda e à direita, incluindo os anarquistas.

Olhei para minha tia. Você tem um retrato dele.

Ela pareceu aflita. Não sei se isso está provado também...

Ele varreu a competição vietnamita antes de varrer a francesa.

Tentei me lembrar dos comentários ocasionais que escutara sobre as manobras políticas do Tio Ho. Expurgou, falei. Expurgou a competição.

Expurgou, disse a advogada. Como um laxante. Para purificar o corpo e purificar a luta dos anarquistas como eu, assim como dos nacionalistas, realistas, trotskistas e anticolonialistas insuficientemente ideológicos. Sabe por quê? Lados demais. Ele precisava ter apenas dois lados para que as pessoas compreendessem — você era a favor ou contra os franceses. E quem fosse contra era bom concordar que o comunismo era o único caminho. Nenhum comunista, socialista ou esquerdista jamais vai admitir isso. Só estão interessados na justiça em benefício próprio, como a maioria das pessoas. Todos eles romantizam os comunistas do Vietnã. Higienizam Ho Chi Minh para também se limpar. Falam em justiça revolucionária, mas isso não é justiça de verdade. Se quer justiça de verdade, precisa de advogados de verdade.

É uma advogada excelente, disse minha tia, com admiração. Como editora, tinha padrões elevados sobre prosa e ideias, que combinava a seus juízos das pessoas. Não existem muitos advogados dispostos a defender Pol Pot.

Nem você, disse meu coro de fantasmas.

Como tem coragem de defender alguém como ele?, falei, minha voz um pouco estridente. Mesmo sendo uma anarquista? E como alguém pode ser uma advogada anarquista, aliás?

Ela deu de ombros, tendo sem dúvida já escutado a questão antes. Como defender o que a maioria considera indefensável?, perguntou. Na verdade é bem fácil. O que os franceses fizeram na Indochina, ou na Argélia, foi indefensável, mas os franceses defendem isso o tempo todo. Ou simplesmente esquecem. A mesma coisa, com base no princípio de que tudo que o inimigo faz está além da compreensão, enquanto as coisas que fazemos são totalmente justificadas. Defender o que alguns chamam de forças indefensáveis me obriga a considerar uma questão que todo advogado e juiz deveria ponderar…

Como perdoar o imperdoável?, minha tia disse.

Mas o imperdoável pode ser perdoado?, disse a advogada, e o olhar que lançou para minha tia foi tão provocante, e vice-versa, que corei um pouco. Nada mais sexy do que partilhar convicções em um mundo onde poucos o faziam.

Nesse momento, BFD, o homem de convicções flexíveis, se aproximou. Fiquei paralisado ao lembrar que sabia meu segredo e me tranquilizei apenas moderadamente constatando que era improvável que conversasse com Bon, que sequer conhecia. Ofereceu a todos nós um sorriso radiante e dirigiu-se à advogada — em francês —, Andei lendo sobre seu mais novo cliente, minha cara. O cambojano!

Pol Pot.

Virou um problemão para os vietnamitas, não foi? BFD assentiu com a cabeça concordando consigo mesmo e pôs o dedo no queixo, como que tirando uma foto de autor na pose que eu mais detestava. Irônico, não é? Os vietnamitas atolados numa guerra de guerrilha. O Camboja virou o Vietnã do Vietnã, concorda?

Finalmente vi passar um garçom com uma bandeja de champanhe e peguei uma taça, o que me permitiu bebericar para não dizer algo ofensivo, ou seja, verdadeiro. O que era pior, meu país reduzido a uma guerra ou meu país transformado num clichê?

Você ama a notoriedade, continuou BFD.

Longe disso. Só aprecio um julgamento justo.

E réus interessantes. BFD olhou para mim. Sabe de quem…

Sei.

Sabe também quem foi a notória cliente anterior dela? A terrorista palestina. A imagem da elegância com seu keffiyeh!

Combatente da liberdade, disse a advogada sisuda e formosa. Os verdadeiros terroristas são os Estados. Quem mata mais, um combatente da liberdade ou um Estado-nação?

Retiro o que disse. Tem qualquer coisa de glamouroso em sequestrar um avião.

Não é bom discordar de mim. Também pode precisar de um advogado um dia.

Para alguém tão contra o Estado, acho estranho acreditar tanto na lei.

A lei é só um meio de fazer justiça. Um meio imperfeito para um mundo imperfeito.

Assim prosseguiram os apartes. Enrolei um sorriso inexpressivo no rosto na esperança de que fosse tão enigmático quanto o da *Mona Lisa*, que enfim vira pessoalmente no Louvre e da qual me afastara encafifado. Só isso? Como alguém podia não ficar arrebatado ao se ver diante da pintura mais famosa do mundo ocidental? Estudei-a por quanto tempo pude, acotovelado à multidão. Uma pintura excelente. Mas em alguma coisa melhor do que as dezenas de outros retratos no Louvre, alguns dos quais exibindo rostos que pareciam igualmente enigmáticos? Ou seria o enigmático apenas o equivalente do asiático inescrutável? Fiquei pasmo com minha incapacidade de compreender todo o auê. Será que não passava de um tosco? Eu podia aceitar isso. Concentrei-me em minha tosqueira e fiquei a postos para o fim da conversa, e quando BFD afinal começou a se afastar me aproximei conforme inspecionava a multidão. Ele me olhou de relance, seu sorriso inexpressivo também ocultando seu rosto, e eu disse, Já ouviu falar desse lugar chamado Céu?

O sorriso inexpressivo não ficou nem um pouco mais expressivo quando lhe contei em voz baixa, em inglês, do que se tratava. Imaginei-me como ele me via, e para conseguir isso tinha de imaginar BFD, construindo-o a partir de detalhes recolhidos aqui e ali com minha tia e os jornais. Alguém em sua família participara de todos os grandes eventos históricos da república, sempre do lado certo, o que significa dizer o esquerdo, indo de invadir a Bastilha a guarnecer as barricadas com os communards. Seu avô ficara ao lado de Zola e fora um dedicado defensor de Dreyfus. Seu pai, um líder do Partido, criticara a colonização da Indochina e resistira aos nazistas. BFD era ideologicamente diluído, um socialista rosé em comparação com o comunismo cabernet de seu pai. Era menos revolucionário que o ph.D. maoista ou a advogada anarquista, mas atirara pedras e fora bombardeado com gás lacrimogêneo em Maio de 68, ainda que seus tempos de aluno da Sorbonne estivessem bem para trás. Também entoara o nome de Ho Chi Minh e agitara tanto a bandeira da

Frente de Libertação Nacional como o *Livro vermelho* de Mao. Na década de 1970, seu entusiasmo revolucionário envelheceu e se transformou em um pragmatismo eleitoral de esquerda e ele conquistou a independência financeira se casando com uma jovem de uma rica família liberal cuja fortuna vinha do sabão. Ele tinha tudo, e que outra coisa podia ver em mim além de alguém comprometido com o lado errado da história?

Eu era uma ralé que falava uma versão imigrante de sua língua, a língua de um país que desfrutava do melhor de dois mundos: ter sido outrora uma potência imperial que tungara países mais fracos à ponta da arma e não ser mais uma potência imperial que tivesse de lidar com coisas irritantes como mosquitos e malária ou ressentimento e revoluções. Minha única vantagem era que eu falava inglês, ou, mais precisamente, americanês. *Yippee! Yahoo! Yankees!* O americanês continuava sendo uma língua imperial, e embora BFD se opusesse de corpo e alma ao imperialismo norte-americano sentia uma nostalgia secreta pelo imperialismo francês, como quase todo francês sentia no fundo de seu coração, no fundo de sua alma, no fundo de seus museus. Embora a melhor situação para um anti-imperialista fosse viver em um país imperial onde podia se beneficiar do imperialismo ao mesmo tempo que se opunha virtuosamente a ele, como acontecia com tanta frequência nos Estados Unidos, a situação dos franceses era a segunda melhor opção: ser anti-imperialista em um país outrora imperialista. Assim, quando BFD me ouvia falando americanês, escutava tanto a língua do imperialismo americano como o eco moribundo de um imperialismo francês perdido. Ele não ia com a minha cara, mas eu estava fazendo exatamente o que esperava de um zé-ninguém como eu: apelando a sua natureza mais baixa ao convidá-lo para conhecer o Céu. Minha tia dera a entender que tipo de homem ele era quando me contou como passava cantadas em todas as suas amigas atraentes. Que horrível, eu dissera, e ela respondera, com indiferença, Ele é francês. A despeito de todas as minhas falhas, eu nunca traíra uma namorada nem tentara seduzir suas amigas. Eu acreditava em comprometimento, mesmo que o comprometimento nunca durasse mais que uma noite. O comprometimento era um princípio e BFD não tinha tal princípio.

Interessante, murmurou ele, conforme a multidão circulava a nossa volta na festa. Céu, diz você. Quem sabe qualquer hora a gente pode visitar esse... lugar interessante.

Em seguida se afastou, mas mordera a isca, e o Ronin tinha razão. BFD jamais compraria a mercadoria diretamente de mim, mas seu gosto por outro tipo de mercadoria o atraiu para a sedutora novidade da juventude nua de uma bela estrangeira. Era outro tipo de vício, ainda que o barato fosse de menor duração, significando que podia ceder à tentação com muito mais frequência. Confesso que eu mesmo continuava interessado nessas coisas, mas apenas uma parte de mim concordava comigo. Eu dizia a mim mesmo que era difícil me concentrar, sobretudo com o coro dos mortos sussurrando em meu ouvido e o rosto da agente comunista me encarando por cima do ombro quando me olhava no espelho. A única solução era não olhar.

Nessa noite, depois que voltamos ao apartamento da minha tia, permaneci deitado em seu sofá, agitado com os sons do quarto dela. Mesmo às duas da manhã, minha tia e a advogada faziam um bocado de barulho enquanto eu ficava ali no escuro, ainda de calça e camisa. Puxei o cobertor até o queixo e pensei em Bon matando Man e em mim fazendo amor com Lana, esse tempo todo escutando com moderado terror os ruídos vindos de trás da porta do quarto da minha tia. Eu escutara sons vindos de trás daquela porta antes, com BFD ou o ph.D. maoista, mas eram sons abafados e familiares. A maior parte da agitação sonora vinha dos gemidos da cama, um coro que variava dependendo do convidado. BFD disparava ou galopava, chegando ao seu destino o mais rápido possível; o ph.D. maoista era um flâneur, ocasionalmente célere, mas em geral digressivo. BFD encerrava com um grunhido gutural, um ponto de exclamação marcando o fim da história! O ph.D. maoista concluía com um prolongado suspiro meditativo, reticências indicando o futuro desconhecido do porvir... Quanto a minha tia, raramente fazia barulho, exceto gemer e ofegar. Com base na evidência auditiva, parecia uma espectadora num evento esportivo, de vez em quando aplaudindo uma bela jogada. Devia estar vendo futebol, porque a escutei gritar uma ou duas vezes GOOOOOOLLLLLL!

ou qualquer coisa nesse sentido. De início, os sons que ela e os homens faziam me incomodaram, mas em pouco tempo foram seus silêncios que captaram meu interesse. Certa vez cheguei até a cronometrar o tempo entre um som e outro emitido por ela — quatro minutos e trinta e dois segundos, até que finalmente murmurou no trigésimo terceiro. Por que era tão silenciosa? O que estaria pensando? Ou sentindo? Nessas férteis ausências de som, uma trepadeira perturbadora cravava as gavinhas em minha mente, sugerindo que em meus inúmeros encontros com mulheres devia ter havido silêncios que eu não escutara... pois a única coisa que conseguia escutar era eu mesmo.

Ouvindo com relutância minha tia responder naturalmente à advogada sisuda e formosa, senti de repente que não podia confiar em mais nada. As mulheres falavam mesmo a verdade quando diziam que eu era o máximo, que fora a melhor trepada da sua vida ou até apenas que tinham gostado? Como era mesmo que Lana dissera em nosso momento pós-coito? *Foi a coisa mais incrível.* Estava mentindo? Eu era mais parecido com BFD e o ph.D. maoista do que me dava conta? Havia pensado que minha tia fosse uma dessas que não se expressassem verbalmente quando faziam amor. Mas não! O que quer que estivesse rolando ali suscitou nela uma onomatopeia de prazer que me deixou profundamente incomodado. Por que não fiquei excitado? Era uma performance excepcional, com a advogada sisuda e formosa manuseando minha tia com destreza. Deveria ficar excitado!

Mesmo após cessar o vira e mexe e não se ouvirem mais gemidos, um diferente conjunto de ruídos continuou. Que atividade misteriosa era aquela? Seria uma... *conversa*? Embora não conseguisse escutar o que diziam, o mais espantoso era simplesmente conversarem. Não conseguia me lembrar de mais do que algumas ocasiões pós-coito em que conversara com a criatura adorável ao meu lado. Claro que dizia algumas palavras educadas, elogios pelo trabalho bem feito, mas *conversar*? Sobre *o quê*? Sobre o que duas mulheres podiam conversar ininterruptamente daquele jeito? Por mais que tentasse escutar, não consegui elucidar o mistério. Incapaz de ouvir a conversa ou dormir, acendi a luz e peguei o único material de leitura disponível, *As origens imperiais do império do mal.* Calculei com acerto que o livro me distrairia da conversa perturbadora que eu não conseguia escutar.

Primeiro o sumário, com títulos de capítulo como "América: uma força do bem", "Punho do poder, mão da amizade", "A liberdade não tolera muros", "Islã: um aliado comprometido contra o comunismo". O sotaque inglês de Hedd ressoava em minha cabeça vindo da única ocasião em que o vira pessoalmente, o general me arrastando para um encontro com o escritor na esperança de recrutá-lo para sua causa em recuperar nossa terra natal. Hedd, a grande autoridade. Hedd, o colunista internacional. Hedd, o amigo de líderes mundiais. Hedd, o peixe grande nas águas espumosas de um think tank em Washington. Até mesmo Hedd, o cavaleiro! Pois no perfil biográfico do autor vinha seu título — *Sir* Richard Hedd!

Voltei à última página, porque gostava de saber como terminava um livro de suspense antes de começar e o seu claramente era desse gênero tão vilipendiado. O enredo de roer as unhas era o grande conflito entre o comunismo e a democracia, uma simples palavra cifrada para capitalismo. Como tantos romances do tipo, não havia suspense de verdade, já que os mocinhos nunca eram derrotados, ainda que alguns morressem ao longo do caminho. Então meus olhos pousaram sobre as últimas palavras, e a frase de conclusão acertou minha testa com a força de um bumerangue:

> Embora a vida seja valiosa para o oriental, para o ocidental ela é *inestimável.*

Essas palavras eram minhas! Eu as dissera diante de Hedd, junto com uma dúzia de testemunhas que incluíam o General, o Congressista e um clã de homens brancos ostentando ternos e mentiras. Como aquelas palavras tinham ido parar ali? A culpa, como tantas vezes era o caso, cabia ao champanhe barato, que não era sequer Champanhe, pois vinha da Califórnia. Hedd me servira uma taça do *déclassé* artigo americano dizendo, Espero que não se importe, jovem, de usar sua memorável formulação no meu próximo livro. Nada me deixaria mais feliz, respondi. Claro que era mentira, muita coisa me deixaria mais feliz, mas estava sendo inescrutavelmente asiático ou apenas educado. De qualquer maneira, no entanto, eu concordara sob o pressuposto de que se as palavras fossem usadas seriam atribuídas a mim. Em vez disso lá estavam elas passando por palavras do próprio Sir Richard Hedd, eu mesmo tendo sido apagado. Fiquei prostrado de raiva, minha única desculpa para recorrer mais uma vez ao remédio, que, embora não fizesse com que me sentisse melhor, me permitia não sentir nada.

Acordei com o sol batendo nas cortinas fechadas e o gosto pesado da crise existencial na boca, temperado com uma dose generosa de pânico. No momento em que pisei no tapete e tentei me levantar, virei um asiático desorientado, desequilibrado pela vertigem. Na cozinha, o café de civeta estava quase pronto, e Françoise Hardy cantava a terrivelmente inapropriada "Tous les Garçons et les Filles" no aparelho de som da minha tia (Hardy, admito, é um claro símbolo da civilização francesa). Enquanto a advogada se cobria com o roupão honorário concedido às pessoas que dormiam lá, minha tia vestia um turbante e um penhoar de seda, assumindo a aparência de uma cortesã persa quando relaxou no sofá à espera de que a advogada terminasse de preparar o café, preto como o vazio dentro de mim.

Café de civeta?, disse a advogada, lendo o pacote.

Minha tia, que usava com parcimônia o café em "ocasiões especiais", disse, É feito para pessoas como você.

A advogada sisuda e formosa franziu o nariz, e uma imagem iluminou espontaneamente o cinema até então às escuras da minha mente, exibindo minha tia e a advogada entrelaçadas na cama de latão. Sentamos nas poltronas ao lado do sofá onde minha tia estava e, entre café e quitutes, discutimos os últimos filmes que tinham visto, as possibilidades da renovação comunista e a luta soviética no Afeganistão. Era evidente que as duas estavam apaixonadas, ou no mínimo sentiam uma profunda atração. Por um lado eu estava maravilhado que BFD e o ph.D. maoista não tivessem sido páreo para a advogada sisuda e formosa. Por outro, eles eram homens, eu era homem, e se não existia lugar para homens nesse estranho novo amor, então que lugar havia para mim? Mas de nada serviria tocar nesse assunto. Então mencionei Hedd.

"Análise penetrante de um autor seminal", disse minha tia, citando a quarta capa. Minha nossa. *Seminal!*

Quando a advogada deu risada, perguntei-me o que podia ser tão engraçado. Minha tia deve ter captado minha expressão de relance, porque acrescentou, Ficaria mais impressionada se descrevessem um autor como "vaginal". Quantas vezes vemos um autor — quase sempre homem — comparar seu livro ao parto de um filho? Se é o caso, "vaginal" seria bem mais apropriado, não?

Isso não deixaria de fora os autores que não... humm... você sabe... não têm vagina?

Mas para você não há problema nenhum em deixar de fora os autores que não produzem sêmen, disse a advogada, com uma mera insinuação de ameaça legal.

Sempre achei que "seminal" fosse apenas, sabe, metafórico. Ou seria — sei lá — um símile? Um símile seminal?

É sempre bom quando uma figura de linguagem opera a seu favor, não é?, comentou minha tia.

Acalorado de constrangimento com toda essa conversa de "seminal" e "vaginal", mudei de assunto. O que acham desta frase? Virei a última página e li para elas a passagem crucial: "Embora a vida seja valiosa para o oriental, para o ocidental ela é *inestimável*".

Minha tia gemeu e a advogada bufou com desprezo. Como é mesmo aquela expressão americana?, disse a advogada. Ah, é. Ele é um *shithead*.

Todos rimos, eu mais do que todo mundo, aliviado por ser uma piada que podia acompanhar. Era esse o julgamento que eu esperava! Tirando que eram minhas palavras que estava julgando. Eu as usara ironicamente, mas se um imbecil de merda me citava, no que isso me transformava?

Todos esses homens proclamando coisas sobre o mundo, disse a advogada. Como se a única política que importa tivesse a ver com Estados, exércitos e guerras. Não preciso nem ver a bibliografia para apostar que só tem homem. Talvez com uma exceção. Hannah Arendt.

Consultei a bibliografia e de fato Arendt estava lá, com *Sobre a revolução*. Mas uma breve passada de olhos pelo restante das referências não revelou mais nenhum nome feminino. Então quem ele deveria citar?, perguntei. Não era minha intenção lançar um desafio, mas minha tia tomou como tal.

Primeiro excluem as mulheres da política, dos governos e das universidades, depois vêm perguntar onde foram parar todas elas e quais a gente deveria citar?

Olha, eu...

Até 1945 as francesas não podiam nem votar! Quando *eu* nasci ainda era assim. Mal saímos da Idade das Trevas! Homem é inacreditável. Você já leu Marx, Césaire e Fanon, e vive falando sobre capitalismo, colonialismo e racismo, mas qual foi a última mulher que leu? Quando foi a última vez que a palavra "sexismo", "patriarcado" ou "fálico" saiu da sua boca? Ah, nem sei por que pergunto. Afinal sua confissão não tem nada de *l'écriture féminine*, tem? Meu Deus, Hélène Cixous acabaria com você. Levantou e foi até uma estante, e mantive a boca fechada, coisa que me permitiu não precisar admitir que nunca ouvira falar nem em *écriture féminine* nem em Hélène Cixous. Minha tia voltou com um livro e disse, Pelo menos Simone de Beauvoir você leu, certo?

Claro!, menti, fingindo indignação e citando as únicas palavras atribuídas a Beauvoir que sabia: "A mulher é feita, não nascida!".

"Não se nasce mulher: torna-se mulher", corrigiu minha tia com frieza. Pelo menos chegou perto. Agora devia passar para Julia Kristeva. Assim pode dizer que leu duas feministas francesas.

Olhei para o livro que enfiou na minha mão, *Pouvoirs de l'horreur: Essai sur l'abjection*. Abri e li o sumário:

Vai por mim, disse minha tia. É perfeito para você.

14

Mais tarde, depois que a advogada e minha tia saíram para um jantar onde continuariam a conversar na minha ausência — duas mulheres conversando sem um homem presente faziam de fato algum som? —, BFD chegou para me buscar em seu conversível. Cumprimentamo-nos circunspectamente e então o carro partiu numa velocidade temerária. Talvez BFD sempre corresse daquele jeito, ou talvez não quisesse ficar a sós comigo por muito tempo, ou talvez estivesse ansioso para chegar ao Céu. Ou talvez todas as opções anteriores.

Mantendo a mão esquerda no volante, usou a direita para manusear o câmbio, enfiar um cigarro na boca e pressionar o acendedor do carro. Tinha a aparência de estrela de cinema que eu sonhava ter, dirigido por Fellini, no caso, considerando seu plastrom estampado e seu conversível italiano, cuja capota infelizmente não podia ser aberta em pleno janeiro gelado. Seu pseudoestrelato quase compensava o fato de que qualquer um que usasse um plastrom merecia ser decapitado, embora essa fosse apenas uma opinião pessoal, ainda que um tanto forte. Opiniões não me faltavam, e tampouco a BFD.

Para evitar falar, ambos fumamos sem parar e escutamos uma fita dos grandes sucessos de Johnny Hallyday, o equivalente sonoro do pastis Ricard, gosto que o resto do mundo era incapaz de adquirir. Trocamos algumas banalidades, com o único assunto de alguma relevância surgindo quando BFD disse, por acaso, que fazia algum tempo que não via minha tia. Imagino que tenha encontrado outro com quem se manter ocupada?, perguntou. Fora nosso querido amigo, claro. Estava se referindo ao ph.D. maoista.

Não tem nenhum outro homem na vida dela, falei. Não mencionei a advogada. Comentar sobre ela e seus feitos assombrosos parecia uma traição do mistério que acontecera atrás daquela porta fechada, um segredo sobre o qual eu não tinha direito algum, a não ser na minha imaginação, que não era responsável por suas ações, como até a advogada poderia concordar.

Talvez esteja precisando de um descanso, disse BFD quando entrava na rua que dava no Céu. Mulheres são criaturas sensíveis.

Imagino que conheça um monte de mulheres, falei, dispensando minha bituca de cigarro.

Ele estacionou o conversível com um sorriso satisfeito. Você não?

Claro, pensei. *Literalmente inúmeras*, pois perdera a conta fazia tempo. Mas não disse isso em voz alta. Ao menos uma vez — pela primeira vez — senti vergonha de ter conhecido tantas mulheres, e a aprovação de BFD não era algo pelo qual ansiasse. Na verdade, sua aprovação significaria que devia ser como ele — e eu não era. Ou era?

Sou católico, disse, abrindo a porta, como se ser católico explicasse tudo, o que normalmente fazia.

O sorriso de BFD se arqueou, indo da satisfação ao leve menosprezo. Era indiferente à religião, como muitos franceses, sendo esse um dos motivos para eu achá-los charmosos. As delícias e dificuldades das mulheres não são para qualquer um, disse, seguindo-me até a entrada do Céu. São um desafio, só para nós que gostamos dessas coisas.

Controlei a vontade de dar um soco na sua garganta, algo que, como tanto Claude quanto Bon me ensinaram, era a forma mais rápida de derrubar um homem, que por reflexo pensaria que proteger sua masculinidade seria uma prioridade mais elevada. Mas sorri e apertei a campainha, com força, e depois mais uma vez, fazendo de conta que empurrava seu globo ocular dentro da órbita. A governanta nos convidou a entrar depois que lhe disse a senha — *Quero ir para o Céu* —, que deve ser o que Jesus Cristo suplicou quando morria na cruz. O Céu sendo eterno, nada mudara desde a última vez, a governanta ainda obsequiosa, a TV ainda sintonizada em um talk show intelectual, o capanga escatológico ainda sentado em sua poltrona com um livro fino no colo. A única diferença era não ter um band-aid apenas na face esquerda, mas outro na têmpora direita.

Mesmo nesse contexto um tanto incongruente, BFD transmitia um ar de brilhantismo e cosmopolitismo, com sua calça cor-de-rosa, camisa branca desabotoada no esterno, suéter verde-limão pendurado nos ombros com os braços frouxamente enlaçados sobre o peito, lenço com monograma, Rolex de ouro, alpercatas um pouco gastas e tornozelos brancos sem meia. Nessa sala de espera de homens típicos, encontrava páreo para seus meticulosos cuidados de beleza apenas em um cavalheiro que aguardava de pé quando entramos. O sujeito portava os sinais distintivos de uma das minorias ameaçadas da França: um capitalista, um tipo de criatura raramente vista em tal esplendor nos bairros mais barra-pesada de Paris onde eu passava meu tempo. Esse espécime exibia a plumagem de um terno xadrez sob medida, uma elegante gravata atada em nó de Windsor, abotoaduras reluzentes, sapatos *wingtip* encerados e um exemplar do *Le Figaro*, a maior protuberância em seu perfil situada não diante da calça, mas atrás, onde uma grossa carteira protegia seu traseiro de ser chutado. Apenas o calcanhar de suas solas mostrava algum sinal de desgaste, tendo sido usados para esmagar as esperanças e os sonhos da classe trabalhadora. Enquanto o capitalista americano com seu terno de corte generoso e sua barriga avantajada jamais se cansava de sugar o sangue do povo, o capitalista francês esbelto e aristocrático representava o lado charmoso e elegante do capitalismo. O grosseiro americano não se importava com o que comia contanto que comesse demais, sobretudo fatias gigantes de carne vermelha malpassada. O chique francês preferia a crueldade refinada do foie gras.

Já olhando para nosso próprio rabo víamos as variedades chinesa e vietnamita de capitalismo, representadas pelo Chefe dois em um, que fundiu ambas na condição de chinês étnico do Vietnã. Em comparação ao capitalismo caubói americano e ao capitalismo cosmopolita francês, o Chefe praticava o capitalismo gângster. Alguns veem a versão gângster como a degeneração bangue-bangue do capitalismo, mas a questão é que o gangsterismo foi na verdade a origem mundo cão abjurada do capitalismo. Que expressão inglesa mais interessante, "*dog-eat-dog world*",[1] uma vez que cachorro na verdade não come cachorro (cachorro come cocô, mas isso é outra história).

Querido!, exclamou Crème Brûlée, a mulher que nosso pobre capitalista ameaçado de extinção aguardava. Ela emergira de um

[1] Ou "mundo cão", em português. (N. T.)

corredor por uma cortina de contas, vestindo seu miniquimono. Tinha o olhar fixo no capitalista ameaçado, que descartou o jornal do modo como provavelmente descartava vidas humanas. Se era linda e jovem, enquanto ele comum e velho, isso era o que o dinheiro e uma pele branca, multiplicados entre si, podiam comprar. Meu querido!, cantarolou ela. Sentiu falta da sua Crème Brûlée?

Nem imagina, ele respondeu. Está deslumbrante, como sempre.

Não fiz você esperar demais, fiz?

De jeito nenhum, mas o seu guarda-costas insiste em assistir a esse programa horrível.

O capanga escatológico encolheu os ombros. Se prestar atenção pode aprender alguma coisa.

Esquece ele, ronronou Crème Brûlée. Está de saco cheio e quer amolar os outros.

Sorriu e lhe ofereceu o braço. Sua pele nua luminescente hipnotizou o capitalista ameaçado, que caminhou devagar em sua direção com a mão estendida, um dos dedos exibindo o símbolo mais sem sentido do mundo, uma aliança de casamento. Ela recuou pela cortina de contas, puxando-o junto, e quando fiz um gesto para BFD sentar no lugar do capitalista ameaçado a madame expressionista surgiu através das contas, sorrindo com uma sinceridade tão artificial que eu sabia que seu sorriso não era para mim.

Meu caro senhor! Segurou a mão do BFD. Estávamos à sua espera!

Minha cara senhora, respondeu ele, fazendo uma mesura educada. Encantado em estar aqui!

E com isso a madame expressionista logo o conduziu pela cortina, adulando-o com palavras doces que nunca usara comigo. Ela escoltava BFD até o salão VIP, pois sempre havia um salão VIP para pessoas como BFD, o que significava que o capitalista ameaçado era um capitalista de segunda, se não fora tão privilegiado. Vendo-me na sala de espera com outros traseiros não VIPs e o capanga escatológico, perguntei a ele como machucara a cabeça. Como resposta, pegou o *Cândido* de Voltaire em seu colo para cobrir a boca e sussurrou, Não tem nada errado com a minha cabeça.

Então por que o outro band-aid?, quis saber, intrigado. Além desse na sua cara?

Minha cara e minha cabeça estão bem, mas o resto de mim, não.

Qual o problema com você?

É exatamente nessa questão que eu quero que as pessoas pensem quando olham pros band-aids. E todo mundo olha pros band-aids.

São meio chamativos, falei.

Band-aids foram feitos pra serem invisíveis. Mas não em mim.

As contas chocalharam outra vez para revelar Madeleine. Ela me viu e seu sorriso profissional permaneceu afixado ao rosto, tão enigmático quanto o da *Mona Lisa*. Cumprimentou-me com um aceno, mas se insinuou para um dos babacas no sofá, um sujeito de barba por fazer e agasalho que mais parecia a caminho de algum evento esportivo. Quando passou por mim conduzindo o babaca na direção do auspicioso corredor oculto atrás das contas, percebi o que devia fazer.

Posso ver a Madeleine depois?, perguntei ao capanga escatológico.

Ele deu de ombros. Qualquer um pode ver a Madeleine.

No decorrer da hora seguinte, enquanto imaginava quem emergiria das cortinas primeiro, se Madeleine ou BFD, conversei com o capanga escatológico sobre Césaire, Fanon e meu medo de que nesse tempestuoso mundo eu fosse o que Césaire considerava Ariel. Seria minha relutância em continuar assinando embaixo da visão de Césaire e Fanon da violência como inevitável na luta contra a colonização um sinal de revisão teórica da minha parte, baseada em minha experiência revolucionária? Ou seria simplesmente uma desculpa para justificar minha relutância em me comprometer da maneira como entendiam o comprometimento, como uma demanda pela revolta violenta?

Bem, você não é preto, não é africano, não é mais colonizado e é um intelectual, disse o capanga escatológico. Isso responde sua pergunta?

Obrigado, murmurei. E você? Decidiu ficar aqui sentado e virar guarda-costas de puteiro?

Se um revolucionário pode se educar na prisão, por que não num puteiro? Uma prostituta não pode ser radical como um prisioneiro?

Então está só esperando o momento certo...

Para sair do meu buraco? Isso. Ou dizendo de outra forma. Você viveu o que Gramsci chamou de guerra de movimento. Violência, revolução ou pelo menos confronto nas ruas. Eu estou no que Gramsci chamou de guerra de posição. A guerra por ideias, alianças, coalizões, novos esforços; a luta por uma nova visão...

A cortina de contas se abriu e me poupou de dizer que nunca ouvira falar em Gramsci. Madeleine apareceu, paralisou-me com seu sorriso profissional e disse — como fazia com todos os babacas —, Preparado para um gostinho do Céu? Momentos depois eu estava de volta a seu quarto, o teatro de tantas humilhações, onde me emasculei com minha autossabotagem. Quando Madeleine se aproximou e deixou que o quimono caísse no chão, ergui a mão e disse, Espera um pouco.

O que foi?, ela disse, como se nunca tivesse escutado tal coisa sendo dita por um homem. Mas eu era um homem? Ou só um cuzão com duas nádegas, como todos os demais que requisitavam vinte ou trinta minutos de seu corpo? Duas nádegas para combinar com minhas duas mentes.

Senta aqui, falei. Por favor.

Na litania de estranhos pedidos e exigências que devia ter escutado ao longo da sua carreira, esse foi inócuo. Madeleine continuou a sorrir, deu de ombros e sentou na beirada da cama, cruzando as pernas. O que quer que faça com você?, perguntou.

Nada. Quero fazer algo por você. Ajoelhei diante dela.

Espera aí, ela disse, mas não esperei. Ajoelhara com bastante frequência no campo de reeducação. Ajoelhara o tempo todo na igreja. Mas poucas vezes ajoelhara em outras circunstâncias, a menos que contasse ajoelhar figurativamente perante a coisa mais sagrada que havia, a cultura secular francesa. Ali eu ajoelhava de forma voluntária. Esse não era meu comportamento normal, mas por que não, caralho? Por que caralho não consegui enxergar o que estava na minha frente o tempo todo enquanto a advogada sisuda e formosa não mostrou para mim, por assim dizer, atrás da porta fechada? Em raras ocasiões eu adotara tal conduta, não sendo do meu feitio nem algo esperado de mim, basta ver as generosas mulheres pelas quais me sentia atraído, que segundo agora compreendia sempre me proporcionaram mais do que eu proporcionava a elas. Porém, uma vez empenhado numa tarefa, eu dava o máximo de mim, e tentei agradar Madeleine da melhor forma que pude, encorajado por seus murmúrios e gemidos surpresos, aprendendo à medida que progredia, dividido entre me concentrar na tarefa admitidamente repetitiva diante de mim e acabar rechaçado pela maré salgada dos meus pensamentos, cobrindo os campos escuros dessa república e os oceanos escuros que a separavam do lar, até outra ocasião em que me ajoelhara, minha Primeira Comunhão. A gravidade desse ritual com a idade de sete anos se equiparava de certa forma ao que senti ajoelhado diante de Madeleine. A Primeira Comunhão nos iniciava na comunidade de fiéis voluntariosos que flanqueavam nossa encantadora procissão conforme avançávamos devagar na direção do padre. O homem santo era ninguém menos que meu pai, embora eu não soubesse disso na época. Este é o corpo de Cristo, disse ele, segurando diante de cada um de nós uma lua branca do tamanho de uma moeda. Em seguida a depositou sobre nossas línguas esticadas. Estremeci com o pensamento dos dedos do padre tocando minha língua, mas senti apenas o contato com a hóstia achatada e seca e me perguntei que parte de Cristo tinha na boca — uma fatia do intestino? uma seção transversal do globo ocular? um disco de osso? Não houve tempo para maiores ponderações, pois o pio coroinha, meu santimonial superior, me aguardava com o sangue de Cristo em um cálice. Mesmo tendo visto o coroinha limpar a borda do cálice com um pano branco, continuei trêmulo ao pensamento de todas as bocas que tocaram naquele cálice. Então levei os lábios rachados à borda da taça e empurrei para dentro minha fatia do corpo de Cristo com um gole de Seu sangue, o que fazia de mim tanto um canibal como um vampiro. Esse sangue de Cristo era um xarope meloso numa pobre língua desacostumada a doces, e me conduziria não a uma maior devoção a Deus, mas, antes, finalmente, à devassidão. Se gostava tanto de beber, a culpa era de Deus, ou pelo menos de seus servos. O vinho sacramental foi o primeiro remédio que esse bastardo de sete anos apreciou.

A última vez que provara vinho sacramental foi quando compareci à missa na Catedral de Notre-Dame em Saigon, uma réplica, em escala reduzida, da Notre-Dame de Paris, apropriada para nós enquanto miniaturas de nossos senhores franceses. Agora eu vira a

Notre-Dame real, como meu professor, o Esponja, antes de mim, e a visão me deixou ciente de como nossa versão colonizada, tropical, não passava de uma casa de bonecas. Nessa versão de brinquedo de Notre-Dame, Man e eu ajoelhamos em abril de 1975, ambos espiões infiltrados no exército do sul, ele meu superior me instruindo sobre minha missão: fugir com o que restava do exército do sul para os Estados Unidos e uma vez ali espionar suas tentativas de retomar o país das mãos da nossa revolução comunista vitoriosa. Enquanto permanecíamos ajoelhados e confabulando aos sussurros sobre nossa conspiração, as velhas que compareciam à missa todo dia entoavam suas orações. Sempre tivera pavor de seus murmúrios monocórdios ao contar o rosário, os olhares fixos no Cristo crucificado pendurado sobre o altar. Preferia me ajoelhar diante de Madeleine enquanto traçava com minha língua o alfabeto vietnamita, que não era tão diferente do alfabeto francês. Meu pai me ensinara esse alfabeto e agora eu o soletrava em Madeleine, praticando letra por letra repetidamente ao som de seus gemidos na língua materna e acrescentando ainda sinais de pontuação e acentuação até — por fim, depois de muito tempo — me alfabetizar.

BFD era todo sorrisos quando entrou no conversível, e talvez eu também. Conceda-me meu pequeno triunfo; permita-me por um momento ser uma anêmona marinha oscilando suavemente numa corrente de felicidade. Não sentia tal exultação desde meu primeiro encontro com uma mulher, em meu primeiro ano no Occidental College, naquele paraíso conhecido como sul da Califórnia, com uma francesa do último ano que gostava de me chamar de seu *petit métis*. Eu teria ficado insultado em ser chamado assim por qualquer um que não fosse uma loira formosa. Uma loira formosa podia me chamar do que quisesse. E daí que seu cabelo na verdade era tingido? Eu a perdoava pela pequena camuflagem, uma vez que eu mesmo, disfarçado de inofensivo aluno estrangeiro, não era o que aparentava, não que qualquer um de nós fosse exatamente o que aparentava.

Peço desculpas se demorei demais, disse BFD, interrompendo meu devaneio. Batucou no volante ao som de uma canção diferente agora, tendo inserido no toca-fitas uma compilação dos maiores sucessos do *yé-yé*, estilo que achei um bocado charmoso. Como alguém poderia não gostar de "Les Sucettes", ainda mais cantada por France Gall! Cantarolei junto conforme BFD, em seu corcel italiano, deixava para trás vários exemplares de Peugeot, Renault e Citroën que pouca gente exceto os franceses parecia interessada em adquirir. Perdi a noção do tempo!, disse ele, soltando uma baforada entusiasmada de seu cigarro. Algo muito fácil de acontecer com a Peônia Matinal e a Lótus Graciosa. Mulheres jovens sabem como fazer um homem se sentir homem!

Sabem? Será que eu perdera alguma coisa por não me consultar com Peônia Matinal e Lótus Graciosa? Precisava demais me sentir como um homem! Ou talvez apenas quisesse me sentir como um homem. Não *precisar* me sentir como um homem parecia... libertador. Talvez fosse disso que eu precisasse, precisar de menos coisas. Precisar menos. Querer... nada?

E você, falei, sabe como fazer uma mulher se sentir mulher?

Ele buzinou furiosamente ao ser cortado por um veículo alemão, uma besta bávara que o lembrou tanto de sua fraqueza francesa como da fraqueza de seu conversível italiano, que, como seu país de origem, podia ser belíssimo mas não era nenhuma potência. Pergunte a qualquer uma que já dormiu comigo, rosnou. Sou satisfação garantida! Claro — ele me relanceou com o canto do olho — que alguns duvidam da própria capacidade de satisfazer uma mulher. Comigo nunca foi o caso.

Reprimi a vontade de enfiar meu polegar no olho de BFD, algo que, como tanto Claude como Bon haviam me explicado, era a segunda maneira mais rápida de tirar um homem de ação. Mas corríamos muito depressa no escuro e não queria morrer num acidente de carro como Camus, que ao menos conhecera a fama antes da morte súbita. O que eu realizara? Nada. E tinha uma missão a cumprir com BFD, missão que exigia de mim não antagonizá-lo, e sim maximizar um dos meus maiores talentos, a adulação. Mesmo assim, não pude deixar de fazer a pergunta mais óbvia: Não acha que pagar pela mulher dificulta determinar se ela ficou de fato satisfeita?

Presumo que fiquem satisfeitas porque estou pagando, respondeu ele. O capitalismo é aviltante para elas e para mim? Claro que é! Por isso sou socialista. Se a gente tivesse o socialismo não *precisariam* ser garotas de programa. Seriam garotas de programa porque *quereriam*. E não precisariam de madame nem cafetão; ficariam com parte dos lucros. Seriam acionistas sexuais, não proletárias sexuais!

Havia algo errado com a lógica triunfante e presunçosa do socialismo erótico de BFD, assim como havia algo errado quando paguei Madeleine, inclusive ao fazer a coisa mais atipicamente vietnamita possível e lhe dar uma gorjeta. Com isso me refiro a uma gorjeta de verdade, não à nota de um dólar ou cinco francos que bastava para a maioria dos vietnamitas, fosse qual fosse o serviço prestado. Com gorjeta de verdade me refiro a dez por cento, soma que deixaria horrorizada a maioria dos vietnamitas, sobretudo os homens, sobretudo nesse caso. Diriam que fizera todo o trabalho sozinho — trabalho que nenhum homem vietnamita jamais faria nem admitiria ter feito — e não obtivera nada em troca. Mas eu não queria nada em troca.

Olha, falei, mudando de assunto, se gostou dessa visitinha ao Céu, conheço um lugar até mais celestial.

BFD sorriu e pressionou meu ombro numa demonstração espontânea, ou talvez calculada, de afeto. Se esse lugar mais celestial que o Céu tem beldades como a Peônia Matinal e a Lótus Graciosa, pode contar comigo, falou. Ai que maravilha é o corpo de uma mulher de vinte e cinco anos! E quando são da sua gente... que delícia! Suas mulheres... ai, meu amigo, como vocês têm sorte. Elas são inacreditáveis. Como são delicadas, intuitivas, lisinhas, sempre bonitas, *incansáveis*. A asiática entende mais de homem que a ocidental. Entende mais de homem até que o homem. É a mulher perfeita!

E com isso levou os dedos aos lábios e soprou um beijo apreciativo no ar, destinado a essa mulher asiática que eu jamais conhecera, mesmo tendo conhecido milhares de mulheres asiáticas. Haveria um clube exclusivo de mulheres asiáticas reservado apenas a homens brancos?

A única desvantagem dela, continuou BFD, embora exatamente por isso seja tão atraente, é ser incompreensível.

Incompreensível?, falei.

Inescrutável. Como você.

Como eu?

É. BFD virou para me olhar, ainda que o conversível continuasse a enorme velocidade pelo perímetro escurecido do centro de Paris.

Consigo intuir muita coisa das pessoas. Afinal, sou político. Mas com você... é impossível, devo admitir. Seu rosto é tão imperturbável quanto... quanto o da *Mona Lisa*.

Não sei se sou inescrutável. Impenetrável, talvez.

Qual a diferença?

Se sou impenetrável — se todos esses asiáticos de que você está falando são impenetráveis —, talvez a gente seja impenetrável só para quem é incapaz de penetrar na nossa cultura.

É a mesma coisa...

Mas se a gente é mesmo inescrutável, então branco é o quê? Por acaso alguém se refere a um branco como inescrutável? Não, se um branco tem um ar impenetrável falam que ele tem uma *poker face*, o que é uma conotação positiva, estratégica, sugerindo dissimulação cuidadosa da informação, enquanto a gente é inescrutável só porque vocês brancos acham que sempre temos algo a esconder...

Lá vem você outra vez com "branco" isso, "branco" aquilo. Ele deu uma bufada e girou o dedo em minha direção. Você não passa de um comunitarista.

Logo quem vem me acusar de *comunista*?

Comunitarista, seu idiota! Comunitarista! Um miserabilista! Alguém que chafurda na própria miséria, que não consegue transcender as circunstâncias mesquinhas da sua identidade ou sua obsessão com a cor da pele, que não consegue pensar fora do seu grupinho, da sua *comunidade*, e que *nunca* vai conseguir se tornar um *ser humano*, muito menos *universal*!

Eu estava escutando direito? Um branco da mesma cultura de Victor Hugo — o homem elevado a santo por nossa religião Cao Dai, o homem que dera ao mundo *Les Misérables* (que confesso que ainda não lera, pois, sabem como é, era um catatau de mil páginas) —, aquele sujeito estava *me* acusando de ser um miserabilista, como se admitir a miséria fosse uma coisa ruim? A miséria é horrível, jamais chafurdemos nela! A não ser, é claro, quando se tratava de admitir a miséria da classe trabalhadora ou dos franceses, e nesse caso chafurdar pelo visto era não miserabilismo, mas *universalismo*.

Você!, berrei, como ele estava berrando, nenhum dos dois mais olhando para a rua. Você — que ficou tão revoltado porque chamei você e seus amigos brancos de brancos —, é você que chama a gente de asiático, eu e o resto!

Chamo você de asiático porque você mesmo se declara asiático!

Nunca me chamei de asiático! Ficou revoltado porque fiz você se enxergar. Prefere pensar em si mesmo como um homem, simplesmente, não como um homem branco, a não ser quando chama a si mesmo de branco, com uma espécie de autoironia. Mas eu chamar você de branco é inaceitável, sem dúvida racista, mesmo que você e todos os brancos costumem se referir a esse ou àquele como "uma mulher asiática" ou "um homem negro", como se um negro não pudesse ser apenas um homem como você. E daí que notei sua brancura — imperdoável! Imagino que mais ofensivo que isso só se eu comentar sobre seu *pênis*.

Mas que filho da puta mais chulo e estúpido! Está me acusando de racismo de novo só porque falei que adoro mulher asiática? Que tipo de...

Racismo no amor também é racismo! E quer dizer que não sou universal — por quê? Porque sou amarelo? Porque sou só metade branco? Porque sou um refugiado? Porque sou da ex-colônia? Porque tenho o sotaque errado? Porque ridicularizam a minha aparência? Porque as coisas que eu como são nojentas? Se Jesus Cristo, um filho de refugiados, nasceu pobre num estábulo, um colonizado, um caipira de lugar nenhum, desprezado pelos líderes da sua própria sociedade e pelos soberanos dos seus líderes, um carpinteiro humilde — se esse Jesus Cristo se tornou universal —, então eu também posso, seu filho da puta do caralho!

O conversível parou abruptamente diante da casa da minha tia, de modo que BFD merece o crédito por me deixar entregue, em vez de me largar no meio da rua. Abri a porta e saltei para a calçada, e graças ao deus no qual não acreditava escapei por pouco de meter o pé na merda, porque se isso tivesse acontecido é bem provável que teria liquidado BFD bem ali por ser o representante de uma raça, uma nação, um povo, uma cultura que concedia mais liberdade, amor e compreensão a seus cães do que a sua gente amarela. Mas, não tendo pisado no cocô do cachorro, me senti livre, ainda que houvesse perdido minha frieza e estragado meu disfarce de asiático inofensivo, vietnamita amistoso, súdito colonial agradecido. Bati a porta, e só quando olhei para BFD me dei conta do quanto ficara ofendido, pois estava, finalmente, emudecido. Em lugar de cuspir palavras puxara a ponta dos olhos com os indicadores, gesto que sustentou por apenas um momento antes de remover os dedos, me lançar um olhar de desprezo e partir com uma cantada de pneus e uma baforada de escapamento, deixando-me ali perplexo na calçada. Meu coração palpitava aos atropelos com a baixeza da nossa conversa, e me afastei da porta do prédio da minha tia para me acalmar. Que paradoxo, as pessoas que professavam nunca enxergar raça na verdade enxergando raça quase sempre!

Oculto nas sombras da rua, respirei fundo e fechei os olhos. BFD não arruinaria minha noite. Não o deixaria destruir o que acontecera de bom com Madeleine, uma lembrança que carregaria comigo até a morte. *Isso* não acontece sempre, ela disse depois, aconchegando-se em mim. Não se referia à gorjeta. *Isso*, sussurrou no meu pescoço pós-coito, era um presente de verdade. E deitado ali com ela na mais antinatural e chocante das posições sexuais — aconchegados —, não consegui me lembrar da última vez que dera um presente a alguém.

15

Voltei ao restaurante do Chefe em Paris na tarde seguinte sentindo um misto de culpa e vergonha, um preparado bastante familiar enquanto católico relutante, pois fora forçado a tomá-lo diariamente em minha infância. Será que as pessoas que nunca enxergavam raça mesmo enxergando raça na verdade tinham certa dose de razão? Eu, por exemplo, talvez houvesse subestimado o pior restaurante asiático de Paris. Podia ser muito mais que o pior restaurante *asiático* — podia muito bem ser o pior restaurante de Paris, ponto. Para que nos insultarmos por conta própria mesmo nos depreciando por conta própria? Se lançassem um guia Michelin dos piores restaurantes, o nosso ganharia três estrelas! Inchei de orgulho perverso, mas logo desinchei ao ver Zangado, que passava um esfregão no chão quando entrei, apontar mudamente para a escada que levava ao banheiro.

Merde?, perguntei.

Merde, ele confirmou.

Merde! A palavra mais útil da língua francesa, fácil de pronunciar e que abrangia com eloquência condições que iam do literalmente fecal ao desagradavelmente existencial. Suspirei e me encaminhei ao banheiro, mas a cabeça de Le Cao Boi apareceu na porta da cozinha e disse, Camus, vem cá. O Ronin e Bon também estavam na cozinha, junto com dois anões que preparavam a carne de um animal morto desconhecido que pudesse em algum momento se passar pela entrada de uma refeição, talhando-a com seus cutelos sob a vacilante ponte de cinzas na ponta de seus cigarros. A visão de Bon lembrou-me do que eu viera ansiando e temendo, a apresentação de *Fantasia* dali a duas semanas, quando poderia rever minha adorada Lana, se estivesse com sorte, e Man, se estivesse — assim como ele — sem. Na iminência de nosso rendez-vous fatal, ainda não fazia ideia de como salvá-lo, e fiquei feliz em aceitar o conforto do cigarro que Le Cao Boi me ofereceu. Bon o acendeu e o Ronin disse, Encontramos seus sapatos.

Meus sapatos?

Lembra que a gente rastreou você pelo sapato? Esse rastreador é uma tecnologia de vigilância japonesa de ponta, não um aparelhinho vagabundo. O agente indochinês que me emprestou ligou para mim. Precisei admitir que me esqueci completamente de devolver. Daí na outra noite me ocorreu que você estava descalço quando a gente te encontrou. Daí me ocorreu que não vi seus sapatos em lugar nenhum naquele porão. Hum, fiquei pensando, será que...

Ele foi embora com o meu sapato.

O Ronin sorriu e apontou a caixa metálica industrial a seu lado sobre o balcão, o monitor verde de raios catódicos exibindo uma grade e um ponto piscando que se movia devagar. Faz dois dias que estou de olho nisso, disse o Ronin. Ele voltou ao mesmo lugar duas vezes seguidas e ficou por lá a noite toda. Imagino que vá voltar hoje.

Isso vai ser divertido, disse Le Cao Boi, rindo. Serviu para cada um uma dose de uma bebida chinesa execrável que parecia água e não tinha sabor, exceto pela queimação que deixava no esôfago. Engasguei com lágrimas nos olhos, mas Bon pareceu não se abalar. Minha falta de virilidade divertiu o Ronin, que deu uma risadinha enquanto se servia de uma segunda dose e murmurava de prazer após entorná-la.

Vai mesmo, disse, estalando os lábios. Vai ser bem divertido!

Não saímos imediatamente para encontrar o Mona Lisa. Primeiro eu precisava descer ao porão e desentupir a martirizada garganta engasgada da privada. Como tínhamos tão poucos fregueses no restaurante, e como nenhum jamais chegava ao fim da refeição, as chances de o culpado ser um visitante eram baixas. Enquanto isso todos os membros da equipe juravam de pés juntos não serem eles os responsáveis pela catástrofe, mas algum dos outros.

Não sente saudade, disse Le Cao Boi após eu voltar do banheiro tremendo e piscando para limpar as lágrimas, de como a gente fazia na nossa terra, agachando na beira de um córrego ou lago pequeno, observando as estrelas, escutando as cigarras? Apreciando o ar fresco! Nada de privada entupida nem banheiro fedorento. Só precisava tomar cuidado pra não ficar abaixo da correnteza. Aqui, toma mais uma, vai se sentir melhor.

Ele me serviu outra dose da bebida chinesa abominável, e de fato o ardor me ajudou a esquecer o que acabara de ver e cheirar. Testemunhar o interior de seres humanos nunca era uma experiência agradável.

Saímos assim que anoiteceu na van que o restaurante usava para abastecimento mas que fora repintada com o nome de eletricistas fictícios, LES FRÈRES CHIEN. Le Cao Boi dirigia mal, provavelmente de propósito, pois não havia bancos atrás e Bon e eu fomos no cavernoso compartimento de carga imundo e sem janelas, escorregando para a frente e para trás no assoalho, sob as risadas do motorista. Ninguém vai querer saber por que tem a van de um eletricista parada na rua, disse o Ronin do banco do passageiro, onde levava o monitor de rastreamento no colo, junto com um mapa contendo as coordenadas de onde o Mona Lisa estivera recentemente. Rodamos por meia hora, de ruas urbanas até a periferia, todo mundo fumando, enquanto Le Cao Boi mexia no toca-fitas e punha um mix de pop e rock cujo destaque era "Seasons in the Sun", que todos os quatro — e pelo menos dois de meus fantasmas — cantamos juntos, com lágrimas nos olhos:

Goodbye my friend, it's hard to die
When all the birds are singing in the sky
Now that the spring is in the hair
Pretty girls are everywhere
Think of me and I'll be there

A canção tinha a mistura adequada de pop alegrinho, melancolia tristinha e filosofia acessível que expressava à perfeição nossa sensibilidade vietnamita. Isso incluía a sensibilidade vietnamita honorária do Ronin, que, como todo branco aspirante ao status de vietnamita honorário, percebia ser este facilmente concedido, pois ficávamos todos pasmos, encantados e honrados que um não vietnamita quisesse se identificar conosco, o que, claro, era apenas mais um sinal do status desimportante do nosso país e da nossa colonização mental coletiva. Para franceses e americanos, bem como chineses e japoneses e qualquer imperialista, nada mais natural que todos quisessem ser franceses, americanos, chineses, japoneses e assim por diante.

We had joy, we had fun
We had seasons in the sun
But the hills that we climbed
Were just seasons out of time

Assim nos distraímos até Le Cao Boi parar a van diante do prédio onde morava o Mona Lisa e dizer, Agora a gente espera.

O Ronin bateu na tela do rastreador e disse, Está se movimentando. A alguns quilômetros daqui. Então olhou para mim. Vai precisar identificar o cara.

Passamos as duas horas seguintes com um na frente e os outros três atrás, fumando, jogando baralho e apostando, o que, depois da guerra e mais do que o amor romântico, costuma ser a principal causa de ruína de vidas vietnamitas. Mas éramos gângsteres! Arruinar vidas, incluindo a nossa, era a intenção declarada e o risco existencial da nossa profissão. As únicas coisas que não fazíamos para passar o tempo era beber álcool e fumar haxixe, pois, como proclamou o Ronin, estávamos ali a trabalho. Eu perdera tudo e sentava ressentido em um canto da van assistindo a Le Cao Boi e Bon apostarem com meu dinheiro quando o Ronin disse do banco da frente, Ele está mais perto. Bon e eu pusemos perucas de cabelo castanho, comprido, e gorros de lã, além de óculos escuros. Em seguida tiramos o blazer e a calça e vestimos blazers e calças que estavam em um saco de lixo com disfarces, que o Ronin tirou sabe-se lá de onde. Le Cao Boi deu partida na van e saiu, e me agachei entre seu banco e o do Ronin. Ele observava o monitor do rastreador e dizia, Esquerda, direita, direita, continua reto e assim por diante em nossa rota de interceptação do Mona Lisa, que parecia se mover devagar, provavelmente a pé após ter deixado a estação do RER. Pelo para-brisa, vi uma área cinzenta e deprimente de blocos de apartamentos dilapidados que, como seus moradores, nunca tiveram uma chance decente na vida. Se o centro metropolitano da Paris de cartão-postal era um banquete arquitetônico de tradições que induziam ao enlevo, essa colônia impalatável do *banlieue* era um fast-food arquitetônico. Então dobramos uma esquina e vi o Mona Lisa a poucos metros de distância, caminhando com os *meus* sapatos Bruno Magli. Vinha em nossa direção empurrando um carrinho de supermercado, um dos aspectos mais charmosos da vida em Paris, onde os moradores caminhavam para obter seu sustento diário, o que os mantinha em razoável boa forma, ao contrário do americano médio de traseiro estofado que pega o carro para qualquer distância superior a uma quadra.

É ele mesmo, falei, abaixando atrás do banco do Ronin como se não estivesse disfarçado. Casaco cinza. Le Cao Boi meteu o pé no freio, trombei com o encosto do banco do Ronin e caí de lado, enquanto Bon praguejou ao também ser jogado de um lado para o outro embora tivesse tido a presença de espírito de se segurar na maçaneta. Recuperando o equilíbrio, ele abriu a porta deslizante, expondo-me, e em seguida saltou para a rua. Ergui o corpo e fiz contato visual com o desnorteado Mona Lisa, que, na condição de gângster profissional, jamais deveria perder o norte. Bon encostou no Mona Lisa, ficando ambos muito próximos em um contato aparentemente fraterno ou amistoso, o que permitiu a Bon encostar o cano de sua P38 no flanco do Mona Lisa sem ninguém ver, e no momento em que o Mona Lisa parou, tentando decidir se corria, ficava imóvel ou obedecia ao que Bon lhe dizia em francês — *Allez! Dans le camion!* —, saltei da van, passei o braço sobre os ombros do Mona Lisa, encostei meu revólver, que fora seu, no seu flanco oposto e o empurrei para a van. Ele começou a gritar, mas o Ronin, que fora para a traseira da van, segurou-o pela lapela do casaco e o puxou para dentro. Pega o carrinho, disse o Ronin, e quando Bon tornou a entrar na van virei para fazer o mesmo. Nisso vi um sujeito de impermeável bege surgindo por uma porta próxima, um velho curvado como uma vírgula gritando comigo. Meu primeiro instinto foi pensar, *árabe*. E o que, ou quem, ele viu? Certamente não um asiático ou amarelo, devido ao disfarce. Não, o que ele viu foi minha identidade universal, a luz abrasadora do meu eu incontestável que brilhava através do abajur da minha pele, personificada na última coisa que disse, em referência a minha bastardice: *Para aí, filho da puta!*

Após rodar por meia hora, chegamos a outro mundo cinzento e periférico de armazéns, que não era o ventre nem o baixo-ventre de Paris, tampouco seu sovaco ou umbigo, mas antes a fenda entre as nádegas da cidade, o espaço que dificilmente alguém via e sobre o qual quase nunca pensava a respeito. Esse rego úmido e bolorento podia ser a mesma área depauperada onde o Mona Lisa me mantivera cativo, mas como nunca a vira à luz do dia, não dava para ter certeza.

Esquece que você sabe onde fica esse lugar, disse Le Cao Boi quando estacionou dentro de um armazém cinzento sem nome nem personalidade, seu exterior combinando com a palidez do céu.

O Ronin disse, Traz ele, apontando para o Mona Lisa, seus braços amarrados às costas e um saco na cabeça.

Bon e eu tiramos os disfarces, guardamos de volta no saco de lixo e vestimos nossas roupas. Então conduzimos o Mona Lisa aos recessos mais profundos do armazém, passando por torres de paletes com pilhas imensas de caixas escrito CAFÉ, até onde dois dos anões emergiam de uma sala, vestindo macacão, máscara e óculos de proteção.

O que eles vão fazer?, perguntei.

Repintar a van, disse Le Cao Boi. Les Frères Chien já era. Vão pintar de amarelo.

No fundo do escritório havia uma porta que dava em um depósito de materiais, e no fundo do depósito havia outra porta dando para uma sala vazia, sem janelas, cavernosa, perfeitamente fresca para vinhos e tortura. Empurrado por Le Cao Boi, o Mona Lisa caiu estatelado no piso de cimento sob a luz solitária do teto, um palco minimalista pronto para um drama avant-garde ao estilo de Samuel Beckett, que também era algo como um sádico quando se tratava de torturar seus espectadores. Eu assistira à montagem de *Dias felizes* e *Esperando Godot* no departamento de teatro do Occidental College e ficara absolutamente pasmo. O que aconteceu? Nada aconteceu! Mas se nada aconteceu, por que não conseguia esquecer as peças até hoje?

O Ronin virou para mim, piscou e sussurrou, Vamos amaciar ele para você. Depois falou, alto, Tira o capuz.

Por que sempre havia um capuz, ainda que por vezes fosse apenas um saco? Quantas vezes eu vira prisioneiros com a cabeça coberta, tropeçando cegamente ou, como agora, tiritando no chão? Depois que o Mona Lisa foi forçado a tirar a roupa, o Ronin e Le Cao Boi se revezaram com punhos e pés, bem como correntes, o bastão Louisville e o ocasional poema ruim de Le Cao Boi, com uma pausa aqui e ali para cervejas e tira-gostos. Bon e eu recostamos numa parede afastada, agachamos, sentamos no chão, fumamos e assistimos.

Sabe o que vai ser ruim?, perguntou Bon.

O quê?, disse eu.

Não vou ter a chance de fazer isso com o homem sem rosto.

Eu, que sempre era a pessoa com um plano, fui incapaz de articular um. Calcei meus sapatos Bruno Magli e tentei novamente pensar em algum esquema para salvar Man e manter meu segredo a salvo de Bon, mas não consegui me concentrar vendo e escutando o Mona Lisa, que grunhia, gemia, desabava, rolava, suplicava, gritava, soluçava conforme o Ronin e Le Cao Boi xingavam, zombavam, riam, gracejavam, apontavam e batiam polaroides de sua obra. Quando o Mona Lisa enfim perdeu os sentidos e pude escutar meus próprios pensamentos, Le Cao Boi limpou o suor do rosto e o sangue dos punhos e disse, Certo, agora é sua vez.

De quê?, falei, embora soubesse a resposta.

Seu filho da mãe maluco, disse ele, com uma risada, socando meu braço. Podia mostrar um pouco mais de empolgação. É todo seu por enquanto. Belo presentinho do Chefe, hein? Ele achou que você gostaria de uma doce vingança.

Tentei mostrar um pouco mais de entusiasmo, mas não tinha paladar para doces e tampouco era muito chegado à tortura, mais conhecida como interrogatório e menos conhecida como diversão. Hora da diversão! Era isso que Claude dizia sempre que traziam um prisioneiro. E como eu era muito bom no meu trabalho, fosse como interrogador, fosse como espião, fingia me divertir, ainda que meus dotes na época fossem precários: tentar extrair o máximo de segredos possível infligindo ao mesmo tempo a mínima quantidade de dor sobre o prisioneiro. Imaginava ter conseguido até que fiquei frente a frente com a agente comunista, tão nua então quanto o Mona Lisa estava agora. A sala de interrogatório onde ela tanto se divertira nas mãos e extremidades dos três policiais ofegantes, a qual chamavam de "cinema", tinha uma luz tão brilhante e ruim quanto o lugar onde estávamos agora. Seria além da capacidade de interrogadores compreender o valor da iluminação ambiente?

O Chefe falou que você é profissional, disse Le Cao Boi. Como se a gente não fosse.

Vocês não são profissionais como ele, disse Bon. Ele foi da polícia secreta. Um mestre em interrogatório do Special Branch! Havia orgulho em sua voz, por nossa amizade, minha competência, nossa missão de eliminar a ameaça do comunismo, que de algum modo ficara imbricado nesse outro projeto de gangsterismo. Mesmo assim, se Bon estava orgulhoso de mim, talvez fosse apenas porque eu nunca lhe contara sobre o interrogatório da agente comunista e, claro, nunca lhe contara que eu mesmo era, ou fora, a única coisa que ele jamais perdoaria: um comunista. Mas dava para a pessoa algum dia deixar de ser comunista, como dava para deixar de ser católico?

Sou um profissional, falei. Como um médico.

Se você é médico, qual é a sua especialidade?, disse Le Cao Boi.

Proctologia, respondi, o que fez Le Cao Boi, o Ronin e Bon arreganharem um sorriso, mais uma evidência de que enquanto interrogador eu sempre sabia onde pôr os dedos, dessa vez pressionando um polegar retórico entre as nádegas deles. Isso quer dizer que gosto de fazer meu trabalho em privacidade, acrescentei.

Sem pressa. O Ronin inspecionou uma unha lascada. Ninguém tem compromisso. Mas é bom providenciar sua vingança antes de o Chefe chegar aqui.

Que hora vai ser isso?

Le Cao Boi deu de ombros. A hora que ele achar melhor.

O que espera tirar dele?, disse Bon, apontando o Mona Lisa com o queixo.

Alguma coisa. Qualquer coisa. Ele matou um dos nossos.

O que significava, como todo mundo sabia, que o Mona Lisa devia morrer no final.

Fui deixado a sós com o Mona Lisa, exceto por um dos anões que chegou uma hora depois com o material que pedi para o interrogatório: um maço de cigarros, uma garrafa de uísque, duas garrafas de água (uma delas com gás) e o carrinho de supermercado do Mona Lisa. Esse anão era chamado de Grandão porque era o mais alto dos sete, o que não queria dizer muita coisa. Sabe até onde tive que ir para encontrar uma garrafa de uísque?, disse ele. O que um profissional vai fazer com uma garrafa de uísque, aliás?

Você não entende porra nenhuma de trabalho profissional, falei, dispensando-o com um aceno.

Seguro de que não sofreria novas interrupções a não ser dos meus fantasmas, entreguei-me a duas das minhas atividades de lazer favoritas, beber (número 3) e ler (número 2). Desde que vira o capanga escatológico com seu exemplar do *Cândido*, arranjara uma edição de bolso para mim. Tinha lido o livro no liceu e na época adorei sua comédia humana, e agora mais ainda. Meu professor esponja na verdade umedecera minha fronte com um pouco de morna sabedoria, pois o que proclamara certa vez para nossa classe era verdade: os livros significavam algo diferente quando relidos posteriormente, amadurecidos pela vida. Como nesta passagem mordaz, por exemplo, que me fez encolher de constrangimento e rir ao mesmo tempo:

> Gostaria de saber o que é pior: ser violado uma centena de vezes por piratas negros, ter uma nádega decepada, passar por um corredor polonês de búlgaros, ser açoitado e pendurado em um auto de fé, ser dissecado, ser forçado a remar nas galés — em suma, sujeitar-se a todas as misérias que cada um de nós sofremos — ou apenas ficar aqui sentado sem fazer nada?
>
> "Essa", disse Cândido, "é uma grande questão."

Grande, de fato! E maior ainda que a questão de Voltaire — mas não tão grande quanto, presumivelmente, os inexauríveis piratas negros em sua imaginação — era a dificuldade que eu tinha às vezes de odiar os franceses. Eram uns colonizadores filhos da puta mas haviam contribuído com a palavra *bâtard*, ainda que palavras como essas não se destinassem a um bastardo colonizado como eu, apenas metade francês e metade vietnamita, um problema matemático simples cuja soma era igual a desumano, demasiado desumano.

O Mona Lisa gemeu. Estava finalmente consciente, embora grogue e caído no chão, abanando a cabeça e babando um pouco, um paciente despertando do éter na mesa cirúrgica. Puxei-o para um canto e o deixei escorado. Ele ficou ali encolhido, o branco de seus olhos se movendo sob as fendas em suas pálpebras.

Que tal uma bebida? Essa pergunta, quando dirigida a mim, sempre me deixava um pouco mais animado. Sentei no piso frio a seu lado e servi um copo de uísque. Que tal duas?

Não bebo, ele murmurou.

Homens que não bebem sempre me deixavam um pouco chocado, mas tentei não ser crítico, ainda que ele estivesse perdendo uma das maiores invenções da humanidade. Então ofereci água e dessa vez ele aceitou. Firmei sua mão para erguer o copo, e quando lhe ofereci um cigarro não recusou. A água e o cigarro o reanimaram um pouco, e suas pálpebras se abriram um pouco mais.

Feliz agora?, murmurou. Você me pegou.

Não sei o que é felicidade faz tempo. Sabe, sou um homem com duas mentes...

Cala a boca.

... e sei como está se sentindo neste momento. É um talento que tenho...

Cala a boca.

... e já estive literalmente no seu lugar, caso tenha esquecido. Mas o que fizeram comigo não foi a primeira vez que alguém fez essas coisas comigo. E já fiz muitas coisas para muita gente, então sei como é fazer parte do lado que está se divertindo.

Cala a boca.

Nesse momento tem dois de você. Um sentado aqui me dizendo para calar a boca. O outro em algum lugar do teto, assistindo à cena. Não dá para separar a clara da gema sem rachar o ovo, como você foi rachado. Estou falando com a gema. A clara está lá no alto, um ectoplasma transparente, uma substância com consistência de sêmen...

Cala a boca.

Você pode não me entender mas também está me entendendo. Não está?

Por que não anda logo e acaba com isso de uma vez?, murmurou.

Às minhas costas meu quinteto de fantasmas, sem mover os lábios, entoou *Acaba logo com isso* mas eu os ignorei, assim como a ele. Falei, Não vou fazer com você o que você fez comigo. Conforme falava, estou certo de que olhava para o Mona Lisa do mesmo jeito que a *Mona Lisa* no Louvre olhava para o mundo, com intensa simpatia pelos milhões que iam vê-la. Se olhasse para alguém por tempo bastante, se escutasse tempo bastante, podia vestir seu rosto sobre um dos meus e observar o mundo por seus olhos. O objetivo, quando fui espião, era coletar informações que quadros acima de mim usavam para sabotar a causa da minha vítima. Quando era interrogador, questionando prisioneiros que não sabiam que estava secretamente do lado deles, meu propósito mudava. Se conseguisse fazer o torturado falar, talvez pudesse salvá-lo dos torturadores. Se conseguisse fazer o torturado parar de resistir, podia salvá-lo dele mesmo.

Vai ficar só sentado aí olhando pra minha cara?, ele murmurou. Fala alguma coisa.

Em vez disso ofereci silenciosamente mais água e cigarros, dois elementos fundamentais da vida. Bebemos um pouco d'água e fumamos bastante, que é a proporção correta, até que ele disse, Você se acha tão esperto, não acha? Uma espécie de Tintim? O mocinho? O Tintim para mim pode ir tomar no cu. Era só mais um colonizador.

Tinha mesmo acabado de insultar Tintim, o menino repórter, detetive amador, herói intrépido? Como fã desde o liceu, fiquei ofendido. Mas contive minha ofensa e toquei na questão mais grave: Não sou colonizador! Sou colonizado, como você.

Era a favor ou contra os franceses?

O Chefe acreditava que eu era a favor dos franceses, então, como sempre pego na minha própria armadilha, falei, A favor.

Ele riu outra vez. Claro. Seu pai era francês.

Odeio meu pai, falei, e tive uma sensação agradável ao proferir essa única sentença verdadeira, limpa como um osso.

O Mona Lisa me olhou da maneira como um aluno olha para um livro de matemática, com grande relutância e certo asco. Nunca diga que odeia seu pai, sentenciou afinal. Por mais babaca que seja. A gente vem do útero das nossas mães e do cu dos nossos pais.

Começara a falar, o que todo interrogador de verdade que está além de um simples torturador espera de sua vítima. Está com fome?, perguntei.

A fome levou a melhor sobre seu orgulho e ele assentiu com a cabeça. Remexendo em seu carrinho de compras, encontrei pistas sobre sua existência: Orangina, um pote de Nutella, guardanapos de papel, cenoura ralada, uma dúzia de ovos e um pacote de croissants industrializados, coisa que me pareceu triste ou criminosa, ou ambas, neste país. Havia também algumas bananas moles, passando do ponto, e descasquei uma e lhe ofereci. Mas suas mãos, após serem pisoteadas pelo Ronin e por Le Cao Boi, não conseguiram segurar a fruta, de modo que fiz a gentileza. Ele comeu devagar. Uma mordida, duas mordidas, e então na terceira, com a banana pela metade, uma lembrança não de todo digerida subiu das minhas profundezas insondáveis, uma lembrança em que não pensava havia anos, talvez décadas, da minha mãe me dando banana no café da manhã enquanto eu lia, sentado em um banquinho, meu livro no colo, a banana em sua mão, pairando perto da minha bochecha. Minha mãe, que não sabia ler a não ser muito devagar e em voz alta, em nenhum momento duvidou que eu deveria aprender a ler, e ler o tempo todo. Você nasceu para ler, me disse mais de uma vez. E assim eu lia sem parar, e só agora admitia para mim mesmo o que minha mãe me explicara na única vez que perguntei de onde vinham aqueles livros — da biblioteca pessoal do meu pai.

Tendo terminado de comer a fruta macia e suculenta, o Mona Lisa recostou, restando-me o couro de leopardo da banana, amarelo e salpicado de preto. Atirei a casca escorregadia longe, num canto, onde mandaria o Grandão limpar mais tarde. Tem banana na Argélia?, perguntei. Mantenha a vítima falando, faça com que se sinta à vontade, uma conversa sendo a melhor e mais duradoura forma de sedução.

O Mona Lisa resmungou e disse, Sei lá. Só estive duas vezes na Argélia, quando era criança, meus pais achavam que precisava conhecer.

Por ter nascido lá, falei.

Eu não nasci lá! Nasci aqui. Sou francês... oficialmente.

E extraoficialmente?

Na Argélia me chamam de francês. Mas aqui, às vezes, as pessoas dizem que sou argelino. Às vezes, que sou árabe. Se eu der bastante sorte, árabe imundo.

Prazer, árabe imundo. Sou o Bastardo Maluco.

Ele sorriu com benevolência. Na verdade você é o Chinois.

Ah, é? Então você... Parei. Fiquei envergonhado de nunca ter conhecido nenhum argelino, árabe, muçulmano nem norte-africano antes de vir a Paris. Desculpa, falei com toda a sinceridade. Mas não conheço nenhum insulto racial para você.

Não? Essa é inédita. Certo... tenta *bougnoule*.

Como?

Vamos lá. *Bougnoule!* Não seja tímido.

Bougnoule!

Perfeito!

O clarão do sucesso iluminou minhas entranhas, um calor tão reconfortante quanto o induzido pelo mais refinado uísque, vodca, brandy ou conhaque. Meu francês estava melhorando!

Agora diz, *Sale bougnoule*, só que com mais força. Põe saliva nisso aí.

Sale bougnoule!

Melhor ainda! Igualzinho um francês. Ou francesa. Ou até uma criança francesa. Só nunca me chama de *arabe de service*. Te mato.

O Mona Lisa estremeceu de rir e uma onda de ternura cobriu as areias frias do meu coração. Experimenta um pouco disso, falei, pegando uma dose do remédio no meu bolso. Como diabos aquilo tinha ido parar ali? Eu não havia jogado tudo na privada? Como continuava reaparecendo magicamente nos meus bolsos? Uma pequena bala de mosquete de pó branco embrulhada em filme plástico. Vai se sentir melhor, falei. Ou não sentir mais nada, o que na sua situação dá na mesma.

Ele contemplou o pó branco por um momento, hesitando, até que aceitou. O remédio era versátil como um ator coadjuvante. Podia ser esfregado na gengiva, injetado na veia ou aspirado pela narina. Servi quatro carreiras brancas sobre uma caixa de biscoitos salgados que peguei no carrinho. A seguir enrolei uma nota de dez francos e lhe ofereci para cheirar a primeira. Depois a segunda. Uau, falei. Então a terceira. Quando cheirou a quarta, falei, Você nasceu para a coisa.

Como? Ele ergueu o rosto, fungando. Quer um pouco?

Para alguém que não bebe, mandou tudo rapidinho.

Como os americanos dizem? Ah, é. *It's good shit.* Não sinto quase nada.

Esgotado o estoque do remédio, acendi um cigarro de haxixe, que o Mona Lisa também compartilhou comigo. Como foi que um jovem educado que nem você acabou fazendo isso?, falei em meio à fumaça misturada dos nossos pulmões, questão que o levou a rir outra vez.

Pergunta pro meu irmão, disse. Foi dele que você roubou o lugar.

Não vi nada escrito dizendo que era o dono da rede de contatos dele.

Verdade. O Saïd é maluco, igual a você. Ou maluco do jeito dele.

Então onde ele está? No asilo?

No Afeganistão. Afeganistão! Eu nem sabia da existência disso até ele decidir ir para lá. Enfiou na cabeça que queria combater os soviéticos. O que aquilo tem a ver com a gente? Quem liga pro comunismo? Quer saber o que ele disse? Não tem a ver com o comunismo. Tem a ver com o islã. Os soviéticos estão matando nossos irmãos. Irmãos?, falei. Outros muçulmanos, ele falou. Por isso ele é maluco. Não estava nem aí para o islamismo quando a gente era criança. Não estava nem aí para o islamismo há três anos. A vida dele era igual à sua e à minha, roubar, vender droga. Pura diversão! O mínimo que podia fazer era me passar a rede dele, mas sabe o que ele disse? Não quero encorajar você.

Como se sentiu sobre isso?, perguntei.

Queria dar uma porrada na cara dele.

Por ser um sujeito em quem muitas pessoas queriam dar uma porrada na cara, ou em ambas as caras, senti certa simpatia por Saïd. Ah, essa maldita emoção outra vez! Saïd Maluco. Mas de que outro modo deveríamos chamar alguém desafortunado o bastante para acreditar em Deus? Ou seria Alá? Ou Maomé? Eu entendia tanto de islamismo quanto de árabes. Mas o islamismo era uma religião assim como o catolicismo, e toda religião era construída sobre areia movediça. Precisavam que as pessoas acreditassem em alguma coisa.

Eu fui uma delas até ser forçado a não acreditar em nada, coisa que, se a gente pensa a respeito, dá no mesmo que ser religioso.

Acho que devia perdoar seu irmão, falei.

Perdoar?

Como perdoei você, falei, com entonação clerical.

Você, me perdoar? Seu rosto se contraiu. Pelo quê?

Eu, que não me chocava facilmente, fiquei em choque. Por me torturar, gaguejei. Me obrigar a jogar roleta-russa! Esqueceu?

Ele caiu na risada. Se rir era o melhor remédio, eu devia ser um ótimo proctologista. Devia ter visto a sua cara, disse. Foi hilária! Então parou de rir e disse, Não preciso do seu perdão.

Não precisa me pedir perdão para eu perdoar você, falei.

Não quero o seu perdão!, ele gritou. Foda-se você e o seu perdão!

Não precisa querer o meu perdão. Estou dando pra você.

O Mona Lisa pareceu confuso, bem como meus fantasmas, às suas costas. Esperavam por um ato de vingança medieval, que na verdade nem era tão medieval assim, tendo em vista a frequência com que nossos mui civilizados colonizadores haviam perpetrado em nós políticas de punição e tortura com séculos de existência até, sei lá, há alguns anos, bem quando achávamos justificado estripar nossos inimigos e batíamos no peito de orgulho patriótico. Mas se eu havia surpreendido o Mona Lisa e meus fantasmas, também havia me surpreendido, algo que é sempre o melhor ou o pior tipo de surpresa. Não tinha nenhuma intenção de perdoá-lo, embora ainda não tivesse certeza do que faria. Só quisera vê-lo de homem para homem, de rosto para rosto, de virilha para virilha, para descobrir. O motivo de eu poder perdoar você, falei, minha voz enfunando-se ao vento da minha altivez, é porque o que fez comigo eu fiz com outros. Não sou melhor do que você e possivelmente até pior.

Não lamento, disse o Mona Lisa. Porra, faria tudo de novo, seu *bâtard*.

E eu voltaria a perdoar você, falei.

Houve um tempo, ou seja, ao longo da maior parte da minha vida, que teria ameaçado arrancar os olhos e as patelas de alguém que me chamasse disso, filho da puta, bastardo. Como Deus não devia ser chamado por Seu nome, eu não devia ser chamado de "bastardo".

Toda vez que me chamavam de bastardo, meu rosto enrubescia, meus batimentos cardíacos se aceleravam, meus punhos ficavam cerrados, minha garganta se contraía e os nódulos linfáticos da raiva inundavam minha corrente sanguínea. Mas nesse momento mantive a calma. O que acontecera? Eu conseguia me enxergar de seu ponto de vista. Habitando seu coração e seu cérebro, sendo o simpatizante por excelência, sabia que me chamava por meu verdadeiro nome, o número serial do meu ser gravado em todas as minhas estruturas celulares pela mão que me fizera. E contudo ele também era um bastardo, ao menos no sentido moral. Apenas alguns palmos de distância nos separavam uma vez que eu admitisse nossa humanidade ou, talvez mais provavelmente, desumanidade comum. E qual era a diferença? Dizer que éramos todos humanos era apenas sentimental, mas dizer que éramos todos desumanos era verdade. Em que época nós humanos não fomos uns filhos da puta?

Você é um filho da mãe esquisito, murmurou.

Preciso ser, se quero perdoar o imperdoável.

O Mona Lisa pareceu confuso. Isso é impossível.

Toda revolução acontece para tornar o impossível possível, falei. E eu sou um revolucionário que encontrou sua revolução.

Você é um idiota que ficou maluco.

Isso também pode ser verdade.

PARTE IV

VOUS

16

Você sabe o que sabe.
    Você sabe o que *não* sabe.
        Mas o que *não* sabe que *não* sabe?
            E o que *já* sabe que se *recusa* a saber?

Esses foram os princípios e questões que Claude, o mestre, instilou em mim, seu ávido aprendiz, ao longo dos meses e anos em que fui da polícia secreta do Special Branch, uma divisão da CIA conduzida segundo os métodos de vigilância mais avançados e sofisticados dos Estados Unidos da América, implementados em meu país com uma série de condições pela equipe improvável de tecnocratas de cabelo escovinha da obscura Universidade Estadual do Michigan. Não sabíamos na época que a Universidade Estadual do Michigan era a segunda melhor universidade de um estado de escalão mediano. As únicas universidades americanas das quais ouvíramos falar seriam Harvard e talvez Yale ou Stanford, de modo que atribuímos o fato de nunca ter ouvido falar da Universidade Estadual do Michigan a nossa ignorância. Antes de ir aos Estados Unidos como aluno estrangeiro, a única coisa sobre o Michigan que eu sabia era que fora o destino favorito de verão do jovem Ernest Hemingway, que, dizia Claude, certamente teria ido ao Vietnã durante a guerra para pôr à prova sua masculinidade e seus talentos de escritor não fosse já ter se submetido à prova final de uma escopeta.

Só sendo mesmo macho de verdade pra morrer desse jeito, disse Claude quando me presenteou com um exemplar de *Homens sem mulheres* no meu aniversário de vinte e cinco anos, o primeiro presente que ganhei na vida, a menos que também conte meu nascimento, que era e sempre seria o maior presente de todos, dado a mim pela única pessoa capaz de fazê-lo, minha mãe. Seu primeiro presente?, disse Claude, espantado. Contei que nunca sequer tivera uma festa de aniversário, ao menos de que me lembrasse, uma vez que meu povo — os vietnamitas, não os franceses — não comemorava aniversários, a não ser o primeiro e o octogésimo. Completar um ano era significativo, tendo em conta as taxas de mortalidade, e chegar aos oitenta também era um marco, considerando as inúmeras maneiras pitorescas de morrer em uma terra pobre, rural, caótica e injusta (embora ainda bela) como a minha.

Viva e deixe viver, disse Claude, entregando-me o presente embrulhado em jornal. É o meu livro favorito do Hemingway, continuou, enquanto eu me acomodava em seu apartamento levemente abafado no Eden, sede da CIA em Saigon. Hemingway foi chamado de o maior escritor do maior país do maior século da história humana, disse Claude. Logo, o maior escritor de todos.

Serviu-me dois dedos de Jack Daniel's e fiquei grato por seus dedos serem bem mais grossos que os meus.

Homens menores teriam simplesmente usado uma pistola de cano curto, disse Claude, erguendo o copo com a reverência com que meu pai erguia o cálice perante a congregação. Mas o Papa Hemingway preferiu uma escopeta. *Blam!*

Que todos nós sejamos igualmente corajosos no fim, Claude disse depois a todos os seus alunos, dos quais apenas eu já ouvira falar em Hemingway, e só porque tinha lido *O sol também se levanta* nas aulas do professor Hammer sobre a era do jazz e a geração perdida no Occidental College. Fico imaginando, matutou Claude diante da classe confusa, se o Papa Hemingway se conhecia. Se realmente se conhecia. Porque o trabalho de vocês como interrogadores é se conhecerem de modo a conseguir convencer a vítima a se conhecer. Estou falando de interrogadores de verdade, rapazes. Não de torturadores. *Vocês não são torturadores.* Qualquer um pode ser um torturador, ainda que isso também seja um tipo de arte, assim como pornografia pode ser um tipo de arte.

O uso que Claude fazia da crítica literária para ilustrar técnicas de interrogatório às vezes confundia meus colegas, mas ele provinha de uma linhagem rarefeita de americanos viris que era tão patriótica quanto aristocrata. Como eu, frequentara um internato, a superelitista Phillips Exeter Academy, na Nova Inglaterra. Lá ele leu os clássicos, praticou remo e se preparou para ingressar na tropa de choque do excepcionalismo americano, que é como os americanos delicadamente se referem ao "imperialismo americano", expressão que nunca deve ser dita a americanos, que acreditam de verdade, como qualquer imperialista, que dominaram o mundo para o bem do próprio mundo, como se o imperialismo fosse uma espécie de penicilina (para os nativos), com o poder, o lucro e o prazer sendo apenas surpreendentes efeitos colaterais (para os médicos). Como eu, Claude acreditava na virtude da arte e da literatura, e não achava nem um pouco contraditório alguém com refinamento cultural ser também um guerreiro. Como os gregos, dizia. O corpo e o que fazemos com ele também é uma arte.

Assim pratiquei a arte aprendida com Claude no corpo — e na mente — do Mona Lisa ao longo das duas semanas seguintes no armazém, como também o fizeram Bon, o Ronin e Le Cao Boi, e gradualmente ficou claro que para o Ronin e Le Cao Boi esse interrogatório era uma arte pela arte. Bon encarava o interrogatório como um exercício físico, algo que podia ou não ser agradável mas que devia ser feito de forma eficiente e relativamente rápida. Só que o Ronin e Le Cao Boi não eram eficientes, aparecendo dia sim dia não para se divertir, sem pressa de chegar a seu objetivo de descobrir onde o resto dos camaradas do Mona Lisa estavam escondidos de modo que o Chefe pudesse liquidar a competição. Quanto ao Chefe, fez uma única visita para inspecionar nosso progresso. Examinou o corpo encolhido, nu, espancado do Mona Lisa e pareceu se dar por satisfeito, mas não ficou impressionado com as informações que eu extraíra e registrara em um caderninho, como a cidade natal dos pais do Mona Lisa (Sour El-Ghozlane), seu desempenho acadêmico (medíocre), passatempo preferido (aeromodelismo), comida favorita (*döner kebabs*), o destino de um de seus tios (jogado no Sena pelos gendarmes junto com dezenas de outros argelinos, uma vez que porcos são porcos, não importa a nacionalidade), suas opiniões políticas (alguma coisa entre a apatia e o anarquismo) ou motivações para se tornar um gângster. Como eu, tinha problemas com o pai. Mas não odeio meu pai, disse o Mona Lisa. Ele batia em mim e nos meus irmãos, mas só porque os franceses bateram nele primeiro. Ou pode ser que não fosse só por isso. Talvez na verdade fosse só mais um babaca e os franceses pioraram a coisa. Vai saber. Um dos meus outros tios lutou contra os franceses na Argélia. Os paraquedistas capturaram ele e meu pai — um adolescente na época — teve que buscar o que sobrou do irmão para enterrar. Isso fode com a sua cabeça. Depois fode com a cabeça dos seus filhos e daí seus filhos fodem com a cabeça dos filhos deles e por aí vai.

Se tem tanta clareza da merda que é tudo isso, falei, por que não tenta parar?

Tentar? Eu tentei. Não ia tão mal na escola. Sabia usar gravata e como me portar numa entrevista de emprego. Meu francês é fluente. Nasci aqui. Mas dava para perceber como a voz no telefone ou a expressão do rosto mudava quando pronunciavam meu nome, se chegasse a tanto. Moussa. O nome não é francês, falavam, como se só tivessem aceitado fazer a entrevista para dizer isso na minha cara. Eu precisava só mudar de nome. Admito que tentei usar alguns nomes diferentes. Gaspard. Maxime. Charles. Não funcionou. Parecia ter alguma coisa errada. Daí eu pensei, *Estudei nas suas escolas, que são minhas escolas. Aprendi sua língua, que é a minha língua. Não me sinto minimamente árabe, a não ser quando me chamam de árabe. E isso não basta? Agora preciso mudar de nome também, o nome que meus pais me deram?* E eu sabia que a coisa não pararia por aí. Não ia ter fim. Não se dariam por satisfeitos enquanto eu não me casasse com uma mulher parecida com eles, tivesse filhos mais parecidos com eles do que comigo, fizesse amizades apenas entre eles. Queriam minha alma. Não quis dar isso pra eles. Podia ser cem por cento francês ou só um árabe imundo, então em vez disso decidi ser cem por cento gângster.

Registrei esse diálogo no caderninho, que o Chefe leu por alto e atirou no meu peito. Por que estou pagando você para essa merda? Programa de televisão, músicos favoritos? A mulher ideal? O que ele quer fazer da vida? Está escrevendo a biografia dele? *Ninguém quer saber dessa merda.*

Parou, me fuzilando com o olhar, e baixei o rosto, submisso, enquanto ambos aguardávamos o transcorrer do silêncio apropriado a responder sua pergunta retórica.

Você tem até sábado pra resolver esse negócio, disse o Chefe, encerrando. É a noite de *Fantasia* e vai ter uma festa muito especial na sexta para BFD e muitos outros VIPS. Ele gostou de conhecer o Céu. Adorou. Já voltou lá umas duas vezes. Se gostou do Céu…

Vai pirar com o que a gente tem planejado pra ele, disse o Ronin, dando risada.

O que tem planejado?, perguntei.

Espera só pra ver. Você vai participar do show. A gente precisa de todo mundo que puder. Esteja lá às seis. O show começa às nove, disse o Chefe. Passou-me um endereço na luxuosa Avenue Hoche, não muito longe de onde morava um dos meus clientes, um advogado loquaz especializado em fusões e aquisições. Quanto a esse cara, se não consegue terminar o serviço deixa comigo, disse o Chefe, dando um chute nas costelas do Mona Lisa. O Mona Lisa gritou teatralmente, sabendo que se a encenação não fosse à altura o Chefe o chutaria de novo, e com mais força. Então o Chefe partiu na companhia de Bon, que disse, a título de despedida, Quando você aparece para um jantar com a Loan? Dei uma desculpa sobre como esse interrogatório do Mona Lisa estava tomando todo o meu tempo quando a verdade era que ver Bon com outra mulher me deixava incomodado.

Quem sabe até com inveja?, perguntaram meus fantasmas, com uma gargalhada coletiva.

Cala a boca, falei.

Não falei nada, murmurou o Mona Lisa do chão.

Eu voltara a ficar a sós com ele enquanto fora do armazém dois anões guardavam o café, que, ao contrário do haxixe, nunca sussurrava. Não tinha a menor necessidade de falar. Poderosos de verdade deixam que outros falem por eles.

Do que o seu chefe estava falando?, murmurou o Mona Lisa do chão.

Você só tem mais uma semana, respondi, o que significava que me restava também apenas uma semana antes de Bon enfrentar Man, se Man comparecesse a *Fantasia*, o que faria, porque *Fantasia* era como oxigênio para o nosso povo. Todo mundo precisava de oxigênio, não importava a idade, ocupação ou convicções. Por uma noite deixaríamos nossas diferenças de lado, a favor ou contra o comunismo, e nos uniríamos em nosso apreço profundo pelo canto, pela dança e pela comédia vulgar, quanto mais vulgar melhor. Por um lado, eu não via a hora de encontrar Lana. Por outro, queria postergar indefinidamente o momento de ver Bon de arma na mão, apontando para o homem sem rosto que assombrava seus sonhos. Nesse meio-tempo, não sabia como me livrar dessa situação com o Mona Lisa, que resistira a todos os meus apelos e persuasões. Talvez eu não tivesse esgotado todos os truques aprendidos com Claude, nem os que inventara por minha conta. Ou talvez estivesse cansado de saber coisas e não quisesse fazer o Mona Lisa falar porque não queria saber o que ele sabia. Ou talvez já soubesse o mais importante que o Mona Lisa sabia, esse homem que dissera, mais de uma vez, ora com resignação, ora numa postura desafiadora, Prefiro morrer.

Percebi que ficara em Paris tempo demais e que estava assimilado demais quando cheguei ao endereço na Avenue Hoche exatamente às seis da tarde na sexta-feira. Pontualidade não é uma característica do meu alegre povo, cuja noção de tempo é mais flexível que a francesa. Para eles, o elegante edifício diante de mim podia ficar a uma hora do apartamento do Mona Lisa ou a três, dependendo do humor. O saguão de mármore, as portas duplas realçadas por detalhes de latão, as paredes espelhadas e o candelabro de cristal sugeriam que qualquer morador desse endereço provavelmente valia mais do que o prédio do Mona Lisa e todos os seus inquilinos juntos. Quando me vi no espelho que cobria a parede inteira, meu reflexo me lembrou de que estava agora com trinta e sete anos segundo o método ocidental. Pelo costume vietnamita, com trinta e oito, considerando o período que vivi de aluguel no útero da minha mãe por nove meses. E por que não levar em conta esses meses? Eu fora aquecido e nutrido no melhor tipo de tanque de privação sensorial do mundo, em oposição ao pior, os aquários que privavam prisioneiros de toda luz, som e sensação, reduzindo-os a trêmulas massas gelatinosas, algo que Man fizera comigo no campo de reeducação após ler o manual de interrogatório da CIA. Pareci vagamente amarelo na parede espelhada, trajado como garçom de um restaurante vagabundo, com uma enfadonha calça preta e uma camisa branca de manga comprida já não mais tão branca. As partes mais glamourosas eram meus sapatos Bruno Magli e meu cabelo, puxado para trás com brilhantina à maneira das décadas de 1930 ou 1940, quando todo homem usava cabelo reluzente e curto, e não longo e despenteado como na insípida moda atual. Mas, fora meu cabelo, que continuava preto, o resto de mim estava velho e cansado, o foguete auxiliar da minha juventude descartado havia muito tempo a caminho de orbitar a meia-idade. Muito provavelmente já vivera metade da minha vida, o que não era tão ruim, considerando os infindáveis litros do meu adorado uísque, os incontáveis cigarros que apreciara e as dúzias de mulheres a quem esperava ter proporcionado horas agradáveis.

Fui elevado ao quarto andar do edifício de seis pavimentos, que não me pareceu um local tão impressionante até eu perceber mais tarde que o apartamento era triplex. Quando as portas do elevador se abriram, emergi em um patamar hexagonal forrado por um grosso carpete vermelho vivo onde minhas solas afundaram. Os corrimãos eram de madeira escura polida, que suspeitei ser extraída sem anestesia de alguma colônia despojada. Nada rangia nem cheirava a mofo, charmosa condição de quase todos os edifícios parisienses que visitara. Apertei com raiva o botão e uma campainha berrou do outro lado. O capanga escatológico abriu a porta, usando apenas uma tanga branca em torno dos quadris, um colar de ferro no pescoço e três band-aids: os anteriores, no rosto e na têmpora, e outro na diagonal sobre o peito esquerdo, três pálidas pistas de pouso flutuando em sua pele negra.

O que está fazendo aqui?

Não pergunta, ele murmurou.

Mas que roupa é essa, pelo amor de Deus?

Não pergunta, voltou a murmurar.

Não só estava quase nu como também reluzia com o brilho de um carro zero, seu corpo coberto de óleo cintilando sob a luz. De algum lugar além do foyer vinha um burburinho de vozes, o barulho de pratos e o tilintar de copos.

Sua fantasia está no alojamento dos empregados, disse o capanga escatológico, no último andar. Quando fiz menção de passar ao foyer, ele abanou a cabeça e apontou. Atrás de você. Usa a escada do fundo.

Às minhas costas, a ampla escada principal subia em caracol em torno do poço envidraçado do elevador. No lado oposto ao poço, uma porta dava em outra escada, mais estreita e mais escura. Olhei para essa escada, olhei para ele e falei, Quer dizer que estamos na guerra de movimento ou na guerra de posição?

Sua expressão se torceu num esgar e ele fechou a porta na minha cara. Subi ao quinto e sexto andares e depois peguei uma última escada até o topo propriamente dito, o sótão, guardado por um dos sete anões — o que chamavam de Nojento, por motivos que me abstive de perguntar. Ele vestia um turbante, um colete de brocado vermelho sem nada por baixo, uma voluptuosa calça branca de seda fofa e sapatilhas roxas bordadas com a ponta curva. Nem pergunta, grunhiu ele, abrindo a porta e sinalizando que entrasse. E acho bom esquecer o que acabou de ver.

Ali podia ser um sótão, mas, ao contrário do apartamento que eu dividira com Bon, não se via tinta descascando, o assoalho de tacos não estava opaco e não havia rachaduras nas janelas. O primeiro ambiente revelou um cabide de fantasias e o Ronin diante de um espelho, ajeitando seu smoking. Ele apontou o queixo para os figurinos.

Essa noite você está encarregado de circular com a mercadoria, disse. É pra se vestir como um vietnamita de verdade.

O traje do Ronin era o casual colonial: terno branco de linho, camisa branca de linho e sapatos oxford marrons. Meu traje vietnamita era um *ao dai* marrom e calça preta de seda, complementado por um fedora preto, a indumentária de um gângster de Cholon na década de 1920, visual de marginal romântico que na verdade apreciei.

Vai ser um show daqueles, baby, disse o Ronin, piscando e passando ao conjunto de salas seguinte. Vamos indo.

Dentro das salas contei treze garotas, todas noventa por cento nuas e cem por cento blasées, arrumando-se sob a supervisão da madame expressionista, que vestia um terninho reluzente colado feito de algum tipo de tecido espacial prateado. Três garotas negras, três outras que tive razoável certeza de serem árabes ou norte-africanas e três cuja brancura era tão branca que pareciam de fato brancas: uma loira, uma morena e uma ruiva. As outras quatro eu já conhecia — Peônia Matinal, Lótus Graciosa, Crème Brûlée e Madeleine. As garotas ergueram o rosto quando o Ronin e eu entramos e em seguida retomaram sua transformação de garotas naturalmente atraentes em dispositivos incendiários femininos. A conversa e o rugido dos secadores enchiam o ar. Crème Brûlée apenas curvou o lábio para mim, mas Madeleine deu uma piscadela. Não fiquei nem um pouco surpreso quando meu coração bateu mais forte e minha respiração se acelerou à visão de toda aquela carne impecável, reluzente, na maior parte depilada, bem como dos seios desnudos, flutuantes, a única concessão ao recato sendo as calcinhas de renda tão insubstanciais e fascinantes quanto anúncios de TV. O que me surpreendeu foi o desconforto se agitando em minhas entranhas, uma turbulência diarreica de repulsa que arruinava todo o prazer.

Sei como é, sussurrou o Ronin, como se pudesse ler pelo menos uma das minhas mentes. *Sei como é.*

No momento em que o primeiro convidado chegou, eu estava fantasiado. Junto com o capanga escatológico, fui receber os convidados no vestíbulo, no primeiro piso do apartamento triplex. Vasos com palmeiras adornavam o ambiente, um tapete oriental cobria o chão, resignado em ser pisoteado por sapatos — coisa que jamais teria acontecido no genuíno Oriente —, e na parede havia uma pintura chinesa, uma paisagem de montanhas enevoadas com um ser humano minúsculo galgando uma trilha íngreme, apequenado pela região majestosa a sua volta e pelo poema em caracteres chineses que eu não sabia ler porque os chineses não colonizaram meu povo bem o bastante. Ambientação extra era proporcionada pelos palitos de incenso queimando em todas as salas, bem como pelo quarteto de jazz no canto do salão. Um baterista, um violoncelista, um sax alto, um pianista, todos em ternos alinhados, reluzentes, dois deles com chapéu pork pie, donos de passaportes americanos e herdeiros do pedigree jazzístico mais autêntico e descolado: Chicago, New Orleans, Harlem, Washington, DC. Eu conversara com eles antes de os convidados chegarem e os deixei boquiabertos com meu inglês americano e meu conhecimento do idioma e da cultura americanos, incluindo o jazz, uma paixão do professor Hammer, meu orientador, que tinha uma predileção pelo estilo da Costa Oeste e pelo bebop. Daí eu ser capaz de desfiar nomes — Charlie Parker, Thelonious Monk, Dizzy Gillespie, Ella Fitzgerald, Billie Holiday e outros. Os integrantes do quarteto assentiram com a cabeça à menção dessas lendas. Como eu, eram refugiados, no seu caso escapando do barrigão flácido do tosco racismo branco americano para cair em pleno seio do presunçoso e enfatuado racismo parisiense. Quando fui testar meu francês com eles, o líder do quarteto balançou a cabeça e sussurrou, Não, cara, a gente não fala francês. Olha, a gente *sabe* falar, mas não fala *aqui*. Ou se tiver que falar, porque precisa, tem que falar mal, igual *americano*, sacou? Se a gente fala francês direito acham que somos *africanos*. A gente é muito bem tratado quando pensam que somos *americanos*, mas se acham que somos *africanos*...

Tratam que nem *merda*, disseram os outros três.

O quarteto estava tocando Dexter Gordon quando os convidados começaram a chegar, todos de bom humor, e por que não? Uma genuína banda americana de negros tocava jazz, a maior contribuição cultural americana para o mundo se por cultura entendermos algo digno dos grandes, não as outras contribuições notáveis do século XX que transformaram o mundo: o rock and roll, o fast-food, o avião e a bomba atômica. O que mais fazia a alegria desses convidados? Por que não um africano sorumbático, ameaçador e seminu para abrir a porta, capturado e transportado do coração das trevas, e um traficante de drogas indochinês para apanhar seus casacos? Nosso duo afro-asiático de criados oferecia a dose exata de perigo e excitação, algemados pelo servilismo e animados pelo mistério. Não admira que Bon tenha se recusado a participar, como o Ronin me contou. Para não mencionar o espetáculo das garotas seminuas, que ofenderiam seu catolicismo devoto. Eu o veria na noite seguinte em *Fantasia* e planejava aceitar, enfim, o convite de Loan para jantar. Eu o ajudaria a seguir em frente com sua vida, a admitir que podia prantear a esposa e o filho mortos e ainda assim encontrar um novo amor. Mas nessa noite queria regredir. Como instruído pelo Ronin, fazia mesuras e falava um francês precário, bom o suficiente para ser compreendido e ruim o bastante para ser desdenhado enquanto puxava o saco dos convidados, gesto tão importante para alguém como eu quanto o hábito francês dos beijinhos nas bochechas. O único modo pelo qual os convidados se davam conta da minha presença era despejando sobre mim seus casacos de qualidade superior, adequados a homens que pareciam muito abastados e muito brancos, inclusive nos cabelos. O mais moreno que alguém chegava a ser era ter o cabelo castanho, e havia muito pouco desses tipos de meia-idade. Um deles vestia um nada imaginativo smoking preto com gravata-borboleta, indumentária que prometia uma interação sexual tão excitante quanto a oferecida por um missionário. Outro se vestia nostalgicamente com um terno de linho branco como o do Ronin, mas complementado pelo garboso toque de um chapéu de safári. Potencialmente mais excitante, ou aterrorizante, era o homem usando monóculo e smoking jacket de veludo roxo cuja aura de fumaça de charuto mascarava possíveis odores corporais. Havia também o caçador de presas grandes em um traje de safári completo, munido de rifle de caça com mira telescópica e um calo invisível na alma. Dois outros convidados usavam uniforme militar apertado demais para seus avantajados corpos entrados em anos, um com estrelas de general e o outro com o traje cáqui e quepe branco da Legião Estrangeira. Dois deles me deixaram muito curioso com suas variedades de mantos e turbantes orientais saídos de algum lugar do Oriente Médio ou do norte da África. Um deles até escureceu o rosto com o que parecia ser cera de sapato, de modo que o branco dos seus olhos e o vermelho dos seus lábios ficaram ainda mais pronunciados. Sou Aladim, dizia com orgulho para quem perguntasse, e também para quem não perguntasse, eu entre eles. O Aladim de turbante abriu um largo sorriso ao se apresentar, movimentando as mãos escurecidas e sacudindo os dedos escurecidos, e as unhas brancas e os dentes brancos brilharam ainda mais contra a negrura de sua pele, embora, considerando que deveria ser árabe — Aladim era árabe?, de repente fiquei em dúvida, mas certamente era um oriental de algum tipo —, sua pele devesse ser considerada marrom, embora o Aladim tivesse usado cera de sapato preta e não marrom, mas como estávamos no reino da fantasia que diferença fazia se esse babaca místico era preto ou marrom, ou o que de fato era preto ou marrom quando se discutia tons de pele em função da verossimilhança com cera de sapato? Outro que realmente me espantou foi o esquisitão com hábito negro de um padre, a barra da batina chegando aos tornozelos, o colarinho branco, a cabeça adornada com um pequeno solidéu e um manto sobre os ombros. O crucifixo em torno do pescoço balançava de leve e quase me deixou hipnotizado, assim como seus inescrutáveis olhos cinza. Murmurei qualquer coisa inarticulada — seria "padre"? — e quando o sujeito fez o sinal da cruz no ar diante de mim tive a sensação de que não estava usando fantasia coisa nenhuma e que era, de fato, um padre. Dez cavalheiros no total, o décimo sendo BFD, que com um sorrisinho presunçoso fingiu derrubar o casaco no chão por acidente. Estava vestido como um babaca, o que significa dizer que usava o fraque com calça cinza e cartola de um gentleman inglês ou de um nobre europeu do século XIX, seus costumes refinados e modos requintados prestando-se perfeitamente a supervisionar impérios genocidas que pilhavam países não brancos escravizando e/ou massacrando seus habitantes e consagrando os resultados com o nome de "civilização". Se a palavra de um bastardo não é persuasiva, talvez a de Sartre, escrevendo sobre Fanon, seja: "Entre nós, um homem significa um cúmplice, já que nós *todos* nos aproveitamos da exploração colonial". Ou, para pôr em minhas próprias palavras: Lavar os lucros banhados em sangue da colonização era o mais perto que o branco chegava de lavar suas coisas com as próprias mãos.

Quando me endireitava após a humilhante postura puxa-saco necessária para apanhar seu casaco, BFD se inclinou para mim e disse — numa altura que só eu e o capanga escatológico pudéssemos escutar —, *Fuck you.*

Thank you, respondi, talvez a única coisa que calaria sua boca — não que fosse minha intenção, embora tenha sido um agradável efeito colateral vê-lo franzir o rosto, resmungar e se afastar sem nem ao menos dizer não tem de quê. Talvez achasse que eu estava sendo sarcástico, mas não podia ter sido mais sincero. Fiquei grato pela honestidade de BFD em dizer em voz alta o que os colonizadores sempre pensam sobre o colonizado, pelo menos quando estão diante de um. Sob toda pompa e circunstância e retórica de *mission civilisatrice*, a realidade era que na pior hipótese nos odiavam e na melhor nos julgavam inferiores, nossa única esperança de igualdade sendo nos transformar em suas imitações. Imitei o modo de BFD andar conforme o seguia pelo salão onde os cavalheiros circulavam, servidos por três anões, que entravam e saíam da cozinha com bandejas de drinques viris e hors-d'oeuvres ornamentados que pareciam naturezas-mortas em miniatura. Os três usavam a mesma indumentária oriental ridícula de Nojento, exceto que agora eu notava como cada um também tinha uma faca curva enfiada na faixa amarela em torno da cintura, e suspeitei que não fosse apenas enfeite. Grandão, Zangado e Fedido só portariam uma faca de verdade.

Nosso povo jovial tinha certo pendor por apelidos pitorescos e precisos, incluindo me chamar de Bastardo ou, melhor ainda, Bastardo Maluco. Mas quem era mais maluco, eu ou o dono desconhecido desse fabuloso apartamento, uma pessoa de gosto muito peculiar que pendurara acima da lareira a pintura de uma mulher japonesa de uma época mais clássica, nua, sendo violada por um... polvo? Os olhos da mulher estavam fechados com força e sua cabeça jogada para trás enquanto o polvo a sondava com seus tentáculos. Ou o polvo podia ser fêmea? Os olhos bulbosos do animal de gênero ambíguo perscrutavam entre as pernas da mulher, a cabeça do molusco numa posição de que me lembrava muito bem.

Hokusai, murmurou o Ronin, fazendo uma pausa em seu circuito social.

Eu já fumara um bocado de haxixe e as cores da pintura e o sobe e desce do jazz colaram no meu corpo e na minha mente, agora tão aderentes quanto as ventosas nos tentáculos do polvo.

Esses japoneses tarados não batem muito bem, hein?, falou o Ronin. É por isso que adoro eles!

Ele continuou, presumindo que meu tremor se devia à perversão da pintura quando na realidade eu tremia porque minha segunda zona mais erógena, minha memória, fora ativada pela evocação daquela inesquecível experiência sexual com a mais improvável das parceiras, a lula estripada, indefesa, anônima que minha mãe guardou para o jantar.

Cumpri minha tarefa de transportar uma bandeja de teca com as mercadorias: cigarros comuns, cigarros com haxixe e o remédio, seu corpo branco e amorfo, tão necessário quanto açúcar, repousando numa tigela dourada. Oferecia uma minúscula colher de porcelana para os cavalheiros que quisessem experimentar e nenhum recusou. Os anões iam e vinham, e o champanhe fluía, e o quarteto era *hot, hot, hot*, e as *fusillades* dos franceses eram disparadas rápido demais para eu entender completamente. Por fim, o Ronin caminhou até a lareira, ficou sob o Hokusai e pediu atenção. O quarteto parou de tocar, os anões se afastaram para os cantos e todos viraram para o Ronin.

Cavalheiros, bem-vindos!, exclamou. Obrigado por nos honrar com sua presença nessa festa absolutamente deliciosa. Os senhores são aventureiros como eu, um francês nascido em solo indochinês, como alguns dos senhores também nasceram em outro lugar — Argélia, Marrocos, Nova Caledônia. Estamos unidos aqui em nosso amor pelo estrangeiro e nosso gosto pelo exótico. Cavalheiros, esse gosto será provocado e saciado nessa noite das mil e uma noites! Agora, permitam que lhes apresente algumas das garotas mais deslumbrantes de Paris, provenientes dos quatro cantos do mundo!

O Ronin fez um sinal para o quarteto voltar a tocar. Uma a uma, as garotas desceram pela escada em caracol. Agora estavam vestidas — algumas delas — e o grupo de homens murmurou, misturando sua apreciação a comentários, risadas e gracejos que na maior parte não compreendi. A cada segundo as areias do pavor se acumulavam em minha barriga, despejadas da minha mente na ampulheta do meu corpo. Pela segunda vez na vida — a primeira sendo o horror infligido à agente comunista —, não quis olhar. Não para Peônia Matinal usando uma saia floral em torno da cintura sem nada acima exceto o lírio preso em sua orelha, inspirado no Taiti de Paul Gauguin segundo o Ronin (ainda que a Peônia Matinal fosse uma chinesa de Cingapura). Não para a garota branca que mal parecia chegada ao fim da adolescência usando uma gargantilha de renda e um vestido branco puído, as mãos atadas com uma corda, apresentada pelo Ronin como uma escrava branca resgatada de bárbaros traficantes de pessoas na Costa Berbere. Não para uma garota negra completamente nua a não ser pelos braceletes e um colar de contas brancas e conchas. Não para outra cujo rosto não consegui ver porque seu véu preto e seu capuz revelavam apenas os olhos castanhos, um recato que destoava do minivestido preto e das meias arrastão. O som do jazz era alto, mas ainda mais alto era o burburinho do bando de homens, cutucando-se e exclamando coisas lascivas. Mas nada tão alto quanto o rufar dos meus batimentos nos ouvidos, tão alto que podia ser escutado mesmo através da pesada manta de culpa e vergonha que sufocava qualquer desejo.

Cavalheiros, disse o Ronin, aqui vêm elas ao nosso jardim das delícias, na tradição do lendário Le Chabanais, que os pais ou avós de alguns dos senhores talvez tenham visitado. Eis aqui algumas das melhores jovens dos bordéis, inferninhos e mercados escravos do Oriente e da África! Argélia, Marrocos, Tunísia e Senegal ao sul e Egito e Indochina a leste! Com breves incursões pela perigosa Palestina e pelo sedutor paraíso pacífico do Taiti! Sim, senhores, tudo isso é uma fantástica viagem, mas a fantasia é melhor do que a realidade, que pegou sífilis. (*Os homens explodiram numa gargalhada.*) Deem só uma olhada, cavalheiros. Sirvam-se de quantas beldades conseguirem satisfazer, como um paxá turco. Mulheres que vão morrer por você, que querem ser salvas por você — a menos que você se mate primeiro, dominado pela loucura do amor! Os senhores vão se ver de volta às origens do mundo — não, não no Congo ou no Nilo, mas aqui, aqui e aqui, entre as coxas voluptuosas da princesa Tam-Tam, no Triângulo Dourado da Dragon Lady, na estufa desse harém proibido. Aqui o sujeito é o sultão, o déspota, o colono, o homem branco explorando o continente negro com um chicote na mão. Mulheres misteriosas aguardam para ser conquistadas, da apaixonada guerrilheira vietcongue recém-emergida da selva em seu pijama negro à combatente da liberdade palestina que acaba de sequestrar um avião. Só podemos ver seu rosto, mas que rosto! Uma verdadeira femme fatale! Ou que tal essa amedrontada jovem muçulmana usando o maior brinquedo sexual jamais inventado, um véu! Quem pode dizer o que espreita por trás dele? Com ou sem véu, a escolha é sua, mas saibam que não correm perigo nem se escolherem a... Madame Butterfly. Peguem uma carona em seu tapete mágico sem ter medo de que daqui a nove meses ela volte com uma surpresa indesejada. Desfrutem do amor proibido entre o branco e a oriental sem medo de ver um fruto proibido como ele!

E nisso o Ronin apontou diretamente para onde eu estava. Pude ver o branco dos seus olhos quando viraram todos para mim, parado entre o capanga escatológico e um vaso de palmeira, segurando a bandeja com a tigela dourada de açúcar, incapaz de me mover com o peso da areia acumulada na barriga.

Se apreciaram o ópio, cavalheiros, vão adorar o remédio que nossa cria bastarda do Oriente e do Ocidente tem para os senhores. Mocinho! O Ronin estalou os dedos. *Mocinho! MOCINHO!*

Em meio à turvação da minha mente, ou mentes, percebi que era a MIM que se dirigia.

O que está fazendo aí parado, mocinho? Sirva o remédio para os cavalheiros!

Conforme eu circulava entre os ditos cavalheiros, que sorriam maliciosamente para mim ao se servir do açúcar na tigela dourada, o Ronin anunciou, Agora, senhores, vamos começar! Prontos para o lance inicial? (*Os homens vibraram, confirmando.*) Conheçam primeiro esta bonequinha deliciosa — suba aqui no pedestal, minha querida —, a Mulher Dragão em pessoa, um refinado anjo anamês trajando o tradicional *ao dai* que tantos recordamos com tamanho carinho. Mas, no caso, apenas com a parte de cima. As anamesas não se parecem em nada com as nossas mulheres, cavalheiros, o que, para falar com franqueza, é um alívio. (*Os cavalheiros riram ruidosamente.*) Estão ficando parecidas demais com os homens. (*Os cavalheiros murmuraram, concordando.*) Por sorte, essas sedutoras nunca ouviram falar em feminismo, e, se tivessem, por certo não teriam dado a mínima. Assim temos aqui esta sedutora vinda do Delta do Mekong cuja sedução vem não só de seu corpo mas também do grande perigo que oferece — o perigo de ficarmos apaixonados! Cavalheiros, quem será o primeiro felizardo a saborear esta deleitável fruta-do-dragão tropical? Ela vai ser seu anjo anamês ou sua Mulher Dragão?

Os homens começaram a dar seus lances e os desprezei por sua ignorância. Madeleine não era sequer anamesa ou vietnamita. Oh, Madeleine! Ela sorriu e, a uma instrução do Ronin, fez lentamente meia-volta apoiada no salto alto e girou sobre a mesinha de centro de modo que todos pudessem vê-la de todos os ângulos em seu *ao dai* vermelho com um dragão dourado flamejante no torso. Alguém gemeu, e fui eu.

Estão vendo o que estou vendo, cavalheiros?, exultou o Ronin. A perfeição! A perfeição!

Quando a perfeição completou seu giro, vi mais uma vez seu sorriso e seus olhos, que não se moveram um milímetro. Os homens uivavam e gritavam como deputados numa sessão contenciosa do Parlamento britânico, dando seus lances até eu acabar sentindo vergonha de fazermos parte da mesma espécie, ou pelo menos do mesmo gênero. Por fim o vencedor se levantou — o legionário de cabelos brancos no uniforme de verão tropical, usando bermuda em vez de calça. Ofereceu a mão a Madeleine e ela desceu, o rosto voltado para o chão, e quando o ergueu seu olhar cruzou com o meu. Ela acenou e, quando me aproximei, sussurrou, Vou querer um pouco do que você tem. Quando hesitei, me fuzilou e disse com impaciência, O que está esperando? Dá logo! É o único jeito de aguentar esta noite.

Então lhe dei o remédio, mas haveria algum dia remédio suficiente para ser a cura, para ela ou para mim? Sartre disse que "o europeu só se tornou homem por ter fabricado escravos e monstros", e nesse caso o que eram essas garotas? O que era eu? Talvez não fosse simplesmente um bastardo idôneo, furioso por me ver nesse papel desumanizado criado pelo europeu. Talvez fosse também um bastardo indecoroso que ficava à vontade nesses papéis, uma vez que me davam a chance de negar que eu também me tornara um homem da forma mais segura que existia, povoando minha imaginação com meus próprios monstros e escravos.

Quando o leilão se encerrou e as luzes foram diminuídas, passei pelos casais e trios acomodados em sofás, divãs, almofadas, espreguiçadeiras e camas à luz de velas distribuídos pelo salão, a biblioteca, a sala de jogos, diversos quartos e o terraço com sua vista das luzes da cidade e a evocativa forma escura de uma ereção da Torre Eiffel. No decorrer da noite, que prosseguiu até o raiar do dia, os homens e as garotas consumiram remédio suficiente para matar um elefante africano, ou ao menos deixá-lo inconsciente. Fiz o melhor que pude para dar minha contribuição, cheirando de vez em quando uma carreira quando não havia ninguém olhando, o que era quase sempre, já que os homens se concentravam em suas perversões ao passo que as garotas eram devidamente pervertidas. O único momento em que algum deles dirigiu a palavra a mim foi quando o xeque fez uma pausa longa o bastante para algumas carreiras, lançou-me um sorriso feroz e bateu no meu braço. Esse negócio é maravilhoso, meu rapaz! Tentei permanecer imperturbável diante do colar de orelhas humanas cingindo seu pescoço, que a uma inspeção mais cuidadosa percebi serem pêssegos secos. Sem dúvida maravilhoso! Um homem poderia viver e morrer desse jeito! Bunga bunga!

E assim as horas se arrastaram, pois não havia nada mais tedioso do que observar os outros se divertindo, se é que alguém podia dizer que as garotas se divertiam. Eu me considerava um homem vivido, com conhecimento de um amplo leque do comportamento sexual humano, mas nunca vira algo como aquilo. Só que também não passava de um provinciano colonizado, despreparado para esse nível de civilização que não teria deixado o marquês de Sade nem sequer ruborizado. Finalmente, em algum momento perto do amanhecer, dei por mim na suíte master do terceiro piso, onde o caçador de grandes presas estava sentado numa poltrona em sua roupa de safári, o tubérculo pálido de sua ereção projetando-se da calça com o zíper aberto enquanto mirava seu rifle de caça na morena e na ruiva sobre a cama emperor size, espiando-as pela mira telescópica.

Assim mesmo, meninas!, berrava, a testa úmida de suor. Como vocês são *fogosas*!

O quarto de fato estava na temperatura de uma virilha. Eu me sentia tão exausto e acalorado que fiquei com tontura, a vertigem me forçando a sentar no canto. Seria o remédio o causador da minha tontura? Ou a cura? Para decidir, cheirei mais uma carreira, depois outra. Mas antes de conseguir adivinhar se o remédio era a causa ou a cura da doença, o caçador me viu. De pé, rapaz! De pé! Apontou a arma para mim, a retícula da mira telescópica fixa entre meus olhos, e tentei levantar. Mas consegui ficar de pé tanto quanto conseguia pôr meu negócio de pé, então que se foda... quem liga... é só a mesma merda de sempre... desisto... Cheirei mais uma carreira, fechei os olhos e aguardei, aos prantos, que o caçador apertasse o gatilho.

17

Quando o sol finalmente surgiu, sua luz revelou que os hemisférios Oriental e Ocidental do meu cérebro dividido permaneciam unidos em minha cabeça. O caçador de grandes presas não portava uma arma carregada, o que não o impedira de rir e apertar o gatilho algumas vezes. Que divertido! O Chefe riu um bocado quando me mostrou essa cena em seu posto de observação, localizado no sótão trancado onde permanecera escondido a noite toda. O sótão estava abarrotado de monitores e aparelhos de videocassete, conectados por tranças de cabos que desapareciam nas paredes, conectados por sua vez a câmeras ocultas em todo o fabuloso apartamento.

Onde conseguiu tudo isso?, perguntei.

Meu amigo, o agente indochinês, disse o Ronin. Um parceiro firme desde 54, quando ofereci a ele a rota de ópio Laos-Saigon.

Enquanto eu fiquei ali na porta o Ronin se aboletou no único outro lugar livre além dos dois ocupados pelo Chefe e a secretária voluptuosa, que parecia, como sempre, entediada, para não mencionar acalorada, no sentido figurado. Como o sol, incomodava todo mundo com seu calor, exceto ela mesma.

Cadê o café?, disse o Chefe, sem tirar o rosto dos monitores.

A secretária voluptuosa descruzou as pernas em câmera lenta. Beleza e juventude são transitórias — importante é o que existe por dentro — caráter é o que realmente conta e define a pessoa — mas aquelas pernas lisas, reluzentes, e tudo a que conduziam mandou minhas platitudes pelos ares e fez a pequena bolha da minha testosterona remanescente subir no termômetro do meu corpo até chegar à lâmpada da minha cabeça e meus olhos incharem nas órbitas. O Ronin e eu a observamos sair, e o Ronin suspirou e disse, Mesmo depois de uma noite dessas, eu ainda pegava essa aí. Sem ofensa, Chefe.

O Chefe apenas resmungou e continuou a avançar o videocassete. Dá uma olhada aqui, disse afinal, apertando o play.

A cena se desenrolava em preto e branco, o padre em seu hábito negro sentado numa poltrona com uma das escravas brancas. Sensacional!, disse o Ronin. O santo homem viajava em tal altitude que poderia saltar de paraquedas, elevado àquele estado de tanto abastecer seu tanque com o remédio. Ela está se confessando! Adorei esse cara. Você não adora esse cara? Me diz que adora esse cara.

O que vai fazer com essas fitas?, falei. Era uma pergunta parcialmente retórica, porque a resposta era óbvia, mas queria os detalhes.

O Chefe, não sem antes desdenhar minha aparente ignorância, disse, O que esses caras pagam para estar aqui dá um certo lucro, mas o que vão pagar — um dia — para impedir essas fitas de vazar é onde está o dinheiro de verdade.

Ah, o capitalismo!, disse o Ronin no instante em que a secretária voluptuosa voltava com o café. O café pingava devagar enquanto o Ronin a despia com os olhos. O melhor café do mundo!, proclamou. Nisso nós vietnamitas superamos os franceses.

Incrível como era muito mais fácil para o Ronin virar vietnamita do que para mim virar francês. Mas não falei isso em voz alta. Ninguém queria ouvir o que eu tinha a dizer, de todo modo, porque todo mundo observava o padre.

Que nojo, disse a secretária voluptuosa. Por que convidou um padre? Não deve ter dinheiro nenhum.

Só porque é padre não quer dizer que não tem dinheiro, falei. A secretária voluptuosa olhou para mim do modo como jovens olham para velhos, ricos enxergam pobres, mulheres incrivelmente atraentes ignoram homens que não são mais competitivos na caçada sexual. Morri por dentro com esse olhar, um misto de piedade diluída em zombaria e turbinada com menosprezo, e embora a melhor coisa para mim fosse ter simplesmente morrido, meus lábios continuaram a se mover.

Ele pode vir de uma família rica, mas pelo jeito os segredos que tem guardados no baú vão ser mais úteis, disse eu, meus bem treinados dedos encontrando na mesma hora os batimentos de um esquema criminoso. Imagina só o que um padre escuta no confessionário, ainda mais se o rebanho dele é composto pela elite.

O Bastardo Maluco tem razão, disse o Chefe. Esse cara escuta a confissão dos ricos e poderosos. Também quero escutar. E como tenho certeza de que não vai querer ninguém vendo essas imagens, vai me contar as confissões deles.

No monitor, o padre cometia um ato extremamente ímpio com seu rosário. Eu nunca rezara usando um rosário e nunca mais olharia para um rosário da mesma forma após testemunhar o padre profanar suas contas de modo tão diabólico.

Não consigo ver isso, disse a secretária voluptuosa, virando o rosto.

É porque você é católica, disse o Ronin com um sorriso lascivo.

É porque sou mulher.

Cala a boca vocês dois, disse o Chefe. Ejetou a fita e a entregou à secretária voluptuosa, que etiquetou PADRE COM ESCRAVA BRANCA. O vídeo seguinte inserido pelo Chefe era de BFD com Madeleine.

Esse cara é incansável, disse o Ronin.

Impressionante, concordou o Chefe. Ganhou meu respeito depois do que vi essa noite.

É, mas o negócio dele mais parece... parece... um *cogumelo*, disse a secretária voluptuosa.

Ninguém disse uma palavra, pois o que dispensa comentários deve ser recebido com silêncio.

O que é isso?, perguntei, estreitando os olhos.

Foie gras, disse o Ronin.

Ai, meu Deus, gemeu a secretária voluptuosa. Estou com vontade de vomitar. Que pervertido.

O Chefe riu. E não somos todos?, disse, mexendo seu café. Pelo visto a gente já tem tudo de que precisa. Vamos deixar essa fita envelhecer como um bom vinho. Vai valer muito dinheiro, mais ainda se BFD for tão talentoso na política quanto acha que é.

Prefeito de Paris um dia?, disse o Ronin. Ministro do governo?

Mólotov!, disse o Chefe, erguendo o copo.

Mólotov?, perguntou o Ronin.

Não é o que os judeus dizem quando dão parabéns?

Mazel tov, corrigiu a secretária voluptuosa. Você quer dizer mazel tov.

O Chefe deu de ombros. Prefiro Mólotov.

* * *

Pus as fitas numa mala e guardei no porta-malas do carro do Chefe, que esperava com Le Cao Boi ao volante. Partimos comigo no banco do passageiro e o Ronin e o Chefe no banco de trás e nos dirigimos ao armazém sob o sol do meio da manhã porque, como disse o Chefe, Quero terminar essa merda antes de *Fantasia*, hoje à noite. Le Cao Boi botou para tocar um cassete trazido pelo Ronin e fui assim apresentado às canções de Jacques Dutronc, que era muito melhor do que Johnny Hallyday, embora alguns versos seus inicialmente me dessem o que pensar.

Sept cent millions de chinois
Et moi, et moi, et moi

O que os chineses tinham a ver com alguma coisa? Bem, *c'est la vie*, como cantava Dutronc ao final de cada estrofe, após enumerar indonésios, negros e até vietnamitas. *C'est la vie*. Tão francês! Tão charmoso! A única coisa faltando era uma estrofe para os bastardos, o que era esquisito, visto que Dutronc cantava sobre soviéticos e marcianos, imperfeitos e famintos, se escutei bem. Decerto haveria dezenas de milhões de bastardos pelo mundo afora, uma diáspora gigantesca o bastante para constituir sua própria nação heterogênea. Mas precisava mesmo de uma nação? Eu mesmo não era outra coisa além de uma nação e, nesse caso, não necessitava de nação alguma, só da minha imaginação.

O problema era que às vezes não usara minha imaginação o suficiente. O vídeo mais chocante de todos deixou isso claro, embora não exibisse nenhum ato carnal. Simplesmente mostrava duas garotas sozinhas, algo em geral quente como uma bomba H, mas o caso é que aquelas duas estavam apenas... conversando? Eu aumentara o volume para escutar o que a morena e a ruiva diziam, o primeiro diálogo nas fitas que não envolvia fornicação, cópula ou relação sexual, pura e simplesmente.

COMBATENTE DA LIBERDADE PALESTINA
Aquele idiota vestido de xeque — o pau dele parecia um dedo quebrado.

GUERRILHEIRA VIETCONGUE

Ai, meu Deus. Ele me fez comer uma orelha que estava pendurada no pescoço dele.

COMBATENTE DA LIBERDADE PALESTINA

Pervertido de merda!

GUERRILHEIRA VIETCONGUE

E o general? Não deu nem para encontrar o dele com aquela barriga.

COMBATENTE DA LIBERDADE PALESTINA

Bom, eu achei, meu amor. Parecia hambúrguer cru.

A guerrilheira e a combatente da liberdade explodiram numa gargalhada e o Chefe disse, Que nojo. A secretária voluptuosa sorriu com malícia, mas antes que pudesse falar algo o Chefe disse, Cala a boca.

GUERRILHEIRA VIETCONGUE

Toma mais um pouco do remédio. Ajuda.

COMBATENTE DA LIBERDADE PALESTINA

Bom… demais. Hum, bom demais.

GUERRILHEIRA VIETCONGUE

E pelo menos é de graça.

COMBATENTE DA LIBERDADE PALESTINA

Certo, dá mais um pouco!

GUERRILHEIRA VIETCONGUE

Conta o dinheiro na sua cabeça durante. É isso que eu faço.

Então Aladim apareceu na imagem e a combatente da liberdade palestina e a guerrilheira vietcongue viraram para ele com um sorriso luminoso. Os dois pares de olhos automaticamente baixaram de seu rosto escurecido para sua virilidade exposta, que era por natureza inteiramente branca.

Ai, meu Deus!, sussurrou a secretária voluptuosa. Parece um ovo.

Em algum lugar entre a Avenue Hoche e o armazém, peguei no sono. O Ronin me acordou com um — leve — tapa na cara depois que o carro parou. Você é o mais novo aqui e não consegue nem ficar acordado, disse, inclinando-se e me fitando bem nos olhos. Só porque virou a noite? A única coisa que fez foi servir o remédio e o haxixe! Eu trepei com as garotas a noite toda e não é nenhuma moleza, meu frouxo amigo. Quando comentei que fora convidado apenas para trabalhar como o traficante de Cholon, o Ronin deu de ombros. É porque ainda não fez por merecer uma oportunidade, meu amigo. Precisa fazer por merecer. Ninguém dá oportunidade de mão beijada pra gente!

Vamos, disse o Chefe do lado de fora da minha janela, uma bolsa de viagem tirada do porta-malas na mão. Em silêncio, conduziu-nos ao armazém, cuja porta estava destrancada.

Puta que pariu, disse Le Cao Boi.

Caminhamos entre os paletes de café até os fundos do armazém frio e cavernoso. No escritório, Zangado e Baixinho estavam diante da TV jogando videogame, mais uma maravilha inventada em meus tempos de reeducação. O jogo executava uma série de *pings* e *pongs* com uma bola rebatida por dois blocos que protegiam gols opostos.

O Chefe suspirou e disse, O que os dois idiotas estão fazendo?

Zangado e Baixinho levantaram imediatamente, e Zangado disse, Desculpa, Chefe, mas o cara está dormindo, de qualquer maneira.

O Chefe gesticulou na direção da porta dos fundos do escritório e Zangado a destrancou. Prepara um café pra gente, ordenou a Zangado antes de atravessarmos o depósito para ir à cela com Baixinho.

O Mona Lisa estava no canto oposto, nu e encolhido, de costas para nós. Baixinho foi em sua direção, mas o Chefe sinalizou que esperasse e abriu o zíper da bolsa. Tirou um macacão azul de mecânico de dentro e a seguir tirou o paletó e a calça, que deu para Baixinho dobrar. Então vestiu o macacão, fechou o zíper e se curvou sobre a bolsa mais uma vez. Quando se aprumou, vi o que tinha na mão — seu adorado martelo.

Agora vai ser pra valer, disse Le Cao Boi com satisfação.

Traz uma cadeira, disse o Chefe para Baixinho. Depois acorda ele.

Baixinho não conseguiu acordar o Mona Lisa gritando nem cutucando com o pé, então recorreu a um balde d'água com gelo enquanto o Chefe observava o martelo em seu colo e o Ronin assobiava a Nona de Beethoven. Atingido pela água gelada, o Mona Lisa se endireitou abruptamente, gaguejando, no momento em que Zangado entrava com uma mesa dobrável e uma bandeja com o mesmo conjunto servido antes pela secretária voluptuosa, mas com quatro copos e quatro filtros. Armando a mesa perto do Chefe, Zangado pôs a bandeja em cima e foi se juntar a Baixinho no flanco oposto do Mona Lisa, que estava encolhido contra a parede, a cabeça curvada, os braços agarrando os joelhos dobrados junto ao peito. O Chefe deu uma batidinha na bandeja com o martelo e os copos chacoalharam. Você tem até o café parar de pingar, disse o Chefe. Daí quero saber onde a gente encontra seus amigos. Se não falar, morre. Simples assim. Entendeu?

O Mona Lisa apenas estremeceu.

O Chefe olhou de relance para os anões e Zangado tentou chutar as costelas do Mona Lisa, mas em vez disso acertou seu cotovelo, pois ele encolheu o braço se defendendo. Entendeu?, disse o Chefe.

O Mona Lisa grunhiu, segurou o cotovelo e fez que sim.

O Chefe voltou a olhar para os anões, e o Baixinho, do outro lado do Mona Lisa, desferiu um sutil bico com a bota em suas costelas, demonstrando sua proficiência neste que é o talento mais básico tanto de gângsteres quanto de CEOs: chutar um homem caído. O Chefe não escutou!, gritou Baixinho.

O Mona Lisa estremeceu, ofegou e finalmente disse, Entendi, entendi.

Havíamos passado agora ao que Claude chamou de "estágio do ultimato". Pessoas ignorantes, explicara a seus alunos, do tipo que assistem TV e acreditam que é a vida real, acham que se a gente aplica na vítima o teste do fala ou morre ela faz o que você quiser e conta tudo que você quiser saber porque não quer morrer. Então deixa eu dizer uma coisa pra vocês, falando por experiência própria, depois de ter aplicado esse teste em muito vietcongue, que um monte desses filhos da puta prefere morrer, e que antes de morrer, se soltarem alguma informação, muito provavelmente ela não vai prestar pra nada. Assim, a única razão de fazer o teste do fala ou morre é quando você quer matar ou tripudiar pra valer. *Capisce?*

Como nenhum de nós alunos vietnamitas sabia italiano nem assistira aos filmes de gângster americanos em que o mafioso diz "*Capisce?*" — não que nossos lábios vietnamitas fossem capazes de pronunciar essa palavra —, não podíamos dizer que compreendêramos. Só após meus anos no Special Branch pude afirmar, baseado na experiência empírica, que compreendia. Assistindo à cena diante de mim nesse momento, diria também que o Chefe tampouco compreendia ou se importava. Iria matar o Mona Lisa de um jeito ou de outro e a única questão era se o Mona Lisa intuía isso. O ambiente ficou em silêncio enquanto o café pingava à velocidade de uma gota por segundo, algo que o Ronin só conseguiu aturar por meio minuto antes de mandar Zangado pegar um rádio. Zangado voltou com um daqueles aparelhos de som gigantes que vi sendo enviados da loja de importação-exportação do Chefe para minha terra natal destinados ao mercado clandestino. Antes que Zangado pudesse ligar o aparelho, meus fantasmas começaram a cantarolar de algum ponto às minhas costas:

Vingt-deux millions de bâtards
Et moi, et moi, et moi

Vinte e dois milhões era apenas uma conjectura da parte deles. Quantos bastardos haveria mundo afora? Quanto à França, se raça não existia, tampouco poderiam existir bastardos, não é? Estava perplexo com o enigma da minha existência, com minha cidadania incômoda em uma diáspora de desconhecidos. Mas seriam os milhões de bastardos como eu incógnitas conhecidas ou desconhecidas?

Ah, assim está melhor!, disse o Ronin, sintonizando uma estação. Essa dá pra dançar.

Começou um chá-chá-chá, a dança preferida do meu povo. Eu também me virava com o chá-chá-chá para quase qualquer ritmo, pelo menos se fosse mais rápido que um rosário e mais lento que o twist. Mas meus pés não estavam a fim de se mexer. O Chefe também não dançou. Tampouco o Mona Lisa, os anões ou qualquer um dos meus fantasmas, que haviam se aproximado por trás para ficar ao meu lado e invadir meu espaço pessoal. Fascinados, observamos todos o Ronin dançar o chá-chá-chá com um sorriso de contentamento no rosto e uma parceira invisível até o Chefe dizer, Chega de dança. O café parara de pingar. Ele ficou de pé, martelo na mão, e o Mona Lisa se encolheu, de costas para a parede.

O Ronin parou de dançar, deu um sorriso maldoso e disse para o Mona Lisa, A ideia que você e seus amigos argelinos tiveram foi certa. Mas nós corsos fazemos isso desde antes de você nascer. Ópio é uma plantação que dá mais lucro que borracha, escuta o que estou falando. Que época maravilhosa vivemos na Indochina! Que possamos presenciar tempos como esse outra vez, quando o governo francês tinha o bom senso de encorajar o ópio. Meu Deus, não teríamos conseguido financiar o governo sem vender ópio para os nativos! Ah, esse sim era um modelo de negócios eficaz. Integração vertical e monopolização horizontal queria dizer que a gente tinha total controle do mercado. Imagina como a França estaria melhor hoje se o governo continuasse no negócio. Nosso presidente socialista teria todo o dinheiro de que precisa para seus programas sociais exorbitantes. Vamos ver quanto tempo dura sem grana suficiente para todo mundo. Mas alguém escuta o que eu digo? Deviam! Madame Ópio era branca. Mas esse remédio é tão branco que é uma brancura de neve. Que tal o remédio?

O Mona Lisa assentiu.

Então sabe do que estou falando, meu amigo.

Pronto?, disse o Chefe, olhando mais para mim do que para o Ronin.

Estou sempre pronto, respondi, embora não fizesse ideia do que ele estava falando.

Ele me ofereceu o martelo, embora "oferecer" fosse um eufemismo, pois aquilo não era um presente que eu podia recusar. O cabo era de madeira polida, do tamanho do meu antebraço, a cabeça de ferro ligeiramente marcada e arranhada, como a minha. O peso era distribuído, ao contrário de mim. O martelo prolongou meu corpo, meu braço, minha mão e, finalmente, minha mente, ao menos uma delas. Lembrei-me do que o professor Hammer certa vez me contara sobre seu nome e o epigrama universalmente atribuído a Bertolt Brecht mas na realidade cunhado pelo poeta Vladímir Maiakóvski, ou talvez por Liev Trótski, ou assim afirmou o professor: "A arte não é um espelho mostrado ao mundo, mas um martelo com o qual moldá-lo". Ah! Quase tive um orgasmo quando escutei isso pela primeira vez! Tinha tesão por slogans e minhas convicções políticas eram minha zona mais erógena. Meu nome é meu destino, dissera na época o professor Hammer, erguendo a taça para mim na sua sala em nossa reunião de orientação semanal regada a xerez, servido de uma garrafa que o professor guardava na gaveta da mesa e tirava apenas para seus alunos favoritos, sempre homens. Ainda podia sentir o gosto meloso em excesso da bebida quando segurei o martelo do Chefe. Como o professor poderia ter imaginado que um dia eu teria aquilo em minha mão e que não seria uma metáfora ou um símile, mas uma coisa de verdade com que martelar uma cabeça de verdade, rachar um crânio de verdade, esmagar um cérebro de verdade? Empunhei o martelo com horror, embora o horror não dissesse respeito ao martelo. O martelo era apenas uma ferramenta. Eu era a arma e horrorizei a mim mesmo. Todos olhavam para mim: o Chefe, o Ronin, Zangado e Baixinho, Sonny, o major glutão, Beatles, Feio e Horrível e, especialmente, o Mona Lisa.

Seu interrogatório não funcionou, disse o Chefe. Chega de papo. Não serviu pra nada. Agora é hora da ação. Mas não é para ter pressa. Isso é muito importante. Presta atenção nos detalhes. Eu, por exemplo, gosto de começar pelos dedos do pé. Como vai querer fazer?

VOCÊ — isto é, EU — estava mais uma vez numa prova tentando resolver a questão mais difícil de todas, supostamente feita por Lênin, embora na realidade fosse do romancista Nikolai Tchernichévski: O QUE FAZER?

a) Quebrar as patelas do Mona Lisa
b) Fraturar as costelas do Mona Lisa
c) Esmagar o nariz do Mona Lisa
d) Triturar as mãos do Mona Lisa

Maiakóvski, Tchernichévski, Lênin... qual o problema com esses russos? Seria a Sibéria? A estepe? A vodca barata e farta, visualmente um sinônimo de água? Ou os russos eram em essência orientais, como alegava Sir Richard Hedd? Por acaso a soma dessas coisas tornava os russos propensos a um comportamento brutal, expectativas irreais e romances imensos? E, ao menos por fama, à roleta-russa? O Chefe mexeu seu café, que formou uma tentadora mistura tipo caramelo no sorvete e, tendo voltado a sentar, sorveu a bebida com um leve sorriso.

Então, disse o Chefe, cruzando os tornozelos e relaxando. O que está esperando?

Os fantasmas abriram um sorriso, estalaram os dedos e cantaram:

Trente-trois millions de bâtards
Et moi, et moi, et moi

VOCÊ — isto é, EU — olhou para o Mona Lisa, e ainda que ele fizesse uma careta de dor e sofrimento dava para perceber que preferia morrer pelo modo desafiador como devolveu seu olhar. Por um momento, você pensou em implorar a Deus por ajuda, mesmo que Deus nada dissesse. Não, a única pessoa que algum dia o guiara inabalavelmente fora sua mãe, que sempre o aceitou e aceitaria mesmo se soubesse que era um comunista, espião ou o que quer que fosse agora. *Você não é a metade de nada, é o dobro de tudo!*

O martelo era pesado, mais pesado até que o foie gras inchado da sua consciência culpada, alimentada à força com todos os crimes que você cometera. O QUE FAZER? Zangado e Baixinho o encaravam com ceticismo, acariciando o cutelo na bainha sob o braço. O Ronin voltou a dançar com a canção seguinte. O Chefe o estudava como se fosse um filme muito ruim e ele um cineasta. Você nadou cachorrinho na maré crescente do seu pânico, sem enxergar saída desse lugar ou dessa situação, e como a única coisa que podia fazer era ganhar tempo, disse, Tem um último pedido?

Último pedido?, repetiu Le Cao Boi.

Hum, não é má ideia, disse o Ronin, dependendo do que pedir.

O Chefe bebericou seu café. Rápido com isso.

O Mona Lisa foi rápido. Me dá mais um pouco do remédio.

Por favor, disse o Chefe.

Me dá um pouco do remédio, por favor.

Um último pedido perfeito!, disse o Ronin. Porque isso vai doer.

Vai doer *mesmo*, disse Le Cao Boi.

Sabe o que eu faço às vezes?, disse Baixinho. Ele levou a mão ao bolso interno da jaqueta de couro e tirou um Walkman com os fones plugados. Mete essas belezinhas no ouvido e aumenta o volume. Ajuda. Ficar escutando um cara gritar sem parar por várias horas afeta você.

Falando nisso, disse Zangado. Levando igualmente a mão ao bolso interno da sua jaqueta de couro preto, ele pegou óculos de proteção e uma máscara cirúrgica. Pra quando o sangue respingar.

Ugh, é mesmo, lembro de uma vez que grudou um pedaço de cérebro em mim...

Cala a boca os dois, disse o Chefe. Dá o remédio pra ele.

Você ofereceu o remédio para o Mona Lisa. Um bocado. Praticamente tudo que sobrou nos seus bolsos, porque por algum motivo continuava carregando vários papelotes. Você era o mágico que jogava coisas fora apenas para descobrir que continuavam reaparecendo em seus bolsos, o remédio um coelho branco com sua magia própria. O Mona Lisa aspirou enquanto o Ronin e Le Cao Boi riam, Zangado e Baixinho debochavam, o Chefe bebericava seu café e você por sua vez aproveitava a oportunidade para cheirar uma carreira que sonegou ao Mona Lisa. O QUE FAZER?

Sabe o que isso me lembra?, disse o Ronin. O monge que tacou fogo nele mesmo em Saigon.

A gente não vai pôr fogo nele, disse o Chefe.

É uma ideia, né? Não ia servir de lição para os argelinos? Mas não é disso que estou falando. O mundo inteiro se comoveu com o nobre e corajoso monge. A guerra foi a gota d'água pra ele, embora estivesse mais pra gasolina importada. A mídia esquerdista fez o trabalho dela, estampando ele por toda parte, transformando numa lenda. Você viu as fotos, não viu, meu amigo? Uma tocha humana!

O Mona Lisa assentiu, os olhos parcialmente encobertos.

Todo mundo viu as fotos, continuou o Ronin. Foi tão dramático! Principalmente na televisão. Mas é claro que a mídia esquerdista não noticiou *a verdade*. Quer saber o que aconteceu de verdade? Os comunistas *drogaram* o coitado do monge. O motivo de ficar tão calmo enquanto punha fogo nele mesmo era que tinha virado um *zumbi*.

Mentira!, disse o Mona Lisa, os olhos bem abertos. Ele foi um herói!

Ele pagou de otário para um esquema comunista.

Tudo bem, disse o Chefe olhando o relógio. Usava o mostrador pelo lado de dentro do pulso, provavelmente o modo como a Morte usava o relógio também. Vamos terminar logo com isso.

Não que precise se apressar, disse o Ronin.

Mas o remédio ainda não bateu, você explicou.

Estou com a impressão de que não quer fazer isso, disse o Chefe.

Os anões pararam com as risadinhas. Seus fantasmas cantarolaram, fizeram uma dancinha, cantaram:

Quarante millions de bâtards
Et moi, et moi, et moi

E de repente você sabia a resposta para a pergunta O QUE FAZER? A resposta estivera bem debaixo do seu nariz esse tempo todo embora você se recusasse a compreendê-la, talvez durante toda a vida, e no mínimo desde que Claude o instruiu sobre o estágio do ultimato, o teste do fale ou morra, que, como acabara de se dar conta, era o que o Chefe estava fazendo com você. Como muitas boas respostas, essa era, em retrospecto, completamente óbvia, como a roda ou o número zero, ambos os quais devem ter feito as pessoas darem um tapa na testa e dizer, Por que não pensei nisso? No seu caso, você descartou a resposta, menosprezou ou ignorou, porque era aterrorizante demais, direta demais, simples demais no que demandava de sua parte. Agora a resposta era tão ensurdecedora que foi como se Deus em pessoa tivesse por fim rompido o silêncio e falado do topo das montanhas e das nuvens:

DEUS
O que fazer?

DEUS TAMBÉM
Nada!

Você começou a rir. Finalmente entendeu! Havia esperado tanto tempo que Deus falasse, e quando Ele falou, Ele disse, Nada! Ah, meu Deus, Deus, Você é um cara tão engraçado! O verdadeiro homem com duas mentes! O maior comediante de todos os tempos! O mundo era um clube de comédia e você era o idiota na primeira fileira servindo de alvo das piadas divinas. Nada! Você se sacudiu de rir, com som mas sem fúria, uma risada visceral vinda do mesmo poço onde sua alma estava sepultada. Nada! Ah! Agora todo mundo olhava para você. Seria por estar eletrificado, cada pelo do seu corpo de pé e saudando, até as filigranas em suas narinas? Oh, meu Deus, Deus, por favor, pare! Chega! Que zoeira! Que zona! E mesmo após estapear você mesmo em ambos os lados do rosto, e com suas bochechas ardendo, você ouviu você mesmo continuar a rir histericamente, embora também fosse possível que estivesse rindo apenas historicamente.

A piada, afinal, era atemporal.

18

Que diferença havia entre a história e a histeria, afinal de contas? Se você fosse mulher, podia fazer uma histerectomia para resolver a histrionice da sua histeria, mas como era homem, ou pelo menos foi o que lhe disseram, a única solução seria uma historiectomia. O Chefe tinha uma solução bem mais simples. Esbofeteou seu rosto, forte e seco, do modo como os franceses gostavam de estapear suas mulheres, do modo como os vietnamitas gostavam de estapear as mulheres deles também. Se controla, disse o Chefe, e você parou de rir e agarrou o bíceps direito com a mão esquerda, a direita ainda agarrada ao martelo.

Acaba logo com isso, disse o Chefe.

Você olhou para o Mona Lisa e voltou a ver o rosto da agente comunista na mesa cirúrgica do cinema, cercada pelos três policiais. Seu rosto era suplicante e você não fizera nada quando deveria ter feito alguma coisa. Mas agora a situação se invertera e chegara de fato o momento de acabar logo com isso.

Você estendeu o martelo para o Chefe e disse, Não.

Não?, engasgou o coro de fantasmas. Você nunca se deteve por nada!

Le Cao Boi assobiou. Ai, ai, ai, falou. Agora a merda vai feder pro seu lado.

Como assim não?, disse o Chefe.

Nada a ser feito, disse você, parafraseando, ou interpretando, Deus. Me recuso.

Não cabe a você decidir, falou o Chefe. Isso aqui não é country club. Não pode simplesmente virar as costas e parar de frequentar.

Você sabe demais, disse o Ronin, com ar pesaroso.

E contudo não o suficiente. Você não sabia se Marilyn Monroe realmente cometeu suicídio. Não sabia se John F. Kennedy foi morto por um único atirador de fato. Não sabia se o Tio Ho tivera uma esposa secreta, como diziam os rumores. Não sabia por que Johnny Hallyday era tão popular entre os franceses, enquanto tinha quase certeza de que os historiadores acabariam por perceber que Brigitte Bardot cantando *Je t'aime... moi non plus* era o auge da civilização francesa. Não sabia onde sua mãe estava agora, mas se não fizesse nada em breve descobriria.

Entendeu o que estou dizendo?, quis saber o Chefe.

Entendi o que está dizendo, você respondeu, a boca completamente seca, a bile do medo acumulada em sua língua. Mas entendeu onde quero chegar? Decidi não fazer... nada.

E com isso você não conseguiu se segurar, ainda que precisasse demais se segurar — você explodiu outra vez numa gargalhada com essa piada de um deus que não existia. Deus nunca pedira que algo fosse feito, uma vez que Ele jamais dissera o que quer que fosse — o gritalhão! O que matava de rir, porém, era como tantos milhões de massacrados teriam sido poupados se todos que os assassinaram simplesmente não tivessem feito... nada. Se gente suficiente tivesse levantado a mão, ou baixado, como deve ser o caso, e simplesmente dito não, mesmo ao preço de suas vidas, em um ato mundano de heroísmo ao alcance de qualquer um...

Não percebe?, você gritou para o Chefe, cuja falta de senso de humor jamais permitiria que entendesse a piada. Seria a falta de senso de humor a pior falta de todas? Quem dera todo mundo tivesse um senso de absurdo, assim o mundo não seria um lugar tão absurdo! Para o Chefe, você disse, Não percebe como é muito mais difícil não fazer nada do que fazer alguma coisa? Mas se todo mundo simplesmente não fizesse nada, nada aconteceria!

Me dá isso aqui, seu maluco filho da puta, disse o Chefe, tirando o martelo da sua mão. Ele o brandiu devagar diante do seu rosto e você quase ficou vesgo acompanhando o movimento sinuoso. Primeiro vou mostrar pra você como fazer alguma coisa. Depois faço alguma coisa com você.

O Chefe pressionou a cabeça metálica do martelo contra sua cabeça.

Isso não se discute, disse Beatles. Esse martelo é duro o bastante pra esmagar o seu crânio.

Que pena, acrescentou Feio. Vai ser a maior sujeira.

Uma bela sujeira, concordou Horrível. É por isso que a gente vai adorar assistir!

Bon não vai gostar nada disso, disse o Ronin.

A gente fala pra ele que o árabe escapou e matou o amigo dele.

Você não pôde discordar do Chefe. No lugar dele, teria escrito exatamente o mesmo roteiro. A única reviravolta positiva na história que conseguia perceber era que o Chefe teria de matar você depressa, uma pancada na cabeça, duas no máximo, já que era pouco realista imaginar que o Mona Lisa teria chance de esmagar cada osso do seu corpo. Conforme o Chefe batia com o martelo na palma da mão e se dirigia ao Mona Lisa, você esfregava o lugar onde o Chefe pressionara o martelo na sua testa, provavelmente deixando uma marca vermelha para guiar a mão dele quando voltasse. O tambor taiko do seu coração martelou, antecipando a martelada que sua cabeça levaria assim que o Chefe terminasse com o Mona Lisa, que tremia de frio e medo mas não fechou os olhos ao encarar firme seu destino. Foi impossível não se admirar. O sujeito era, como alegara ser, cem por cento gângster.

Estava errado sobre você, disse Sonny, com a voz embargada.

Não tão rápido!, protestou o major glutão. Ele ainda não morreu.

O segredo, claro, era saber quando fazer alguma coisa e quando não fazer nada. Ou antes, para ser mais preciso, uma vez que o que a pessoa *deveria* fazer em muitos casos ficava bem claro, o segredo era fazer *de fato* alguma coisa ou não fazer nada. Não fazer nada custaria sua vida, mas de qualquer forma o que sua vida valia de fato?

O Chefe parou diante do Mona Lisa. Últimas palavras?

Deixa eu pensar, disse o Mona Lisa. Ah, é, Vai se foder.

O Chefe bufou com desprezo, ergueu o martelo e você virou sua cabeça para o lado, ao contrário de Le Cao Boi, o Ronin, Zangado e Baixinho, todos em alegre expectativa, por isso foi o único a ver a porta sendo chutada com um *bangue!* e um homem de balaclava preta entrar subitamente, todo de preto, uma AK-47 nas mãos, visão que o levou a se atirar ao chão em um reflexo covarde que era sua segunda natureza — *bangue! bangue! bangue!* — e você levou as mãos aos ouvidos para se proteger do staccato de tiros de fuzil automático que conhecia bem demais dos tempos de guerra, o inconfundível som de britadeira da AK-47 que era alto em qualquer lugar mas ensurdecedor no confinamento apertado da sala de interrogatório, que se tornara uma câmara de eco, repercutindo as exclamações de perplexidade e os gritos dos homens morrendo:

Que
porra é
essa?!
Puta
que
pariu!
Caralho,
Jesus!
Puta
merda!

Essas, infelizmente, foram as não muito articuladas palavras de Zangado e Baixinho, seus cutelos inúteis contra a saraivada de balas calibre 7,62 milímetros disparadas à taxa máxima de seiscentos tiros por minuto ou dez por segundo, como você aprendera em seus anos de instrução com Claude. *Bangue! Bangue! Bangue!* O primeiro atirador disparava rajadas curtas, precisas, o segundo atirava em espasmos longos, indisciplinados, o que significou que o segundo precisou parar no meio da chacina para recarregar a arma com um novo pente de trinta balas enquanto o primeiro ainda tinha munição suficiente para se aproximar do Ronin, caído de costas e sangrando no abdômen, a mão agarrada à arma em sua cintura, e cravar uma bala em sua testa, ato que o atirador realizou com indiferença enquanto seu colega continuava tentando inserir o carregador com as mãos trêmulas, o que acabou conseguindo enquanto o atirador calmo e frio fazia meia-volta e dava os passos finais até o Mona Lisa e o Chefe, ambos recostados contra a parede, o Mona Lisa em estado de choque, a julgar pela expressão em seu rosto, e o Chefe parecendo — pela primeira e única vez desde que eu o conhecera — aterrorizado, atônito ao se ver crivado de balas, o sangue escuro pingando de seu macacão enquanto o segundo atirador, o amador, disparava uma longa rajada na espinha de Le Cao Boi, que rastejava inutilmente para um canto após ser alvejado nas pernas e no quadril, e morreu junto aos pés esticados do Chefe, cujo martelo jazia caído a seu lado, e que segurava as vísceras com ambas as mãos para impedi-las de sair, e gritava com tamanha agonia que você quase chorou, mas os gritos cessaram abruptamente quando o atirador calmo e frio disparou em sua boca e estampou suas memórias na parede.

Então tudo ficou em silêncio na câmara de eco, a não ser pelo ofegante Mona Lisa e o sangue na sua cabeça, cujas ondas você podia escutar porque um dos seus ouvidos estava pressionado contra o piso de cimento, e quando o atirador virou dos chacinados na sua direção você fechou os olhos e se fez de morto. O som de botas ficou cada vez mais próximo no piso de cimento e um deles disse, Não, deixa comigo, e então algo duro e quente encostou em sua têmpora e você se encolheu e abriu os olhos.

Ah!, disse o atirador amador, o cano apontado para seu rosto. Sabia que ainda estava vivo. Tirou a balaclava e era Rolling Stones. E aí, seu filho da mãe maluco. Lembra de mim?

Como iria esquecer?

O atirador calmo e frio também tirou a balaclava e você percebeu a semelhança na mesma hora, a rima visual com o Mona Lisa em seus malares angulosos como um cotovelo, seu olhar enigmático, suas sobrancelhas pretas e grossas como taturanas, seus lábios de ídolo pop juvenil.

Saïd, você disse.

As taturanas se curvaram. Quer dizer que ouviu falar de mim, disse. Também ouvi falar de você.

Ele ajoelhou para observar você mais de perto, e embora estivesse ali para matá-lo você não conseguiu deixar de pensar, *Não é que o filho da puta é boa pinta?*

Você roubou o meu lugar, pegou o que não era seu, prosseguiu Saïd, cutucando sua testa exatamente no ponto onde o chefe pressionara o martelo. Agora vai pagar o preço.

Rolling Stones levou a AK-47 ao ombro e você olhou dos olhos calmos de Saïd para o cano da arma apontada entre seus olhos. Mao dizia que o poder político brota da ponta de uma arma, mas você não conseguia imaginar nada brotando dali. Tudo que podia ver era o poder do horror no buraco negro do cano, seu centro de gravidade sendo uma bala calibre 7,62 milímetros sem nenhum nome escrito a não ser o seu, e você mandou você calar a boca para não provocar Rolling Stones ou Saïd, que não parecia, como o Chefe, insistir em prolongar o sofrimento das vítimas. Muitos tentaram enfiar uma bala na sua cabeça e você só queria que fosse rápido. Você já matara você mesmo antes, e essa bala seria o ponto de exclamação na última frase da sua vida, um desfecho verdadeiramente infeliz ou muito desejável, dependendo do ponto de vista, e como você era um homem de duas mentes estava tanto horrorizado como pronto para comemorar.

Último pedido?, disse Rolling Stones e você sentiu um déjà-vu momentâneo.

Posso tomar um pouco do remédio, por favor, Ahmed?

Seu uso do nome verdadeiro irritou Rolling Stones com o pequeno lembrete da comovente (des)humanidade compartilhada de ambos e ele disse, Vou matar você e pronto, e você fixou os olhos no dedo no gatilho, que começara a se mover, quando Saïd disse, Você perguntou e ele respondeu. Agora seja homem e mantenha sua palavra.

Ah, pelo amor de Deus! Rolling Stones baixou a arma. Certo, babaca. Onde encontro esse remédio?

Arriscando um palpite você disse, Olha no bolso dos anões, e tinha razão. Quando Rolling Stones voltou com os papelotes, uma parte de você pensou como seria bom morrer, enquanto a outra parte de você que ainda se agarrava teimosamente à vida disse a Saïd, Talvez você se interesse em saber onde encontrar mais um pouco do remédio?

Saïd estava ajoelhado junto ao irmão e o ajudava a vestir a calça. Ele olhou para você e disse, Acha que isso vai salvar sua vida?

Você se anestesiou depressa, aspirando primeiro uma dose, depois outra. Embora a mágica do remédio consistisse em proporcionar ao usuário uma sensação ampliada de euforia e megalomania, misturada ao entorpecimento de várias partes do corpo e da mente e a um aumento paradoxal da sensibilidade erógena, nunca pretendera aumentar a inteligência. Assim, sentindo-se um pouco melhor mas não mais inteligente, você ficou perplexo com a complexidade da questão proposta por Saïd, um problema que o Mona Lisa solucionou por você.

Deixa ele, disse o Mona Lisa.

Como?, exclamou Rolling Stones.

Como?, você pensou, embora tivesse inteligência suficiente para não falar em voz alta.

Estou louco pra acabar com esse *niakoué*!, disse Rolling Stones, e você finalmente compreendeu o que ele dizia. Você explodiu numa gargalhada outra vez e Rolling Stones falou, O que foi agora, seu filho da puta maluco?

Nhà-quê! Você está tentando dizer nhà-quê!

Foi isso que eu disse.

Quer dizer "faisão". "Caipira." "Estúpido." Imagino que nada mais justo vocês franceses pegarem um insulto que a gente usava para alguém do interior e usarem contra nós.

Quero que se foda como diz na sua língua, retrucou Rolling Stones. *Niakoué! Niakoué! Niakoué!*

Ele salvou a minha vida, disse o Mona Lisa.

Ele não salvou a sua vida, disse Saïd. *A gente* salvou a sua vida.

É sério, os caras iam me matar. Mas esse bastardo maluco se recusou a me matar, e ia ser o próximo depois de mim. O Mona Lisa terminou de abotoar a camisa e se levantou devagar com a ajuda de Saïd. Ele me poupou e estou pedindo pra você poupar ele também.

Poupar o caralho, disse Rolling Stones, mirando a AK-47 em mim mais uma vez.

Espera, disse Saïd, e Rolling Stones, praguejando, voltou a baixar a arma. Saïd me encarou com seu olhar calmo e composto, a mente processando o que o irmão acabara de dizer. Então falou, A palavra do meu irmão basta para mim.

Saïd!, exclamou Rolling Stones.

Ahmed, para de pensar como esse gângster pequeno que você é. Saïd estava perto de você agora e, da sua perspectiva no chão, parecia gigantesco. Precisa aprender a ser um homem de palavra. A gente mata quando necessário e mostra misericórdia quando necessário, mas faz sempre o que fala, assim ninguém fica em dúvida sobre quem você é ou qual posição defende.

Claro, perfeito, fantástico, disse Rolling Stones. Depois de matar esse aqui eu começo.

Ahmed, precisa mostrar comprometimento.

Estou comprometido! Estou comprometido em matar esse bastardo filho da puta!

Tem que aprender a acreditar em alguma coisa maior do que você e seus pequenos esquemas, disse Saïd, olhando para você no chão. Só porque ele é um ladrão, um traficante e um criminoso como você — como eu também fui certa época — isso não quer dizer que precisa se comportar como ele. Ele não é um homem, Ahmed, nem você. E quer saber por quê?

Não sou homem?, disse Rolling Stones. Vai tomar no seu cu, Saïd!

Você tem que entender que o Ahmed descende de uma longa linhagem de marinheiros, embora alguns chamassem eles de piratas, disse Saïd, se dirigindo a você. Nas veias dele corre sangue de pirata desde Annaba, só que agora está diluído. É fácil entender, considerando como os pais dele escaparam da Guerra de Independência e vieram pra cá. Os meus também. Mas a FLN tinha razão. A gente não deveria se matar com crime, droga e violência. Deveria ser *djounoud*, usar a violência para se libertar.

Não quero escutar outro sermão, reclamou Rolling Stones.

Não ia precisar escutar sermão se tivesse lido o que mandei, falou Saïd. Se tivesse lido saberia que Fanon disse que "a violência desintoxica".

Ela "liberta o colonizado de seu complexo de inferioridade, de suas atitudes contemplativas ou desesperadas", você disse. Saïd e você se entreolharam por um momento de mútuo reconhecimento e disseram, A violência "torna-o intrépido, reabilita-o a seus próprios olhos".

Está vendo por que eu meio que gostei desse cara?, disse o Mona Lisa para Saïd.

Ler Fanon, mesmo assim, é só leitura, disse Saïd. Melhor que nada. Mas é preciso *fazer* alguma coisa. E você precisa do tipo certo de violência, do tipo que faz do sujeito um homem, não do tipo que faz dele um ladrão. Ahmed, sabe por que você e esse ladrão que me roubou não são homens?

Rolling Stones suspirou. Porque a gente não é comprometido?

Exato, disse Saïd.

Seu olhar sobre você foi uma variação do olhar da secretária voluptuosa, uma dolorosa mistura de piedade, desprezo e compreensão. Você quis protestar e dizer que embora não fosse (mais) tão homem assim seu comprometimento era muitíssimo profundo e veja como terminou. Mas preferiu se calar e viver para falar outro dia, que foi a reação adequada.

Pode ir agora, ordenou Saïd. Anda.

Filho da puta, murmurou Rolling Stones.

Você se pôs de pé rápido antes que Saïd mudasse de ideia ou Rolling Stones atirasse em você por acidente. Havia questões por responder — como Saïd ouviu falar do seu irmão e como chegara tão rápido a Paris? E como ele encontrara o Mona Lisa? Mas prolongar seu tempo diante de Saïd e Rolling Stones significava arriscar a vida para satisfazer sua curiosidade, e essas questões não eram do tipo pelas quais valia a pena morrer. Em vez disso você se curvou e uniu as mãos numa forma de submissão vagamente oriental, que talvez fosse mais indiana que vietnamita, mas quem ligava? Eram todos orientais ali.

Agradeço a ambos pela generosidade, disse você, adicionando mais algumas expressões abjetas de sabuja gratidão, pois não passava de um mestre da abjeção. Então acrescentou, Apenas a título de agradecimento, permitam-me sugerir que deem uma olhada mais cuidadosa naqueles engradados de café no armazém, ao que Saïd ergueu uma espessa sobrancelha. Depois disse, Sei que já fizeram muito por mim, mas poderia pedir só mais um favorzinho? Quem sabe dois?

Como seu ex-chefe, o General, observou certa vez, Os que lhe fazem favores são inclinados a lhe fazer mais nas circunstâncias certas, sendo por esse motivo que ele cortejava sem parar o favoritismo de seus superiores pedindo favores ao mesmo tempo que se recusava terminantemente a conceder favores a qualquer um abaixo de sua posição. Saïd já concedera a você, a seu modo nobre, a cortesia de não matá-lo, e agora, percebendo a magnitude de sua própria nobreza, era possível que quebrasse mais essa. E de fato, em vez de matar, ou mandar matar você, Saïd suspirou e disse, O que você quer?

O que você queria eram os óculos de aviador autênticos de Le Cao Boi, que estavam no rosto dele quando morreu, uma vez que nunca os tirava, e dos quais não precisava mais. Você disse que serviriam como recordação de Le Cao Boi, seu melhor amigo, ou pelo menos foi o que afirmou a Saïd, sentimento que imaginou que um homem dotado de honra como ele compreenderia. Os óculos serviram à perfeição e cumpriram sua função de ajudá-lo a dirigir pelas ensolaradas ruas de Paris pela primeira vez. Fazer isso anestesiado pelo remédio era como conduzir a bolinha de um fliperama, ou assim você pensou, ou assim se lembrou de pensar no momento em que inseriu a chave na fechadura do apartamento do Chefe. Essa chave era o que você realmente queria, embora dissesse para Saïd que precisava do carro para voltar para casa. Você estava apostando que Saïd tinha transporte próprio, embora não devesse ser tão estiloso quanto o fenômeno bávaro do Chefe. Rolling Stones tinha perfeita consciência disso quando protestou contra esse favor, mas você já estabelecera uma negociação implícita com Saïd acerca do tesouro do qual ele agora se apoderara. Deixando o armazém, você passou pelas pilhas de engradados cheios do remédio alvo como a neve disfarçado de café preto intestinamente processado e esperava ter largado esse ramo de uma vez por todas, mas suspeitou de que não era verdade ao passar pelo corpo do Grandão perto da saída, os olhos arregalados, a boca escancarada e a garganta cortada, uma pista de como Saïd e Rolling Stones encontraram o armazém. Durante a orgia, Grandão devia ter ficado cuidando do Delícias da Ásia sozinho, e Saïd e Rolling Stones devem tê-lo encontrado lá.

O apartamento do Chefe estava silencioso e limpo. Se não estivesse com pressa você faria as coisas com calma, se serviria de alguns dedos do uísque ou conhaque caro, poria os pés para cima e admiraria a distante Torre Eiffel, na realidade imensa, mas dali com não mais de um palmo de altura, só que era mais de meia-noite e você precisava estar no Opium para o show de abertura de *Fantasia* em algumas horas, assim começou a procurar o lugar onde o Chefe guardava as coisas de valor. Vasculhou os armários da cozinha, debaixo das almofadas do sofá, o armário, atrás da TV e do aparelho de som, e ia passar para o quarto quando uma macia voz feminina disse,

O QUE DIABOS VOCÊ ACHA QUE ESTÁ FAZENDO?

mais uma pergunta profundamente filosófica que de vez em quando você se fazia, embora não nesse momento. Você começou a girar, e a voz que reconheceu como pertencendo à secretária voluptuosa disse, Põe as mãos para o alto e vira devagar ou atiro. Na altura em que terminava sua lenta pirueta, você se sobressaltou com a pistola tipo Luger que parecia enorme na mão diminuta, firme. Ela vestia uma camisola transparente e os cabelos negros, longos e lustrosos estavam embaraçados e necessitando de uma escovada, algo que a deixava ainda mais voluptuosa.

O Chefe vai matar você, ela disse.

Mesmo com os óculos escuros você achou melhor usar cada músculo do corpo para manter seu olhar fixo no dela, algo que dificultou engolir o medo e o desejo que inundaram sua boca. Você conseguiu dizer, O Chefe está morto.

A secretária voluptuosa o encarou por cinco segundos — você contou — e disse, Você nunca ia ter colhão para matar o Chefe.

Verdade. Você lhe explicou com a maior calma possível o que acontecera. Um filme passou diante dos olhos dela — não era pesar, não era alívio, alguma outra coisa: incerteza? Ela não expressou choque nem surpresa, mas em vez disso falou, Como sei que não está mentindo?

Acha que teria pegado essa chave se o Chefe estivesse vivo?

Tira os óculos, ela disse, mantendo a arma apontada.

Você perdera a conta de quantas vezes alguém apontara uma arma para você. Também não tinha muita certeza de quantas vezes o gatilho fora apertado, e quantas vidas suas tinham voado pelos ares para chegar a esse ponto em que a sensação do ar na sua pele o levava a estremecer com algo beirando o estado de prazer, que era sempre próximo ao estado de dor.

Então o que veio fazer aqui?, ela disse.

Sua bolinha de fliperama o fez seguir adiante com um plano que você não tinha até esse momento, não sabendo que a secretária voluptuosa estaria ali, algo que deveria ter sabido se estivesse pensando com clareza. Tenho certeza de que o Chefe guarda dinheiro aqui, você disse, olhando para o relógio esculpido na forma do seu país acima da TV. O General tinha esse mesmo relógio nostálgico em seu restaurante de Los Angeles, revelando algo que não era segredo para ninguém — que para refugiados o tempo se movia apenas em círculos. Mas o relógio do Chefe revelava mais um segredo que não era nenhum segredo — que para refugiados o tempo às vezes parava completamente.

Imagino que o dinheiro fique em algum cofre, você disse. Sei a combinação. Mas não onde fica. Acho que você deve saber.

Você não sabia de fato se havia algum cofre nem sabia a combinação, mas seu primeiro chute se revelou correto quando ela disse, Como sabe a combinação?

Me mostra o cofre primeiro, você disse.

Metade do que tiver é meu.

Baixa a arma primeiro.

Sei que acha que sou estúpida, mas não sou.

Não acho...

Percebo como olha pra mim.

O modo como ela olhava para você dava a entender que achava que o estúpido era você, e admitindo para si mesmo que nunca pensara sobre a inteligência da secretária voluptuosa você continuou a tensionar cada músculo do corpo para não desgrudar os olhos do rosto dela, a despeito das tentações em sua visão periférica. Tem razão, disse, engolindo a familiar mistura de culpa e vergonha pela qual tomara gosto havia tempo. As duas combinavam tanto, como gim e tônica, como civilização e colonização, como resistência e colaboração, como Hitler e Goebbels, como Nixon e Kissinger, como Vietnã e Argélia, como França e Estados Unidos, que deveriam ser um coquetel, ou pelo menos um romance russo menor, ou quem sabe apenas uma febre musical pop adolescente, chamada Culpa e Vergonha. Me desculpa. Lamento.

Lamenta nada. Você é o vietnamita típico. Ou meio vietnamita. Tanto faz. São todos iguais. Acham que a gente existe pra vocês. Presumem que vamos preparar sua comida, lavar a louça, cuidar da roupa, rir das suas piadas idiotas, desmaiar escutando os poemas e canções de amor que adoram escrever até o dia em que casam com a gente, quando nunca mais fazem isso outra vez, já que estão escrevendo poemas e canções de amor pras namoradas. Acham que a gente está sempre à disposição para fazer amor, ter filhos, criar eles sozinha, fazer compras, escutar suas queixas, massagear seu ego, cuidar das contas, trabalhar pra complementar a renda, tolerar seus pais, servir suas mães, ignorar suas amantes, costurar suas roupas, encontrar suas chaves, concordar com todas as suas bobagens, caminhar pelo menos cinco passos atrás de vocês, cuidar de vocês quando ficam velhos e finalmente — finalmente — *finalmente* — morrer depois de vocês, só pra garantir que alguém vai chorar no seu enterro, fazer um belo velório, cuidar do seu santuário e visitar seu túmulo, se lembrar de vocês dia após dia e depois, quando a gente morre e se junta a vocês, fazer toda a maldita coisa outra vez *por toda a eternidade*.

Embora sua voz tremesse de fúria, o cano da Luger em nenhum momento vacilou. Como vietnamita, ou meio vietnamita, você sabia lá no fundo, tão fundo que chegava às suas bolas, em um raro momento de honestidade ocasionado por essas bolas não estarem rolando do modo como deveriam, que tinha razão. Como representante da virilidade vietnamita, você merecia sua fúria por tudo que fizera às mulheres vietnamitas todos os dias das suas vidas. Tem razão, você disse. Desculpa. Lamento de verdade.

Acha que o Chefe ia casar comigo algum dia?, falou a secretária voluptuosa.

Claro que acho, tenho certeza. Estava apaixonado por você...

Mentira. Não me importa se estava. Um casamento ia querer dizer só que tinha cumprido a parte dele no acordo. Agora isso não vai mais acontecer. Pelo menos mereço o dinheiro dele. Concorda?

Você assentiu com a cabeça vigorosamente e fez mais alguns ruídos afirmativos. A secretária voluptuosa o levou ao quarto, onde estivera dormindo antes que você a acordasse, e apontou para uma estante junto ao closet. O Chefe não lia francês, mas as prateleiras estavam cheias de livros franceses. Passando os olhos depressa pelas lombadas, você notou com satisfação que os franceses não liam apenas filosofia e literatura pedante, livros difíceis para exibir ao lado de bebidas requintadas. Aqueles livros e aqueles escritores mereciam como acompanhamento apenas cerveja e vinho da casa servido no decantador. Eram originais franceses ou traduções francesas de autores que escreviam o tipo de best-seller ordinário encontrado em aeroportos e lojas de conveniência, romances tão massificados que o leitor podia sentir sua massa encefálica escorrendo para se acumular sobre o lábio superior como um bigode. Mas sem necessidade de citar nomes. Para que se incomodar quando o Chefe nunca lera aqueles autores, já que nunca lia coisa alguma a não ser faturas e livros contábeis.

Empurra a estante, disse a secretária voluptuosa, gesticulando com a arma.

Como seres humanos, armas têm a péssima tendência a estourar sem aviso, assim você disse, em sua voz mais educada, Que tal tirar o dedo do gatilho?

Ela apontou a arma para você, mantendo o dedo no gatilho, e você empurrou a estante, que rolou sobre rodinhas invisíveis ocultas sob a base. Quando terminou de empurrá-la de lado o cofre foi revelado, uma caixa de ferro cinza do tamanho de um frigobar instalada em um recesso junto ao closet. Certo, sabe-tudo, disse a secretária voluptuosa. Me mostra o que descobriu.

Você tinha uma única ideia, e agora fazia sua segunda aposta.

Já notou o relógio que o Chefe tinha na sala dele e aqui?, disse.

Os dois nunca funcionaram. Ele era preguiçoso demais pra trocar as pilhas.

Preguiça nada, disse você com uma confiança despreocupada que em instantes se revelaria um lance de gênio ou uma estupidez. Eram dicas. Lembretes. Só para o caso de ele esquecer a combinação. Disse isso sem nenhuma presunção, pois, ao menor sinal de imodéstia — a julgar por sua expressão —, ela atiraria em você. Talvez não para matar, mas por certo para aleijar permanentemente. Sete e cinquenta e nove, você disse, conforme estalava os nós dos dedos. Ou sete-cinco-nove.

Vamos ver.

A fechadura do cofre tinha de ser girada no sentido horário e depois anti-horário. Você se ajoelhou para ficar na mesma altura do mecanismo e pôs mãos à obra, tentando não suar enquanto girava o segredo de um lado para o outro. Sete para a direita uma vez, cinquenta para a esquerda duas vezes, nove para a direita uma vez. A alavanca não cedeu. O suor começou a descer por suas axilas quando tentou sete para a esquerda, cinquenta para a direita, nove para a esquerda. A alavanca continuou travada. Agora sua cabeça suava, e você tomou aguda consciência da secretária voluptuosa sentada em uma poltrona à sua esquerda, as pernas cruzadas, a mão com a arma pousada em um joelho, o dedo ainda no gatilho, seu corpo ainda numa camisola transparente que teria feito até o papa olhar. Com os diabos, até Deus devia estar contemplando nesse preciso momento uma de Suas mais perfeitas criações enquanto você tentava todas as demais combinações de sete, cinquenta e nove em que conseguiu pensar nos cinco minutos seguintes. A certa altura, você se perdeu nas combinações e só fez girar o disco aleatoriamente várias vezes, em outra versão da roleta-russa.

Ei, Einstein, disse a secretária voluptuosa. Por que não tenta dezenove-cinquenta-nove?

Alguém apertou o botão de stop do mundo e tudo e todos ficaram paralisados por alguns momentos. Dentro da sua cabeça o ponteiro das horas do relógio descreveu um círculo completo, das sete da manhã às sete da noite. Então o play voltou a ser apertado e você girou o disco para dezenove para a direita uma vez, cinquenta para a esquerda duas vezes, nove para a direita uma vez. A alavanca cedeu facilmente com um clique quando você tentou mais uma vez e a porta do cofre se abriu com um som de sucção.

O Céu estava em silêncio quando você chegou duas horas mais tarde. Está todo mundo exausto, senhor, disse a governanta obsequiosa, e você se perguntou como fora poupada de um papel na orgia. Você lhe deu uma nota de cem francos para deixá-lo entrar e encontrou o capanga escatológico dormindo no sofá da sala de espera, um exemplar da *Viagem ao fim da noite* aberto no peito nu, subindo e descendo, a TV como sempre ligada num talk show intelectual. Um traço pálido riscava diagonalmente seu bíceps, um novo band-aid que você não vira na noite anterior. Madeleine dormia no andar de cima e você abriu a porta sem bater. Estava sob as cobertas em sua cama de casal, o cabelo esparramado em torno da cabeça, o rosto sem maquiagem ou qualquer outro vestígio da fantástica orgia da véspera, exceto pelos hematomas que as mãos de BFD deixaram em seu pescoço. Pensou em acordá-la, mas não era por você mesmo que estava ali. Então deixou ao lado de Madeleine a sacola da Monoprix que pegara no armário de cozinha do Chefe. Dentro havia metade do dinheiro que a secretária voluptuosa deixara que pegasse no cofre, o que não significava que fosse metade do dinheiro que continha. Ambos ficaram olhando para os tijolos de francos, cada um preso por uma cinta de papel com a soma total anotada a caneta azul. Também havia sacos plásticos de sanduíche com lingotes e taéis de ouro, cada um por sua vez embalado em plástico e marcado com o nome da procedência. Como os maços de dinheiro, também na letra do Chefe.

Acho que estamos ricos, você disse, torcendo para a secretária voluptuosa não passá-lo para trás nem estourar seus miolos com um tiro na têmpora. Você estava morto fazia tanto tempo que agora queria viver. É muita coisa mesmo depois que a gente dividir meio a meio.

Eu falei meio a meio?, disse a secretária voluptuosa, recatadamente cobrindo a boca com a mão sem a arma. Puxa! Que tonta. Quis dizer setenta-trinta.

Setenta-trinta? Você manteve a frieza e disse, Se não fosse eu esse cofre não tinha sido aberto. Que tal cinquenta e cinco-quarenta e cinco.

A secretária voluptuosa engatilhou o trabuco. Que tal setenta e cinco-vinte e cinco e você sai daqui com as bolas.

Foi assim que você acabou deixando para Madeleine metade dos vinte e cinco por cento em dinheiro vivo da poupança do Chefe. O ouro não estava incluído, como a secretária voluptuosa esclareceu em seguida antes de fazê-lo contar o dinheiro, algo que levou muito tempo, considerando como havia tanto, e mesmo após você comentar que o Chefe fizera a gentileza de embrulhar e marcar todos os maços. Só quero ter certeza, para a gente fazer tudo certinho, disse com calma a secretária voluptuosa, desafiando-o a olhar enquanto descruzava e tornava a cruzar as pernas com você ajoelhado diante do cofre, contando o dinheiro. Parte sua ficou nostálgica pensando em Saïd e no modo como se comprometera escrupulosamente com sua palavra, mas outra parte estava agradecida por vinte e cinco por cento continuar sendo um bocado de dinheiro. Quando terminou de contar você disse, Posso usar o banheiro?

A secretária voluptuosa revirou os olhos e o escoltou até o banheiro do corredor. Como a maioria dos apartamentos franceses que você conhecera, mesmo os espaçosos, o do Chefe tinha um único banheiro, algo que estava bom para os padrões vietnamitas mas era primitivo até para padrões americanos médios. Os americanos, de forma bastante inteligente, achavam bom ter alternativa para os entupimentos. Sentiam aflição em ver merda, mas não em engordar; para os franceses, era o contrário. Quanto aos vietnamitas, não conseguíamos engordar nem se tentássemos, considerando como o país era pobre, deixando-nos sem outra escolha a não ser nos darmos por satisfeitos de ter ao menos um banheiro, considerando as condições sanitárias do país. Mas qual era a desculpa dos franceses? Talvez simplesmente se relacionassem de forma diferente com os excrementos, algo que já ficara comprovado pelo laissez-faire com que tratavam o cocô canino. A merda era o segredo de toda sociedade, e como uma sociedade tratava sua merda dizia muito a um estrangeiro, ao passo que uma cética como a secretária voluptuosa talvez dissesse, Quanta merda você fala. Mas o que disse na verdade quando você fez menção de fechar a porta ao entrar foi: Deixa aberta.

Mas...

Deixa aberta. Não tem nada que eu já não tenha visto.

É, mas eu, bem, preciso, ahn...

Ai, pelo amor de Deus. A secretária voluptuosa pareceu legitimamente enojada. Não preciso ver isso. Deixa uma fresta e não tenta trancar ou atiro pela porta mesmo.

Você não tinha o menor desejo de morrer no trono como Elvis, e seu plano de todo modo não consistia em escapar do banheiro sem janelas. Manter a porta quase fechada bastava para isso, pois o plano era remover a chave do apartamento do chaveiro onde também estava a chave do carro do Chefe. Como a porta ficou entreaberta, porém, permitindo à secretária voluptuosa escutar seu sórdido drama pessoal, você abriu o zíper da calça, baixou o assento, sentou e fez de conta que fazia as necessidades enquanto manuseava o chaveiro do Chefe. Infelizmente, ou felizmente, dependendo do ponto de vista, o fingimento induziu um movimento real, ou talvez o que movesse você fosse um sentimento, surpreendendo-o do modo como seus sentimentos às vezes faziam, a força deles tão súbita e real — Meu *Deus*, disse a secretária voluptuosa do outro lado da porta — quando você por coincidência refrescava a memória sobre a Terceira Lei de Newton, de como toda ação gera uma reação igual e contrária, de modo que no preciso momento em que um orifício anunciava sua presença à popa, outro entrava em erupção com um gemido de dor misturado a alívio e surpresa, pois você não sabia que havia aquilo dentro de você, aquela espiral mortal deslizando por suas vísceras sem parecer chegar ao fim, um asqueroso sedimento acumulado ao longo dos anos, sua espessura, densidade e nocividade sugerindo que essa fera intestinal defunta era a matéria recalcitrante que seu corpo achou impossível digerir por completo — Será que dá pra *acabar logo*?, suplicou a secretária voluptuosa — a matéria escura das suas ainda mais escuras entranhas, a abominação bíblica oculta nos recessos das fendas dos volteios e das curvas dos intestinos longos e serpenteantes odiados por tanta gente — Sério, *Cristo Jesus*, disse a secretária voluptuosa — até finalmente parecer que você desenroscara esse saca-rolha, mas quando aquilo se enrodilhou em segredo sob você, tão único quanto um floco de neve com contaminação industrial, tão individual quando seu eu moralmente cagado, duas manifestações das entranhas de alguém nunca sendo cópias uma da outra, o súbito vácuo deixado pela rápida partida de seu habitante intestinal doeu quase tanto quanto a evacuação, levando você a se lamuriar ao dar descarga na sua calamidade colônica apenas para escutar a privada gargarejar em vez de gorgolejar, e quando viu como a pobre e torturada privada gaulesa engasgara com sua recusa, você fechou a tampa depressa, horrorizado e humilhado, lavou das mãos qualquer vestígio de sujeira, estampou um sorriso apologético na cara e saiu com a chave do apartamento na mão, que a secretária enojada mas ainda voluptuosa mandou deixar no aparador junto à porta, de modo que não precisasse tocar nela.

Detendo-se ao sair, você disse, Acha que posso pegar um par de sapatos? Você estava só de meia e explicou que ao deixar o armazém o Mona Lisa dissera, Continuo gostando do seu sapato, e fora forçado a lhe entregar o Bruno Magli que teria dado para pagar um mês de aluguel. A secretária voluptuosa disse, Pega logo e se manda, e você, continuando heroicamente a evitar olhar para a camisola transparente, exibiu seu sorriso mais carismático de bad boy e disse, A gente dá um ótimo time, ao que ela retrucou, Não esquece o que falei sobre suas bolas.

E foi assim que você acabou ficando com a chave do carro do Chefe, que separara da chave do apartamento quando estava no banheiro, prevendo que a secretária voluptuosa a exigiria. Você observou uma última vez o rosto de Madeleine e viu seus olhos se contraírem sob as pálpebras, e se perguntou se estaria tendo um sonho ou um pesadelo. Antes de fechar a porta ao sair, você imprimiu o semblante adormecido na cera macia da sua memória, na esperança de que mascarasse o rosto atento da agente comunista. Não importa o que acontecera a ela, onde quer que estivesse, você sabia que ainda podia vê-lo.

19

Acima da porta aberta, o neon vermelho dizia OPIUM nas letras usadas em embalagens de comida chinesa, uma fonte cujo nome podia ser chop suey, ching-chong ou shoyo show. Ao menos o Chefe mostrara alguma classe e não pusera um gongo gigante ali dentro, a ser tocado à entrada dos clientes por um criado com dentões falsos. Em vez disso você escutou o mesmo quarteto de jazz que se apresentara na orgia e mandava ver agora, tendo tido a oportunidade, ao contrário de você, de ir para casa e descansar. Isso era verdade também para Nojento, que trocara a fantasia de guarda de harém por um visual mais contemporâneo, um misto de boêmio parisiense e názi chique: gola rulê preta básica, calça preta, jaqueta de couro preta e botas pretas. O visual casava à perfeição com a atmosfera do OPIUM, porque o que o OPIUM representava não era o antigo, tampouco o ligeiramente mais antigo, Oriente dos séculos XIX e XX, quando tanto o monopólio francês como o britânico, os narcotraficantes globais e déspotas farmacêuticos originais, forçaram os nativos sob a mira de armas a comprar seu ópio. Oh, não! Aquele era o Oriente novo e moderno, onde o ópio era bacana e exótico, chique e atraente, viciante e fácil. O ópio era o pacote completo e a amante perfeita. Não admira que alguns, como você, preferissem o remédio.

Cadê o Chefe?, disse Nojento, incumbido do cordão de veludo e criando um suspense artificial ao organizar uma longa fila de clientes. As mulheres eram uma visão e tanto, pernas sem fim, e os homens um cheiro e tanto, mais encharcados de colônia que as mulheres de perfume. Quanto a você, voltara ao apartamento de sua tia após ter partido do Céu e ali trocara de roupa, pondo o único traje decente que possuía, um terno slim cinza-escuro com paletó de três botões datando do início dos anos 60, que contrastava com as camisas pastel e as silhuetas exageradas tanto dos homens como das mulheres, seus ombros inflados com enchimentos grandes o bastante para servir de poleiro a uma águia. O terno era um presente do agora roliço demais ph.D. maoista, que o usara nos tempos de universidade quando sacudia o esqueleto ao som de Johnny Hallyday. Sua tia não estava e você se aproveitara da ausência para acordar com uma ducha, que também lavou do seu corpo o suor, a fumaça, o medo e a marca da morte. Depois você tinha tomado o resto do café de civeta e deixado a mala com o dinheiro do Chefe e os vídeos da orgia sob o sofá onde dormia, as fitas valendo muito mais do que o dinheiro. Mesmo com o café, você continuava com a cabeça zonza quando estacionou a uma distância segura do OPIUM para que nenhum anão o visse chegando no carro do Chefe.

Cadê o Chefe?, voltou a gritar Nojento.

E eu é que sei, caralho? Da última vez que vi, tinha acabado de matar o argelino. Daí fui pra casa.

A desculpa serviria para ganhar tempo. Tudo que você queria era tempo suficiente para sobreviver a essa noite, ver Lana e beijar seus pés, depois ficar cara a cara com o homem sem rosto e de algum modo conseguir realizar um passe de mágica e salvá-lo da vingança de Bon. Você entrou no OPIUM e foi lambido pelo odor, os langorosos circuladores de ar agitando os rastros feromônicos de colônia e perfume, a fumaça de cigarros, narguilés e cachimbos d'água de sua terra natal e a névoa do incenso queimando em um incensório que circulava pelo clube levado por uma garota miúda cujo rosto se ocultava sob um véu plagiado das *Mil e uma noites*. Você não avistou Lana quando esquadrinhou a multidão sensual, mas viu algumas mulheres que haviam entrado no espírito do OPIUM e coberto o rosto com os véus pretos de seda oferecidos pela portadora de incenso.

Os aromas se combinaram a sua vertigem e exaustão para deixá-lo com tontura e a única cura para isso era uma bebida, aliás a cura para a maioria das coisas. Você passou por bananeiras e aves-do-paraíso, poltronas de ratã e lanternas vermelhas, biombos de papel-arroz e caligrafias emolduradas e aguardou sua vez no bar acotovelando-se a jovens criaturas risonhas que pediam bebidas servidas em Budas de cerâmica e enfeitadas com minúsculos guarda-chuvas de papel capazes de proporcionar sombra a um grilo ou à pequena minhoca definhada da sua moralidade. Quando finalmente chegou sua vez, você disse, ou grasnou, Me vê um Culpa e Vergonha, por favor.

Como?

Culpa e Vergonha!, berrou você, mais alto do que pretendia.

Por um instante, todos ao redor olharam para você, mas, vendo que não havia nada para ver, voltaram a seus afazeres de ficar zonzos e faturar uma foda sem parecer que o faziam.

O atendente do bar ajustou seu turbante e disse protocolarmente, Não sei o que é isso, seu profissionalismo sendo questionado por sua ignorância.

É fácil, respondeu você. Metade tequila, metade vodca, sem gelo, sem frescura, sem nada. A ideia é parecer água benta e ter gosto do Inferno.

Parece asqueroso, disse o bartender.

E, bebericando Culpa e Vergonha pela primeira vez, você admitiu que era asqueroso, mas como o sabor poderia ser diferente com uma dupla dessas? Algumas doses de Culpa e Vergonha e você não conseguiria se lembrar de nada no dia seguinte, sua cabeça um coco com a tampa cortada de modo que alguém pudesse inserir um canudo para tomar o conteúdo da sua mente e assoprar bolhas nela. Com um Culpa e Vergonha duplo na mão — você sempre pedia duplo, sendo um homem de duas mentes —, circulou pelo OPIUM à procura de Lana, mas viu apenas atendentes em provocantes *cheongsams* que terminavam no meio da coxa e paredes decoradas com reproduções emolduradas de fotos em preto e branco do século XIX: um aristocrata com unhas curvadas do tamanho de facas, mulheres de seios desnudos vestindo trajes indígenas, uma idosa fumando um charuto do tamanho de um sabugo de milho. São africanas ou asiáticas?, perguntou uma jovem criatura risonha a outra jovem criatura risonha. Não sei, disse a outra, apoiando o queixo na cabeça de seu Buda. Mas são bem legais.

Você examinou um mural que cobria uma parede inteira. Era hipnotizante, uma pintura fotorrealista em preto e branco de seus conterrâneos seminus ajoelhados na terra do que parecia ser uma fazenda de borracha, homens e mulheres, fibrosos e sujos, vestindo apenas calças esfarrapadas e uma faixa na cabeça para proteger os olhos do suor. Estavam de costas para o pintor, ou espectador, concentrados na mulher que caminhava entre eles usando um vestido escarlate colado ao corpo que delineava sua incrível forma. Ao contrário do resto do mural, exibia cores vivas e brilhantes e parecia ser a mulher mais linda da França, também conhecida como Catherine Deneuve. Por que fora transposta para uma fazenda de borracha, só o pintor sabia. O único detalhe não fotorrealista do mural era o fato de Catherine Deneuve não ter marcas de suor nas axilas ou na frente colada de seu vestido, pois até a mulher mais linda da França, logo do mundo, devia suar como qualquer um. Que feitiço lançava Catherine Deneuve, assim como na verdade a própria nação francesa, deixando você cativado com o espetáculo dessa visão até sentir um tapinha no ombro. Era Bon. A seu lado havia uma mulher esguia numa roupa minimalista, uma microminissaia que estava para um vestido assim como um biquíni estava para um maiô. Sua forma esbelta o deixou ainda mais impressionado que a de Catherine Deneuve, a dela sendo uma faca de presídio enterrada entre suas costelas que chegou extremamente perto de seus pulmões e coração. Um véu de seda preto cobria tudo sob seus olhos cor de caramelo. A mão de dedos longos e delicados e unhas tão esmeradas quanto as mentiras de um adúltero, repousando na lateral do corpo, ergueu-se para tirar o véu de seu rosto. Você deu um passo para a frente, dizendo o nome dela, preparado para pespegar dois *bisous* em suas bochechas. Ela, por sua vez, ergueu a mão elegante e o estapeou com tanta força no rosto que você viu martelos e foices, seus ouvidos zumbindo tão alto que mal podia escutar seus onipresentes fantasmas chorando de tanto rir.

Seu bastardo filho da puta, disse Lana, com ênfase em "bastardo". Quanto tempo esperei para fazer isso.

Da última vez que você viu Lana, em seu apartamento em Los Angeles, apenas algumas horas antes de matar Sonny, ambos confabulavam sobre a dialética excitante entre Hegel e Marx, o Ser e o Espírito, o Ideal e o Material, a Mente e o Corpo, o Amor e o Sexo. Ela era como um dos livros vermelhos proibidos que Man compartilhara às escondidas com você no grupo de estudo, começando pelo *Manifesto comunista* e pelo *Livro vermelho* de Mao. Obras como essas inflamavam a mente, energizavam o corpo, queimavam as mãos de quem as abria, detendo um conhecimento secreto que podia paradoxalmente ser partilhado com qualquer um. Você sabe que quer isso, dissera Lana. Sei que quer isso. E assim você a abriu. Estavam diante das portas espelhadas do seu closet, atores e espectadores ao mesmo tempo. Olhavam para os respectivos reflexos e para os respectivos olhares refletidos no espelho, tudo ao contrário e fazendo sentido mesmo assim. Ver-se naquela cena vítrea, vocês mesmos e contudo não vocês mesmos, tornou ambos duros como um espelho. Quando seu espelho se estilhaçou, você perdeu não apenas o sentido da visão, mas também do tato, todas as suas extremidades ficando entorpecidas, incluindo os dedos dos pés e das mãos. Vocês ficaram prostrados, ainda acoplados, os resquícios do seu eu estilhaçado ainda dentro dela, e tendo ela mantido os olhos fechados a linguagem voltou a habitá-la.

Seu bastardo, sussurrou, com ênfase em "bastardo". Sabia que ia ser bom.

Lana não se lembrava daquela noite? Ou se lembrava bem demais? Era difícil perguntar, não só pela presença de Bon mas também de Loan, que guardava uma mesa no segundo andar do OPIUM.

Suas bochechas estão tão vermelhas, disse Loan ao vê-lo. Está tão excitado em ver Lana quanto eu!

Você murmurou alguma coisa inarticulada que simplesmente o fez parecer um tolo diante de uma estrela, embora a estrela, nesse caso Lana, não fosse uma superstar reconhecível para todo mundo, como Cher, Olivia Newton-John ou Karen Carpenter, mas uma estrela distante numa galáxia que exigia um telescópio étnico para ser enxergada. Todos os vietnamitas conheciam Lana, enquanto todo não vietnamita não fazia ideia de quem ela era, embora isso não impedisse as pessoas no OPIUM — homens e mulheres — de olhar apenas porque exsudava o calor e a luz de uma estrela.

Você ficou com calor só de sentar ao lado dela, e isso, além da exaustão, da vertigem, da lembrança do Chefe, do Ronin e de Le Cao Boi, seus rostos pintados para sempre nas paredes da caverna da sua mente, combinados ao imerecido dinheiro do Chefe, levaram-no a chamar uma das atendentes magricelas enfiada num provocante *cheongsam* escarlate e pedir uma garrafa do melhor champanhe. A gente tem muita coisa pra celebrar, disse você, e então se inclinou e sussurrou, Eu trabalho pro Chefe, devia ganhar um desconto de funcionário, e ela deu um sorriso pro forma, ajustou os pauzinhos no cabelo e afirmou que veria o que podia fazer.

O que a gente está comemorando?, disse Loan. Fora estar aqui com a Lana? Você acendeu o cigarro de Lana, que ficara pairando em sua mão no ar por um minuto, à espera, e disse, Isso, estamos comemorando que Lana finalmente chegou a Paris. A comemoração é para vocês também, os dois pombinhos.

Bon corou de constrangimento mas ficou calado, preferindo ajeitar a gravata enquanto Loan pressionava sua outra mão.

Parabéns, disse Lana, curvando-se para banhá-los em sua luz. Você merece, Bon.

Você podia perceber que se lembrava da última vez que estivera em uma situação à meia-luz junto com Bon, quando vocês dois assistiram à sua apresentação no Fantasia em Los Angeles. Na ocasião ele confessara às lágrimas como perdera os dois amores de sua vida, a única vez que havia chorado na presença de um adulto além de mim e sua esposa.

Loan, continuou Lana, você é tão linda, fico feliz pelos dois.

Bon disse, Ahn…

Está feliz, Bon?, disse Loan.

Bon corou ainda mais. Se eu… estou… A emoção o constrangeu ainda mais e o fez gaguejar de um jeito que a morte e os assassinatos nunca fizeram. Eu… ahn…

Você o cutucou sob a mesa com o pé e quando ele olhou você fez um aceno quase imperceptível com a cabeça e ele disse, Estou… isso… feliz… e sabe como é… ahn… a vida continua…

É, a vida continua, disse Loan, pegando sua mão. Mas não quer dizer que precisa esquecer Linh e Duc. Você nunca vai precisar esquecer Linh e Duc, não que consiga. Eles são parte de você para sempre e portanto parte de mim para sempre, Bon querido!

Essa granada de atordoamento carregada de conteúdo emocional explícito caindo no colo de Bon o deixou em pânico. Quanto a você — seu pobre, estúpido, maluco e feioso bastardo —, você súbita e inesperadamente começou a chorar de modo incontrolável, deixando todo mundo constrangido. Porra, qual é o seu problema? Seu corpo foi sacudido pela torrente de lágrimas e você soluçou, Puxa vida, desculpa, não sei... o que... ugh...

Você se levantou para ir ao banheiro, mas Bon se curvou sobre a mesa, segurou-o pela barra do paletó e murmurou, Senta aí, seu bastardo infeliz. Todo mundo é amigo aqui.

Lana pôs a mão sobre seu braço. Não esquenta, ela disse. Pode chorar.

Não que teria conseguido se segurar. De onde vinham essas lágrimas e soluços, a não ser de um fundo falso em sua alma? Sob o fundo falso, na escuridão insondável, mais profunda que o abismo do Inferno, não havia fogo, mas água, o poço negro das suas emoções, especialmente em relação a sua mãe, a única mulher que amara de verdade, e pela qual teria morrido, mas ninguém lhe dera a chance. Não havia outra de quem pudesse ter dito a mesma coisa, ao contrário de Bon. Vendo na palma da mão dele a cicatriz que significava a irmandade de sangue entre ambos, você sabia que ele morreria por você, mas que faria o mesmo por Loan, assim como teria se sacrificado por Linh e Duc, se tivesse a chance. Quanto a você, morreria por Bon, e morreria por Man, mesmo agora, mesmo depois de tudo que fizera com você, porque continuavam sendo irmãos de sangue. Seu amor por esses homens, amor que um dia poderia matá-lo, também lhe dizia que você era digno de viver.

Te amo, Bon, você disse.

Era algo que não queria nem planejava dizer, e a expressão aflita em seu rosto o informou que dissera o indizível, mas e daí? Você dissera tantas obscenidades na vida e cometera tantos pecados que nem o mal-estar de Bon nem a risada escarninha dos seus fantasmas o levaram a se arrepender de dizer em voz alta o que deveria se manifestar apenas em atos inarticulados de camaradagem viril.

Tudo bem, disse Bon, dando tapinhas na sua mão. Tudo bem.

A atendente voltou nesse momento com o champanhe em um balde de gelo, e o minuto seguinte transcorreu em desconfortável silêncio conforme abria a garrafa e servia quatro taças, e nesse ínterim você chorou, soluçou, respirou fundo, soprou, bufou, fungou e, finalmente, fechou a porta do alçapão que tampava o fundo falso da sua alma. Ahn, disse a atendente, talvez sentindo pena, só pra informar, você tem desconto de funcionário sim. Ela pegou o guardanapo de pano com que envolveria a garrafa e lhe deu para limpar as lágrimas e assoar o catarro.

Ora, disse Loan.

Desculpa, você disse, ou talvez choramingou. Mil desculpas. Sinto muito, lamento.

Bon segurou sua taça. Acho que a gente devia brindar.

Tenho um brinde, disse Lana.

Vocês viraram para encará-la, esperando. Ela ergueu a taça e todo mundo fez o mesmo. A você, disse ela, o que o surpreendeu e trouxe um sorriso esperançoso a seu rosto. Parabéns, bastardo. Você é pai.

Em sua defesa, você não desmaiou nem correu para a saída mais próxima. Simplesmente fitou Lana boquiaberto, girou a cabeça para a esquerda e a direita, vendo a expressão de perplexidade nos rostos paralisados de Loan e Bon, depois voltou a fitar Lana, imóvel. *Você é pai* era o título do filme de terror mais assustador que podia imaginar, a menos que fosse uma das sequências, como *Você é pai partes 2, 3* ou *4* ou, se fosse católico, *Você é pai 5, 6, 7, 8, 9, 10, 11* ou *12*. Você se conhecia e não tinha o menor desejo de continuar o ciclo de abusos mais conhecido como vida. Sua maior contribuição à propagação da espécie humana não era se propagar, ainda que sua mãe quisesse tanto um neto. Imagine como seria maravilhoso se trouxesse um filho ao mundo! Sempre que dizia isso, você sorria, acariciava sua mão e mentia. Claro, certo, um dia, com certeza! Agora o dia do juízo final finalmente havia chegado e tudo que você conseguiu dizer para o tempo e o espaço serem reiniciados foi: Mas eu usei camisinha!

Lana bebericou o champanhe e disse, Vai ver a camisinha estava furada.

Se a borracha naquele preservativo veio de uma fazenda colonial, os franceses tinham fodido com você outra vez. Você abriu a boca e Lana disse, Nem se atreva a perguntar sobre outro candidato. Não tem mais nenhum babaca no horizonte.

Você fechou a boca e olhou para Bon em busca de ajuda, mas ele entornou a taça de champanhe e disse, Não é o fim do mundo. Tem gente que quer filhos.

Bem, disse Loan, com um sorriso largo. É menino ou menina?

Menina.

Um menino o teria deixado petrificado, porque sem dúvida quando crescesse o mataria, coisa que você admitidamente merecia, mas uma menina não era muito melhor, talvez até pior, porque você teria de fazer coisas como tranças em seu cabelo, evitar falar sobre sua menstruação e contemplar o dia em que encontraria alguém igualzinho a você e se casaria com o filho da puta inútil. Você respirou fundo para se acalmar. O que pessoas normais dizem em situações como essa?

Quantos... anos ela tem?

Três.

Está aqui?

Está em Los Angeles, com meus pais.

Como ela se chama?

Ada.

Ada. Um nome ligeiramente incomum que ocidentais conseguiam pronunciar e um nome completamente estrangeiro ao alcance do aparelho fonador vietnamita. *A-d-a.* Um nome em código Morse. O *A* longo, o *d* seco, o *a* breve. Três letras. Um palíndromo. A mesma coisa da esquerda para a direita ou do leste para o oeste. Ada, a neta que sua mãe sempre quisera e que você afinal lhe dera, tarde demais.

Tem uma foto?

Ada era uma garotinha de cabelos retintos que emolduravam seu rosto e terminavam no queixo. Você odiava crianças, o que era não um preconceito, antes uma reação lógica aos anos de exposição na infância aos pequenos trolls, nada além de monstruosos adultos em botão. Mas essa menina — tudo em seu rosto era arredondado, seus olhos, suas bochechas, a ponta do seu nariz. Tinha olhos escuros, lábios cor-de-rosa e pele clara. Se fosse cem por cento branca, a cor da sua pele seria considerada quase branca. Mas como descendia de você, e você era metade branco, ela era apenas um quarto branca. Só que não foi a brancura parcial dela que chamou sua atenção. O mais surpreendente em relação a ela, a seu ver, excetuando a rechonchuda fofura que até você era capaz de admitir, era com quem se parecia.

Sua mãe.

Ada, você disse. Ada.

É o nome dela, disse Lana.

Após matarem a garrafa de champanhe, e você ter esvaziado seu terceiro cálice de Culpa e Vergonha, e Bon ter contado para Lana a versão abreviada do que os levara à Cidade Luz, e Lana ter perguntado por que você escolhera a França em vez dos Estados Unidos e você dizer que era porque queria visitar a terra do seu pai, e ela ter perguntado por que nunca dissera a ninguém que estava aqui e você responder honestamente que era porque achava que ninguém se importava se estava vivo ou morto, o que a fez morder o lábio e desviar o rosto, você e Bon pediram licença e foram ao banheiro. Defronte aos urinóis, você informou Bon das mortes recentes, algo que não o deixou minimamente perturbado. Não vão fazer falta, disse, balançando alguns pingos em memória dos finados e puxando o zíper. Mas a gente precisa consertar essa bagunça.

Certo, você falou, embora não tivesse a menor intenção de consertar coisa alguma, o que na verdade significava apenas bagunçar ainda mais as coisas continuando a guerra com o Mona Lisa e Saïd.

Só que primeiro a gente tem que cuidar do homem sem rosto. Hoje à noite.

Você olhou no espelho e a visão do seu reflexo de algum modo o surpreendeu. A essa altura, com grande frequência você não esperava ver ninguém ali, esperava que seu corpo fosse tão invisível quanto sua alma. O que viu também, além de você mesmo e de Bon lavando as mãos, foram seus fantasmas sorridentes, pairando às suas costas, crivados de balas, ainda gotejando a matéria perpétua da vida. Mas você não viu o Chefe, Le Cao Boi ou o Ronin, nem seu pai ou a agente comunista.

Ele vai estar lá, disse Bon, secando as mãos. Eu sei.

Não tenho arma, você disse, a única estratégia que lhe ocorreu para não ter de acabar com a vida de Man.

Bon encolheu os ombros, apoiou o pé na borda da pia e puxou a barra da calça, revelando uma pequena pistola presa ao tornozelo. Minha reserva, disse, dando-a a você. Deve sempre andar com uma reserva. Não aprendeu nada comigo?

Você dirigiu a monstruosidade bávara do Chefe até o teatro, Bon e Loan atrás de mãos dadas, Lana a seu lado. O Chefe tinha uma fita com canções dela, e enquanto você dirigia escutava a versão cover que ela fizera da canção que o arrebatara quando a escutou cantá-la no Fantasia de Los Angeles, a dar os fatídicos passos que conduziram a ela e, finalmente, Ada. "Bang Bang (My Baby Shot Me Down)."

Ela sabe que eu sou… pai dela?, você disse, achando difícil até falar a palavra.

Não tenho nem foto sua, disse Lana. Mas ela perguntou.

Perguntou?

Quem era o pai dela e onde estava, por que todo mundo tinha pai mas ela não.

O que você falou?

Meus pais me proibiram de dizer seu nome pra ela.

Madame. E o General, que enfiara a meia enlameada destas palavras em sua boca quando você estava prestes a embarcar no avião rumo à Tailândia e à invasão: *Como pôde acreditar que a gente deixaria nossa filha ficar com alguém como você? Você é um bom rapaz, mas, caso não tenha notado, também é um bastardo.*

Então fui riscado da vida dela?, você disse, ainda sentindo o gosto da injúria.

Eu digo que o pai dela é um soldado que foi tentar salvar seu país, que abriu mão de tudo para libertar seu povo. E que um dia talvez volte para nós e vai ser recebido como herói. Quando falo isso, ela sorri e dou um abraço apertado nela. E sinto pena por você. Não por causa do que podia ter acontecido, mas porque você nunca saberia como era a sensação de abraçar sua filhinha, segurar quando era bebê, acariciar o corpinho gorducho, fazer cócegas e ouvir ela rir, ganhar um beijo sempre que pedir, escutar ela dizer, Eu te amo, papai, como diz, Eu te amo, mamãe.

"Bang Bang (My Baby Shot Me Down)."

Todas essas coisas que você perdeu nunca vai recuperar. Mas não significa que precise continuar perdendo as coisas que acontecem com ela agora, como vai ser a vida dela no ano que vem e daí em diante.

Você queria que eu...

Não é por mim, seu filho da puta. Por ela. Ela merece conhecer o pai e tirar as próprias conclusões. Ou então vai crescer esperando o papai herói dela voltar pra casa um dia. Ou achar que ele está na França, nunca fez questão de contar pra ninguém que continuava vivo e abandonou a filha. Não faça isso com ela.

Bon tossiu. Acho que a gente passou pelo teatro faz duas quadras.

Após estacionar, você e Bon caminharam para o teatro atrás de Lana e Loan, que tinha um monte de perguntas sobre *Fantasia* e suas estrelas. Fumavam ambos em silêncio fraternal, preparando-se para encontrar o homem sem rosto. Você não teve mais nenhuma ideia, uma falha que atribuiu ao consumo excessivo do remédio ou ao fato de não ter remédio à disposição. Verificando os bolsos, descobriu que continuava não havendo remédio algum escondido à sua espera. Começou a tremer por causa de tudo, o champanhe, os Culpa e Vergonha, medo do que aconteceria, o terror de subitamente ser pai, o assassinato do Chefe e a fissura do remédio. Na porta dos fundos do teatro, despediu-se de Lana, que disse, Vem me ver depois do espetáculo. A gente tem mais coisas pra conversar. Amanhã vou para Berlim.

Alemanha?

Os vietnamitas de lá adoram a gente.

Ela é fantástica, disse Loan embevecida quando se dirigiam à entrada do teatro. Como você deu sorte. Não acredito que ela... que você... não que ela não fosse... olha, você sabe o que quero dizer.

Você sabia de fato o que Loan queria dizer e não ficou ofendido, uma vez que você era tão revoltante que revoltava até você mesmo. Os únicos mais ofensivos que você nessa noite eram Zangado e Fedido, à espreita no saguão.

Cadê o Chefe?, disse Zangado.

E Le Cao Boi?, acrescentou Fedido.

E eu é que sei, caralho?, você respondeu. Da última vez que vi, tinha acabado de matar o argelino. Daí fui pra casa.

Ei, disse Zangado. Olha a secretária do Chefe.

A secretária voluptuosa chegara para a recepção VIP no saguão, felizmente não mais usando uma camisola transparente, mas um elegante vestido azul meia-noite com um animal morto sobre os ombros. A uma inspeção mais detida, a pobre criatura se mostrou uma simples pele.

Ei, disse Fedido. Cadê o Chefe?

Como vou saber?, respondeu a secretária voluptuosa. Então olhou para você, torceu o lábio e disse, Você é *nojento*, seu bastardo *sujo*!

Caralho!, disse Zangado, cutucando-o quando a secretária voluptuosa se afastou. Deve estar numa TPM daquelas.

Ou então você fez alguma coisa que o Chefe não gostou, disse Fedido.

Zangado e Fedido olharam para você do modo como açougueiros inspecionavam patos defumados pendurados em ganchos pelo ânus. Assim, para não piorar as coisas, você confessou sua gafe fecal no banheiro do Chefe, fazendo Zangado e Fedido uivarem de rir até saírem lágrimas de seus olhos. Bastardo *sujo*, disseram, rindo. Bastardo *sujo*!

O que foi isso?, disse Loan quando você se juntou a ela e Bon.

Ela lhe estendeu uma taça de champanhe e você respondeu, Nada. Que tal um brinde? A vocês duas. E por ser Paris, e por ser amor, você disse, *Levons nos verres à l'amour!*

O sorriso de Loan se desmanchou conforme você e Bon tilintavam as taças.

Aconteceu alguma coisa?, perguntou Bon, a taça suspensa no ar.

Sim, disse Loan, pálida. Ele acabou de falar pra gente brindar à morte.

L'amour ou la mort? Amor ou morte? Qual a diferença? Uns dizem *tom-ay-toe*, outros dizem *tom-ah-toe*. Um simples deslize linguístico, ou talvez sua língua em conjunção com seus lábios fosse incapaz de formar adequadamente a palavra crucial. Maldita língua de Molière! Sempre pondo palavras na sua boca que acabavam grudadas nos molares, mas qualquer língua faz isso. Por azar, não havia como cancelar a coisa toda. Não com a pistola reserva de Bon enfiada em sua cintura, não com Bon a seu lado esquadrinhando o saguão em busca do homem sem rosto conforme o animado público de *Fantasia* não parava de chegar. Loan se afastara para conversar com algumas amigas após o lapso fatal que você cometera, ao passo que você jogou conversa fora com a juventude boêmia da União, que o cumprimentou calorosamente e indagou aos sussurros sobre a mercadoria. Você os instruiu a procurá-lo no dia seguinte, embora não tivesse ideia de onde estaria, a não ser coberto de terra e seis palmos mais próximo de sua mãe se os anões remanescentes descobrissem o que acontecera ou Saïd mudasse de ideia. Nesse meio-tempo só queria apreciar, por um breve momento, a rara cena de harmonia no saguão, com vietnamitas de todo tipo misturados numa alegre expectativa de *Fantasia*: liberais, esquerdistas, quadros abertamente comunistas da União, que marcava presença na França havia duas ou três gerações e tendia a atrair da classe média à classe média-alta e acima; conservadores, direitistas e quadros abertamente fascistas da Associação, que eram refugiados recentes e tendiam a ser de classe trabalhadora a pobres e abaixo; e tudo entre uma coisa e outra, os à margem ou os politicamente desinteressados, querendo apenas se divertir, o que os tornava iguais a quase qualquer pessoa no planeta.

É o embaixador, disse Bon.

O embaixador tinha a forma de um pino de boliche e parecia muito bem nutrido, considerando que representava um país famélico onde as pessoas viviam de ração, ou assim denunciaram o *Le Monde* e o *Le Figaro*. Viera em companhia de uma mulher em *ao dai*, presumivelmente sua esposa, e um casal de filhos adolescentes, o menino num terno mal ajustado, a menina em um *ao dai* como a mãe. Os quadros da União afluíram para cumprimentá-los, além de formar uma parede contra os quadros da Associação, que observavam com raiva e murmuravam. Vou dar um jeito nele também, disse Bon, e você murmurou um encorajamento. Quem era você para ficar no caminho dos sonhos e aspirações de alguém?

Então chegou a hora do espetáculo e nem sinal do homem sem rosto, e você seguiu Bon à plateia para se juntar a Loan.

Aconteceu alguma coisa?, ela perguntou a Bon, ignorando você.

Está tudo bem, ele respondeu. A gente só estava observando o público.

Os programas farfalharam no colo das pessoas, que murmuravam, conversavam e riam. As cortinas continuavam fechadas mas a expectativa era alta, pois seu povo aguardara meses pela chegada do espetáculo. O único desapontado ali era Bon, embora você estivesse aliviado, se bem que exatamente pelo mesmo motivo: nenhum homem sem rosto à vista. Vocês dois deveriam ter desconfiado.

Mal haviam sentado em seus lugares quando alguém atrás de você disse, Olha aquele cara, coisa que você fez à medida que o sujeito avançava pelo corredor à sua direita. Usava um terno azul-escuro comum, um traje típico de servidor público servilmente remunerado de país pobre. Seus tufos de cabelo revelavam o pergaminho subjacente de um couro cabeludo marcado, em parte encoberto por uma faixa preta amarrada na nuca. Bon inspirou forte quando o sujeito parou diante da fileira onde estava o embaixador. Ao virar o corpo para a esquerda de modo a entrar na fileira, o teatro inteiro viu o que a pessoa atrás de você vira: não um rosto, mas uma máscara, presa pela faixa preta. Uma máscara com sobrancelhas, bochechas e um nariz largo, embora não achatado. Uma máscara com lábios, bem como buracos para os olhos que talvez fossem levemente oblíquos, ou enviesados, mas não puxados. Uma máscara cujo rosto talvez pudesse ser asiático em suas feições inescrutáveis, mas que talvez também pudesse ser apenas humano em sua ilegível imobilidade. Uma máscara que era total, completa, inteira e indiscutivelmente branca.

20

As luzes se apagaram, a plateia aplaudiu e as cortinas se abriram com o foco do holofote iluminando a mulher solitária no palco, Lana, cujo macacão colante de couro vermelho revelava um corpo sem o menor vestígio de ter sido invadido e ocupado por uma criança. O microfone em sua mão era um joystick com o qual conduzia o público, transportado por sua voz. Você reconheceu a canção na mesma hora — "For Your Eyes Only", do filme homônimo de James Bond, apresentado a todo o campo de refugiados uma noite em Pulau Galang. Para refugiados que haviam escapado com vida por muito pouco, um filme de James Bond era o escapismo perfeito. Mas para vocês imigrantes, refugiados e exilados de Paris, ou para seus filhos nascidos na França, a canção tinha um significado especial: *Fantasia* era só para os seus olhos. Vocês não eram apenas objetos sendo olhados, eram os sujeitos olhando, seu olhar coletivo concentrado em Lana, cujo corpo corporificava a essência do vietnamita conforme traduzia a letra admitidamente banal para sua língua comum. Banal ou não, a letra contava uma verdade sobre o amor, tanto o riscar de fósforo inicial entre os enamorados como a chama trêmula, bruxuleante do amor que as pessoas de seu povo tinham umas pelas outras, complicado e difícil, como todo amor de verdade. Nessa chama você viu não apenas sua própria beleza, mas sua feiura, e Lana viu você, todos vocês, até você em seu assento intermediário, e quando exclamou, Boa noite, Paris!, todos urraram em reconhecimento, e quando exclamou, Olá, meu povo querido!, vocês gritaram, assobiaram, aplaudiram e bateram os pés, sujeitando-se à maior fantasia de *Fantasia*, que era a de nunca haverem travado uma guerra entre si, guerra que mesmo agora continuavam a travar, uma vez que as guerras mais amargas eram as guerras civis. Por um momento, você esqueceu a realidade de que os que mais odiavam vietnamitas eram outros vietnamitas. Uma tragédia, sem dúvida, mas deixe isso pra lá, já que essa noite era para *Fantasia*, como o cantor seguinte subindo ao palco o lembrou.

É o Elvis!, gritou Loan, batendo palmas.

A ondulação do cabelo lembrava o topete de Elvis, mas esse não era *aquele* Elvis. Essa figura em calça de couro preto e smoking jacket de veludo roxo com lenço estampado no bolso e óculos de lente lavanda era o *seu* Elvis, batizado em homenagem ao Rei do Rock, um lance de gênio que levou todo mundo a se perguntar por que nunca haviam pensado nisso. E por que não adotar o nome do Rei? Vocês nunca deixavam algo de sucesso passar batido sem copiar imediatamente, fossem canções, livros, restaurantes, tiranos, sistemas exploradores e assassinos de dominação, roubo e corrupção, mais conhecidos como colonialismo, que soava melhor quando chamado de *la mission civilisatrice*. Tudo soava melhor em francês, incluindo estupro, assassinato e pilhagem! A despeito do roubo ou da homenagem, esse Elvis era dono de uma voz e tanto, à altura de Lana, seus únicos defeitos sendo ser homem e não esse colírio todo, mas quanto a isso, nada podia ser feito. Você recosta na cadeira e a sensual versão deles para o clássico "Love You" o percorre em ondas conforme fazem um chá-chá-chá pelo palco. Que letra mais sábia — *te amo porque odeio a tristeza, te amo porque cansei das pessoas, te amo porque cansei da vida. Te amo. Te amo. Te amo.* Quem dera o mundo fosse sempre um espetáculo musical. Comícios políticos ou encontros religiosos eram uma loteria quanto a se os frequentadores saíam de lá determinados a ajudar ou assassinar estranhos, mas quando foi a última vez que fãs de música haviam massacrado outras pessoas ao final de um show?

Fantasia fica cada vez melhor, com as luzes pouco a pouco revelando os músicos no fundo do palco. Uma dúzia de dançarinas extremamente atléticas acompanha um desfile de cantores, homens e mulheres, que exibem as duas emoções mais comuns e deleitáveis em sua cultura popular, a saber, o amor e a tristeza, com suas sutis variações de perda, ausência, melancolia, arrependimento e anseios. O espetáculo o emociona de tal forma que você chega a esquecer o homem sem rosto quando Bon o segura pelo braço e sussurra, Ele está levantando. A silhueta fica recortada contra as luzes do palco enquanto ele pede passagem ao longo da fileira. Agora é nossa chance, Bon sussurra, vendo o homem sem rosto vir pelo corredor entre as poltronas, e você amaldiçoa o timing de Man. Assim como todos os demais está completamente enfeitiçado pela mais recente apresentação sobre o palco, a fascinante e desconcertante Alexa, uma loira do Québec que canta em vietnamita perfeito. Você quer ficar e descobrir como uma mulher branca conseguiu operar esse passe de mágica, mas Bon sussurra qualquer coisa para Loan, então empurra seu ombro até você se levantar e ambos deixam a fileira tropeçando nos pés alheios.

Fora do teatro, você capta as costas do homem sem rosto de relance quando ele termina de atravessar o saguão e passa diante de um Zangado atônito fumando um cigarro.

Está indo para o banheiro, diz Bon, ultrapassando você, a mão sob o paletó, encostada na arma.

Você sente a arma reserva de Bon na parte de trás da cintura conforme o seguem e o prazer e a felicidade de seus poucos minutos em *Fantasia* viram fumaça, restando apenas um atroz pedaço de carvão em suas entranhas.

Quem diabos era esse?, diz Zangado. O que vocês dois estão fazendo?

Depois a gente explica, diz Bon.

Ambos dobram a quina da parede bem a tempo de ver a porta do banheiro masculino se fechando, e sem se virar para você Bon pergunta se está preparado. É uma pergunta retórica. Ele presume que esteja e não se importa se está ou não, pois agora é um míssil teleguiado. Vocês cobrem a distância até o banheiro em segundos e conforme o fazem ele saca a arma, acionando o ferrolho, e usa a mão esquerda para empurrar a porta enquanto ergue a pistola com a direita. Move-se com tanta rapidez que quando para de repente você tromba com ele e o joga para o lado, revelando o homem sem rosto, as costas viradas para a parede, de frente para a porta, as mãos na lateral do corpo, a máscara ainda no rosto.

Por que demoraram tanto?, diz o homem sem rosto. Estava esperando vocês.

O Delícias da Ásia está fechado mas ninguém na Rue de Belleville nota, mesmo sendo o horário nobre de um sábado à noite, pois não há clientes fiéis para ficarem desapontados. Você e Bon trouxeram o homem sem rosto para cá, você ao volante e os dois no banco de trás, Bon apontando a arma para o homem sem rosto. Ele não oferecera resistência no banheiro masculino ou quando caminharam pelo teatro, passando por Zangado, ainda fumando e ainda atônito, que repetiu, Quem diabos é esse cara? No carro você dispensou o acompanhamento musical para conseguir escutar o que o homem sem rosto dizia, palavras que podiam lhe render uma bala na nuca. Mas o homem sem rosto não revelou seu nome nem quem realmente era. Bon tampouco perguntou, porque imaginava saber quem era: o comissário político do campo de reeducação, incumbido de ministrar o laxante ideológico e purgar seu cólon de qualquer resquício da colonização, a seguir remodelando-os como comunistas à imagem de Marx, Lênin e Ho Chi Minh (mas não Mao, pois o regime revolucionário triunfante de vocês, tendo expulsado os franceses e os americanos com uma ajudinha dos chineses, estava agora livre para odiar os chineses mais uma vez). Mesmo entre os guardas e o comandante do campo o comissário era conhecido apenas como o comissário. Então foi assim que Bon o chamou, Comissário, pronunciando a palavra com raiva entre dentes, algo que não pareceu incomodar nem um pouco o homem sem rosto.

Por que a máscara, Comissário?, foram as primeiras palavras ditas por Bon assim que se viram no monstrengo do Chefe, tendo permanecido os três em silêncio ao deixarem o teatro. Você observava a cena no retrovisor, Bon de olhos fixos na máscara do homem sem rosto, o homem sem rosto com o olhar direcionado de modo que pudesse ver tanto Bon, a seu lado, como você, no banco do motorista. O homem sem rosto riu, ou emitiu um som parecido com uma risada, pois todos os sons que fazia eram ligeiramente abafados pela máscara e distorcidos pelas cicatrizes em sua garganta. Como você se recordava das sessões de interrogatório com o comissário no campo, ele não tinha mais o tom de voz de Man, o que — além da falta de um rosto — significou que Bon não o reconheceu.

Não fico melhor de máscara?

Ver você nunca é boa coisa, com ou sem máscara. O que está fazendo aqui?

Fui recompensado com Paris por ser um herói do Estado, disse o homem sem rosto com voz rouca. É engraçado como depois de expulsar os colonizadores a gente gosta de tirar férias na terra deles. Eu processo os vistos numa sala dos fundos, assim ninguém precisa me ver. Muito fácil e indolor, a não ser pelo tédio. Mas o verdadeiro motivo para estar aqui são os cirurgiões plásticos excelentes. Nisso e em outros aspectos os franceses sempre foram prestativos nos anos do pós-guerra.

E por que seriam assim?

Culpa? É mais fácil para os franceses sentirem culpa agora, porque podem apontar para os americanos e dizer que fizeram bem pior. Além disso, você não faz ideia de como os franceses gostam de ouvir nossos diplomatas celebrarem a derrota dos americanos num francês perfeito! O homem sem rosto riu, e era um som horrível. Ouvir a gente falar francês fluente faz eles acreditarem que seus meninos finalmente viraram homens.

E os cirurgiões plásticos?

Se ofereceram para trabalhar de graça. O homem sem rosto riu outra vez, ainda que nada disso tivesse a menor graça. Os franceses nos escravizaram, mas claro que nem todo francês é responsável. A mesma classe colonizadora que explorou a gente também explora o povo francês. Esses cirurgiões pelo menos são humanos como nós.

Humanos? Você não é humano. Você é um monstro. Vamos dar uma olhada no seu rosto então, ou no que sobrou dele. Durante todo aquele tempo no campo nunca consegui ver de verdade.

Ah, ainda não. O homem sem rosto riu. Parecia se divertir como nunca. A luz não é boa aqui. Monstros precisam de excelente luz.

A luz também não é boa em frente ao Delícias da Ásia e isso talvez explique o que Bon deixa de notar conforme se aproxima da porta de aço com uma chave. Você entra, e o palco agora está montado. Os atores estão em seus lugares, a intriga avançando pelo labirinto de seu fim inevitável, o roteiro já escrito. E quem mais seria o roteirista senão você? Mesmo assim, como aquele que roteiriza a cena, você está apenas em parte no controle, pois não produziu o que é sem dúvida uma comédia de humor negro, ainda que dizer isso meio que talvez seja possivelmente, residualmente, racista, embora se você sugerisse isso a um francês, ou mesmo a um americano, e pelo jeito a um vietnamita, ele o denunciaria indignado como um racista por enxergar algo racial no uso inocente da palavra "negro". Uma simples coincidência! Nada a ver com o mercado negro, o *blackface* ou o modo como os franceses, em uma formulação de fato maravilhosa, chamam escritores-fantasmas de *nègres*, a pura ousadia disso deixando-o sem ar ao escutar pela primeira vez. Mas por que se ofender com o uso lúdico das palavras quando na realidade um escritor-fantasma não passava de um escravo, tirando as chicotadas, os estupros, os linchamentos, a servidão permanente e a mão de obra gratuita? Mesmo assim — que diabos? —, se as palavras são apenas palavras, por que não dizemos comédia de humor branco? É só uma piada, vamos com calma, uma piada de mau gosto, sem dúvida, mas igualmente o eram a Santíssima Trindade do colonialismo, escravidão e genocídio, para não mencionar a Dupla Dinâmica do capitalismo e do comunismo, ambos invenções do homem branco e tão contagiosos quanto a varíola e a sífilis. O branco superou essas piadas de mau gosto, não foi? Em todo caso, trocadilhos à parte, trata-se de fato de uma comédia de humor branco, pois os verdadeiros produtores são brancos, colonizadores e capitalistas que havia tempos financiavam essa produção épica em que sua participação não se dá sequer no palco principal. Oh, não, para piorar ainda mais seus agravos — porque agravos nunca andam desacompanhados — vocês estão no circuito off-off-off-off-off-Broadway, no mambembe do mambembe do mambembe, molestando o fantasma horrorizado de Molière, em um teatro do absurdo íntimo e tão moderno, tão vanguarda, tão à frente das massas que não há sequer espectadores! Exceto pelos três assistindo a si mesmos, O ELENCO:

IRMÃO DE SANGUE Nº 1 (Man, também conhecido como o comissário, também conhecido como o homem sem rosto)
IRMÃO DE SANGUE Nº 2 (você, também conhecido como o capitão, também conhecido como Vo Danh)
IRMÃO DE SANGUE Nº 3 (Bon, que não tem nenhum outro nome)

Que dias mais brilhantes! Sua estreia teatral em uma peça de teatro do improviso, tendo o restaurante todo por palco. Tudo é imprevisível, exceto a coisa mais previsível de todas, o fim a ser atingido, a máscara a ser tirada, a arma a ser disparada. Mas antes que essa comédia de humor branco possa prosseguir até o último ato, temos

O PENÚLTIMO
(*ou seja, antepenúltimo*)
ATO

A porta é aberta de supetão.
Entram FEDIDO e ZANGADO, brandindo cutelos.

FEDIDO O que está acontecendo, caralho?

ZANGADO Vocês dois estão agindo esquisito.

FEDIDO (*aponta para o homem sem rosto*) Quem diabos é esse?

IRMÃO DE SANGUE Nº 2 Excelente questão filosófica.

FEDIDO Cala a boca, seu filho da puta maluco.

ZANGADO Cadê o Chefe? Cadê Le Cao Boi? Por que o restaurante está fechado?

IRMÃO DE SANGUE Nº 3 O que estão fazendo aqui? Deviam estar no teatro.

FEDIDO Não é você que faz as perguntas. Nem apareceu pra ajudar na orgia.

ZANGADO Se acha bom demais pra isso? Vai se foder.

FEDIDO Mas que porra é essa? E por que ele está usando essa máscara?

IRMÃO DE SANGUE Nº 3 Tira a máscara.

IRMÃO DE SANGUE Nº 1 Com prazer, irmão. Estou esperando por isso faz muito tempo.

IRMÃO DE SANGUE Nº 3 Não sou seu irmão.

IRMÃO DE SANGUE Nº 1 remove a máscara.

FEDIDO Ugh. Puxa... meu Deus, nossa, esse...

ZANGADO Puta que pariu, o que aconteceu com a sua cara?

IRMÃO DE SANGUE Nº 1 (*ri*) Devia ter visto antes das cirurgias.

FEDIDO Está precisando de novos cirurgiões.

IRMÃO DE SANGUE Nº 1 Já fiz meia dúzia de cirurgias. Mas quando a gente parte do nada, quando a sua cara toda foi queimada pelo napalm, reconstruir leva tempo. Deus fez o mundo em sete dias, mas até o ser humano mais talentoso, bem treinado e bem pago precisa de um pouquinho mais do que isso para criar algo tão simples quanto um rosto. Estamos só na metade.

ZANGADO Responde a porra da pergunta: Quem é você, caralho?

IRMÃO DE SANGUE Nº 1 Eis uma excelente questão filosófica. Deve se lembrar de que o nascimento de uma criatura que procede do nada, um início absoluto, é um evento historicamente absurdo.

FEDIDO QUEM É VOCÊ, CARALHO?

IRMÃO DE SANGUE Nº 1 Não me reconhece?

ZANGADO Por que deveria?

IRMÃO DE SANGUE Nº 1 Estava perguntando a Bon. Mas vocês também deveriam me reconhecer.

FEDIDO A gente nem sabe quem é você, seu deformado de merda.

IRMÃO DE SANGUE Nº 1 Tem se olhado no espelho ultimamente?

ZANGADO Vai tomar no seu cu...

IRMÃO DE SANGUE Nº 1 Tem?

FEDIDO Se não vai mesmo responder, então que se foda.

ZANGADO Espera até o Chefe dar uma olhada em você.

FEDIDO Cadê o Chefe, seu maluco filho da puta?

IRMÃO DE SANGUE Nº 3 atira na lateral da cabeça de FEDIDO.

ZANGADO O que...

IRMÃO DE SANGUE Nº 3 atira entre os olhos de ZANGADO.

IRMÃO DE SANGUE Nº 2 Puta merda!

FEDIDO e ZANGADO estão caídos de costas.

IRMÃO DE SANGUE Nº 3 Não são os melhores exemplares de seres humanos.

FEDIDO e ZANGADO parecem mortos.

IRMÃO DE SANGUE Nº 1 O que não mata fortalece.

FEDIDO e ZANGADO estão definitivamente mortos.

IRMÃO DE SANGUE Nº 2 Por que...

IRMÃO DE SANGUE Nº 3 Por quê? Esses doentes de merda retalham você rindo, se deixar. Era matar os dois agora ou fazer isso depois, e se fosse deixar pra depois ia ser bem mais complicado.

FEDIDO e ZANGADO continuam mortos.

IRMÃO DE SANGUE Nº 2 Ninguém tá nem aí pra eles.

IRMÃO DE SANGUE Nº 1 É bem possível. Não tem medo de alguém chamar a polícia?

IRMÃO DE SANGUE Nº 3 As paredes são grossas. A porta de aço está abaixada. Foram só dois tiros. Vale o risco.

IRMÃO DE SANGUE Nº 1 Seu foco continua o mesmo de sempre.

IRMÃO DE SANGUE Nº 3 Como assim? Não me conhece para saber.

IRMÃO DE SANGUE Nº 1 Puxa, Bon. Ainda não me reconheceu?

IRMÃO DE SANGUE Nº 3 Você é o comissário.

IRMÃO DE SANGUE Nº 1 Sou mais do que o comissário. E menos.

IRMÃO DE SANGUE Nº 3 Não me interessa. Está aqui para morrer e eu para matar você.

IRMÃO DE SANGUE Nº 2 Tudo acontece por algum motivo.

IRMÃO DE SANGUE Nº 3 Meu Deus, será que dá para você calar a boca? Cadê a sua arma?

IRMÃO DE SANGUE Nº 2 Estou pouco me lixando.

IRMÃO DE SANGUE Nº 3 Mas eu sim, seu bastardo infeliz. Pode ser que não queira acabar com esse filho da puta, mesmo eu não entendendo o motivo, depois de tudo que ele fez com você, mas vou ter o maior prazer em acabar com a raça dele.

IRMÃO DE SANGUE Nº 1 Bon.

IRMÃO DE SANGUE Nº 3 Dessa você não sai.

IRMÃO DE SANGUE Nº 1 Não espero sair. Só peço que me reconheça primeiro. Não está entendendo? Eu queria que vocês me encontrassem. O que acha que estou fazendo em Paris? Os soviéticos também têm excelentes cirurgiões plásticos.

IRMÃO DE SANGUE Nº 3 Não me surpreende.

IRMÃO DE SANGUE Nº 1 Estive em Moscou. Sabia que o cadáver do Lênin fica em exposição? Incrível como os taxidermistas conseguiram preservar. Meio parecido com cirurgia plástica. E esses especialistas vieram e fizeram o mesmo com o Ho Chi Minh. Parece que está dormindo. As pessoas viajam de longe para ver o mausoléu. O cadáver do Ho Chi Minh hoje é a maior obra de arte do nosso país.

Há algo vazando de FEDIDO e ZANGADO.

IRMÃO DE SANGUE Nº 3 — Como assim, queria que a gente encontrasse?

IRMÃO DE SANGUE Nº 1 — Tinha certeza de que nosso irmão aqui não ia voltar para os Estados Unidos depois de matar um homem por lá e ajudar a assassinar outro. A França era o segundo lugar mais provável. Tem muito conterrâneo nosso aqui. E claro que a França é a terra do pai dele. Para onde mais ele iria? E se veio para cá, onde mais além de Paris? Daí foi apenas questão de marcar presença. Um sujeito com uma máscara no lugar do rosto dificilmente anda por aí sem ser notado.

IRMÃO DE SANGUE Nº 3 — Mas por que a gente?

IRMÃO DE SANGUE Nº 1 — A gente tem um negócio inacabado. Só não é o negócio que você pensa.

Manchas escuras vazando de FEDIDO e ZANGADO se esparramam lentamente pelo chão.

IRMÃO DE SANGUE Nº 2 — Quem você pensa que é, caralho?

IRMÃO DE SANGUE Nº 3 — Tá falando com quem, seu filho da mãe maluco?

IRMÃO DE SANGUE Nº 2 — Comigo mesmo. Mas também com o nosso irmão aqui.

IRMÃO DE SANGUE Nº 3 — Ele não é nosso irmão!

IRMÃO DE SANGUE Nº 1 — Conto eu ou conta você?

IRMÃO DE SANGUE Nº 3 — Contar o quê?

IRMÃO DE SANGUE Nº 2 — Lamento, Bon. Lamento muito. Lamento mesmo.

IRMÃO DE SANGUE Nº 3 — Lamenta o quê?

IRMÃO DE SANGUE Nº 1 — Eu também.

IRMÃO DE SANGUE Nº 3 — Lamenta o quê?

IRMÃO DE SANGUE Nº 2 — Acreditei que estava fazendo a coisa certa.

IRMÃO DE SANGUE Nº 3 O que está tentando me dizer?

IRMÃO DE SANGUE Nº 1 Tem certeza de que não me reconhece?

IRMÃO DE SANGUE Nº 3 Chega de charada.

FEDIDO e ZANGADO fitam estupidamente o teto, contemplando o significado da vida, da morte ou do que quer que isso seja.

IRMÃO DE SANGUE Nº 1 Reconhece isto?

Ele ergue a mão esquerda. Uma grande cicatriz vermelha marca a palma da sua mão.

IRMÃO DE SANGUE Nº 3 (*hesita*) E daí?

IRMÃO DE SANGUE Nº 1 É a mesma cicatriz que você tem na mão.

IRMÃO DE SANGUE Nº 3 (*para IRMÃO DE SANGUE Nº 2*) Contou para ele sobre o nosso juramento?

IRMÃO DE SANGUE Nº 2 Ele já sabia sobre o juramento.

IRMÃO DE SANGUE Nº 3 Como?

IRMÃO DE SANGUE Nº 1 Porque sou seu irmão, Bon. Eu sou Man.

IRMÃO DE SANGUE Nº 3 Qualquer um pode ter um corte na mão. Ficou sabendo do nosso juramento com esse bastardo maluco aqui. Ele deve ter contado tudo quando foi torturado por você.

IRMÃO DE SANGUE Nº 2 Não precisei contar. Ele sabe, porque é Man.

IRMÃO DE SANGUE Nº 3 O que ele fez com você? O que você disse pra ele? Fala a verdade.

IRMÃO DE SANGUE Nº 1 Isso, conta a verdade pra ele.

IRMÃO DE SANGUE Nº 2 Você primeiro.

IRMÃO DE SANGUE Nº 1 Ele não vai acreditar, vindo de mim. Talvez acredite se ouvir de você.

As luzes diminuem, exceto pelos holofotes sobre cada um dos três. FEDIDO e ZANGADO erguem-se do chão e desaparecem nas sombras para se juntar ao coro dos seus fantasmas, que esfregam as mãos e trocam cutucadas de expectativa.

Bon e Man o encaram, esperando que fale. Você não sabe o que dizer, você diz, a não ser que quando as pessoas não sabem o que dizer em geral sabem o que é para dizer mas simplesmente não querem dizer. A primeira coisa que você faz, porém, é remover a arma reserva de Bon das costas e lhe devolver. Por que está me dando isso?, ele diz, mesmo aceitando a arma, o primeiro sinal de que sabe que alguma coisa está muito errada.

Quero que saiba que nunca a usaria em você, diz você. Ou em Man.

Ele não é Man. Por que... para com isso. Você sofreu lavagem cerebral na mão dele no campo, não foi?

Isso tudo começou bem antes do campo, Bon. Lamento. Lamento muito. Nem sei por onde começar. A não ser que precisa acreditar nele. O homem sem rosto é o comissário. E o comissário é o nosso irmão de sangue, Man. Ele não morreu defendendo Saigon. Perdeu o rosto no fogo de napalm mas sobreviveu.

Bon olha de um para o outro. Não... eu...

Escuta só. Man e eu... a gente... a gente é... era... sempre foi...

O quê?, diz Bon, e pela primeira vez o cano da arma vai de Man para você.

Comunista. Eu já era comunista quando fui estudar nos Estados Unidos, quando entrei para o Special Branch e trabalhei para o General. Mas não sou mais. Man talvez ainda seja.

Não estou entendendo, diz Bon, a ponta da arma voltando a Man.

Tem que entender, diz Man. Somos seus irmãos de sangue.

Não, não são, não se isso for verdade...

E por que não seria?, diz Man. Quem está contando para você somos nós.

Seu demônio filho da puta!, grita Bon. O que ele fez com você naquele campo?

Um bocado, você diz. Mas a gente já tinha começado bem antes. Desde o liceu, quando fizemos nossos juramentos. A gente era irmão de sangue, mas já era diferente. Só bem depois Man começou a me contar as coisas horríveis que os franceses fizeram com a gente...

Sei muito bem as coisas horríveis que os franceses fizeram com a gente, diz Bon.

Mas você achava que os americanos estavam aqui para salvar o nosso povo. Você estava pronto para lutar do lado deles contra os comunistas. Só que Man me contou a verdade — os americanos não estavam aqui para ajudar a gente. Estavam aqui para fazer a gente ajudar eles a combater os comunistas, quando os comunistas é que estavam tentando libertar a gente...

Então a lavagem cerebral começou desde essa época...

Lavagem cerebral não...

Então agora você admite, diz Man. Enfim me reconhece, não é?

Reconheço droga nenhuma!, grita Bon. Mesmo que fosse... mesmo que possa ter sido... agora enlouqueceu. Talvez sempre tenha sido louco e nunca percebi. Talvez tenha passado sua insanidade para o coitado desse bastardo, que é mesmo um bastardo maluco se acreditou na sua...

Não estou aqui pra discutir política, Bon, diz você. Só estou tentando...

Porra, mas você é um comunista! E um mentiroso!

É verdade, mas...

Você é um traidor, caralho!

Isso não é verdade. A gente é tão traidor quanto você. Os comunistas chamam você de traidor, mas você é um patriota. A gente também é. Você fez o que acreditava que era certo para o país, do mesmo jeito que a gente acreditava...

Então vocês são idiotas.

Talvez seja verdade.

Ah, meu Deus do céu, diz Bon, e então você percebe que ele está chorando. Ah, meu Deus.

Bon...

Nada é sagrado pra você?

De início, você acha que essa é uma pergunta retórica, porque a resposta só pode ser que sem dúvida algumas coisas são sagradas para você. Suas crenças. Suas amizades. Sua mãe. Ou, pelo contrário, desafiadoramente, a resposta é não, nada é sagrado! Tudo pode ser transgredido! E depois há a terceira resposta, que você só compreende quando o Chefe exigia algo e você se recusava, e assim...

Não, você diz. Nada é sagrado.

Você é mesmo um bastardo, diz Bon, e ele não está apenas chorando, mas soluçando, algo que você não o via fazer desde a morte da esposa e do filho. Não só no sentido de filho da puta. Sabia disso? Não por sua mãe ser vietnamita e seu pai francês. Você usou isso como muleta a vida inteira. Não. Você é um bastardo porque é um traidor.

Isso eu não aceito, Bon. Você fez o que achou certo...

Não estou falando de política, bastardo estúpido! Estou falando de como você e ele — Man — se ainda é Man — de como você me traiu. E não só me traiu. Traiu a gente. Tudo que a gente defendia... nossa amizade... nossa lealdade... nosso juramento...

Eu mantive meu juramento, Bon! Fui com você para a Tailândia e o Laos. Fui com você para o campo de reeducação. Fiz tudo que pude para manter você vivo. Estava disposto a morrer por você e continuo disposto. Sou seu irmão de sangue.

Não!, grita Bon. Nenhum de vocês é meu irmão!

Ele ergue a mão esquerda, a palma dividida pela linha vermelha lívida da cicatriz. Um juramento adolescente que vocês fizeram. O comprometimento juvenil com uma vida de lealdade e amizade. O idealismo marcado na pele. Um laço que jamais seria quebrado, afirmaram.

Se eu pudesse, diz Bon, cortava minha mão fora.

Não é preciso fazer isso, Bon, diz Man. A solução é bem mais simples.

Solução?

Por que hesita, Bon? Por que não faz o que sempre fez?

O que eu sempre fiz?

Matar comunista.

O cano da arma de Bon vai e vem entre vocês dois. A respiração dele é ruidosa, tem a expressão confusa. Lentamente se vê face a face tanto com a verdade como com a única solução para o enredo concebido por ambos, que começaram a delinear tantos anos antes em sua célula secreta no liceu, nos tempos em que a revolução era romântica, a morte irreal e a contradição nada mais que o vão entre a plataforma da colônia em que estavam presos e o trem da liberdade, igualdade e fraternidade partindo da estação. Mas a idade acaba revelando as contradições da pessoa, como observou Bon. Sua contradição é ser um bastardo por causa de como as pessoas percebem o seu rosto, mas também ser um bastardo filho da puta por causa do que fez. Sua contradição é tão profunda que você não enxerga e agora chegou a hora de encarar esse vazio.

Vai, atira, Bon, diz você.

Atirar?, diz Bon, a voz embargada.

Hora de fazer o que precisa ser feito.

Vocês três são adolescentes outra vez, o sangue reluzindo em suas mãos, a palma ardendo do corte da lâmina. Uma orquestra de cigarras zumbe no mato e a lua é um crescente amarelo, ou, como você a chamou certa vez na infância, uma banana. Um por todos e todos por um! Até que a morte nos separe! Então, juras encerradas, todos apertam as mãos, misturando seu sangue. A agonia da dor em sua mão é um sinal de que está vivo, e de que é amado, e de que ama esses dois meninos, que serão seus amigos para o resto da vida e seus irmãos de sangue, a família que escolheu. Você sabe que Bon também se lembra desse momento, assim como Man, os três enfim reunidos e triangulados conforme Bon aponta a arma para Man, depois para você, de um para o outro, os olhos muito abertos, o rosto e os nós dos dedos empalidecidos. O cano da arma, uma agulha de bússola, afinal para em você, apontando entre seus olhos. Seu coro fantasma está tão empolgado que canta de expectativa, uma banda de *doo wop* entoando, *Atira.*

Sem remorso, Bon, você diz. *Atira.* Precisa ser feito. *Atira.*

E quando Bon puxa o gatilho você não consegue acreditar inteiramente que ele tenha feito isso de fato, o clarão fulminante que ofusca você sendo a fresta na porta quando o Céu se abre e se fecha numa fração de segundo, a bala perfurando seu cérebro antes que o estampido chegue a seus ouvidos, e de algum modo você consegue escutar a voz de Deus mais uma vez, rompendo seu silêncio para dizer, Nada a temer.

21

Você fica feliz por estar com os óculos de aviador autênticos de Le Cao Boi, porque a brancura é ofuscante. O Céu é todo branco, e em toda sua brancura o Céu, ou além-mundo, eternidade, purgatório, limbo, o bardo, ou seja, onde diabos você foi parar, agora que está tão morto quanto o império francês, parece estranhamente com o Paraíso. Todos vestem branco, exceto o psicanalista maoista, que usa uma jaqueta de tweed marrom e calça de veludo cotelê verde. Na verdade não foi a voz de Deus que você escutou, só o barítono do ph.D. maoista, que pôs de lado a última página escrita por você e disse:

Agora, quem sabe, estamos prontos para começar?

Começar? *Começar*? Que tal *parar*? O problema em ter buracos na cabeça é que tudo vaza! O médico muito chique e muito bronzeado consegue consertar muitas coisas, mas não consegue encontrar o tampão certo para esses vazamentos. Essa é a função do psicanalista maoista, com seu ph.D., que é a especialização exigida, ou assim diz sua tia, e você concorda, uma vez que seu problema, no fim das contas, não é médico, físico ou mesmo metafísico, mas *filosófico*. Nisso o ph.D. maoista é uma autoridade, citando, por exemplo, Sartre, que afirmou que "o buraco é o símbolo de um modo de ser... um nada... a imagem vazia de mim mesmo. A fim de me fazer existir, só preciso rastejar para dentro dele". E foi isso que você fez, rastejando para dentro de si mesmo conforme escrevia esta confissão, ajudado pelo ph.D. maoista, que aparece de duas em duas semanas para conversar e revisar o que você escreveu ao longo de todos esses dias, semanas, meses, anos, décadas ou séculos no Paraíso. Vocês se encontram em seu quarto, que você divide com um bondoso cavalheiro idoso, os cabelos encanecidos da cabeça à genitália. Certa noite você espiou suas narinas enquanto ele dormia e os tufos de algodão ali dentro também eram brancos. Após uma carreira nas colônias, ele desfruta de moderada riqueza, como você, e de capacidades surpreendentes, também como você. Não muito tempo após ter chegado, quando o médico muito chique e bronzeado o examinava, o bondoso cavalheiro idoso começou a conversar com ele numa língua estrangeira, e o médico respondeu na mesma moeda.

Que língua é essa?, você perguntou.

Árabe, disse o bondoso cavalheiro idoso.

Como aprendeu árabe?

Na Argélia.

Você olhou para os pés do bondoso cavalheiro idoso, mas não eram pretos. Eram muito brancos. Olhou para o médico e disse, Você é argelino?

Sou francês, respondeu ele formalmente, mas meus pais são tunisianos.

Ah, você disse. Só achei que fosse muito bronzeado.

Tem grande convicção no nada, disse o ph.D. maoista, lendo suas anotações.

Creio que não há meio de se evitar o vazio.

Foi de marxista e comunista a niilista.

Não! No! Non! Niet! Nein! Negativo!, berrou você. O bondoso cavalheiro idoso dá risada de sua cama. Nunca! Você não entendeu *nada*? Estou por aqui com suas filosofias, crenças, ideias e sistemas do Ocidente! Seu catolicismo! Seu colonialismo! Seu capitalismo! Seu marxismo! Seu niilismo também! Não sou niilista, pois acredito em *algo* — acredito que *nada é sagrado*! A vida é cheia de significado! E eu sou cheio de princípios!

Interessante, diz o maoista, enfiando o bloco amarelo em sua mochila. Estive na CHINA, sabe. Toda essa conversa sobre o nada e o vazio é bastante ORIENTAL.

Vai se foder, sussurra você, e em voz alta diz, Já leu Julia Kristeva?

Claro que já li Julia Kristeva.

Você escolhe *Pouvoirs de l'horreur: Essai sur l'abjection*, que jura que podia ter sido escrito a seu respeito quando descreve uma "alteridade inominável". Como Kristeva compreendeu tão bem a mente de um espião, um homem de duas caras, que é, necessariamente, mesmo antes de ter buracos perfurados em sua cabeça, alguém sem nada, cheio apenas do que ela chama de "o vazio"? Como Kristeva o indexou da maneira que fez, e ela está correta quando diz que "é apenas após sua morte, afinal, que o escritor da abjeção escapará de sua condição"? Porque abjeto você certamente é, mas escritor talvez, pelo menos de sua própria confissão, e aqui ela lhe dá um fio de esperança no qual se agarrar ou ficar enredado: "Escrever, que possibilita a alguém se recuperar, equivale a uma ressurreição". Você lê todas essas passagens para o ph.D. maoista e, como ele tem tanta dificuldade em compreender o nada, conclui com esta declaração: "Apenas na presença do *nada absoluto, do vazio*, me sinto à vontade".

Então está vendo, Chinois? Não é só oriental que tem fascínio pelo nada!

Bom, ela é búlgara, que é praticamente Oriente, diz o psicanalista maoista com um sorriso. Em todo caso, estamos perto mas ainda não terminamos. Ou melhor, você ainda não terminou.

Ainda não terminei! Olha quanta coisa escrevi! O que mais quer de mim?

Fora tirar esses óculos da sua cara? Nada.

Muito engraçado, você diz, sem remover os óculos escuros.

O psicanalista maoista se despede, até daqui a duas semanas, e parte. Está ajudando você de graça, um grande favor, porque todo o dinheiro do Chefe foi usado para pagar sua estada prolongada no Paraíso, um compromisso com o qual você concordou por insistência da sua tia, pois o que é você senão alguém profundamente comprometido, mesmo que seja com o nada? Sua residência é a Ala da Memória, um eufemismo, uma vez que alguns aqui não são muito bons da cabeça, ou assim lhe disseram, porque você se sente muito bem da cabeça, pensem os outros o que pensarem. O problema é que sua cabeça não para de vazar. Tudo culpa de Bon, mas a vantagem de todo esse sangue é fornecer um suprimento de tinta ilimitado para o volume 2 das suas confissões. Como se o volume 1 não fosse suficiente! Você teria sido bem feliz caso sua vida de filho de mãe solteira tivesse fornecido material suficiente para apenas um volume, mas ei-lo aqui, com tanto a confessar! E para o caso de ter se esquecido, sua tia lhe trouxe o volume 1, que teve a bondade de traduzir para o francês, porque segundo ela o material tem certo valor, e para o ph.D. maoista conseguir ler. Você lê essa tradução em voz alta todo dia para o bondoso cavalheiro idoso, que assente com a cabeça para a sua pronúncia, tão boa que a equipe e os pacientes do Paraíso regularmente dizem, L'INDOCHINOIS fala um francês excelente! Um progresso, sem dúvida, murmura você com seus botões, pois ao menos sabem que não devem chamá-lo de LE CHINOIS! Seja você LE CHINOIS, seja L'INDOCHINOIS, o fato é que está morto, ainda que esteja andando por aí, pois Bon, afinal, meteu uma bala na sua cabeça! O que acontece agora?

Você se junta a nós, afirma seu coro de fantasmas. Você finge ignorá-los e volta ao problema do bloco de folhas amarelas à sua frente. O psicanalista maoista lhe trouxe muitos blocos amarelos, e sua tia digita tudo que escreveu e reescreveu, e a advogada sisuda e formosa acrescenta copiosos comentários às margens. Seus comentários, como os de Stálin, são escritos em azul, enquanto seu manuscrito original está escrito em sangue. Ou talvez seja apenas tinta. Tinta ou sangue? Qual a diferença?

Ah, tem uma enorme diferença, diz seu coro de fantasmas. Acredita na gente.

A única decoração no seu lado do quarto é uma foto que você colou na parede acima da cama, recortada de um artigo de jornal que sua tia e a advogada sisuda e formosa lhe trouxeram durante uma de suas visitas. A ocasião é uma passeata contra o racismo e pela igualdade, dominada pelos que protestam contra o tratamento dado a árabes e africanos, mas essa foto em preto e branco mostra um bando de jovens descendentes de vietnamitas, algo que você sabe porque a faixa que carregam diz VIETNAMITAS NA FRANÇA. Abaixo, a faixa diz IDENTIDADE NA INTEGRAÇÃO. Ah, como esses jovens enchem você de esperança! Mais do que um crucifixo ou uma bandeira comunista. Você reconheceu alguns quadros da União entre eles, incluindo alguns de seus clientes. Como Ho Chi Minh compreendeu sessenta anos antes, os oprimidos devem se insurgir em solidariedade uns aos outros. Mas e quanto aos franceses de ancestralidade vietnamita, muitos dos quais não se sentiam oprimidos? Uma resposta é que não há melhor maneira de manifestar sua francesidade do que em manifestações, sobretudo por parte de oprimidos. A outra resposta, ligada a essa, é que as pessoas não precisam ser oprimidas para marchar contra a opressão, em solidariedade contra todo tipo de racismo, incluindo o racismo que os beneficia enquanto franceses que não são árabes, africanos, negros, muçulmanos ou imigrantes. Mas por mais notável que possa ser essa demonstração de solidariedade, o que mais chama sua atenção são os três rapazes de máscara. Máscaras brancas. Máscaras quase exatamente iguais às usadas por Man, que deixou sua marca em Paris entre essa inspirada juventude. E *você*, que marca deixou? Esperando conquistar a identidade e a integração exigida por esses jovens, você, com o encorajamento do ph.D. maoista, da advogada sisuda e formosa e da sua tia, deixou muitas marcas ao escrever esta confissão. Isso basta? Bastará algum dia? Junte as peças, diz sua tia. Ponha em suas próprias palavras. Quem sabe depois consegue extrair um sentido de tudo que aconteceu.

O que ela na verdade quer dizer é que talvez você possa extrair algum sentido de si mesmo, um morto que para os outros parece seguir vivo. Assim, pela manhã, você escreve. À tarde, empurra a cadeira de rodas do bondoso cavalheiro idoso pelo jardim do Paraíso, contando sobre o que escreveu nesse dia. Ah, minha nossa, talvez ele diga. Puxa vida.

Ficou ofendido?, você lhe perguntou certa ocasião, sabendo que os franceses se ofendem com facilidade.

Ele o fitou com seus olhos azuis geneticamente recessivos, sorriu e disse, Fiquei, um pouco.

Você retribuiu o sorriso e disse, Bem, monsieur, para o senhor e qualquer outro francês que possa se sentir ofendido por ler minhas descrições alegres, engraçadas e divertidas sobre a cultura e a civilização francesas, só o que posso dizer é, Vai tomar no seu cu. O que mais o colonizado pode dizer para o colonizador depois de tanto levar na bunda? Imagino que também deveria dizer obrigado. Satisfeito agora?

Sim, estou.

Muito bem então:

Fuck you! Thank you! Fuck you! Thank you! Fuck you! Thank you! Fuck you! Thank you! Fuck you! Thank you! Fuck you! Thank you! Fuck you! Thank you! Fuck you! Thank you! Fuck you! Thank you! Fuck you! Thank you! Fuck you! Thank you! Fuck you! Thank you! Fuck you! Thank you! Thank you! Fuck you! Fuck you! Thank you! Não, sério mesmo, por que não vai tomar no olho do seu cu?

Você finalmente esgota todos os seus *fucks*, a voz rouca. Caso contrário, podia ter prosseguido com isso eternamente, a despeito do modo como a equipe e os pacientes olhavam para você passeando o bondoso cavalheiro idoso pelo terreno do Paraíso, como se *você* fosse maluco. Pobres-diabos. Uma gente absolutamente tão mediana! Dotados de apenas uma mente e um rosto. VOCÊ — e não nos esqueçamos de você mesmo — é um homem de duas mentes, um homem de dois rostos, um homem com dois buracos na cabeça, um super-homem com duas vezes mais *fucks* para dar que um homem comum! Assim, vai se foder, La France, por foder comigo, e obrigado, La France, por me civilizar! *C'est la vie!* E todas essas merdas.

Você não está realmente preocupado com ter ofendido o bondoso cavalheiro idoso. Ele é um dos poucos — talvez o único — que não parece incomodado com a perpétua presença dos seus óculos escuros. Você estava tão seduzido por seus bondosos olhos idosos e sua genuína curiosidade a seu respeito que lhe contara tudo sobre sua vida. Isso foi desencadeado quando ele perguntou, De onde você é? Normalmente a questão o deixaria exasperado, mas os bondosos olhos idosos do bondoso cavalheiro idoso o fizeram parar, hesitar e então tentar ser sincero, como se na verdade não estivesse pouco se lixando para isso. Você contou ao bondoso cavalheiro idoso de onde era, e sendo recebido com um murmúrio compreensivo, contou-lhe sobre sua pobre e linda mãe, e quando ele murmurou outra vez, você começou a desfiar para ele toda a meada da sua vida, com exceção dos inúmeros atos de imoralidade, obscenidade e fatalidade em que se envolvera. Falou por uma hora, estimulado a prosseguir pelos murmúrios de compreensão e calorosos olhos azuis do bondoso cavalheiro idoso, que irradiavam compaixão e curiosidade. Pela primeira vez sentia que alguém o compreendia de verdade, alguém o escutava de verdade, e logo um completo estranho! Você não conseguiu se segurar. Desembuchou o filme da sua vida inteira em paráfrases, resumos, por vezes de forma elíptica, estando com tamanha pressa e havendo tanto a dizer, os cacos da sua autobiografia juntados num haiku, numa epígrafe, num excerto, e ao longo desse tempo todo o bondoso cavalheiro idoso murmurava e às vezes dizia, *Ah, bon?* E finalmente, ao término de uma hora, você chegara ao fim e olhava com expectativa para o bondoso cavalheiro idoso, esperando sua reação, e o bondoso cavalheiro idoso abriu um sorriso beatífico, como Jesus Cristo, Buda, Papai Noel, Stálin, Mao ou Ho Chi Minh, e disse, com delicadeza e afabilidade, curiosidade e empatia, compaixão e boa vontade:

De onde mesmo você disse que era?

Desse modo perambularam ambos pelo Paraíso, uma dupla estranha e um par perfeito, você como o que não consegue parar de recordar e ele como o que não consegue parar de esquecer. Você pode contar qualquer coisa ao bondoso cavalheiro idoso, sabendo que ele escutará com total concentração e esquecerá com absoluta precisão. Você preenche os espaços vagos da paráfrase original que fez da sua vida, repetidas vezes, com toda a sua imoralidade, obscenidade e fatalidade inclusas, todos os seus feitos e malfeitos, incluindo sua filha, Ada. Ela é tanto um dos seus feitos como um dos seus malfeitos, de modo que por isso começou a vida com o pé direito, nascida da sua semente, o que faz dela um quarto francesa, três quartos vietnamita e cem por cento bastarda, por ser também uma criança ilegítima. Você se pergunta se virá a conhecê-la algum dia, a possibilidade deixando-o apavorado, uma vez que seria o tipo de pai sobre o qual uma filha só poderia escrever as memórias mais depreciativas. E, com esses dois volumes de confissão, forneceu a ela evidências de sobra.

Evidências, diz a advogada em sua visita seguinte. Está interessada em você, uma vez que representar os imperdoáveis é sua especialidade. De seus três leitores, é a mais desafiadora. Sua tia, a editora, lê com atenção para o estilo e a história, os personagens e o tema, enquanto o psicanalista maoista se debruça sobre suas fixações anais e eróticas. É notório que você diz "merda" e "foda-se" pra burro, mas porque são as duas atividades humanas mais básicas!

E quanto ao seu complexo de Édipo?, ele perguntou certa vez.

Complexo de *Édipo*? Por favor! Seus imortais ensinam isso para vocês na École Normale Supérieure, seu normalien? A ser um normal... alien... Um estrangeiro normal... he-he-he.

Ele tossiu, franziu o rosto, anotou algo em seu bloco amarelo e disse, E quanto a sua interpretação da Torre Eiffel como um — como você chama — um "pau gigante"?

Em primeiro lugar, quem chamou assim foi o Chefe e, em segundo lugar, *é* um pau gigante! Não criei o absurdo nesse mundo! Simplesmente vejo!

Evidências, diz a advogada sisuda e formosa, folheando as páginas. Ela senta em uma cadeira no seu quarto e você na cadeira de rodas do bondoso cavalheiro idoso, que observa ambos do trono de travesseiros em sua cama.

Tem de sobra, diz você.

Mas ainda falta uma evidência crucial.

Não deveria me defender?

Para defender um cliente preciso saber o que ele de fato fez.

Ou não fez.

Exato. No seu caso, sabemos o que não fez. Sabemos menos sobre o que fez.

Admiti ter feito um bocado!

Para ficar mais claro: as *consequências* do que fez.

Você olha ao redor do quarto procurando algo com que se consolar, mas desde que ingressou no Paraíso não viu sinal do remédio, do haxixe ou do líquido mais primordial para a vida depois da água, ou seja, água-benta, ou seja, bebida. O problema é que os anjos do Paraíso, assim como o médico muito chique e muito bronzeado, proibiram quase qualquer forma do que chamam de "tóxicos". Como resultado, você nunca esteve tão saudável, e odeia isso. A única concessão ao vício são os cigarros, afinal estamos na França, e seus pulmões ficam muito gratos por essa caridade, agradecidíssimos. Você esmaga a bituca no cinzeiro repulsivamente cheio e acende outro, um Gauloise.

Voltemos à cena, diz a advogada sisuda e formosa.

Prefiro não.

Você não pode perdoar o imperdoável a menos que o enfrente.

Perdoar? E quem vai me perdoar?

Só você mesmo.

Ah! Mas isso é o maior absurdo. Mesmo que eu pudesse me perdoar, quem sou eu para pedir perdão? E, ainda mais importante, doutora, como alguém perdoa o imperdoável? Não é que tal perdão seja impossível. É simplesmente *insano*!

Voltemos à cena. Não...

O restaurante. Delícias da Ásia.

Quem vai nunca volta. A comida é uma merda. Intragável! E se alguém como eu diz isso, não é exagero. Meu povo consegue comer praticamente tudo. Quer dizer, a gente engoliu merda dos chineses por mil anos! E estamos com indigestão até hoje por causa disso!

A advogada sisuda e formosa exala fumaça e ajusta o prendedor em sua gravata. A vida é uma grande merda, não sabia disso? Tem que mastigar aos poucos.

Ah, brilhante! Sem dúvida filosófico! É exatamente assim que os chineses comem merda!

Na verdade é um ditado francês, diz o bondoso cavalheiro idoso.

Bom, agora faz sentido, você diz.

Minha querida e velha mãe dizia isso para mim o tempo todo.

Voltemos à cena, diz a advogada.

Não…

Não precisa ter medo de nada.

Isso é o que Deus diz! Não eu!

Vamos lá. Sabe tão bem quanto eu que Deus não existe. Certo, vocês três estão no restaurante, na frente da caixa registradora. Fedido e Zangado já eram. Tanto Man como você confessaram seu segredo a Bon. Bon segura a arma dele e a sua também. Você diz a Bon, "atira". Pois bem, o que quis dizer com isso?

O que acha que quis dizer?

Só para ficar registrado, explique melhor, por favor. E conte também o que quis dizer quando falou, "Chegou a hora de fazer o que precisa ser feito".

Isso não é óbvio?

Não para mim. Eu não estava lá para ver a cena. Muito menos para ver o que aconteceu depois. E essa não é exatamente uma situação em que possa procurar a polícia e dizer que sou sua advogada, uma vez que ninguém sabe que estava envolvido. Ou melhor, sabem, mas estão com o nome errado. Joseph N'Guyen, o último homem visto com uma das vítimas, Bon, como depôs sua noiva enlutada e foi confirmado por Lana.

Tinha que ser francês para cagar com o meu nome, mesmo que seja um nome falso. Ou meio falso. N'Guyen! N'Guyen! A polícia francesa é incapaz de tentar soletrar Nguyen direito, mesmo sendo um nome da realeza!

Talvez seja por isso que a imprensa prefira chamá-lo simplesmente de L'INDOCHINOIS.

Isso é tudo besteira!

Então conta pra gente o que aconteceu.

É, conta o que aconteceu, diz o bondoso cavalheiro idoso.

O que você queria que Bon fizesse?

Você ainda pode ver o cano da arma de Bon apontado. Não há luz no fim desse breve túnel, apenas uma bala com o seu nome, porque Bon na verdade sabe todos os seus nomes, do nome que recebeu ao nascer a seu nome de batismo, Joseph. Esse é o nome que você usou com Loan, combinado a um sobrenome que não é seu, Nguyen — Nguyen! Nguyen! Nguyen! O nome de literalmente milhões de pessoas, seus franceses filhos de uma égua! Vê se aprendem! —, para fazer de você Joseph Nguyen. Seu disfarce teria ido por água abaixo se Lana, quando a polícia francesa a procurou, houvesse dito a verdade e contado seu verdadeiro nome. Mas sabe-se lá por que ela o protegeu e impediu o naufrágio da sua dissimulação. Seria... amor? A blasfêmia de se sentir amado por alguém faz você estremecer, assim como estremece por ter o nome do corno mais famoso da história cristã, José. Nada mais justo do que ter o nome do corno mais famoso da história cristã, porque Deus, se Ele existe, fodeu com você um monte de vezes. Esse derradeiro encontro com seus irmãos de sangue é apenas mais uma prova dessa profana troça divina quando você escuta Bon perguntar, a voz embargada, Atirar?

Sem remorso, Bon, diz você. *Atira*. Precisa ser feito.

Certo, a gente já sabe, diz a advogada. Você escreveu na confissão.

Você ajusta seus óculos escuros e olha para o retrato do trio pregado na parede acima dela. Não é engraçado?

Não vejo graça.

Claro que não. Quer dizer, não é engraçado como estão usando máscara branca?

Eu fui a essa passeata. Essas máscaras são *amarelas*.

Amarelas... Você cai na risada. *Amarelas!* Como alguém pode saber se alguma coisa é amarela numa foto em preto e branco? Quer dizer, numa foto em preto e branco o amarelo só pode parecer branco. Arruma uma dessas máscaras amarelas pra mim, você pede. Man me deixou só com a máscara branca dele. Vamos combinar o seguinte. Me traz a máscara, eu tiro os óculos.

A advogada olha para a máscara pendurada acima da sua cama. Posso conseguir uma máscara amarela, diz. Mas continua a evitar minha pergunta. Do mesmo jeito que evitou a bala.

Evitou a bala? Viu os buracos na minha cabeça?

Não tem buraco nenhum na sua cabeça.

Posso enfiar o dedo neles. Tá vendo?

O que Bon fez depois que você disse para ele que alguma coisa devia ser feita?

Sabe qual é o meu maior talento?

Ver qualquer questão dos dois lados?

Isso! Você *leu* de verdade! Mesmo lá, no Delícias da Ásia, com meu melhor amigo e irmão de sangue apontando a arma para mim, eu conseguia enxergar a questão por ambos os lados, embora qualquer pessoa normal enxergaria a questão apenas pelo lado da autopreservação. Qualquer pessoa normal teria implorado por sua vida, suplicado que Bon se lembrasse da nossa infância, nossa irmandade de sangue, nosso juramento, sacrificando toda a dignidade e constrangimento, como se a vida fosse a coisa mais importante que houvesse. Mas a vida não é o mais importante. Os princípios são. Bon sabia disso muito bem, assim como eu. Somos ambos homens de princípios inabaláveis! E assim, quando disse a ele para atirar, eu sabia o que estava lhe dizendo para fazer. Ir em frente. Agora, respondendo sua pergunta, devo fazer o que faço melhor, que é olhar dentro da cabeça dele e enxergar por seu ponto de vista, o que significa me enxergar através de seus olhos, uma vez que ele olhava tanto para mim como para Man. Man observou o tempo todo, caso precise de uma testemunha ocular, embora não imagino por que precisaria, já que sou perfeitamente capaz de dizer a mim mesmo, *J'accuse!* Acusado, apontado, eis como me apresento perante você, minha advogada sisuda e formosa, assim como fiz perante Bon, que me viu exatamente como era. O que eu era? Não sua *bête noire*! De negro eu não tinha nada! Não, eu era sua *bête blanche*, um comunista, um traidor! Com que horror me contemplou! Minha aparência apavorante, meu hediondo rosto verdadeiro, eu não era mais seu amigo — era um monstro!

Agora vinha seu maior teste, o que acontece para todos nós, quando nossa tese e nossa antítese colidem. Nossas ações então revelam quem na verdade somos. Por um lado, seu juramento a mim, seu irmão de sangue. Por outro, seu juramento de matar seus inimigos. E ali fiquei perante ele, dois em um, irmão de sangue e inimigo mortal. Como resolveríamos essa contradição entre o amor e o ódio, a amizade e a traição? Eu acreditava que a resposta fosse simples. Acreditava que houvesse uma única solução. Como julguei mal! Como não compreendi Bon! Como na verdade não consegui enxergar o mundo por seus olhos a não ser agora! Agora posso sentir o peso da arma em sua mão, assim como o peso de sua decisão. Eu mato, ele pensou. Tenho que matar o filho da puta, o canalha, o bastardo! É um comunista! Um traidor! Já matei tantos que mais um vai ser fácil. Não está nem a dois metros de mim, não tem como errar, ainda mais com um cabeção desse tamanho, com essa testa alta que um monte de professor apontava como sinal de inteligência. Eu sempre fui o estúpido. Fui inteligente o bastante para conseguir uma bolsa, mas em Saigon descobri que até o menino mais inteligente da aldeia continuava um jeca comparado a um menino da cidade. Deixei a vida acadêmica e a verborragia para eles. Não tinha como derrotá-los nos livros. Era no campo que podia levar a melhor, com o meu corpo. Fui mais rápido, lutei melhor e atirei melhor que todos eles. Deixo para os sabichões como ele combater comunistas com palavras e ideias. Fico com matar comunistas.

Antes de entrar no liceu eu já tinha matado meu primeiro comunista. Foi o rato que dedurou para os infiltrados comunistas que meu pai era o chefe da aldeia. Os comunistas fizeram meu pai ajoelhar no meio da aldeia, obrigaram minha mãe, eu e todos os meus irmãos e irmãs a assistir na primeira fileira. A gente chorava, gemia, dizia, Ba, Ba, Ba, sem parar, suplicando aos comunistas para não machucarem nosso pai, enquanto Ba esse tempo todo em nenhum momento chorou ou implorou. Ele sabia que ia morrer, e nos deu o maior presente que podia. Mostrou para nós que devemos enfrentar tudo com força e dignidade, mesmo na hora do fim. Mostrou que os princípios são mais importantes do que a vida. Suas últimas palavras para mim foram, Con oi! Obedece sua mãe e toma conta dela, con oi! Não dificulta a vida dela, foi o que ele articulou enquanto amarravam suas mãos às costas e liam sua denúncia. Ordenaram que confessasse e ele falou, Confessar pra quem? Você não é meu padre. Então penduraram um cartaz no pescoço dele dizendo MARIONETE. E quando o executaram com um tiro na cabeça o cordão da marionete quebrou. Gritei tão alto que consigo escutar até hoje, vinte e oito anos depois:

BA OI!!!

BA OI!!!

BA OI!!!

No entanto, por mais que gritasse, por mais que o sacudisse ou o abraçasse, meu pai não levantava. Os olhos estavam abertos, mas sem enxergar nada. A boca estava aberta, mas sem dizer nada. Tinha sangue dele no meu rosto, na minha camisa, nas minhas mãos. Os miolos estavam vazando da cabeça e consigo sentir até hoje aquela coisa mole e escorregadia nas mãos. Ba oi, Ba oi, Ba oi... Só gritaria outra vez desse jeito quando a Linh e o Duc morreram.

Deus! Por que fez isso comigo?

Deus! Por que tirou de mim aqueles que eu amava como se fossem parte de mim?

Deus! Por que tornou tão difícil para mim acreditar em Você?

Deus! Por que transformou meu irmão de sangue no demônio?

Deus! O que quer que faça que já não fiz por Você?

Tento compreender, Deus. Você testou meu pai, e ele passou. Agora fica a Seus pés no Céu, olhando para mim aí de cima, com Linh e Duc a seu lado. Tento compreender, Deus, e provavelmente o que compreendo é que nunca me juntarei a meu pai, minha esposa e meu filho no Céu. Matei tantos comunistas, e ainda que todos merecessem morrer, e ainda que tenha sido absolvido pelos padres, compreendo que Você talvez não tenha me perdoado, por isso insiste em me punir eternamente. Mas por que me punir, Deus, quando Te amo, quando me deu esse talento de matar tantos desses comunistas ímpios que Te odeiam? Deus, eu os sacrifiquei por Você!

Lembro-me perfeitamente do primeiro comunista que matei. Planejei matar o dedo-duro assim que meu pai morreu. Por isso guardei a corda que usaram para amarrar as mãos dele. Eu tinha só dez anos. Precisei esperar e me preparar. Corri até me tornar o mais veloz da aldeia. Trabalhei no campo para ser o menino mais forte e aprendi a brigar para não apanhar de ninguém. Não queria ser só um soldado qualquer, porque um soldado comum não tinha como matar tantos comunistas assim. Então estudei pra valer para poder ir embora da aldeia e um dia ser um oficial, comandar homens e matar muito mais comunistas. E na noite antes de ir embora de Saigon e do liceu fiquei escondido em um arbusto esperando o dedo-duro, que eu tinha observado durante quatro anos. Eu conhecia a rotina dele, o horário que costumava sair para usar a casinha, e uma noite, quando passou, pulei do meu esconderijo, enrolei a corda usada em meu pai no seu pescoço e arrastei aquele rato até o arbusto. Ele não gritou. Só soltou uns sons estrangulados e morreu, e eu arrastei o corpo dele para o rio, amarrei num saco de pedras com a corda e joguei na água. E não me arrependo de nada.

Pode me perdoar por isso, Deus?

E pelo que devo fazer agora?

Por que hesito?

O cano está apontado bem entre os olhos dele. Não tem como errar. Nunca errei dessa distância. Mas por que estou mais apreensivo que ele? O filho da puta maluco parece feliz, como se quisesse isso. Posso ver cada detalhe do seu rosto, e conheço cada um, ao contrário de Man, irreconhecível com essa cara que quase nem parece humana. Ele é o próximo, assim que eu acabar com...

Mas vejo os mínimos detalhes...

E consigo ver sob os detalhes...

Vejo não apenas o rosto dele, mas também o rosto que exibia antigamente, aos catorze anos, quando a gente era só criança. E no rosto desse menino vejo o futuro, embora não consiga ver seu destino, nem o meu. O que vejo em vez disso é esperança, idealismo, amor, fraternidade, sinceridade e dor conforme corta a palma da mão e faz seu juramento. A nós. Ainda posso sentir o sangue pegajoso e escorregadio dele na palma da minha mão, se misturando com o meu sangue quando a gente junta as mãos e se torna um. Oh, Deus! Meu Deus… perdão.

Isso foi num tempo em que éramos jovens, inocentes e puros.

Epílogo
Tu

A bala destroçou a cabeça de Bon e os pedaços saíram voando pelo restaurante, ricochetearam numa parede, repicaram no chão e perfuraram sua têmpora, ou talvez fosse seu cocuruto, produzindo esse segundo furo que não para de vazar. Você gritou, e alguma parte de você não parou mais de gritar, mesmo você estando morto. Você correu para Bon, que desabara como o pai dele devia ter desabado, sem fazer nada para deter sua queda, rachando a cabeça destroçada contra os ladrilhos com um barulho nauseabundo, que ecoou junto com alguma coisa quebrando dentro de você. Oh, meu Deus, você gemeu, mesmo não acreditando em Deus.

Você ajoelhou diante de Bon com as mãos suspensas acima dele, sem tocá-lo, sem querer machucá-lo, sem saber como ajudá-lo. Os olhos estavam abertos, a boca também, e você conseguiu enxergar dentro da cabeça dele. Não havia nada que pudesse fazer. Não tem nada que a gente possa fazer, disse Man, ajoelhando a seu lado, seus joelhos sobre o sangue que vazava da cabeça.

Mas tem que ter alguma coisa, você disse, ou gritou. Chama uma ambulância!

Bon morreu.

Quando você disse a Bon que atirasse, que ele sabia o que precisava ser feito, não foi isso que quis dizer. Como ele não conseguiu compreender? Não era *óbvio* que devia matar *você*, em vez de se matar?

Bon morreu.

Como pode estar morto quando você escreveu sobre ele ao longo de páginas e mais páginas, nos dois volumes das suas confissões? Você leu e releu suas confissões, e nelas Bon está vivo, eternamente vivo! Ele deve viver! É assim que você o manteve afastado da sombra da morte e sob a luz, até agora.

Bon morreu.

Chama uma ambulância!

O que a gente vai fazer quando a polícia aparecer? Como explicar essa bagunça?

Bagunça? É o Bon!

Bon morreu. E não há nada que possamos fazer para trazê-lo de volta.

Mas suas confissões não passam de um nada? Você escreveu mais de setecentas páginas. Quem diria que sua vida daria tantas palavras, você, um ninguém que não acredita em nada? Mas também a maioria é um ninguém. A maioria desses ninguéns pode até acreditar em Deus, mas não são tão diferentes de você. Também não acreditam em nada, mas se recusam a admitir. Nada é sagrado, e o nada está em toda parte, como Deus, para o qual nada é apenas mais um nome. O nada pode trazer os mortos de volta, que vêm do nada e ao nada retornam. Não, nada pode ser feito, exceto isso, as palavras que você escreve, seu único remédio, a coisa com a qual está mais comprometido.

Agora você chegou ao fim. Deu para a advogada sisuda e formosa o que ela quer, a evidência final no processo a seu favor ou contra você, dependendo do ponto de vista. Você também deu para o psicanalista maoista com doutorado o que ele quer, não tanto um caso para defender ou processar, mas um estudo de caso para analisar. Embora isso não fosse de fato uma confissão, disse ele em sua última visita.

Ah, não? Então o que é?

Um bilhete de suicídio, disse ele com grande satisfação. O maior bilhete de suicídio da história.

E você riu à beça. Um bilhete de suicídio! Não imaginava que tivesse todo esse senso de humor! Você se comprometeu com muitas coisas, e cometeu muitas coisas, mas nunca cometeu suicídio. Um morto podia cometer suicídio? Isso exigiria comprometimento de verdade, mas você não está entre os homens mais comprometidos que já viveram?

Adorno escreveu que deveríamos ter um pé atrás com escritores comprometidos, disse o ph.D. maoista. O compromisso deles é sempre com o poder.

Adorno! Você não escutava esse nome desde o seminário do professor Hammer, quando leu a *Dialética do Iluminismo*, escrita em parceria com Horkheimer num dos lugares menos esclarecidos do planeta, Los Angeles, onde você, como eles, fora exilado, no caso deles da Alemanha nazista. Na condição de pensadores e escritores, provavelmente acreditavam que o poder de fato vem do cano de uma caneta, talvez até mais que do cano de uma arma. Enquanto os colonizadores, os capitalistas e os comunistas mataram milhões com suas armas, não foram eles no fim das contas, em última instância, motivados por palavras, por ideias que fluíram da tinta dos grandes filósofos, ou às vezes apenas dos demagogos demoníacos? Você pressiona o cano da sua caneta contra a têmpora e perdeu a conta da quantidade de canetas de que precisou para escrever sua confissão, todos aqueles cartuchos usados de sua cor favorita, o preto, tão indelével quanto nanquim de lula, tão escuro quanto você por dentro, e o bondoso cavalheiro idoso, que assistira e escutara tudo como sempre, disse com a maior das bondades, Acho que você deve ter enlouquecido.

Louco? Eu? Talvez. E você riu feito louco e disse, Mas a gente precisa enxergar pelo lado positivo, não é? Se só um demente é capaz de perdoar o imperdoável, então posso me perdoar.

Mesmo tendo esse poder você não consegue se perdoar, pois está ansioso para saber se Bon algum dia vai perdoá-lo. Você aguarda Bon se juntar ao seu coro de fantasmas, assim pode ao menos vê-lo outra vez, mas ele não aparece. Que mistério é esse?

Quanto a Man, sua tia lhe diz que deixou a embaixada e voltou à terra natal. Você não tem informação alguma sobre as condições do rosto dele. Por que não está chorando?, perguntara você a Man, uma torrente de lágrimas vertendo dos seus olhos. Onde seu corpo armazena essa incrível quantidade de líquido? Haveria um aquífero em algum lugar acima das suas entranhas, conectado aos ductos lacrimais por um sifão? Ou seu corpo não passava de uma esponja, absorvendo a tristeza, o pesar, a melancolia, o remorso ao longo dos anos, gota a gota, salgadamente, até as garras da dor e da perda estreitarem seu corpo num aperto?

Por que não está chorando?

Man o fitou com olhos avermelhados, sem cílios nem sobrancelhas. Não sou mais capaz de chorar. Meus ductos lacrimais queimaram e entupiram. Pegando um pequeno frasco, ele pingou algumas gotas de um líquido claro em um olho depois no outro. Continuou aplicando as gotas até seus olhos transbordarem e lágrimas de lubrificante salino rolarem por suas bochechas. É assim que eu choro agora.

Você não se lembra de quanto tempo permaneceram sentados ao lado do corpo de Bon, mas presume que levou horas para cessarem o abalo e o tremor de ser torcido a ponto de quase secar pelas mãos da dor e da perda. Uma vez lavado o pó dos seus olhos, você enxerga com toda a clareza, mas seu corpo parece fora de prumo, considerando a força com que foi espremido e quanto líquido se perdeu. Você observa Man remover qualquer meio de identificação dos corpos de Fedido, Zangado e Bon, e observa você mesmo pegando as mãos de Bon, esfregando seus braços e ombros, acariciando seu peito e as maçãs do seu rosto, fechando seus olhos e sua boca, deitando no sangue junto dele e ficando o mais próximo que consegue, e se vê fazendo tudo isso mesmo durante esses momentos em que seus olhos estão fechados. Vê Man erguer você do chão e ajudá-lo a deixar o Delícias da Ásia, e observa você gemer junto à porta, olhando uma última vez para Bon, até Man dizer que são três da manhã e é hora de ir embora. A rua está deserta. Man o conduz ao carro do Chefe, leva você para sua tia, explica concisamente a situação. Você se observa mostrando onde está o dinheiro do Chefe e pede — não, *exige* — que o deixem no Paraíso. E aqui está você, a salvo em seu refúgio, um dos comprometidos.

A questão é: Comprometido com o quê? Você teve dois anos no Paraíso para ponderar sobre essa questão, refletir sobre sua vida e os estilhaços da cabeça de Bon, confessar os crimes que cometeu, admitir que depois de tudo que passou, tudo que fez, continua comprometido com a revolução, o que deve significar que você é louco, mas não mais louco do que a primeira mulher das cavernas idealista que sonhou em conjurar o fogo do nada, cujo destino, após descobrir o fogo, foi muito provavelmente ser queimada na fogueira pelos céticos homens das cavernas que perceberam como o fogo era extraordinário, que era o próprio poder, de modo que mesmo nos primórdios da civilização humana a dialética ia e vinha entre a aspiração e a exploração, um movimento que nunca vai parar, pois você concorda com Mao que a dialética é infinita, com uma exceção importante, pois ao contrário de Mao, Stálin, Winston Churchill e o rei Leopoldo, e um monte de presidentes americanos e reis ingleses e imperadores franceses e papas católicos e déspotas orientais e incontáveis milhões de pais, maridos, namorados, amantes e playboys, você não acredita que tal dialética exija o sacrifício de milhões em nome do comunismo, do capitalismo, do cristianismo, do nacionalismo, do fascismo, do racismo ou, com efeito, do sexismo, do qual é culpado, culpado, abjetamente culpado, e essa convicção em uma dialética infinita que não exige a aplicação por parte de um aparelho repressivo de Estado, esse artigo de fé de que as engrenagens da história não precisam ser azeitadas com sangue, esse ceticismo em relação à crença de Fanon nos benefícios positivos da violência, justificável dada a brutalidade da violência francesa na Argélia, não obstante cega para a possibilidade de que a violência podia nos fazer sentir como homens mas nos comportarmos como demônios, ao passo que a *não* violência podia nos desintoxicar e nos libertar de nossos complexos de inferioridade, tirar-nos do desespero e do medo e restabelecer o autorrespeito de que precisamos para a ação, e em vez de nos tornar a imagem espelhada de nossos colonizadores a *não* violência podia quebrar o espelho de vez e nos libertar da necessidade de nos enxergar aos olhos de nossos opressores, forçando-nos a penetrar no perturbador espaço do negativo, do nada, do vazio, do vácuo, onde devemos nos recriar, cada um de nós único, cada um de nós em solidariedade com outros em sua singularidade, uma crença sincera mas talvez estúpida que faz de você um homem de visão ou de alucinação, que no entanto insiste que a humanidade já sabe tudo que precisa saber para se salvar sem recorrer ao assassinato, a começar pelo que o grande simpatizante Federico García Lorca, assassinado pelos fascistas espanhóis, disse certa vez, "Sempre estarei ao lado dos que nada têm e a quem sequer é permitido desfrutar em paz o nada que possuem", um princípio de empatia que, *se acompanhado de ação*, seja fazer algo ou fazer nada, a depender da necessidade dialética da situação, nunca o levará na direção errada, mesmo que essa direção seja a morte, uma vez que tanta gente se compromete com o princípio exatamente oposto, ficar ao lado dos que já têm algo e querem tudo, e se você fosse um pouquinho são ficaria ao lado deles também, mas a revolução é sempre um ato de insanidade, porque a revolução não é uma revolução a menos que comprometida com o impossível, mas se isso parece deprimente e assustador demais precisamos nos lembrar de que há apenas mil anos estava além da imaginação humana que alguém pudesse dar a volta na Terra em um único dia, um feito espantoso que uniu o mundo, de modo que hoje em dia nenhuma parte dele está fora de alcance de turistas, investidores, missionários e mísseis balísticos intercontinentais, o que significa que a dialética infinita continua a oscilar entre o impossível e o possível, entre a salvação e a aniquilação, entre a não violência e a violência, entre nossa capacidade de nos salvar e nos destruir, e o único mistério de verdade é qual parte de nós — nossa humanidade ou desumanidade — triunfará na roleta-russa perpétua da espécie humana consigo mesma, e você mesmo, humano e inumano, é desvairado o suficiente para acreditar que se a espécie humana não se autodestruir — um SE que deveria ser escrito em maiúsculas, de tão grande —, um dia os ninguéns do mundo com nada a perder finalmente dirão basta de não ter o bastante e perceberão que têm mais em comum com os ninguéns do outro lado do mundo, ou simplesmente do outro lado da fronteira mais próxima, do que têm com os alguéns da sua própria espécie que não estão nem aí para eles, e quando esses ninguéns com nada afinal se unirem, se insurgirem, tomarem as ruas e reclamarem sua voz e seu poder, a única coisa que os alguéns com algo devem fazer é nada, percebendo que seu aparelho ideológico de Estado não pode deter todas essas pessoas, porque, a despeito de todo o seu poder, o aparelho repressivo de Estado não consegue matar todas elas. Consegue?

Sua cabeça dói de pensar na resposta a essa questão, algo dificultado ainda mais devido aos dois furos em sua cabeça. Após a reeducação nas mãos de Man, você achou que atingira o fundo do poço e não tinha mais nada a perder, mas estava completamente enganado. Você tinha Bon a perder. Bem como sua derradeira ilusão. Para não mencionar sua vida. Agora, por sorte, você recobrou a compostura, ainda que, por azar, esteja morto. Agora, talvez, não esteja mais cheio de autopiedade, pois você, um ninguém, não tem mais um si mesmo de quem se apiedar! Só o que tem a perder é o nada, embora você agora saiba não só que o nada é mais importante que a independência e a liberdade como também que *o nada é sagrado*. Que piada! Mas a única revolução com que você pode se comprometer é a que lhe permite rir sem parar, pois a derrocada de toda revolução se dá quando perde seu senso de absurdo. A dialética também é isto, levar a revolução, mas não os revolucionários, a sério, pois quando revolucionários se levam demasiado a sério engatilham a arma ao primeiro riso diante de uma piada. Quando isso acontece, está tudo acabado, os revolucionários se tornaram o Estado, o Estado se tornou repressor, e as balas, antes usadas contra o opressor em nome do povo, serão usadas contra o povo em seu próprio nome. Por isso as pessoas, se desejam sobreviver e evitar essas balas, devem ser anônimas.

Quanto a você, sem nome, sem Estado, sem eu, a bala permanece alojada em sua cabeça, presa na vedação entre suas duas mentes, tão obstinadamente encravada quanto um pedaço de cartilagem com carne preso em seus molares. Você afrouxa a bala com os pensamentos, mas não consegue fazê-la sair do lugar. Essa bala com seu nome se alojou onde ninguém consegue ver nem a bala nem seu nome, algo que deveria enlouquecê-lo, mas pelo jeito você já é maluco. Só tendo uma perturbação mental para escrever esta confissão, ou talvez você apenas tenha sido dominado pelo mesmo impulso que levou Rousseau a escrever sua confissão, a admitir que "Não sou feito como ninguém que conheço; atrevo-me a crer que não fui feito como nada que existe". Você se sentiu assombrado por si mesmo escrevendo estas páginas, mas também pressentiu a sombra de outro assomando com constância sobre ambos, uma sensação sinistra que o incomodou, como se estivesse sendo observado, e não apenas por si mesmo. E então, certa manhã — finalmente! —, o agente secreto bate na porta.

Estão batendo na porta, diz o bondoso cavalheiro idoso de sua cama.

Você não consegue levantar porque a dor de cabeça causada pela bala no seu cérebro é forte demais. Você não se levanta nem diz coisa alguma e após uma pausa as batidas recomeçam.

Com licença, diz o bondoso cavalheiro idoso. Tem alguém batendo na porta.

As batidas continuam. E continuam. E continuam, até que você reúne o pouco de concentração que lhe restou, considerando a bala em seu cérebro, e diz, Entra.

A porta se abre e a luz matinal inunda o aposento, cujas cortinas blecaute estão cuidadosamente fechadas. Você estreita a vista, e na deslumbrante bruma o vê entrar, *ele*, uma sombra encasulada em um nimbo resplandecente, iluminada por um halo atrás de si. Você pula da cama, erguendo a mão para se proteger da luz, a mão com a marca ardente do juramento. Será — poderia ser? — hesitantemente você estende sua outra mão na direção da sombra emoldurada na porta — é! É *ele*! *Ele* veio, finalmente!

Pai?, diz você, a voz entalada. *Pai!*

A sombra entra no aposento, trazendo uma bolsa na mão. Ele a joga aos pés da cama com um baque surdo e quando abre o zíper você reconhece sua bolsa de couro. A mão desaparece na abertura e reaparece com um par de sapatos — seus maravilhosos oxfords Bruno Magli marrons e lustrosos! A sombra os joga no chão e volta a vasculhar a bolsa para tirar um por um os vídeos da orgia, que você reconhece pela letra da secretária voluptuosa nas etiquetas. Então mergulha a mão ainda mais, até chegar ao fundo falso, e extrai os dois volumes da sua confissão, presos com elásticos, que atira em seu colo, mais de setecentas páginas e aproximadamente um quarto de milhão de palavras, que impressionam você com o peso, a solidez, a existência milagrosa, gerados do nada. Mas ainda tem mais. Vai ver sua bolsa é sem fundo! Ele torna a enfiar a mão pela abertura e aparece com a coisa mais linda que você viu em seu período de seca no Paraíso: uma garrafa cintilante de Jack Daniel's! Vem pro papai, belezinha! Finalmente, com a outra mão, tira um revólver prateado também cintilante. Por um momento você fica hipnotizado com os reflexos da luz na arma. Então ergue o rosto. Seus olhos se ajustaram devagar ao clarão matinal do sol e o rosto da sombra agora é nítido. Não é seu pai coisa nenhuma, mas o mais sinistro dos espiões, o homem que sabe exatamente o que você quer, o velho agente indochinês.

Não falei pra nunca se comprometer pondo seus pensamentos no papel, seu bastardo estúpido?, diz Claude, oferecendo-lhe a água-benta ao mesmo tempo que aponta a arma para seu coração palpitante. Agora tira essa porra de máscara da cara.

E você está muito feliz por não saber se ri ou se chora.

Agradecimentos

Foi um prazer revisitar inúmeros pensadores que me influenciaram ao longo dos anos, ou para os quais queria dar uma resposta. Estes são os autores e obras que discuti, consultados ou citados no texto: Theodor Adorno, "Commitment" [Comprometimento]; Louis Althusser, "Ideologia e o aparelho ideológico de Estado"; Simone de Beauvoir, *O segundo sexo*; Walter Benjamin, "Crítica da violência"; Aimé Césaire, *Discurso sobre o colonialismo* e *Uma tempestade*, a que assisti há muito tempo em uma produção teatral inesquecível em Berkeley; Hélène Cixous, "O riso da Medusa"; Jacques Derrida, *On Cosmopolitanism and Forgiveness* [Sobre cosmopolitismo e perdão]; Frantz Fanon, *Os condenados da Terra* e *Pele negra, máscaras brancas*; Antonio Gramsci, *Cadernos do cárcere*; Che Guevara, *On Vietnam and World Revolution* [Sobre o Vietnã e a Revolução Mundial]; Ho Chi Minh, *The Case Against French Colonization* [O caso contra a colonização francesa]; Julia Kristeva, *Poderes do horror*; Emmanuel Levinas, *Totalidade e infinito*, cujas palavras emprestei ao Irmão de Sangue nº 1 quando ele diz: "O nascimento de um ser que deve se originar do nada, do início absoluto, é um evento historicamente absurdo"; Jean-Jacques Rousseau, *Confissões*; Jean-Paul Sartre, *Existentialism and Human Emotions* [Existencialismo e emoções humanas] e sua introdução a *Os condenados da Terra*, de Fanon; e Voltaire, cujo *Cândido* li pela primeira vez, para meu grande prazer, quando era criança.

Entre os textos que me ajudaram a imaginar a Paris do início da década de 1980 girando em torno do universo de imigrantes e refugiados vietnamitas e seus descendentes franceses, tenho uma dívida para com o inestimável *Behind the Bamboo Hedge: The Impact of Homeland Politics in the Parisian Vietnamese Community* [Atrás da cerca de bambu: O impacto da política interna na comunidade vietnamita parisiense], de Gisele Bousquet, bem como com as imagens em *Le Paris Asie: 150 ans de présence asiatique dans la capitale* [A Paris Ásia: 150 anos de presença asiática na capital], organizado por Pascal Blanchard e Éric Deroo. Igualmente útil para compreender e divisar a relação da França com suas populações colonizadas foram os ensaios e imagens em *Sexe, race & colonies: La Domination des corps du XVe siècle à nos jours* [Sexo, raça e colônias: A dominação dos corpos do século XV até o presente], organizado por Pascal Blanchard, Nicolas Bancel, Gilles Boetsch, Dominic Thomas e Christelle Taraud. Para a história dos franceses e do envolvimento da CIA na produção e venda de ópio do Sudeste Asiático, baseei-me em *The Politics of Heroin: CIA Complicity in the Global Drug Trade* [A política da heroína: A cumplicidade da CIA no comércio global de drogas], de Alfred McCoy.

Diversas pessoas em Paris ou com contatos na França foram generosas ao ceder seu tempo para conversar comigo, incluindo Hoai Huong Aubert-Nguyen, Doan Bui, Myriam Dao, Anna Moï, Nguyen Nhat Cuong, Liem Binh Luong Nguyen, Abdellah Taïa e Quoc Dang Tran. Duc Ha Duong ajudou a obter permissão da Union Générale des Vietnamiens de France para meu uso da foto dos três homens mascarados. Sou grato também a Chiori Miyagawa, Jordan Elgrably, Huê-Tâm Webb Jamme e Laila Lalami por lerem meu rascunho e responderem minhas perguntas sobre o romance e sobre a vida e as atitudes dos franceses. Nos Estados Unidos, uma visita a um restaurante asiático exótico com o crítico gastronômico Soleil Ho me ajudou a imaginar o bar Opium. Meus agradecimentos também pelo auxílio na pesquisa aos meus alunos de pós, Rebekah Park e Jenny Hoang, bem como de graduação, Yvette Chua, Ivy Hong, Nina Ibrahim, Sunjay Lee, Morgan Milender, Christine Nguyen, Tommy Nguyen e Jordan Trinh. Eles me ajudaram a ter tempo para me concentrar no romance, enquanto a edição de texto de Nancy Tan, e as leituras de prova adicionais feitas por Kait Astrella e Alicia Burns, ajudaram-me a polir o manuscrito. Quaisquer erros cometidos neste livro são responsabilidade minha, é claro.

As fundações MacArthur e Guggenheim proporcionaram bolsas de estudo que ajudaram imensamente o processo de escrita deste livro, assim como o auxílio para pesquisa da Universidade do Sul da

Califórnia e seu Dornsife College. Meus agentes Nat Sobe e Judith Weber foram meus leais conselheiros, e a equipe na Sobel Weber Associates facilitou minha vida, incluindo Kristen Pini e Adia Wright. Sou afortunado também enquanto autor da Grove Atlantic, que tem sido um lar ideal, particularmente pela liderança de Morgan Entrekin, pela orientação editorial superlativa de Peter Blackstock's e o apoio de Deb Seager, John Mark Boling, Judy Hottensen, Elisabeth Schmitz e Emily Burns.

Por fim, como sempre, meu profundo amor e comprometimento com Lan Duong e nossos filhos, Ellison e Simone.

ESTA OBRA FOI COMPOSTA PELA ABREU'S SYSTEM EM ADOBE GARAMOND
E IMPRESSA EM OFSETE PELA GRÁFICA BARTIRA SOBRE PAPEL PÓLEN NATURAL
DA SUZANO S.A. PARA A EDITORA SCHWARCZ EM ABRIL DE 2024

A marca FSC® é a garantia de que a madeira utilizada na fabricação do papel deste livro provém de florestas que foram gerenciadas de maneira ambientalmente correta, socialmente justa e economicamente viável, além de outras fontes de origem controlada.